ヘルメースの審判

楡 周平

角川文庫
24232

目次

プロローグ

「もう少し召し上がりますか？　飲み足りないんじゃなくて？」

妻の百合枝の問いかけに、

「そうだな、久々にグラッパでも飲むか」

肥後泰輔はこたえた。

時刻は午後十時半になろうとしている。

アルコールは毎日欠かさないが、八十歳にもなると五勺程度の日本酒を寝酒として嗜む程度に留めている。今夜は鴨鍋を囲み、四人でシャンパンを一本、赤ワインを二本空けた。

いささか過ぎた酒量になってしまったのには理由がある。

孫娘の美咲の縁談が決まり、婚約者の梶原賢太と夕食を共にしたからだ。

平成四年（一九九二）も残すところ十日あまり。南麻布にある築半世紀近く経つ自宅は寝室だけでも四つある。かつては住み込みの家政婦が二人いた時代もあったのだが、いまでは七十五歳になる百合枝との二人暮らしだ。日中に掃除と家事を行う通いの家政婦が来るだけで、来客はほとんどない。静かな夜に慣れてはいるが、鍋を囲みながら酒を飲み、歓談に花が咲いた後ともなると、やはり淋しい。

百合枝はサイドボードから小ぶりのグラスと、ワインセラーの中からグラッパの瓶を取り出すと、透明な液体を注ぎ入れ、泰輔の前に置いた。

「目出度い夜だ。お前もどうだ？」

百合枝は、酔いのせいで赤らんだ目元を緩ませ、小さく首を振り、正面のソファーに腰を下ろす。

「私は十分いただきましたから……」

「そうか、じゃあ……」

泰輔はグラスを目の高さに掲げると、グラッパを口に含んだ。

度数の高いアルコールが熱を放ちながら喉を落ち、胃の中で一気に弾ける。

胃がきゅっと締まる感覚が心地よい。

泰輔は、ほっと息を吐いた。

「よかったわ……。満願成就、あなたの思った通りになったわね」

百合枝は心底安堵した様子で、しみじみという。

「美咲ははじめての一人暮らしが海外だ。心細い思いをしているところに、アメリカ生活が長い賢太君が何かと世話を焼いてくれれば、そりゃあ美咲も惹かれるさ」

泰輔は会心の笑みを浮かべた。

「ハーバード大学経済学部を、しかもマグナ・クム・ラウデを受賞なさって卒業したんですもの、あなたもお世話した甲斐があったわね」

マグナ・クム・ラウデは、ハーバードで極めて優秀な成績を収めた学生に贈られる賞のことで、賢太の年次では千七百人の卒業生中五十名、経済学部では僅か二名のみの受賞であったという。

「賢太君は、中学生の頃からずば抜けて優秀だと、ニューヨーク駐在員の間では有名だったそうだからね。梶原君は忠実にして有能な部下だった。あんな事故で賢太君の将来が断たれてしまうのはあまりにも惜しい。なんとかしてやりたいと、茂樹が熱心にいうものでね」

賢太の両親が事故死したのは、彼が十六歳の時だから、もう十年も前のことになる。ニシハマ・ノース・アメリカ（NNA）の駐在員としてニューヨークに赴任していた父親が、五年目を迎えた四月の休日、近くのショッピングモールに向かう途中、自動車事故に遭遇して母親と共に亡くなってしまったのだ。

全寮制のプレップスクールの十年生だった賢太は、両親と離れて暮らしていたので難を逃れたものの、富裕層の子弟が集う私立の進学校だけに学費は高額だ。経済的基盤を失った賢太がアメリカで勉強を続けるのは困難となってしまったのだが、それを惜しんだのが泰輔の長女・冬子の婿、当時ニシハマの副社長であった茂樹である。

茂樹は副社長に就任する以前、NNAの社長を務めており、帰国までの二年間、賢太の父親は直属の部下だったし、二人ともニューヨーク市郊外のウエストチェスターに住んでいた。公私に亘っての付き合いだったというから、梶原の突然の死には大きな衝撃を受けただろうし、賢太の将来を案じもしたのだろう。

訃報に接し、ただちにニューヨークに飛んだ茂樹は、帰国するや泰輔のもとを訪れ、国内の学生を対象としていたニシハマ奨学金制度を、海外の学生にも適用できるよう改定してきたのだ。

「賢太さんは、お父様に似たのね。ハーバードで優秀な成績を収めたのなら、就職だって引く手数多、選び放題。投資銀行にでも勤めれば、高額な報酬を得られたでしょうに、よほど会社には恩義を感じているんでしょうね。よりによって、ニシハマに入社してくるんですもの。今時の若い人には珍しいわ」

「だから賢太君を美咲の婿にと考えたのさ」

泰輔はいった。「いまのニシハマは、霞が関と同じだ。出身校や学部に多少の違いはあっても役員の学歴は皆一緒。ニシハマに入社してきたのも、寄らば大樹の陰。入社してしまえば一生安泰。ブランドと、役人になるより高い給料に魅せられて入ってきたくせに、妙な野心を持ちおって。飼い犬に手を噛まれるとはあのことだ」

「また、そのお話？」

百合枝はうんざりとした口調でいい「飲むのはそれでお仕舞いですからね」

と念を押してきた。

「分かってるさ」

低い声でこたえた泰輔は、グラスを傾けた。

先ほどの心地よさとは違い、不快な熱が胃の中に澱む。

年齢の割には健康状態も至って良好で、これといった問題を抱えているわけではないが、すでに八十歳。人生に残された時間は少ない。

これまでの八十年を振り返ると、良き思い出よりも、創業家としてニシハマに君臨してきた肥後家が、事実上経営に関与できなくなった以降の屈辱の日々が先に浮かんでしまう。

ニシハマは明治時代に泰輔の祖父、肥後重太郎が創業した会社である。

日本にはじめて電灯が灯ったのは明治十五年（一八八二）。ニシハマの歴史は日本の電気の歴史と共にあったといっても過言ではない。創業当初は電気製品を扱う小さな商店であったが、自社製造初の製品となった電灯が電力網整備の波に乗り、重太郎は莫大な富を得た。電気が電車やエレベーターなどの動力源としても用いられるようになると、重太郎は、いち早くそれらの事業に参入し、ニシハマの経営を多角化させていった。

大正に入って第一次大戦が勃発すると、軍需景気が起き、電気を用いる製造機器という莫大な市場が生まれた。かくしてニシハマの手がける事業は多角化が進む一方となり、規模も瞬く間に巨大化していった。その勢いは、昭和になっても衰えることはなく、家電製品ならラジオ、テレビ、洗濯機、ステレオ、ビデオ。電子製品は、半導体、パソコン、携帯電話。火力から始まった発電は、水力、やがて原子力。そして、交通機関に用いられるシステム開発、周辺機器と、産業技術の進歩と日本の経済成長に伴う時代のニーズに応えていくうちに、ニシハマは世界有数の総合電気機器メーカーとして揺るぎない地位を築くに至ったのだった。

ニシハマの従業員は、院卒から高卒までだが、高位役職者はもれなく院卒、学卒者だ。会社の規模が大きくなるにつれて、当然入社志望者の学歴も高くなり、それがまた、ニシハマの社会的ステータスを高めることになった。そして、泰輔もそれを良しとしてきた。

なぜなら、泰輔の経営哲学は、社員が与えられた職務を確実にこなせば、業績は向上し続ける、その一点にあったからだ。

実際、ニシハマに入社してくる人間たちが、実務能力に長けていたことは確かである。全国の俊英が集う名門大学の入学試験においては、一点、二点の差が合否を分ける。そんな修羅場をくぐり抜けてきた彼らは、ミスを犯すことを本能的に避け、そして恐れる。そんな人間たちが望みうる最高のポジションである役員の椅子を巡って競い合うのだ。しかも、他者に抜きん出た業績を挙げずして、その椅子を手に入れることはできないことに加えて、上司はもちろん、最終的には経営トップである泰輔の歓心を得なければならないのだから経営者としては楽なものである。

事実、父親の会長就任と同時に、泰輔が五十三歳で社長になり、以来二十年の長きに亘って経営トップとして君臨した間も、ニシハマの業績は極めて順調に推移した。七年前に、父親が亡くなったのを機に会長に退き、茂樹を社長に据え、次女・秋子の婿であり美咲の父親の政成も専務に昇格させた。肥後家の権力継承は無事済んだ。後は三人いる孫娘に後継者として相応しい夫を添わせ、育てていけばいいと考えていた。

ところがである。

茂樹が社長に就任して三年を迎えようという時に、ニシハマの家電製品の発火による火災が相次ぎ、死者が出るという会社創立以来の一大不祥事が起きたのだ。

原因が部品不良にあることが判明した時点で、責任者をただちに処分し、店頭在庫はもちろん、販売済みの全対象製品をリコール。さらには会長、社長、専務と、経営陣に名を連ねる肥後家の三人が、雁首揃えて謝罪会見を行い、被害者には手厚い補償を行うことを明言した。ニシハマは莫大な損失を出したものの、事態はそれで収まるかに見えた。

ところが、「不良品が生じたのは、無理な開発スケジュールが原因。製品化が遅れれば、担当者は責任を取らされる。一度でも人事考課に汚点がつけば出世は望めないのがニシハマだ。今回の不祥事は、肥後家の同族経営による恐怖政治に原因がある」と、一部週刊誌が報じたのをきっかけに、ニシハマに君臨する肥後家に世の非難が集中するようになったのだ。

「ミスを犯さんように、上司の機嫌を損ねんように、そうやって役員になった小心者連中が、世間の騒ぎに乗じて肥後家をニシハマから排除しにかかった。いったい、誰のおかげで役員になれたと思ってるんだ、恩知らずにもほどがある」

泰輔は、またグラッパを口に含んだ。

一旦（いったん）、内心に込み上げる思いの丈を口に出してしまうと、怒りは増す一方だ。胃の中で弾ける熱が、それに拍車をかける。

「茂樹も情けない。週刊誌はともかく、新聞なんか広告の出稿を止めるといえば、すぐに騒ぎも収まったのに。実際、テレビは、うちのご機嫌を損ねて番組スポンサーを降りられでもしたら一大事だと一切触れなかったんだ。ところが茂樹は、そんなことをすれば、新しいネタを週刊誌に提供するようなもんだといいやがる。どうも様子が変だと思ったら、あいつ――」

言葉に勢いをつけ、続けた泰輔だったが、あんな男を冬子の婿に選んだのが、この自分だと思うと、慚愧（ざんき）の念に堪えない。

百合枝も、そこに話が及ぶと、

「まさか、赤坂（あかさか）のクラブのママを愛人にしていたとはねえ……」

口調に怒りが滲（にじ）み出る。「それも、自腹じゃ冬子にばれてしまうからって、お手当を飲み代に上乗せして会社に付け回していた上に、役員連中にも店を使うよう勧めてたんだから、呆（あき）れてものがいえないわ」

「あいつはアホだ！」

泰輔は吐き捨てた。「役員は東都出身者ばかりだし、肥後家に謀反を起こすようなやつはニシハマにはいないと慢心して、自ら弱みを曝（さら）け出しやがって。あんなやつを冬子の婿に迎えなかったら、こんなことにはなっていなかったんだ」

「本当に情けなかったわ……」

百合枝はため息をつく。「嘘か実か分からないのに、役員から愛人のことについて週刊誌の記者が嗅ぎ回っているって聞かされた途端、すっかり狼狽しちゃって、ここに来て泣きながら土下座をして謝るんですもの。かといって、離婚させようものなら、かえって騒ぎを大きくするだけだし……」

「学歴や家柄が人格に反映するもんじゃないってことを思い知ったよ」

泰輔の後悔の念は募るばかりだ。「離婚もさせられない。ニシハマから追放することもできない。こっちの足元を見て会長職に居座りやがって、恥を知らないにもほどがある。しかも、弱みを握られたおかげで俺は相談役、事実上の引退だ。政成君だって、専務から子会社の社長だぞ。よくもあんな酷いことができるもんだ」

「しかも、冬子とは別居。会社には滅多に出社せずに、軽井沢の別荘に籠もってゴルフ三昧。どんな神経してるんだか」

「出社したって、やることがないんだ。第一、あいつが社長の時だって名ばかりだったんだ。事実上は会長の俺が社長だったんだからな」

泰輔はふんと鼻を鳴らした。「もっとも、あいつが賢太君に奨学金をといわなければ、美咲の夫に迎えることはできなかったんだからね。東都と洛北の二つの大学出身者しかいない、しかも東都が圧倒的多数を占める役員の中に、肥後家の一員となった賢太君が、名を連ねるようになれば、東都にあらずんば人にあらずと慢心しているあいつらは——

——」

「ハーバードに比べれば東都なんて、遥かに格が低いのにねえ」

百合枝は泰輔の言葉を遮って、嘲笑を浮かべる。

「ハーバードのネットワークは世界のエリート層を網羅しているからな。彼がニシハマで目覚ましい活躍をするのは間違いないよ」

泰輔は声に力を込めて断言すると、賢太がニシハマの経営トップの座に就き、肥後家が再び君臨する日を夢見ながら、グラスに残ったグラッパを一気に飲み干した。

第一章

1

「急にディナーをキャンセルしてしまって悪かったな。来週は今日の穴埋めだ。バーの勘定は僕が持つよ」

シャワーを浴び、ロッカールームで身支度を整えたところで肥後賢太はクリストファー・グラハムに向かって声をかけた。

「気にすることはないよ。おかげで金曜の夜に、マンハッタンでディナーだって、キャロルはご機嫌でね。たまにはかまってやらないと、万が一の時に慰謝料増額の理由にされちゃたまったもんじゃないからね」

グラハムは笑いながら軽口を叩き、肩を竦めた。

グラハムの年齢は賢太と同じ四十五歳。生まれも育ちもマンハッタンという生粋のニューヨーカーで、現在はここマンハッタンに本社を構える世界最大級の総合金融機関、ホフマン・ブラザーズでパートナーの地位にある。

生き馬の目を抜くニューヨークのビジネス社会の中でも、金融業界は最も競争が激しく、かつスーパーエリートが集う業界で、並外れた知力、体力、気力が必要とされる世界だ。株式のみならず、あらゆる金融商品の取引市場は二十四時間、どこかの国で常に開いている。そして、株式、債券、為替（かわせ）、不動産、全ての相場が密接に連動し、些細（ささい）な出来事一つで値が上下する。小さな変動であっても、動いているカネは莫大（ばくだい）なだけに、利益も損失も桁（けた）違いだ。しかし、何事にも忙中閑あり、金曜日の夕刻から日曜の夜にかけては別である。

最も取引開始時刻が遅く、世界市場に影響を与えるニューヨーク市場が終了すると、アメリカ時間の日曜の夜、世界で最も早く取引がはじまるニュージーランド市場が開くまで、市場での取引が停止するからだ。

グラハムとはハーバードに入学した最初の一年、寮でルームメイトになって以来の仲だ。

賢太がＮＮＡが本社を置くニューヨークに初の駐在を命じられたのは、ニシハマに入社して四年後のことだった。五年間を過ごし帰国。東京本社で十年勤務した後、二度目のＮＮＡ勤務を命じられてすでに四年になる。

その間にお互い家庭を持ち、グラハムは男女一人ずつ二児の父親となった。賢太もまた、一女の父親である。この四年の間にグラハムはパートナーに、賢太は昨年ＮＮＡの副社長に昇格した。四十五歳という年齢はまだ若いが、お互い仕事に忙殺される日々を送っているだけに、健康に注意を払うに越したことはない。

そこで、金曜日の夕刻は、お互いが大学時代から趣味にしてきたスカッシュで、汗を流すのを習慣とするようになったのだ。

「しかし、体力的にスカッシュはきつくなってきたな。そろそろ、本気でゴルフに取り組んでもいいかもね。よかったら、ガーデンシティのメンバーに推薦するけど、どうだ？」

グラハムは、ふと思いついたようにいった。

「確かに、きつくなってきたよな」

「ハートアタックでも食らったら、たまったもんじゃないからね。この歳で反復運動の繰り返しのスカッシュは、やっぱりな……」

「どうして？」

「でも、ガーデンシティは止めとくよ」

「あそこは、メンズクラブだからな。そんなコースのメンバーシップなんて、美咲が許すとは思えないし、ウエストチェスターからガーデンシティに出かけるのも面倒だし……」

「自宅に近いってんなら、ウイングド・フットを推薦できるけど？」

「まあ、美咲に相談してみるよ」

「相変わらず、なんでもミサキなんだな」

グラハムは、呵々と笑うと、「ところでケンタ、ニシハマのことで、ちょっと妙な噂を耳にしたんだが……」

ネクタイを結びながら、何気ない口調で訊ねてきた。

「妙な噂？」

「インフィニティ・エナジー（ＩＥ）のことだ」

その社名を聞いた途端、ロッカーのハンガーにかけた上着を取ろうとした手が止まった。

しかし、それも一瞬のことで、

「へえっ……どんな？」

賢太は、素知らぬ振りを装って問い返した。

「ＩＥがアメリカ国内で建設中の三基の原発は、コストオーバーランを起こしているんじゃないか。ニシハマはババを掴まされたんじゃないかって」

「それ、誰がいってるんだ」

賢太は上着を羽織り、ロッカーの中にあるバッグに手を伸ばした。

「うちの、調査部門だ」

さすがに「ハゲタカ」と称されるだけのことはある。

世界中の富豪、年金運用機関、ヘッジファンドなど、個人や組織が持つ資金を運用するのがホフマン・ブラザーズだ。社員は超がつく高学歴者ばかり。それこそ秀才、天才、エリート中のエリートが、持てる能力をフルに発揮しながら、運用実績を競い合うのだ。報酬の大半は運用実績の結果次第。ボーナスの額が青天井である一方で、パフォーマンスが低いと見なされれば、即解雇というまさに実力主義、弱肉強食を絵に描いたような世界でもある。それゆえに、情報収集、分析能力の高さはずば抜けており、それがホフマン・ブラザーズが世界最強の総合金融機関と称される理由の一つである。

グラハムは続ける。

「IEは三基の原発の建設を進める中で、すでに三回も設計変更、建設工程の見直しを行っているし、建設スケジュールも遅延しているそうじゃないか。この手の事業には、遅延金が発生するのが常だ。利益どころかニシハマは莫大な損失を被る危険性があるって……」

「誰がそんなことをいっているのかは知らないけれど、ニシハマはババを摑まされるような間抜けな会社じゃないよ」

賢太はロッカーの扉を閉めながら、グラハムに向き直った。「前から何度もいってるだろ？　ニシハマは役所のような会社でね。誰もがミスを犯すことを極端に恐れる。間違ってもリスクを取って勝負に出るような会社じゃないんだよ。そりゃあ、ホフマンに比べりゃ、ニシハマの調査能力は足元にも及ばないけどさ。買収前にそんなことに気がつかないほど間抜けじゃない。ガセネタだよ」

「エプシロンとプット・オプションを交わしていることも？」

そんなことまで知っているのか。

プット・オプションとは、商品を予め合意した期限までに、その時の市場価格に関係なく、事前に合意した特定価格で売る権利のことをいう。エプシロンはテキサスの原発建設を請け負っている米国最大級のゼネコンで、ニシハマがIEを買収するに当たって応分の出資を要請し、株を保有することで合意に至った経緯がある。ただ問題なのは、その際交わした契約書には、エプシロンが所有しているIE株を同社が売却したいと申し入れれば、ただちにニシハマが買い取らなければならないことが記載されていた点にある。

熾烈を極めるニューヨークのビジネス社会は、情報戦という一面がある。商談相手の手の内や弱みを握った側が交渉で優位に立つからだが、ここで反応して見せるほど賢太も初心者じゃない。

「クリス……」

賢太はいった。「IEの買収は、調査、交渉、契約に至るまでの全てを本社のエネルギー部門が行ったことでね。僕は一切タッチしていないんだ。副社長に昇格してもそれは同じ。いまだ本社案件であることに変わりはない。ニシハマは事業部ごとの独立採算制だし、一つの事業部だけでも、ホフマンの全従業員を超える大企業の集合体だ。アメリカで行われている事業でも、本社案件である以上、現法（現地法人）の副社長でさえ知る立場にはないんだよ」

「調べてみてくれないかな。情報を集めてくれるだけでもいいんだが……」

グラハムがこんな依頼をしてくるのははじめてだ。

「それ、本気でいってるのか？」

賢太は眉を顰め問い返した。

「ニシハマの業績は絶好調。特に半導体技術の優位性は今後も暫く揺らぐことがなさそうだ。ホフマンも多額の社債を購入しているし、ニシハマの株や社債を組み込んだ金融商品も販売している。もし、ニシハマに潜在的リスクがあるとなれば──」

「インサイダー情報を仕事に使えば、証券取引所法違反。これまでのキャリアが台無しになるぞ」

賢太の指摘に、グラハムはもごりと口を動かし沈黙する。

もっとも、彼の気持ちも分からないではない。

ホフマンではハーバード出の学歴はなんの役にも立たない。同僚たちもまた、イェール、プリンストン、コロンビアと、アメリカの超名門大学で優秀な成績を収めた者たちばかりだ。そんな中で、パートナーの地位を獲得できたのは、卓越した実績を上げた証であり、報酬も日本円で億を超えているのは間違いないし、いま現役を退いたとしても、これからの人生を優雅に過ごせる十分な蓄えもあるはずだ。

だが、グラハムはそれで満足するような男ではない。ここで評価を上げれば、一段上のポジションが見えてくる。

気まずい沈黙があった。

「インサイダー取引で捕まりでもしたら除名処分だ。それじゃあ、このクラブの会長を務めて、リビングにでかい肖像画まで掲げられているお祖父さんの顔に泥を塗ることになってしまうじゃないか。そもそも、ここではビジネスの話はご法度だろ?」

努めて明るくいった賢太に、グラハムは眉を吊り上げながら肩を竦めると、

「除名処分を食らったら、祖父さんに顔向けできないよな。親父なんか、激怒のあまり、ハートアタックを起こすか、脳の血管がぶち切れちまうかも……。ご忠告ありがとう」

持ち上げた片手で、軽く敬礼するとロッカーの扉を閉めた。

賢太は嘘をついた。

IEがテキサスで建設中の三基の原発の工期が、度重なる設計変更のせいで遅れているのは事実だった。それどころか原発を建設する根拠となった収益モデルを根底から覆す事態に直面し、事業そのものがビジネスとして成り立たなくなる危機に瀕していたのだ。

IEの買収が、本社案件であったことは事実だが、原発建設は巨額の資金が動くビッグビジネスだ。プロジェクトが危機的状況にあることは、現地法人とはいえ、北米ビジネスを束ねるNNAにも、自然と伝わってくる。まして、賢太は一貫してエネルギー畑を歩んできたのだ。だからこそグラハムもこんな話を持ちかけてきたのだが、今後の展開次第では、ニシハマが莫大な損失を被ることになりかねない事案である。ここで真実

を話すわけにはいかない。

賢太は、腕時計に目をやった。時刻は七時半になろうとしている。

「おっと、約束の時間だ。急がないと」

一足早く、ロッカールームを出ようとした賢太を、

「そうだ」

グラハムがふと思い出したように呼び止めた。「キャロルが久々にミサキの日本食をご馳走(ちそう)になりたがってるんだ。近々お邪魔してもいいかな？」

「手巻き寿司(ずし)か？」

「それと、ハープもね」

グラハムは、顔の前に人差し指を突き立てた。「ミサキに教わったレシピ通りに、手巻き寿司には何度もトライしているんだが、なんか違うんだよな。それにミサキのハープは最高だからね。ワインの酔いを、より一層心地よいものにしてくれる。ミサキの手巻き寿司を食べて、ミサキのハープを聴くひと時は、僕たち夫婦にとっては最高の時間なんだ」

「分かった。美咲に都合を聞いてみるよ。いくつか候補の日をあげて、メールを送る」

賢太はこたえると、手を差し出した。

グラハムと握手を交わしながら、

「じゃあ、また来週」

賢太はそういい残し、ロッカールームを後にした。

2

「いや、物凄い……。外見からは想像もつかないほど重厚、かつ豪華な造りですね……」

革張りの椅子に腰を下ろした物部武雄は、改めて広大な空間を見渡しながら感嘆する。

グレーの絨毯で覆われた二百畳ほどの空間は、三階分に相当する高さまで吹き抜けで、天井には直径が数メートルもある巨大な金属製のシャンデリアがある。古代ローマの神殿を彷彿とさせる柱、巨大な暖炉、そして重厚な木材が貼られた壁面に並ぶ歴代会長の肖像画。カーテンの色は大学のスクールカラーであるクリムゾン、臙脂である。革製の安楽椅子やソファーが置かれた部分には、赤を基調としたペルシャ絨毯が敷かれ、一分の隙もない身なりの男女が密やかな声で談笑している。

「話には聞いていましたが、まさかここまでとは……。マンハッタンの一等地に同窓会がこれほどの規模の施設を持つなんて、日本じゃ考えられませんよ」

物部がそういうのも無理はない。

マンハッタンの西四十四丁目、五番街と六番街の間にあるハーバードクラブは、日本でいえば同窓会館ということになるのだが、実態はかなり異なる。

卒業生か大学の教職員であることは最低条件に過ぎず、現役の教授でも、審査を受け、会員にふさわしいと判断されて、はじめて入会が許される、ハーバード関係者の中でも選ばれし人間が集う場だ。

アメリカの大学がこうした施設を持つのは珍しいことではなく、特にアイビーリーグ各校はもれなく、ここマンハッタンにクラブを持つ。この近辺だけでも、通りを挟んだ真正面にペンシルバニア、一つ隣のストリートにはプリンストン、イェールが同様の施設を構えている。

物部がいうように、ハーバードクラブの外観は周囲のビルと変わりはないが、中に入れば様相は一変する。基本的には宿泊施設なのだが、バー、ダイニング、ジム、スカッシュコートもあって、マンハッタンに居住する、あるいはニューヨークを訪れる世界中の同窓生が日々集い、交流を深める場になっている。もちろん単に交流を深めるだけではない。各界で活躍し、しかるべき地位を得ている人間たちが集えば、自然とビジネスにも話が及ぶわけで、ここで得た情報や人脈が、さらなるステップアップに繋(つな)がることが期待できる場でもある。「ここではビジネスの話はご法度だ」とグラハムを諫(いさ)めたのは事実だが、それはあくまでも建前に過ぎない。第一、他人の会話に耳をそばだてている人間がいるはずもないのだから、どんな話をしても問題にはならない。

「物部さんが、是非ここでとおっしゃったので……」

賢太は穏やかな声でいいながら、物部に向かって問うた。「しかし、どういったご用件なんでしょう。ニューヨークに行くので是非会いたいと、突然お電話を頂戴した時には、正直驚きました」

物部は、現在の経済産業省が通商産業省であった時代に入省し、かつて宗像淳平が総理大臣を務めていた当時、首相秘書官を務めていたキャリア官僚である。

宗像政権は本人の健康問題から、わずか一年半しか保たず、物部は経産省に戻ったのだったが、当時は総理の懐刀と目された人物だ。

物部と面識を持ったのは二年前、ここニューヨークでのことで、宗像が国連総会で演説を行うためにニューヨークを訪れた際、日本企業が主催したパーティーの場で立ち話をした記憶がある。

正確な年齢は分からないが、ついいまし方受け取った名刺に、『城南大学経済学部教授』とあるところからすると、定年退官の後、大学に天下ったのだろうが、そんな物部が、なぜ……。

「肥後さんは、ニシハマの創業家に婿に入られたそうですが、奥様とはどちらで？」

すぐに本題に入らないのは日本人の悪癖だが、物部も例外ではないようだ。しかも、いきなり美咲との結婚の経緯を問うてくるとは……。

賢太は、いささか面食らいながらもこたえた。

「私が最初の駐在でニューヨークに赴任してきた直後に、芸大でハープを専攻していた家内がジュリアードに留学してきたんです。海外で暮らすのも、一人暮らしもはじめてなので、家族が心配しましてね。祖父の泰輔さんが、ニシハマ・ノース・アメリカに梶原というのがいる。こちらでの生活が長いから、なんでも相談するようにとおっしゃったそうなんです。それで……」

「泰輔さんは、肥後さんのことを以前からご存じだったんですか？」

「実は、私の父親もニシハマに勤めていたんです。家内の伯父の茂樹さんが、かつてNNAの社長を務めていた時代は、直属の部下でしたし、住まいも同じウエストチェスターでしたので、家族ぐるみの付き合いをしていたんです」

「なるほど。肥後さんは、そのままアメリカで勉強を続け、ハーバードに進まれたわけですね」

「はしょってしまえば、その通りなんですが、アメリカに残って勉強を続けられたのは、茂樹さんと泰輔さん、お二人からの支援があったからです」

「といいますと？」

まるで面接で人となりを探るような質問を、物部は繰り出してくる。

「私、両親を事故で亡くしましてね」

「ご両親を？」

宗像は大げさに驚く。

「当時、私は日本でいえば高校の一年生。全寮制のプレップスクールで学んでいたのですが、未成年が保護者を亡くした上に、学費はべらぼうに高い。支払能力に疑問が生じた生徒を置いておくほどアメリカの私立は甘くはありません。本来なら早々に帰国しなければならなかったところなのですが、茂樹さんが泰輔さんに進言して、ニシハマ奨学金に海外子女枠を設けることにしてくださったのです」

「ほう……そんなことがあったんですか」

物部は感慨深げな表情を浮かべると、「ひょっとして、泰輔さんはその時から、肥後さんを婿に迎えたいとお考えになっていたんじゃありませんか」

探るような眼差し（まなざし）を賢太に向けた。

「さあ……それはどうでしょう」

「いや、絶対にそうですよ」

物部は断言する。「ニシハマに君臨していた肥後家が、経営陣から排除された時には、通産省内でもかなり話題になりましたからね。ニシハマ創業以来の大不祥事には違いありませんでしたが、精々担当役員が責任を取らされて終わりだろうと思っていたのに、泰輔さんは相談役に、茂樹さんは代表権のない会長に、専務だった政成さんに至っては、子会社の社長だなんて、いったいニシハマで何が起きているんだとね」

「それと、私たちの結婚とは関係ないと思いますが？」

「そうでしょうか」

物部は唇を結び、一瞬の間を置くと続けた。「肥後家、いや泰輔さんは、あなたという人間に肥後家の復権を託そうと――」

「物部さん、それは違いますよ」

賢太はみなまで聞かずに遮った。「ニューヨークで会うまで、私は彼女の存在を知りませんでしたからね。私がニシハマに入社したのは、茂樹さん、泰輔さんのご厚情に感謝してもしきれない、恩に報いなければならないと思ったからで——」

「肥後家の一員となったあなたが実力でトップに立ち、ニシハマに君臨する。恩返しというなら、それしかないじゃありませんか」

今度は、物部が賢太の言葉を遮った。

図星である。

泰輔の悲願を聞かされたのは、美咲と結婚して四年が過ぎた夏のことだった。

それまでは健康にこれといった問題を抱えていなかった泰輔だが、さすがに八十三歳を迎えた辺りから、体力の衰えが顕著に表れるようになった。ついには、散歩中に転倒し、足を骨折。それを機に床に臥す時間が長くなり、まるでこれまでのツケが一気に噴き出したかのように病が重なり、最後は肺炎を併発して八十五歳で生涯を終えた。ちょうど一度目のニューヨーク駐在を終え、東京本社勤務となっていたこともあって、賢太も頻繁に病床を訪ねたものだが、死期が迫っていることを泰輔も察したのだろう。亡くなる三ヵ月ほど前に、秘めていた思いを打ち明けられたのだ。

しかし、そんな内輪話を初対面に等しい人間に聞かせるわけにはいかない。

「もう、創業家が経営を継ぐなんて時代じゃありませんよ。城南で経済学を教えていらっしゃる先生なら、お分かりでしょう？」

賢太は苦笑いを浮かべ首を振った。「考えてもみてください。ニシハマは連結従業員数十五万人、東証一部、ニューヨーク株式市場にも上場している巨大グローバル企業ですよ。世界中の株主から監視されている企業のトップに創業家が返り咲くなんてあり得ませんよ」

「それも泰輔さんが、あなたに白羽の矢を立てた理由の一つなんじゃないでしょうか」

しかし、物部は執拗(しつよう)に食い下がる。

「それ、どういうことですか？」

「いまのニシハマの経営陣には、世界を相手にビジネスをやれるような人材はいないってことです」

「いないって……立派にやっているじゃありませんか」

「そうでしょうか」

物部はせせら笑うかのように鼻を鳴らす。「ニシハマの経営が、いまに至るまで順調に推移してきたのは、時代がお膳立(ぜんだ)てしてくれたからですよ。電力網が整備されれば電球。電力需要が増大すれば発電所。国民の所得レベルが向上すれば、ラジオ、冷蔵庫、洗濯機、そしてテレビ。豊富な資金力、技術力、そして組織力を活用して巨大企業に成長した。それがニシハマの歴史じゃありませんか。でもね肥後さん。その中に、ニシハマの発明による製品がありますか？　コンセプトからプロトタイプの製造に至るまで、全て海外の物ばかりだ。ニシハマは、それを土台に性能と品質を向上させた製品を世に送り出すことで成長してきただけじゃないですか」

「それは一面の事実ですが、ニシハマが高い技術開発能力を持っていることも事実です。実際、特許の数にしたって——」

「特許にしたって、どこぞの誰かが発明したものの周辺技術、要は日本企業お得意の、モディフィケーションみたいなものじゃありませんか」

この男は、いったい何がいいたいのだ。

賢太は黙って次の言葉を待つことにした。

「選びに選び抜いた優秀な人材ばかりで構成されているはずのニシハマで、なぜ革新的な基本技術が、世界を驚かせるような新分野のビジネスが生まれないのか。それはどうしてだと思います？」

「考えたこともないので、なんとおこたえしたらいいものか……」

「優秀さの判断基準が一つしかないからですよ」

物部は断言する。「官僚の世界も同じです。中学、高校、大学と、合否は全て学力試験の点数で決まる。そして企業も官庁も、一流と目された大学の卒業生ばかりを採用する。日本が科挙社会そのものだからですよ」

「かきょ？」

「清の時代まで、千三百年に亘(わた)って続いた官僚登用試験のことです」

ああ……『クェァジュ』のことか――。

思わず問い返してしまったのは、英語での教育や書籍の中では中国語の発音をそのまま用いるからだ。

物部はそれから一方的に持論を展開したのだったが、聞けばなるほどと頷けないこともない。

貴族の家に生まれた者が、政府の役職を独占していた時代に、家柄や身分に関係なく、才能ある個人を官吏に登用すべくできた制度が科挙である。

長い歴史を持つだけに、時代によって制度の内容には変化があったものの、郷試、会試、殿試と試験は三段階あり、全土から集まった俊英の中で、最終的に極めて優れた成績を挙げた人間だけが高官として採用された。

物部は、中学、高校、大学入試がそれぞれ郷試、会試、殿試なら、最終的に学力試験で高い成績を収めた人間を優秀と見なす日本の風潮は科挙社会であり、霞が関の官庁や大企業で働く人間たちが辿ってきた構図そのものだといいたいのだ。

「良い成績を収める。これはいかにしてミスを犯さないかということでもあるわけです。つまり、日本の官庁や大企業は、そうした意識を刷り込まれた人間たちで構成される集団といえるのです。ニシハマだってそうでしょう？　社員の学歴、出身校はほぼ同じですから、ミスを犯せば出世の道は断たれてしまう。それじゃあ、革新的な製品も生まれなければ、リスクを冒してでも大きなビジネスをものにしようなんて人間が出てくるわけがない」

だから、なんだというのだ。

さすがに、苛立ちを覚えたが、相手は元首相秘書官である。無下にもできない。

そこで賢太はいった。

「物部さん。場所を変えませんか。ここにはバーがありましてね。お話の続きはそちらで……」

「それは話の後で……」

物部は腰を浮かせかけた賢太を制すると、「実は、今回ニューヨークに来たのは、アラブ首長国連邦（UAE）のファウジ・オタイバに会うのが目的なんです」

唐突に切り出した。

「オタイバ？」

賢太は、思わず問い返した。

原子力発電事業はニシハマの基幹事業の一つで、海外でも建設計画を進めている国はいくつもある。数千億、時に兆にもなるビッグビジネスであるだけでなく、完成後も運営管理、メンテナンスと長期に亘って利益を生み続ける事業でもある。当然競合各社との間で、激しい受注合戦が繰り広げられることになるのだが、導入を計画している国は大抵が発展途上国だ。いざ建設となれば、巨額の資金が必要になるだけに、まずは政府間交渉からはじまるのが常である。

オタイバの肩書きは投資会社の経営者だが、実は彼のビジネスはそれだけではない。エネルギー関連の投資ビジネスを行っているうちに培った人脈を武器に、アラブにおけるエネルギー利権を仕切るフィクサーという裏の顔を持ち、日本企業が海外で受注を狙う原発事業には、まずオタイバが相手国政府や企業と交渉し、地ならしをする役目を担っている。

「オタイバのことはご存じですよね」

物部は念を押すように問うてきた。

「もちろんです。あまり表には出ませんが、原発の海外事業に携わっている者の間では知る人ぞ知る人物ですからね」

「実は、東南アジアに原発の建設を計画している国がありましてね」

「それはどこです？」

「まだいえません」

物部は目を細め、小さく、ゆっくり首を振る。「ただ、受注に成功すれば、これまでニシハマが手がけた原発建設の中では、最大規模の事業になるでしょう。もちろん、相手国にはそれだけの資金を捻出する財源はありません」

「失礼ですが、物部さんはどうしてそんな話をご存じなのですか？」

「宗像先生です」

物部は間髪を容れずこたえた。

「しかし、現在の日本の政権与党は——」

戦後の日本政治は、何度か政権交代が起きたものの、ほぼ一貫して一つの政党が担ってきたといっていい。しかし、二〇一一年のいま、政権は野党連合の手に落ち、宗像は一介の衆議院議員に過ぎない。

「前回の選挙では、国民も一度野党に任せてみるか、あるいは与党にお灸を据えるつもりで投票を行ったのでしょうが、現政権の政治は酷すぎますよ。支持率は低迷する一方で、彼らも必死に挽回を試みてはいますが、政権運営の経験もなければ、人材もいないのですから話になりません。国民の不満は鬱積するばかり、解散総選挙ということになれば、再び政権交代が起きることは確実です」

「じゃあ、その時再び宗像さんが、総理総裁になるとでもおっしゃるのですか？」

「そう睨んでいるからこそ、相手国も宗像さんに、この話を持ち込んだのです。宗像さんと相手国の大統領は、個人的にも極めて親しい仲でしたし、総理になる以前、経産大臣の時から原発を成長戦略の柱の一つとしてお考えになっておられましたので」

「しかし、どうしてその話を私に？」

「IEのことです」

「IE？」

ついさっき、グラハムとの話の中で出たばかりの社名を耳にして、賢太はぎくりとした。

「ニシハマのIE買収には、経産省の意向が働いたのはご存じですよね」

「ええ……」

「あの時の経産大臣は宗像さん。IEはアメリカ大手原発関連会社。宗像さんにしてみれば、IEを日本企業の傘下に置ければ、ご自身が唱える成長戦略に弾みがつく。是が非でも実現させなければならなかったのです。そこでかねてIEと深いつながりがあるニシハマに買収を強く勧めた——」

もちろん、そのあたりの経緯は承知している。

頷く賢太に物部は続けた。

「実は、原発を成長戦略の一つにというのは、宗像さんご自身がお考えになったことではないのです」

「えっ？」

「当時、経産省の大臣官房で秘書課長を務めていた、岡谷という官僚がいます。彼の父親は、かつて帝都製鉄の社長を務めた財界の大物で、宗像さんもお父様の秘書になる前は、帝都製鉄に勤めていましたから、在職中は随分世話になったそうでしてね。岡谷さんを秘書課長に任命したのには、そんな経緯もあったんです」

「それははじめて聞きました。私はてっきり……」

「IEの売却に際しては四葉重工をはじめ、幾つかの企業が入札に参加しました。ニシハマは常識では考えられない金額を提示して落札しましたが、実は、あれも岡谷が裏で糸を引いたんです。高値で摑んでも、海外には原発を持ちたいという国がいくつもある。宗像大臣は間違いなく総理になる人だ。原発事業は国が動かなければ実現しないものである以上、ここで宗像さんに恩を売っておけば、ニシハマの原発事業は安泰だと」

「どうして岡谷さんは、そこまでニシハマに肩入れを？　宗像さんにしてみれば、ニシハマだろうが四葉重工だろうが、日本企業ならどこでもいいじゃないですか」

「岡谷とニシハマの藪川社長は大学の同期で、以前から深い親交があったんです。退官後は省の息のかかった団体、企業、大学に天下りを繰り返しながら、余生を送るのが官僚です。ニシハマのビジネスに多大な貢献をしたとなれば、そのうち社外取締役の声がかかる。天下り先で高給を食みながら、月に何度かニシハマに出社して、お茶を飲んで帰るだけで、千万単位の年収が得られます。藪川さんだって、原発を一つ受注すれば金額が金額です。業績に大きく貢献するんですから、岡谷一人の面倒を見るなんて安いものですよ。そりゃあ乗らない手はないでしょう」

そういうことだったのか……。

賢太は、ため息が出そうになるのをすんでのところで堪えた。

ニシハマが買収した時点で、本社こそアメリカに置いてはいたものの、ＩＥは英国資本の企業である。原発の需要は世界規模で見た場合、今後も増大することは確実で、有望な市場と見なされてはいたのだが、ＩＥを売却したのには理由がある。

それは、万が一事故が発生した場合に負うリスクだ。

原発を輸出するに当たって当事国との間で交わされる契約書には、膨大かつ多岐に亘る付帯条項が記される。その中に必ず存在するのが、万が一原発が事故を起こした場合の対処費用と損害賠償責任の事項で、例外なく原発を建造した企業が負うのが条件となるのだ。

　それを呑まずして契約成立はあり得ない。かといって、万一重大事故が発生しようものなら、それこそ対処費用、損害賠償金額は天文学的数字になる。つまり、英国企業は、ＩＥを傘下に置いていてもカネになるどころか宝の持ち腐れになってしまったことに気がついたのだ。

　なんともお粗末極まりない話なのだが、それゆえに当初英国企業が提示した売却価格は二十億ドルという割安なものだった。それをニシハマは六十億ドル、当時のレートで換算して、約七千二百億円という途方もない高値で競り落としたのだ。

　応札金額を巡っては、社内でも「あり得ない」という批判の声が沸き起り、揣摩臆測が飛び交ったものだが、その謎がいま解けた。

「藪川さんは、六十億ドルという高値で買収した理由に、ＩＥがテキサスで三基の原発を建設中であること、他にもアメリカ国内で受注が見込める案件がいくつかあることを挙げたそうですが、どうやら絵に描いた餅に終わるようですね」

　物部は続けていうと、賢太の胸中を探るような眼差しで見据えた。「テキサスの案件は、すでに契約金額を大きく上回っていて、コストオーバーランの状態にあるそうじゃないですか」

　もはや、隠し立てはできない。

「どこからその話を？」

「私もエネルギー畑が長かったもので、ニシハマ社内にはパイプがありますので……」

「その話は、本社でもごく一部の人間、それも原発事業部の上級幹部しか知りません。もちろんニューヨークでも……。物部さんに漏らしたのは、かなり高いポジションにいる人間ということになりますが？」

「テキサスの案件が抱えている問題は、コストオーバーランだけではありませんよね」

　賢太の問いかけを無視して物部は続ける。「ここに来て、シェールガスの採掘技術が急速に進歩して、採算性が劇的に改善されつつあります。技術の進歩は、難点といわれた部分に突破口が開けると、一気に加速するものです。アメリカ国内で安価な天然ガスが増産されれば、電力価格は下落します。原発が稼働しても肝心の電力に買い手がつかなければ、ニシハマは建設費用どころか、原発の維持費という莫大なコストを年々垂れ流し続けることになる」

　その懸念を記した報告書を本社の担当役員に送ったのは二ヵ月前のことである。情報が物部に漏れるがままになっていることに、賢太は愕然とした。

「そのことを、宗像さんは大変心配しておられましてね」

　物部は重々しい声でいう。「ニシハマが多大な損失を出すようなことになれば、原発を経済成長の柱にという構想がつまずいてしまう。入れ知恵したのは岡谷でも、宗像さんがIEの買収を後押ししたのは事実です。それで、私に何か策はないかと、お訊ねになってきたんです」

「策？　じゃあ、物部さんには策がおありになるんですか？」

「発電しても需要がないというなら、需要を作るしかないでしょう」

本気でいっているのか？

そんなことが簡単にできるなら、誰が苦労するもんか。

あまりに、非現実的、馬鹿げた言葉に、賢太はぽかんと口を開けた。

「前回オタイバに会った際、彼は実に興味深い話をしていたんです」

「それは、どのような？」

「UAE政府が、天然ガスを欲しがっていると」

「UAEが天然ガスを？」

「そもそも一次エネルギーに占める天然ガスの割合が世界六位と高かったところに、二〇〇五年までの三十年の間だけでも、UAEの人口は八倍以上もの増加です。天然ガスの需要も爆発的に増え、調達先を海外に求めるしかない状態に陥っているんです。もちろん天然ガスは石油生産で付随的に発生するものですが、付随ガスの生産はOPEC（石油輸出国機構）で割り当てが決まっていますから、簡単には増やせない。つまり、自国に資源はあっても、需要を満たすだけの生産ができない。そこで生産コストが安くなる可能性が出てきたシェールガスに目をつけたのです」

「それが、テキサスの案件とどんな関係があるんでしょう」

「大ありですよ」

物部は、そこで口が裂けそうな不敵な笑いを浮かべると、驚くべき計画を話しはじめた。

3

NNAはニューヨークの三番街、四十四丁目の角、三十五階建てのビルの中にある。部課単位で机が集まり、島を構成する日本特有の光景は、ここにはない。個々の仕事場は、ハイパーティションで仕切られた半個室状態となっており、役員の執務室は一般社員とは別に設けられた一角にある。

一日の大半を費やして、膨大な書類を読み終えた賢太は体を起こし、革張りの背もたれに身を預けた。

長時間に亘る集中から解放された途端、目の疲れを覚え、自然と視線が窓の外に向いた。

ニューヨークの日没時間は季節によって大きく異なる。夏は八時を過ぎても外は明るいのだが、三月は六時を過ぎるとすっかり暗くなる。マンハッタンのビジネス街のど真ん中ともなると、十七階にあるオフィスは、摩天楼の谷底にあるようなもので、日没よりもずっと早くから窓の外は夜の帳に包まれる。

賢太は席を立ち、ブラインドを下ろすと、書類を片付けにかかった。

書類は全てテキサスに建設中の原発とIE関係のものだ。

内容は全て頭に入ってはいたが、改めて目を通したのには理由がある。

本社原発事業のトップ、常務取締役の広重浩二が間もなくここにやってくるからだ。目的は「会ってから話す」と一方的に告げられただけだが、NNA社長の相馬の予定を確認し、出張中でニューヨークにいないことを確認した上での来訪だ。第一、ニシハマの役員、常務クラスともなると、直接会わねばならない話があるなら、東京に呼びつけるのが常である。それが、空港への出迎えも不要、ハイヤーを手配してくれるだけでいいというだけでなく、一泊三日の強行軍である。しかも、週末の土日を利用しての出張と、何もかもが異例ずくめだ。月曜日には何食わぬ顔でいつも通りに東京本社に出社するつもりなのだろうから、よほど重要な話があるに違いない。それに、先週の物部の件もある。広重の目的が、無関係とは思えない。

サイドボードの上に置かれた時計に目がいった。

時刻は午後五時になろうとしている。

広重は日本時間午後四時のニューヨーク直行便で成田を発ったから、ジョン・F・ケネディ空港への到着はアメリカ東部時間の午後三時頃になる。入国審査や空港からの移動時間を加味すれば、そろそろ到着する時刻だ。

賢太は、グリーンのガラスの笠がついたバンカーズランプを消し、マグカップに手を伸ばした。

オフィスで愛飲するのは、もっぱらカフェインレスのコーヒーである。冷めきったそれに口を付けた瞬間、ドアがノックされ、秘書の女性が顔を覗かせた。

「広重常務がお着きになるそうです。下までお迎えに行ってきます」

「週末なのに、遅くまですまないね。お茶は結構だ。常務も長旅でお疲れだろうから、夕食を取りながら話をするので……」

「『雛寿司』は午後七時に予約しておきましたので。早くなっても大丈夫だそうです」

雛寿司とは、ここから数分のところにある寿司屋のことだ。

マンハッタンに数ある寿司屋の中でも名店とされ、高額であるにもかかわらず、予約が困難な店の一つだ。

広重は、パークアベニューにあるホテル、ウォルドーフ・アストリアに一泊し、明日午前十時発の便で東京へとんぼ返りだ。マンハッタンのレストランの閉店時間は、思いのほか早く、話が長引けば、夕食の機会を逸するかもしれないので、予約を入れるよう命じておいたのだ。

広重はほどなくして現れた。

「お疲れでしょう。近所の寿司屋を予約してあります。個室ですから、お話は——」

そちらで、と賢太が続けようとするより早く、

「晩飯は後でいい」

広重の険しい声が遮った。

そして、部屋の中央に置かれた応接セットに腰を下ろすと、

「藪川さんが、とんでもないことをいい出してね」

呻(うめ)くようにいった。

「社長が？」

「東京本社の原発事業部が、海外発受注に積極的に動き出しているのは知っているね」

「ええ……」

「いま現在、原発を新設する意向を固めている国は、ＵＡＥとトルコだが、受注を狙っているのはうちだけじゃない。フランス、韓国と、海外の競合他社も熱心に受注獲得に向けて活発に動いている」

メディアを通じて広く知られている事実である。

賢太は黙って次の言葉を待った。

広重は続ける。

「いずれの国も、まずは政府間交渉で受注国が決まる。当事国双方の国益が絡むだけに、売り手よりも買い手の立場が強くなるのはいつものことなんだが、ＵＡＥの一号基と二号基に続いて、三、四号基も、日本の受注はかなり厳しい状況にあるらしいんだよ」

「どこの国が受注しそうなんですか？」

「こちらも韓国というのがもっぱらの見立てでね」

「韓国？」

意外な国名に賢太は思わず問い返した。

広重がいうように、原発建設は国益が絡む事業だ。原発そのものについても、建設が遅延した場合のペナルティー、万が一事故が発生した場合の補償、さらには受注国からの経済支援と、受注企業の資金力や技術力以上に、国家の経済力が必要になる。確かに韓国には原発を建設する能力はあるが、経済力の面では三ヵ国の中で格段に劣る。

「政府もこれまでの交渉の中で、三、四号基を受注するのは日本という感触を得ていたんだが、韓国の大統領がＵＡＥを訪問した直後から、雰囲気が一変したらしい」

「大統領が、なにかしら好条件を提示したと？」

「そうとしか考えられん」

国のトップ同士の会談で提示された条件が、外部に漏れるはずがない。

問うたところで広重が知るわけがないし、訪米の目的は別にあるはずだ。

賢太は黙って、次の言葉を待った。

「ＵＡＥは最終的に十四基の原発の建設を計画していてね。現在進んでいる交渉はその中の二基分に過ぎない。おそらく韓国がＵＡＥ初の原発を受注したとなれば、残る十二基の原発建設交渉に際しては、他の二ヵ国からより大きな国益に適う条件が引き出せるとUAE政府は考えたのだろう」

妥当な推論である。

「あり得る話ですね」

賢太は頷いた。「それに日本の現政権は、原発反対論者が大半ですし、受注を逃したのは、そのせいもあるでしょうからね」

「現政権は反原発でも、経産省は違う。というのも、原発輸出を国家戦略の柱と掲げたのは経産大臣時代の宗像さんだが、いま、日本では次の選挙で政権交代が起きると確実視されていてね。その際に政権を率いることになるのは宗像さんだと目されているんだ」

NNAには、日本の全国紙はもちろん、主だった経済関係の雑誌が毎日届く。それらの全てに目を通すのは日課の一つだし、それ以外にもニューヨークには『テレビジャパン』という日本語チャンネルがある。それに、宗像が首相に返り咲くという話は、ちょうど一週間前に物部から聞かされたばかりだ。

「経産省も、次の総理は宗像さんだと見越しているわけですね」

「どんな条件を提示したのか分からんが、韓国の受注が濃厚になったことに経産省は衝撃を受けていてね。まして、これから先、原発受注が見込める国は途上国だ。中国だって参入してくるだろうし、彼らのことだ、カネにものをいわせてくるだろう。そうなれば、日本はまず太刀打ちできない。日本が海外で原発の受注を獲得するためには、どこの国にも真似のできない優位性を持つしかない。経産省は、そういい出しているというんだ」

「日本ならではの優位性といいましてもねえ……」

そんなものがあるのかと、いいかけた言葉を賢太は呑んだ。

「そこで一つの案が出てきてね」

誰が聞いているというわけでもないのに、広重は声のトーンを落とした。「核燃料の供給と使用済み核燃料の最終処分事業をうちが行う――」

筋が悪いどころではない。全く話にならない、もはや夢物語レベルの案である。

何を馬鹿なといいたいところだが、相手は常務だ。

「そんなこと、できるわけがないでしょう」

それでも賢太は即座に否定した。

核燃料に使われるウランは日本にも存在するが、現在国内にある原発で使用されている核燃料は、百パーセント海外からの輸入に頼っている。というのも、一九五〇年代に国内ウランの採掘を試験的に行ったものの、採算が取れないと判断され中止に至った経緯があるからだ。それに、海外のウラン鉱山開発には、すでに日本の企業や資本が入っているものが数多くあるし、使用済み核燃料の最終処分については、原発を保有する全ての国が、解決策を見出せぬままでいる難題中の難題だ。いま現在、実現に向けて建設が進んでいるのは、フィンランドのオンカロただ一つ。アメリカで建設が進んでいたネバダ州ユッカマウンテンの放射性物質廃棄処分場計画も、安全性の問題から計画が中断されたばかりである。

「誰だってそう思うさ。ところがね、可能性はある。藪川さんは、そういうんだ」

「何を根拠に？　第一、日本に最終処分場を造るなんていい出そうものなら、世を挙げての反対運動が起きるのは目に見えているじゃないですか。中間貯蔵施設だって未完成のままなのに、そんな案が実現するとは思えませんね」

「実は、アメリカ、モンゴル両政府の間で、ウラン資源の開発を巡る交渉が水面下で始まっているそうでね」

モンゴルと聞けばピンとくるものがある。

「まさか、ウラン資源の開発を後押しする代わりに、最終処分場を引き受けさせるってわけじゃないでしょうね」

「そのまさかだ」

広重は硬い口調で肯定し、ぐいと身を乗り出す。「モンゴルは、九七年に鉱物資源法、鉱業法を制定して、国際資本に探査権や採掘権を認め、地下資源の開発の法的環境を整えた。そのおかげで、GDP（国内総生産）に占める鉱工業の割合は、二〇〇五年以降、農牧業を上回って第一位となり、その割合は年を経るごとに伸びている。他にこれといった産業がないモンゴルとしては、何としても経済成長を維持したい。そこでウラン資源を活用して、最大限の効果を得るしかないということになったというんだ」

俄には信じがたい話だが、藪川の発案というからには、確かな筋から情報を得たのだろう。しかし、なんでこんな話を、わざわざニューヨークに来てまで聞かせるのか。

どうも、本題は別にあるようだ。

果たして、広重は続ける。

「アメリカの狙いは二つ。一つは、国内の使用済み核燃料の最終処分場を確保すること。もう一つは、同盟国の原発向けに輸出している核燃料の最終処分場の面倒を見てやることで、核関連事業におけるアメリカの影響力を高めることだ。使用済み核燃料の最終処分は、どこの国でも頭を痛めている大問題だ。解決してやれば核関連事業どころか、あらゆる分野での国家間交渉で、ジョーカーを握ったも同然てことになるからね」

「アメリカの狙いがそこにあるとすれば、日本、ましてうちがそこに嚙める余地はないと思いますが？」

「それがそうでもないというんだ」

広重は、そこで一瞬の間を置くと、「IEだ」

またしても、想像だにしなかった名前を口にした。

「IEがどう関係するんです？」

「うちがIEを買収したのは、藪川さんが当時経産大臣だった宗像さんの意向を汲んでということになっているが、実は少し違うんだ。あの話を藪川さんに持ち込んだのは、ある経産官僚でね」

それから、広重が話した内容は、物部から聞かされたのと全く同じだったが、

「そんなことがあったんですか」

賢太ははじめて聞いたふりをした。

「君も気づいてはいるだろうが、IEの買収は大失敗だ。はっきりいって、調査不足もいいところだ。間違いなくコストは膨らみ続け、テキサスで建設中の原発は、完成したとしても採算ベースにはまず乗らない。かといって、建設を中断すれば莫大な違約金を払わなければならない。すでに進むも地獄、引くも地獄という状況に陥ってしまってるのは君も分かっているだろ？」

「おっしゃる通りです……」

賢太はため息をついた。「前回提出したレポートにも書きましたが、シェールガスの採掘技術の進歩は目覚ましいものがあります。IEの買収時に、そのことが一切考慮されていなかったのは、あまりにも迂闊（うかつ）、いや杜撰（ずさん）すぎます」

「IEの買収を強引に進めたのは当時専務だった藪川さんだ。それが、会社に莫大な損害を生じさせることになったら、どうなる？」

「当然、責任問題になるでしょうね」

賢太はいった。「藪川さんの引責辞任は避けられませんよ。第一、黒崎（くろさき）さんが黙っているわけないでしょう」

「本来なら、黒崎さんだって同罪なんだ。藪川さんの独断で、こんな大型買収が決まるわけがないんだからね」

現在会長職にある黒崎亮治は、五年前に社長を退くまで、十四年間に亘ってニシハマの社長を務めてきた男である。他の役員と同じく、東都大学の出身で、入社以来ニシハマの経営戦略を立案する部署を歩んできたという経歴を持つ。

賢太が入社した当時は平取であったが、瞬く間に出世の階段を上り、常務から専務、そこから一足飛びに社長に就任したニシハマにおいては伝説的人物だ。その権力は絶大で、『ニシハマの天皇』とも称される。

「ニシハマが黒崎さんの院政下にあることは誰もが知っていますが、表向きは代表権のない会長ですからね。自分は関わっていなかったといって、藪川さんを切って終わりでしょう」

かくして、黒崎の院政は続くことになるわけだが、話は俄にきな臭くなってきた。

「黒崎さんがそのつもりでも、藪川さんにとっては、ようやく手にした社長の椅子だ。何としても、しがみつこうとするさ」

果たして広重はいう。「失敗を補う方法は二つある。一つは損失が白日のもとに晒される前に打開策を講じることだが、ことIEに関してはもはやこの手は使えない。となれば、藪川さんに残された策は唯一つしかない。IEの損失を補って余りある事業をぶち上げることだ」

「それが、このモンゴルの案件だとおっしゃるんですか？」

「そりゃあ、使用済み核燃料の最終処分場をご用意しますといえば、燃料の供給はもちろん、原発の建設もお願いしますということになるさ」

「広重さん……」

ため息が出そうになるのを堪えて賢太はいった。「だからアメリカ政府が動いているんじゃないですか。この計画が実現すれば、アメリカは原発輸出で絶対的優位に立つだけじゃない。使用済み核燃料の問題を解決してやるといえば、あらゆる分野の国家間交渉で、アメリカは、ジョーカーを握ったことになるとさっきおっしゃったじゃないですか。そこのどこに日本が、ましてうちが食い込める余地があるんですか？」

これでも、気を遣ったつもりだ。

満面に笑みを浮かべ、穏やかな声で話しながら、その一方でテーブルの下ではお互いの足を蹴り合うのが外交でありビジネスだ。そして、外交、ビジネスの双方ともに、最もドライにしてシビアなのがアメリカだ。この話が本当ならば、アメリカには日本を加える理由などあろうはずがないのだ。

「それが、日本を加えることを条件にしているのはモンゴルだというんだ」

「えっ！」

意外どころか、全く想像だにしなかった言葉を聞いて、賢太は言葉を失った。

「鉱物資源で急成長しているとはいっても、十万円の所得が十一万円になれば、十パーセントの増加だが、五百万円の所得が一万円増えても〇・二パーセントにしかならない。モンゴルの経済規模は先進国と比べりゃ小さなものだし、鉱物資源が国家に富をもたらしているのは事実でも、全国民に恩恵が行き渡るまでには時間がかかる。そこで目をつけたのが、日本の経済力であり日本企業だ」

「日本の経済援助だけではなく、日本企業のモンゴル進出も条件にしようってわけですか」

「その通りだ」

なるほど、そう聞けば一応筋は通る。

原発事業を行っている企業はアメリカにも存在するが、手がけているのは国内だけで、海外事業の獲得に熱心なのは、日本、フランス、韓国の三カ国に限られているといっていい。その理由は、海外で原発を欲しがる国は、自国で原発を建設する能力がない国、つまり途上国に限られ、決まって資金援助を求められるからだ。アメリカは世界第一位の経済大国だが、財政に余裕はない。財政規律も厳しい。第一、経済、軍事、先端技術と、あらゆる分野で絶対的な力を持つアメリカは、資金援助などせずとも影響力を行使できるのだ。

しかし、そのアメリカを以てしても解決できないでいるのが、使用済み核燃料の処分だ。つまり、財布の紐は緩みっぱなし、財政規律という概念が存在しないに等しい日本に原発輸出をくれてやる代わりにカネを出させ、いまだ解決の目処すら立っていない最大の難題も日本のカネで解決しようというわけだ。

一聞したところ、うまい話に思えるが、それでも問題点にはすぐに気がつく。

「しかし、燃料からというのは、どうなんでしょう」

賢太は疑問を呈した。「これまでうちは、資源ビジネスを手がけたことはありません。ウランは相場商品です。資源ビジネスを長年手がけてきた総合商社でさえ、プロ中のプロが担当していても、莫大な損失を被ることだって当たり前の極めてリスクの高いビジネスです。人材もいない、ノウハウもないニシハマが、そんな事業に手を出すのは危険すぎますよ」

「当たり前の感覚を持つ人間なら、そう考える。だが、さっきもいったが、もはやIEの買収が失敗だったことは明らかだ。だから藪川さんは、この案件を何としても実現させなければならないと必死なんだ」

なるほど、広重が現れた途端に開口一番、「藪川さんが、とんでもないことをいい出してね」というわけだ。

しかし、万事が減点主義のニシハマにおいては、そうでもしなければ藪川が失脚するのは明らかだ。どうやら保身のために大博打(おおばくち)に出たらしいが、仮に目論見(もくろみ)通りに三国間で合意が整ったとしても、問題はそこから先だ。筋書き通りにいかなければ、藪川一人が責任を取って終わりでは済まない。ニシハマの経営に与えるリスクが、あまりにも大きすぎる。

そこで、賢太は訊ねた。

「この話は、黒崎さんも承知しているんですか？」

「もちろんだ」

「それじゃ、失敗に終われば、黒崎さんも無事じゃ済まないことになりますが？」

「失敗なんかするわけがない。仮に失敗に終わっても、いい訳が立つ。そう考えてるんだ」

「いい訳？　どんないい訳が立つんです？　ＩＥだけでも七千二百億。この事業を実現しようとすれば、投資額はそんなものじゃ済みませんよ。頓挫（とんざ）したら、いくらニシハマだって――」

広重が、二人の経営トップの方針に承服しかねる気持ちを抱いていることは明らかだったせいもある。それ以上に、莫大な負の遺産をニシハマにもたらしかねないことを承知の上で、賭（か）けに出る二人の姿勢が許せなかったせいもある。

思わず声を荒らげた賢太を遮って、

「国策だからだ」

ぴしゃりというと、広重は続けた。「どうも、この話は宗像さんの筋から出てきたらしい。あの人は経産大臣時代に、何度かモンゴルに出かけていて、向こうの政府に人脈がある。政権交代が起こり、宗像政権が誕生すれば、多額の経済援助と引き換えに、日米共同で、このプランを持ちかける。だから、必ず実現すると踏んでるんだ」

「それじゃ、カネの力に物をいわせて核のゴミを引き取らせるだけの話じゃないですか。そんなことが知れようものなら、世論が黙っちゃいませんよ。第一、経済援助といったって、ウラン鉱山の開発、最終処理施設にしたって、国策事業というなら、うちが噛めるって保証はどこにもないじゃないですか」

「この話を持ちかけてきた元経産官僚っていうのは、岡谷という男でね」

岡谷？

またしても物部の話に出てきた名前が出て、賢太はぎくりとした。

声にこそ出さなかったが、内心の揺らぎが顔に表れてしまったのだろう、

「君、岡谷を知っているのか？」

広重の目の表情が変わった。

「いえ……」

「いまは、経産省の外郭団体に天下っているが、岡谷というのは、かつて宗像さんが経産大臣を務めていた時代に、官房秘書課長をやっていてね。藪川さんとは大学の同期なんだ」

広重は、それからニシハマがＩＥを買収した経緯、岡谷と藪川の関係をひとしきり話したのだったが、これもまた物部から聞かされた内容と同じである。

ところがだ。

「次回の取締役会で、岡谷は社外取締役に就任することが内定していてね。つまり、この案件は、岡谷の手土産ってことらしい」

賢太は心底驚いた。

物部の話を聞き、岡谷の社外取締役就任は既定の路線だと思っていたから、驚いたのはそのことではない。ＩＥの買収に続き、燃料の製造から最終処分に至るまで、原発事業にまつわる全てのビジネスをニシハマが行うという、無謀極まりない提案をしてきたことにだ。

「手土産？」

声が自然に高くなった。「テキサスの案件が失敗すれば、うちが被る損害は買収に投じた金額だけじゃありません。すでに、不採算事業になることは明らかなんです。建設を中断しようにも、決断を下すまでの間に多額の費用が継続的に発生しますし、中止にすれば、莫大な違約金を支払わなければなりません。うちが被る損害は、一兆円を超えることになるでしょう。それに加えてモンゴルだなんて、あり得ませんよ。あまりにも危険すぎます」

「だから、当たり前の感覚を持った人間なら、そう考えるっていったんだ」

賢太が否定的な見解を明確に示した途端、広重もまた、自身の立ち位置を鮮明にするように断言する。「だがね、ニシハマは、こんな夢物語にもすがりつきたくなるような窮地に立たされつつあるんだよ」

「と、おっしゃいますと？」

「君はＩＥの件で手いっぱいだし、ずっとニューヨークにいるから、本社の様子は分からんだろうが、日本にいると会社の状況が皮膚感覚で伝わってくるんだよ」

　広重は、沈鬱な表情を宿す。「確かに、いまのところはなんとかなってはいる。だが、これから先を考えると、うちが抱えている事業部の中には、基幹事業ですら存続が危ぶまれるものが少なからずあるんだ」

「半導体は韓国に押され、携帯電話事業だって、アップルやサムスンが圧倒的シェアを占めていますし、パソコンの時代も終わりが近づいていますしね」

「家電だって同じだ。国内でこそシェアを保ってはいるが、海外市場では、新興の海外メーカーにやられっ放しだ。まして、肝心の国内市場でさえ、新製品をリリースしても、あっという間に値崩れしてしまう。テレビ事業部なんて、利益どころか研究開発費の回収すらおぼつかない有様だ」

「いずれの事業部も、いままでニシハマを支えてきた、いわば顔ですからね。不振に陥り、万が一にも撤退なんてことになったら――」

「あの二人が懸念しているのは、そんな先のことなんかじゃない」

　広重はみなまで聞かずに吐き捨てる。「藪川さんは社長になって五年だが、退任後は、黒崎さんに代わって院政を敷き、ニシハマに君臨する野心を抱いている。黒崎さんだって七十八だ。先はそう長くはない。あと二期も務めれば、その芽が出てくるからね」

「その前にIEの買収が失敗だったことが発覚すれば、その夢も叶わなくなることを恐れているってわけですか？」

「その通りだ」

賢太は愕然とした。そして、なんとも悲しい気持ちになった。

野心を持つことは悪いことではない。いや、むしろ野心は万事において、必要なものだとも考えている。しかし、連結従業員数十五万人。巨大組織の頂点に立つ二人が、保身に走り、野心を実現させるために、当の会社を危機に陥れるかもしれない大博打に走るとは……。

広重はいう。

「実際、社員へのノルマ達成のプレッシャーは相当なものでね。未達は許されない。売上げ目標の達成は至上命令だ。代わりはいくらでもいるのが、ニシハマだ。一度でもペケがつけば昇進は望めない。営業の連中なんか、月末はもちろん、期末になると社内から一斉に姿を消して、得意先に頭を下げ、子会社に出向いて発破をかけて数字を作ることに必死だ」

「だとしてもです。モンゴルの案件が裏目に出たら、傷が広がるどころの話じゃありませんよ。ＩＥに続いてモンゴルで転けたら、会社は保ちませんよ」

それ以前に、不採算部門となった事業部で働く従業員をどうするつもりなのか。もちろん、会社を存続させるためには、収益性が見込めなくなった事業を切り捨てるのは経営判断としては間違ってはいない。しかし、広重が挙げた事業部だけでも、数万という社員がいる。さらに、素材や部品は外部から調達しているものも数多ある。当然、そこにも影響は及ぶわけで、事はニシハマだけの問題に止まらない。

「仮に二つの案件が失敗したとしても、原発がある限りニシハマは絶対潰れないと、黒崎さんは確信してるんだよ」

「何を根拠に？」

「一旦稼働させたら、廃止することはできない、それが原発だからだ」

その原発が、ニシハマの命取りになるかもしれないというのに、いったい何をいっているのか。

広重の言葉の意味が理解できず、賢太は首をかしげた。

「かつて、黒崎さんはこういったことがある。世の中には、原発なんか廃止しろっていう馬鹿がごまんといるが、できるわけがない。廃炉にしようにも、新たに開発せにゃならん技術が山ほどあるし、使用済み核燃料の処分方法も目処すら立たない。原発はいま抱えている問題を解決する技術が現われることを前提に見切り発車した代物だ。ニシハマが万歳したら、誰が原発のお守りをしていくんだ。誰が最期を看取るんだとね」

賢太は、「あっ」と声を上げそうになった。

黒崎のいうことに間違いはないからだ。

「原発の増設、海外輸出を積極的に推し進めているのも、それが理由の一つだ」

広重は続ける。「原発が抱える諸問題は、これから先に開発される技術が解決するという前提に立って始めた以上、原子力分野の研究者、技術者の養成は絶対に必要だ。ここで原発を廃止になんかしてみろ。原子力工学を学ぼうって学生が現れるかね。廃炉が済めば御用済み。仕事がなくなるような職に就こうって人間がどれほどいるかね」

賢太は、言葉を返せなかった。

その通りだからだ。

「だろ？　一旦持ってしまった以上、未来を断つことはできない。それが原子力だ。だから経営がどうなろうと、ニシハマは潰れない。いや、潰せない。二つの案件が頓挫しても、黒崎さんは責任の一切を藪川さんに負わせ、原発の必要性を訴え、経営陣の刷新は最低限にとどめる。ひょっとすると、社長に返り咲いて、ニシハマ再興に向けての指揮を執るつもりなのかもしれない」

「社長に返り咲くって、黒崎さんは七十八歳ですよ」

広重は、そこで硬い表情を浮かべ、賢太の目を見据えると、

「君、ニシハマから肥後家が追い出された本当の経緯を知っているか？」

低い声で訊ねてきた。

「本当の経緯？」

「黒崎さんは、茂樹さんが社長に就任する以前から、肥後家をニシハマから排除する機会を狙っていたんだ。しかし、泰輔さんの時代は、ニシハマの経営は盤石だった。これといったスキャンダルもない。泰輔さんが会長に就任すると、茂樹さんが社長になり政成さんは専務になった。もっとも、茂樹さんには、女性問題があったが、それで退任することになっても、政成さんが社長になるだけだ。そこに起きたのが、家電製品の発火

事故だ」

はじめて耳にする話に、思わず賢太は膝を乗り出した。

広重は続ける。

「肥後家をニシハマから排除する千載一遇のチャンス到来だ。そこで、不良品が発生したそもそもの原因は、減点主義のニシハマの社風、ひいては肥後家の同族経営による恐怖政治にあるとマスコミに書かせ、世間の関心がそこに向いたところで茂樹さんのスキャンダルを週刊誌に暴露するという絵を描いた」

「あれは、謀反だったというわけですか？」

「その絵を描いたのは、当時経営企画室長だった黒崎さんだ」

そこまで聞けば、その後の展開が透けて見えてくる。

果たして、広重の言葉は、賢太の推測を裏づけるものだった。

「経営企画室長は、ニシハマ全体の事業を統括する立場にある。いわば、茂樹さんの懐刀だ。赤坂に女がいることも知っていたし、副社長とも直に話せるからね。あの通り黒崎さんは野心家だし、権力への執着心も人一倍だ。それに、確かに仕事はできる。実際、経営企画室長だった頃には、新事業への進出計画や社内改革案を何度も提案したが、泰輔さんにことごとく撥ねつけられた。黒崎さんからすりゃあ、泰輔さんは肥後家に生まれただけで社長になった人だ。ニシハマの経営トップの器じゃないと思っていたに違いないんだ。そこで上条さんを焚きつけた……」

上条とは、茂樹の後任として社長になった、当時副社長だった上条芳勝のことである。

「上条さんを社長にすれば、その功績をもって次期社長に任命されると目論んだと？」

「上条さんだって人の子だ。副社長が上がりのポジションと思い込んでいたところに、社長になれる芽が出てきたとなりゃ、野心が頭をもたげるさ」

「確か黒崎さんは、上条さんの社長就任と同時に、取締役に就任したんでしたね」

「論功行賞ってやつさ」

広重は頷いた。「そして専務から社長に。それから十九年。いまや黒崎さんはニシハマの天皇だ。肥後家の同族経営による恐怖政治とマスコミに書かせながら、いまのニシハマは、黒崎さんの恐怖政治そのものだし、人間ってのは歳を重ねるごとに一旦手にした権力への執着心は強くなっていくものだ。あの黒崎さんが、ニシハマを去るなんて、絶対にないね」

「それで、私になにをしろと？」

わざわざニューヨークまで出向いてきた目的は一つしかない。

黒崎と藪川の暴走がニシハマを危機的状況に陥れる危険性を、広重が憂えているのは、表向きのことにすぎない。間違いなく、広重は藪川が失脚した後を睨んで、その布石を打ちにきたのだ。

「ニシハマの主力事業のいくつかが、厳しい局面に立たされることは避けられない。その穴を埋めるのは、原発事業以外にはない。だが、黒崎さんと藪川さんが進めようとしている案件は、とても現実的とは思えない。となれば、残る手段はただ一つ。まずは、テキサスで建設中の原発を完成させ、採算が取れる事業にすることだ」

「しかし、テキサスの原発については、事業を行うに当たっての大前提に狂いが生じているんです。採算が取れる事業にするためには、原発の運営コストを劇的に下げる必要がありますが、技術的にも構造的にも、そんなことは不可能です」

「もちろん、電力から上がる収益だけで黒字化するのは不可能だ。ならば、計画を上回る収益を上げる事業にすべく、根本からプランを練り直すしかない。それを君に考えて欲しいんだ」

広重の狙いが完全に読めた。

IEとモンゴル。二つの案件が失敗に終われば、藪川の退任は確実だ。そうでなくとも、藪川は来年三期目の任期満了を迎える。再任されるか否かは、黒崎の腹一つだが、少なくともモンゴルの案件が頓挫すれば、その時点でお払い箱だ。それ以前に広重がIEが抱えている問題を解決するどころか、計画を遥かに上回る高収益事業に生まれ変わらせる案を出してみせれば、間違いなく黒崎は評価する。常務からいきなり社長ということもあり得なくもない。つまり広重は、第二の黒崎になることを目論んでいるのだ。そして、実現した暁には、お前も同じ道を歩むことになると、暗に匂わせているのだ。

それにしても——と、賢太は思った。

IEの再建策については、ちょうど一週間前に物部から驚くべきプランを提示されたばかりだ。もっともその内容は、これまでニシハマが手がけてきた事業とは、全く関連性がないもので、ノウハウもなければ社内に人材も皆無である。実現性という点においては、藪川が進めようとしているモンゴルの案件と同じくらい乏しい。失敗すればニシハマが存亡の秋（とき）に直面することになりかねない、極めてリスクが高いプランだという点では共通している。

そして、共通点といえばもう二つ、この二つのプランを持ち込んできたのが元経産省のキャリアであることと、ニシハマ社内の権力抗争が背景にあるということだ。

原発事業部は、その事業規模の大きさに加えて、技術の特殊性から、所属する社員のエリート意識は高い。なのに、肥後家が経営から退いた後、社長に就任した三人は、いずれも他の事業部の出身だ。広重は、原発事業部出身の初の社長になるかもしれないと目されてきた人物だ。して考えると、一連の動きの中に、透けて見えてくるものがある。

社長の座にしがみつこうとする藪川の願望につけ込んだ岡谷。社長の座を何としても手にしたいという広重の野心につけ込んだ物部。元官僚の二人の狙いは異なるとしても、ニシハマが内包する問題への解決策を提示することで、己の実績に繋げようとしていることは同じだ。

物部と広重が繋がっていることは察しがついたが、あのプランをいま、ここで話すわけにはいかない。

なぜなら、即座に実現に向けて検討しろと命じられるに決まっている。広重がニューヨークにやってきた目的はそれ以外に考えられないからだ。

そして広重の狙いは、もう一つある。

それは『保険』だ。

物部が提示してきたプランが失敗すれば、当然責任を問われる。もちろん、原発事業の最高責任者である広重も同罪と見なされるだろうが、主犯と従犯では沙汰(さた)の重さが違う。まして事業はアメリカで行われるのだ。起案者にして、プロジェクトの責任者、しかもNNAの副社長にして、アメリカの原発事業を統括する立場にあるとなれば、詰め腹を切らせるには十分だ。

だから賢太は、物部のプランに触れずにいった。

「お話の向きは十分に理解いたしました。考えてみます」

広重は、「それだけか」といわんばかりに、一瞬拍子抜けした表情を浮かべたが、

「ニシハマの将来を左右することになる案件だ。それは、君の将来がかかった案件ということだ。いい案が出てくることを期待しているよ」

すぐに鋭い眼光を賢太に向け、重い声で言葉に含みをもたせた。

「分かっています……」

賢太がそう返すと、目元を緩ませた広重だったが、その瞳(ひとみ)は笑ってはいなかった。

4

スマホが鳴る音で目が覚めた。

闇に閉ざされた室内で、パネルが光っている。

慌てて上体を起こし、スマホに手を伸ばしながら、傍にある時計を見た。

時刻は午前一時十分を回ったところだ。

パネルには、クリストファー・グラハムの名前が浮かんでいる。

深夜の電話にロクなものはない。

不吉な予感を覚えながら回線を繋ぎ、

「ワッツ・アップ……」とこたえた賢太の耳に、グラハムの切迫した声が聞こえてきた。

「寝てる場合じゃないぞ！　いますぐテレビをつけろ！　日本で巨大地震が発生した！」

「巨大地震？　日本のどこで？」

「東北地方だ。東京も酷く揺れたらしい。どのテレビ局もそのニュース一色だ」

呼び出し音で目覚めていた美咲も、良からぬ知らせだと直感したのだろう。賢太が「巨大地震？」といった途端、サイドランプの明かりを灯した。

「ちょっと待て」

寝室には五十インチのテレビがある。

グラハムが見ているのはアメリカのテレビ局だろうが、日本の情報ならニューヨークではテレビジャパンが最も早く、かつ正確だ。

慌ててリモコンを手にし、電源ボタンを押すと、思った通り日本からの中継映像が現れた。

黒々とした木々に覆われた半島、沿岸部に設置された巨大なタンクや漁業施設、商業施設が建ち並ぶ港の様子である。

「――宮城県、気仙沼市からの中継映像です。間もなく津波の到達予想時刻です。津波の高さは三メートルと予想されておりますが、地形によってはそれよりも高くなることがあります。高台に避難し、海の傍には絶対に近づかないでください。繰り返します、間もなく津波の到達予想時刻です――」

切迫したアナウンサーの声を聞きながら、賢太はいった。

「見たところ、大した被害はないようだね。信号も機能してるし、車も走ってる。巨大地震ってのは、ちょっとオーバーなんじゃないか」

「マグニチュード七・九だぞ。日本が地震大国だってことは知ってるが、それにしたって滅多にない規模だろうが」

「七・九？」

確かに、あまり聞いたことがない数字だが、どうもピンとこない。

そもそも大学を卒業するまでの大半を地震とは無縁のアメリカの東海岸で過ごした上に、日本では東京でしか暮らしたことがない。もちろん大きな揺れは何度か経験したが、被害が出たという記憶がない。

「クリス――」

賢太はいった。「大きな地震だったようだけど、大した被害は起きちゃいないと思うよ。日本は地震大国だ。地震に備えて家屋は頑丈にできているし、国民も大きな揺れを何度も経験しているからね。いま、日本のテレビで放映されている中継映像を見てるけど、壊れた建物もないようだし、人も落ち着いている。地震ってものの感覚がアメリカとは違うんだよ。津波だって三メートルっていってるし、その程度だったら防波堤で十分防げるよ」

「マグニチュード七・九で何の被害も出ないなんてことはあり得ないよ。いまは、被害状況が把握できていないだけなんじゃないのか」

「地震発生時刻は？」

「確か、日本時間の午後二時四十六分だったかな」

「で、株価はどうなった？」

「発生直後から、十四分の間に百二十円ほど下げた」

「たった百二十円だろ？」

賢太は苦笑した。「利に聡い投資家が、その程度の反応しか示さなかったってことは、せっかく祖国を見舞った災害を知らせてやったのに、賢太の冷静な反応ぶりが意外だったらしく、グラハムはむっとした声でいう。「状況を把握しないうちに売りに走るのは、素人のやることだ。それに、被害の状況によっては、特需の恩恵に与る企業だってある。マーケットはそんな単純なもんじゃない」

「それはちょっと違うね」

大したことにはならないと踏んだんだろう」

映像が上空からのものに切り替わった。

点在する家屋、ビニールハウス。三月ということもあって土がむき出しになった畑の合間を縫って、舗装された道路が映し出された。

やはり、目に見えるほどの被害は起きていないようだ。

賢太が安堵したその時、画面の左手から、まるで溶解したアスファルトのような黒い液状の塊が現れたかと思うと、急激にテレビ画面の中に広がり始めた。

なんだこれは……。テレビが壊れた？

一瞬、そう思った。

「仙台市の名取川河口付近の映像です！　津波が……！　津波が、名取川を逆流していきます！　溢れた津波が次々に住宅を、畑を呑み込んでいきます！」

嘘だろ……。

黒々とした津波の先端が、家屋に、ビニールハウスに達するや、家が傾き、ビニールハウスが瞬時に呑み込まれ、跡形もなく消えていく。

津波の先端に生活道路が現れた。目前に迫った津波に気がついたのだろう。Uターンを試みる軽自動車が見えた。

「なにやってんだ！　早く逃げろ！」

賢太は叫んだ。

呑み込まれる！　そう思った瞬間、カメラがパンした。すぐ近くの幹線道路を走行する数台の自動車が映し出された。

「うそでしょ！　呑み込まれる！」

美咲が悲鳴を上げた。

「どうした？」

グラハムが、切迫した声で問うてきた。

「大変だ！　日本からの中継映像を見てるんだが、津波が家や自動車を次々に呑み込んでいる。こりゃ三メートルなんてもんじゃない！　内陸深くまで流れ込んできて……あ……なんてことだ」

津波の脅威をリアルタイムで目撃するのは、はじめてだ。

津波が容赦なく家を破壊し、人を呑み込んでいく様は、虐殺行為そのものだ。

あまりの凄惨（せいさん）さに、賢太は声を失った。

「津波が、家や自動車を呑み込んでいく？」

グラハムは信じられないとばかりに、声を張り上げる。

「こりゃあ、大惨事になる。東北の太平洋岸には、工業地帯や水産加工場も多いし、三陸はリアス式海岸で、狭い入り江の奥に人家が密集しているんだ。この様子だと……」

そういった瞬間、画面が切り替わり、そこが気仙沼であることを記者が告げた。

変化がないように見えたのは一瞬のことで、湾口付近のタンクが傾き、湾内に漂流しはじめたかと思うと、膨大な海水が怒濤の勢いで市街地に流れ込む。フェリーが、漁船が、急流の渦の中で翻弄される木の葉のように漂流を始める。二階部分まで吹き抜けになった駐車場の屋上に取り残された複数の人の姿がある。津波は、瞬く間に高さを増し、すでに二階部分の半ばまで達し、市街地に向けて怒濤の勢いで流れ込む。

恐怖と驚愕のあまり思考の一切が停止する。

「ガァッ……ド……」

津波の映像が、アメリカのテレビでも流れ始めたのか、グラハムが呻く。

「クリス、話は後だ！　前代未聞の大惨事だ！　一旦電話を切る」

グラハムのこたえを聞かず、賢太は回線を切った。

「どうして……どうして、こんなことになるの……」

美咲は呆然とした面持ちで画面を見つめながら、譫言のように呟く。

「東京もかなり揺れたらしい。お義父さん、お義母さんは大丈夫だろうか」

美咲は、はっとして新たな恐怖を顔に浮かべる。

東京の両親から連絡がないのは、二つの可能性がある。一つは、無事であり、連絡する必要がないこと。もう一つは、連絡できる状況にない。電話回線が混乱しているか、体にダメージを負ったかだ。

ニューヨークでは、随時視聴できる日本語放送局は、テレビジャパン一局だけだが、人家を襲う津波の様子が衝撃的に過ぎるのか、東京の状況を伝える気配はない。

美咲が慌ててスマホを手に取るのを見て、賢太は画面に視線を戻した。

画面の右下に日本の列島地図が表示されている。太平洋岸に沿って、大津波警報、津波警報、津波注意報の三段階の警報レベルに色分けされた線が点滅を繰り返す。東北の太平洋岸地域は全て大津波警報だ。

それに気がついた瞬間、賢太はこれまでの人生において、ついぞ経験したことのない恐怖を覚えた。

火力発電所のほとんどが、原子力発電所に至ってはその全てが、沿岸部に集中しているからだ。

火力はまだいい。問題は原発だ。もし、原発がこの大津波の直撃を食らったら、果たしてどうなるのか――。

防潮堤は津波に備える目的もあって設けられたものなのに、中継映像を見る限り、なんの役にも立っていない。もちろん、原発施設にはもれなく防潮堤が別に設けられているのだが、その高さは起こり得る最大規模の津波を想定している。もし、想定を超える津波が原発を直撃したら——。

パネルをタッチする指先が震えるのを感じながら、賢太はスマホを操作し電話をかけた。

回線が繋がる間に、隣で美咲の「もしもし」という切迫した声が聞こえた。

どうやら、電話回線に異常はないようだ。

呼び出し音が鳴った途端、

「もしもし——」

前沢誠治（まえざわせいじ）の切迫した声がこたえた。

前沢は同期の一人で、ニシハマ東京本社の原発事業部の次長の職にある。

彼の口調からは、人間が絶体絶命の危機に直面した時に示すであろう、極限までの緊張と恐怖がうかがえた。

賢太は問うた。

「肥後だ。大変なことになったな。東京は大丈夫なのか」

「こっちはそれどころじゃない。福島の原発が大変なことになっている」

やっぱり——。

「津波か！」

「全交流電源喪失だ！」

「なんだって？——」

頭の中が真っ白になった。全身の血液が音を立てて引いていく。

賢太は思わず、スマホを落としそうになった。

全交流電源喪失は、原発事故における最悪の事態を招きかねない重大アクシデントの一つだからだ。冷却機能を失えば原子炉は暴走をはじめ、やがてメルトダウン。さらに熱を放ち続ける使用済み核燃料を保管しているプールの水が蒸発すれば、むき出しになった燃料棒が溶解し、膨大な量の放射性物質が大気中に放出されるがままになる。

そんなことになろうものなら、日本どころか、人類は滅亡してしまいかねない。

「予備電源は？」

それでも、かろうじて賢太は問うた。

「分からん。いま状況を把握中だ」

「分からんて……」

「現時点で分かっているのは、一号機から五号機までの全交流電源喪失！　一、二、四号機は直流電源も駄目、一号機のイソコン（非常用復水器）の弁は自動的に閉鎖されたが、途中で電源が切れて、圧力容器の弁の二つが半開きの状態で止まったために、ほとんど用をなさなくなったこと。それだけだ！」

賢太は、次から次へと出てくる、考えられないような事態に愕然としたが、最後に前沢が発した言葉を聞いて、耳を疑った。

「制御室の電源も全喪失！　原子炉の状況を把握する術がないんだよ！」

「それって、アンコントローラブル……制御不能ってことか？」

「そういうことだ！」

前沢はどなり声を上げると、「とにかく、こっちは対処で手いっぱいだ。詳しいことは事態が落ち着いたら改めて……。もっとも、そういう時がくればの話だがな」

早口でいい、一方的に回線を切った。

5

ヘッドライトの光の中に夜の住宅街が浮かび上がる。

外観は様々だが、共通しているのは芝に覆われた前庭とガレージの前に、広い駐車スペースが設けられていることだ。

ウエストチェスターは、ニューヨーク近郊の高級住宅地だ。最近、富裕層の間ではマンハッタンの高級マンションが人気だと聞くが、広大な敷地に建つ戸建住宅での生活が日本人にはやはり魅力なのか、この地域に居を構える駐在員は多い。

やがて、行く手に自宅が見えてくる。

賢太は車を減速すると、ハンドルを切った。

歩道と車道の段差で車体が微(かす)かに揺れる。

後部座席で人が目覚める気配を感じ、賢太は振り向きざまに声をかけた。

「着きました。お疲れ様でした」

「いや、済まなかったね。すっかり寝てしまった……」

政成が座席で身を起こす。

「静かねえ……」

ふとルームミラーに目をやると、秋子はオレンジ色の街路灯に浮かび上がる家並みに目をやっている。「日本で起きていることが嘘みたい……」

二人は二時間半ほど前に、ジョン・F・ケネディ空港に着いたばかりだ。

来米の目的は避難である。

福島の原発を襲った大津波による全交流電源喪失は、最悪の事態を迎えていた。炉内の燃料棒への注水機能が失われ、翌日の午後に一号機が、三日目に三号機、四日目には二号、四号機と、四つの原子炉が、相次いで爆発した。建屋上部を吹き飛ばし、濛々と立ち上る爆煙を見た瞬間に覚えた恐怖と絶望は、いまも続いている。

爆発が何に起因するものであるにせよ、注水機能が失われれば、炉内はもちろん、建屋内のプールで冷却中の使用済み核燃料棒が高熱を発し、早晩溶け出すことになる。溶解した炉内の燃料棒は圧力容器を、さらにその下の格納容器の底をも突き破り、地中奥深くへと果てなく突き進む。使用済み核燃料もまた同じだ。プール内の水が蒸発し、燃料棒はやがてむき出しになり溶解を始める。そこから放出される放射線量はとてつもなく高く、人間はおろか機械でさえ近づくことは不可能で、膨大な量の放射性物質を大気中に放出するがままとなる。

その最悪の事態を回避すべく、対応に追われている最中の爆発である。

日本は終わった。いや、世界も終わりだ。

テレビ画面に映るあの光景を見た瞬間、賢太は確信した。

しかし、美咲は違った。

即座に日本の両親に電話をかけ、

「原発が爆発した！　日本にいたら危ない！　すぐに離れて！　こっちへ避難して！」

と懇願したのだ。

日本を離れたところで、もはや地球上に安全な場所は存在しないなどと野暮はいうまい。

娘としてはそうとしかいいようがないし、最期の時を迎えるにしても、一緒にという気持ちは十分に理解できる。

政成と秋子も同じ気持ちを抱いたのであろう。二人はただちに日本を離れ、ここニューヨークに暫く身を寄せることになったのだった。

賢太はサンバイザーに取りつけてあるリモコンを操作した。

ガレージのシャッターが動き始めたその時、エンジンの音で両親の到着を察したのだろう。美咲が玄関から飛び出してきた。

後部座席のドアが開いた。

「お母さん！」

外に降り立った秋子に美咲が駆け寄り、二人は固く抱き合った。「良かった……」

美咲の啜り泣きが聞こえた。

「お義父さん。先にどうぞ」

賢太の勧めに、政成も車を降りた。

ガレージに車を入れ、リビングに入ると、孫の奈緒美との再会を喜ぶ二人の姿があった。

空港で出迎えた時には、極度の緊張と疲労を覚えていた様子であったが、久方ぶりの娘との再会、それに日本を脱出した安堵もあったのか、それも幾分和らいだ様子である。

しかし、政成の目は、つけっ放しになっているテレビ画面から離れることはない。

「疲れたでしょう？　すぐに夕食にしますけど、その前にお風呂に入ったら？　支度できてるわよ」

美咲がそういいながら、二人の前に茶を置いた。

「さすがに、今回ばかりは疲れたよ……」

茶に口をつけた政成が、深いため息を漏らしながら、呻くようにいった。「空港には海外に避難する人たちが殺到していてね……。あんな緊張感と殺気に包まれた雰囲気の中に身を置いたのは、後にも先にもはじめてだ……」

「ほんと、ラッキーだったわ」

秋子が染み染みという。「ニューヨーク行きの便だって、満席だったしねえ……。ぐずぐずしていたら、席が取れなかったわ……。外国人も日本人もみんな家族連れで……。日本にいる外国人、いなくなっちゃうんじゃないかしら……。本当に、日本はどうなってしまうのか……」

秋子の最後の一言に、部屋の中は重い沈黙に包まれた。

日本どころの話ではない。このまま適切な対応がなされずに事態が推移すれば、安全な場所は世界のどこにも存在しなくなる。人類が滅亡の危機に直面することを、知っているからだ。

「とりあえず避難できたんだし、その話は今夜は止めにしましょう」

美咲は、テーブルの上にあったリモコンを手に取りテレビの電源を切った。

「そうだね」

政成は同意すると、「君、先に風呂を使わせてもらいなさい」

秋子に向かっていった。

「あら、先にお入りなさいよ。あなた、今夜はお飲みになるんでしょう?」

「ちょっと賢太君と話があるんだ」

「そう……じゃあ、そうさせてもらうわ」

両親の会話を聞いていた美咲が、

「ナオ、お祖母ちゃまの荷ほどきをお手伝いしてあげて」

奈緒美に向かって命じる。

三人がリビングを出て行ったところで、

「しかし、大変なことになったもんだ」

政成は重い声でいった。「官邸があの体たらくじゃ、事態の収拾は絶望的だね。原子炉がどれほどのダメージを受けているか、把握のしようがないというし、このままだと……」

「本社の原発事業部も大混乱です。一号機の炉心の製造はアメリカですが、冷却装置はうちが請け負いましたからね。炉内、使用済み核燃料の冷却に成功するか否かが、勝負の分かれ目ですから……」

「まともに作業できないほどの放射線量が計測されているんじゃ、どうしようもないよ。実際、何をやったかといえば、ヘリ、それもたった一機のヘリからの散水だ。愕然としたよ。あんなもの、何の役にも立たないばかりか、もはや処置無しっていっているようなものだ。かえって絶望と恐怖を煽り立てるだけだ。馬鹿丸出しもいいところだ」

吐き捨てた政成に、

「まったくです。どうしたら、あんな発想が出てくるのか……」

賢太は頷いた。「大炎上しているガソリンスタンドを霧吹きで消火しようってなもんですからね。あれを見ていたら、B－29に竹槍で対抗しようとした、戦時中の話を思い出して、情けなくなりましたよ。何も変わっちゃいないんだと……」

「最悪の事態を覚悟しなければならんだろうね」

政成は沈鬱な眼差しを浮かべ、茶を啜る。「あそこにある核燃料棒が燃え上がり、放射性物質が大気中に拡散すれば地球上に逃げ場はない。目に見えない放射性物質に蝕(むしば)まれた人間が、ばたばたと倒れ、絶命していくことになるんだ。私は、もう十分に生きたが、奈緒美のことを思うと気の毒でならんし、その引き金を引くことになるのがニシハマの技術が使われたプラントかと思うと……」

悄然(しょうぜん)と肩を落とし、深いため息をついた。

福島第一原発には六つの原子炉がある。一号機はアメリカ企業のターンキー契約によって建設されたものだが、冷却系はニシハマが請け負った。二号機は配管、配線等の据え付けを担当し、三号機以降は設計から試運転に至るまで、全工程がニシハマによって行われたという経緯がある。つまり、現在危機的状況にある全ての原発に、ニシハマは関与していることになる。

原発はニシハマの基幹事業の一つだし、かつて政成は経営陣の一人であっただけに、かかる状況が、いかに深刻なものであるかは、説明を聞くまでもない。

政成が空港からの車中で、一言も賢太に事故に対する見解を求めなかったのは、秋子への配慮であろう。だから先に風呂を勧め、賢太だけに胸中に鬱積していた思いの丈を打ち明けることにしたのだ。

しかし、肯定したのでは、絶望的な気持ちに追い打ちをかけるようなものだし、ニューヨークに避難してきた意味がなくなってしまう。

「でもね、お義父さん。私はきっと事態は好転すると思いますよ」

慰めにもならないことは承知だが、賢太は敢えていった。

「何を根拠に？」

果たして、政成は不思議な顔をする。

「かつて日本は神の国だといった首相がいましたが、今回ばかりはその言葉を信じたいと思うんです」

「神頼みってわけかね？　驚いたな。君の口からそんな言葉を聞くとは思わなかったな」

陳腐な言葉であることは分かっているが、そうとしかいいようがない。

「いや、そうでもないかもしれませんよ」「日本は世界屈指の災害大国です。大地震、大津波、先の大戦では、主要都市は焼け野原にされた挙げ句、二度も原爆を投下され、壊滅的な状況に陥りました。それでも、その度に日本は立ち上がり、立派に復興を遂げたではありませんか。それが証拠に、原発が予断を許さない状況に陥っているというのに、パニック一つ起こるわけでもない。被災地には、全国各地から支援の手が差し伸べられ、秩序も保たれていると聞きます。モラルの高さ、精神力の強さは、こちらのメディアでも驚愕と賞賛をもって報じられているんです。こんな国は、世界のどこを見渡してもありません。もし、本当に神がいるのなら、絶対に見捨てやしませんよ」

「今回の災害は、その神が下したものじゃないか」

政成は、信じられないとばかりに首を振る。「だいたい、政治をおもちゃにするからバチが当たったんだよ。大惨事ってものはね、よりによってこいつらがって政権の時に起こるんだ」

「バチ程度で済めば御の字じゃないですか」

「御の字？　本気でいっているのかね」

政成は、片眉を吊り上げる。

「ええ……」

「仮に事態が収束に向かったとしても、ニシハマは大変な危機に直面することになるよ。反原発を唱える連中が懸念していた事故が現実のものとなったんだ。それも最悪の形でだ。稼働中の原発だって停めろと騒ぎ出すに決まってるし、建設中のプラントだって、再稼働なんか、まず無理だ。新設どころか、建設中のプラントだって、どうなるか分かったもんじゃない。ニシハマは存亡の危機に立たされることになるかもしれんよ」

我が身を案じろとばかりに政成はいう。

「そうでしょうか」

「えっ？」

「確かに、日本国内で新たな原発を建設することができなくなる可能性は極めて高いでしょう。既存の原発の稼働も困難になるかもしれません。しかし、そのこと自体が、ニシハマの原発事業に甚大な影響を与えるかといえば、答えは否だと思います」

「どうして？」

「黒崎さんは、こういったことがあるそうですよ。原発は、将来の技術の進歩を見込んで見切り発車した代物だ。ニシハマが万歳したら、誰が原発のお守りをしていくんだ。誰が最期を看取るんだと」

「黒崎ねえ……」

政成は苦々しい顔をして語尾を濁す。

「原発を運用しているのは電力会社です。今回の事故が設計や構造上の瑕疵によって生じたものなら、ニシハマの責任問題に発展するでしょうが、想定を超えた津波によるものであることは明らかです。スペックを決めたのはニシハマではありません。責任を問われるのは電力会社です」

「事故を起こした原発は、もはや使い物にならん。となれば廃炉という新たな仕事が生まれる。他の原発にしても、稼働せずともメンテナンスという仕事はなくならない。それがニシハマの原発事業を支えていくことになるというのかね」

「永遠になくならないというのは、そういう意味です」

ニシハマの原発事業部には希望があるといったのではない。事故を起こした四基の原発の廃炉技術を確立する必要性が生じるということは、日本が、人類が救われることだといいたかったのだ。

「そういうからには、ニシハマに残るつもりなんだね」

政成は、唐突に訊ねてきた。

「他に選択肢があるでしょうか」

政成は、ぷいと視線を逸らすと、

「君は不思議な男だね」

唸るように漏らした。「ハーバードを優秀な成績で卒業したんだ。就職に際しては引く手数多。どんな会社だって選び放題だったろうに、よりによって君はニシハマに入社した。原発関連の仕事が永遠になくならないというのは、その通りかもしれんが、新規受注が見込めなければ、事業部の業績は確実に落ちる。既存の原発の維持・メンテナンス、廃炉技術の確立にしたって、原発の新規受注に比べりゃ大した額にはならんじゃないか」

「肥後家には、恩がありますので……」

「神さまの次は恩か……」

政成は鼻を鳴らした。「再び肥後家がニシハマに君臨するのは、泰輔さんの悲願だったのは確かだが、実現せずして、恩を返したことにはならないというわけかね?」

政成は、ため息をつくと天井を見上げた。

借家だが、NNAの副社長の住まいともなれば、日本の感覚では邸宅だ。

暖炉が設けられたリビングだけでも四十畳の広さはあるし、天井も高い。食堂もダイニングと朝食用に分かれており、寝室もマスターベッドルームの他に三つある。三人住まいには過ぎた広さだが、アメリカで暮らすとなると、人を集めてのパーティーも頻繁に行われるから、どうしてもこのサイズになってしまうのだ。

だから普通に会話を交わしても、キッチンにいる美咲に聞かれることはないのだが、それでも政成は急に声を潜める。

「泰輔さん、二人目の子供も女だと知った時、大層喜んだそうでね。美咲が生まれた時も、そうだった……」

「それはどうしてです？」

「いまはどうだか知らないが、大阪の船場(せんば)の商家には、娘が生まれると赤飯を炊いてお祝いする風習があったそうでね」

政成は自嘲(じちょう)めいた笑いを浮かべると、「なぜだか分かるかね？」

不意に訊ねてきた。

「いいえ……」

賢太は首を振った。

「息子なら跡継ぎ誕生だ。出来が良けりゃいいが、悪けりゃ代々続いた家業を潰されかねない。その点、娘なら話は別だ。これぞと見込んだ、優秀な男を婿に迎えりゃいい……」

「それ、本当の話ですか？」

「本当も何も、美咲が生まれた時に、泰輔さんが秋子の手を握って、でかしたって大喜びしたんだ。最初は、何でそんなに嬉しいのか分からなかったんだが、後で秋子からそう聞かされて、妙に納得したもんだよ」

政成は、役員の大半と変わらず東都大学出身だが、ニシハマの生え抜きではなく、経済学部卒業と同時に大手都市銀行に入社し、秋子との結婚を機にニシハマに転じた外様である。

山口県の素封家に生まれた三男で、秋子との結婚は勤務していた銀行の頭取から持ち込まれたものだったと聞く。

新卒の行員は採用の時点で、幹部候補生とその他に選別されるのが日本の銀行だ。在籍した七年間は、一貫して本店勤務、それも経営企画畑を歩んできたというから、そこで頭角を現し頭取の目に留まったのだろう。

ニシハマに転じてからは、主に財務、法務といった業務畑を歩み専務となったのだったが、義兄の茂樹は同じ東都大学でも工学部の出身だ。技術は茂樹、実務は政成、有能な二人の婿に経営を任せれば、ニシハマは安泰だと泰輔は考えたのだろう。

「だから、茂樹さんがあんな形でニシハマを追い出された時には、泰輔さんは激怒したなんてもんじゃない。まして、私の首まで取られてしまったんだからね」

これぞと見込んだ男を娘の婿に――。

つまり、賢太も泰輔に見込まれて、肥後家の一員に迎え入れられたといいたいらしいが、美咲と結婚したのは、あくまでも二人の意志によるものだ。

美咲は芸大、ジュリアードでハープを学んだ音楽家だ。何不自由なく育っただけに、おっとりしている面がある一方、音楽はもちろん、絵画、陶芸といった、あらゆる芸術について造詣が深く、見る目も厳しい。それは、人を見る目も同じで、肌が合わない、あるいは自分の主義と反すると感じた途端、関わりを断つし、議論することも厭わないという、激しい一面を持つ。

日本でも、キャリア志向の女性は当たり前にいるが、アメリカの比ではない。特に、ハーバードのような大学で学ぶ女性の圧倒的多数は、キャリア志向の塊だ。もちろん、それが悪いといっているのではない。そもそもが、仕事の現場に性差が存在するのはおかしな話だし、キャリアを積み重ねられるかどうかを決めるのは結果である。

まして、アメリカの名門私立大学は、大抵がアドミッション入試を取り入れており、学力だけでは優劣をつけられない優秀な高校生が、世界中から入学を志願してくるのだ。合否の判断は、学業以外に何ができるのか、どんな可能性を持っているのか。つまり、これぞと見込まれた学生が『選ばれる』のだ。そこが、試験一発で『勝敗』が決まる日本の入試とは根本的に異なる。

アメリカの社会、特にビジネス社会に性差はない。キャリアを積み上げられることは、選ばれ続けていることでもある。それゆえに、プライドや上昇志向が、極端に強く表れるきらいがある。

その点、美咲は、おっとりとしている反面、時に見せる激しい気性という二面性のバランスがとてもいい。そこに賢太は惹かれたのだ。

そして、ニシハマに入社した理由はもう一つある。

肥後家に恩義を感じていたのは事実だが、本当は、ニシハマならば経営トップを目指せるかもしれないと考えたからだ。

確かにハーバードをトップクラスの成績で卒業すれば、就職先は引く手数多、選び放題、若くして法外の高給にありつけもするだろう。しかし、アメリカの企業の経営トップに日本人が就任することは、まず期待できない。最大の出世は、日本法人の社長か、アジア地域のトップ、本社ならボードメンバーの一隅に名を連ねるのが精々といったところだ。悲しいかな、それがアメリカ企業の現実なのだ。

組織が階級社会なのは、洋の東西を問わないが、アメリカ企業はその傾向がより強い。そして、新大統領の誕生と同時に、官公庁のスタッフまでもが一変してしまうように、民間企業もまた全てはトップ、いや、権限の範囲であれば、上司の意向で変わってしまうのがアメリカ企業だ。

報酬は高額でも、トップには立てないと分かっていながら職を求めたのでは、カネと引き換えに身を売ったも同然だ。起業することも考えないではなかったが、何をやるにせよ資金が必要になる。投資家に資金を求めれば、一定期間のうちに結果を出すことを強いられる。起業したビジネスが、思惑通りに推移しなければ、常に金策に追われることになる。

その点、大企業は別だ。

豊富な資金、組織力はすでにある。トップに立ちさえすれば、持てる会社の資源をフルに活用して、思うがままに事業を展開できる。しかも、日本企業の技術力、品質の高さは世界でも群を抜いているが、最大の泣き所は語学力だ。日本人にはあまり知られていないが、「日本の製品は素晴らしいが、マニュアルはジョークだ」と、嘲笑される有様だ。

もちろん、語学力一つでトップに立てるわけではないが、ワールドワイドに事業を展開する日本企業においては大きな武器になることは間違いない。同期はもちろん、職場の同僚と伍して戦えるだけの自信はあったし、それに加えて自分には、ハーバードで培った人脈がある。

肥後家がニシハマに君臨していたのなら、絶対に入社することはなかったろうが、一族に連なる人間はすでにいない。かつて、父親が在籍し、どれほど望んでも決して手に入れることは叶わなかったであろう社長の座に息子の自分が就く。それも、世界有数の総合電機メーカーであるニシハマのである。

だから、泰輔から秘めた思いを聞かされた時にも、なんとも思わなかった。言われなくとも、端からそのつもりだったからだ。

「泰輔さんの意思はどうあれ、ニシハマに入社したからには、上り詰めたいという野心は抱いています。肥後家のためというより、私自身のためにです」

賢太は断言した。

「君がそのつもりでも、いまのニシハマではトップにはなれんよ」

政成は、複雑な表情を浮かべる。「黒崎が社長になってからは、役員に就任するのは東都の出身者ばかりだ。黒崎の目が黒いうちどころか、後任が誰になろうと、東都出以外は平取にもなれんだろう。学閥とはそういうものだということは、君もよく知っているだろう？」

「ええ……」

賢太は頷いた。「アメリカにも学閥は存在しますからね。もっとも、日本ほど閉鎖的ではありません。学部と院では、異なった大学に行くのは当たり前のことですし、学部だけだろうが、院だけだろうが、学位を得た人間は、みな同窓です。だからこそ、世界に幅広いネットワークができるんです」

「君がいるのは、日本企業だよ。残念ながら、そのネットワークを活かして実績を上げても、誰かの手柄になるだけだ。だったら、そのネットワークを使って、ニシハマを出た方がいいんじゃないかね。四十五歳でＮＮＡの副社長というのは立派なキャリアだ。会社を転ずるとなれば、引く手数多だろうに」

美咲との間で結婚の合意が整い、挨拶に出向いた賢太に向けられた政成の目は、どこか冷ややかだった。一人娘を手放す父親の感情の表れではない。肥後家がニシハマから排除されてしまったからには、東都出身以外の人間は、役員にはなれない。つまり、一人娘の夫となる男の将来が見えてしまったからだろう。

あからさまには反対しなかった、いや、反対できなかったのは、この結婚に秋子はもちろん、泰輔が諸手を挙げて賛成したからだ。あの時の心情が、口を衝いて出てしまったのだろうが、賢太にはいまに至ってもなお、アメリカ企業に職を求める気はさらさらない。

しかし、理由を話したところで、政成には理解できるとは思えない。

苦笑を浮かべた賢太に向かって、

「君も気がついているだろう」

政成は執拗に食い下がる。「本社とＮＮＡを行ったり来たり。二度も同じ都市に駐在を命ぜられるなんて、ニシハマでは異例中の異例だ。仕事ができるのは事実だろうが、君は肥後家に連なる人間だ。いまのニシハマの経営陣からすれば、君は不気味な存在だ。だから、遠くに置いておきたい。そんな気持ちの表れだよ」

政成の言葉を聞くうちに、賢太は物部が日本の官庁や一流企業は科挙社会だと看破したのを思い出した。

習性というのは、そう簡単に改まることはない。いかにしてミスを犯さないかが勝ち残る唯一の方法と刷り込まれた人間が集まった組織に、ダイナミズムは生まれない。それどころか、ミスを犯したことを察知すれば、それを糊塗する方策を考える。

　貧すれば鈍するとはよくいったもので、モンゴルの案件に活路を見出した藪川しかり、莫大な損失を出すことが確実となった途端に、過ちを隠蔽すべく、さらに大きな事業を打ち出そうとする。そうでなくとも、ニシハマを支えてきた基幹事業の中には、技術革新の波に晒され、早晩危機的状況に陥るものも少なからず出てくるだろう。その時、ミスを恐れる人間たちが、どんな行動に出るか。科挙制度の中に生きてきた人間に、激動の時代を乗り切る能力があるとは思えない。なぜなら、答えなき問題を解くことは、彼らにはできないからだ。

　まして日本の人口は近い将来減少に転ずる。それは国内市場の縮小を意味し、企業は海外に生き残りの道を求めるしかないのだ。そこに必ずやチャンスが生じる。

　賢太は、そう確信していた。

政成との会話にうんざりしかけたその時、スマホが鳴った。

　グラハムからである。

「ハロー」

　賢太がこたえるや否や、グラハムの切迫した声が聞こえてきた。

「日本人は何を考えてるんだ！　政府にまともな頭を持った人間はいないのか！」

「クリス、なんのことだ？」

　意味が分からず、問い返した賢太に、

「テレビ、見てないのか？　ヘリに続いて、今度は放水車だ！　あんなものが、原子炉の冷却に、役に立つわけないだろ！」

グラハムは絶叫する。

「放水車って……」

慌てて、リモコンを手にし、電源ボタンを押した。

画面に浮かび上がる光景を見て、賢太は絶句した。

そこには、現場に向かう、機動隊と消防の放水車が映し出されていた。

「あり得ない……」

もはや、それ以上の言葉が見つからない。

賢太の希望は、絶望へと変わった。

6

「神は本当にいるんだな。まさか、原子炉の冷却に成功するとは思わなかった。あの勇敢な消防士たちには、心底敬服するね。脱帽だよ」

ハーバードクラブのロッカールームで、上着をハンガーにかけながらグラハムがいった。「ヘリに続いて放水車が出てきた時には、もう終わりだと思ったからな」

「電話してきたところでどうなるもんでもないのに、すっかり取り乱してさ。君の絶叫は、一生忘れないよ」

「君だって、絶句してたじゃないか。お互い様だよ」

グラハムは、照れ笑いを浮かべながら返してくると、「しかし、本当に日本政府には人材がいないんだな。いや政府ばかりじゃない。高濃度汚染水が海に流れ出したと分かった途端、どうするのかと思いきや、オガクズに新聞紙だぜ。あんなものが何の役にも立たないことは、小学生でも分かる。呆(あき)れたよ」

鼻から深い息を吐きながら首を振った。

原発事故から、ふた月が経つ。

世界中の人々が最悪の事態を想定し、息を呑んで成り行きを見守っていたところに奇跡は起きた。炉内、使用済み核燃料を保管しているプールへの、海水注入に成功したのだ。

もっとも、それはあくまでも、放射性物質の大量飛散をかろうじて防げたというだけの話でしかない。冷却に成功すれば、次は炉内、およびプールで冷却中の核燃料棒の取り出しということになるのだが、前者の場合、高濃度の放射線から作業員の身を守るために、炉内を水で満たす水棺という手法を用いなければならない。しかし、水を注ぎ続けても、炉内に水が溜(た)まる気配はない。圧力容器はもちろん、格納容器にも穴が開き、注入した水が高濃度汚染水として海に流れ出していることが判明すると、その対処方法を早急に確立する必要に迫られたのだ。それだけではない。プールで冷却中の使用済み核燃料棒を取り出そうにも、爆発した建屋の瓦礫が邪魔になって、直ちには作業できない、飛散した放射性物質の除染、避難者への対応と、とにかく早急に策を講じなければならない問題が山積しているのだ。

もっとも、対応に追われているのは東京本社だけで、NNAでの仕事には大きな影響はない。むしろ、本社の事業部が事故の対処に専念せざるを得ない状況下にあるだけに、やり取りはめっきり少なくなっていた。

「呆れたといえば、日本政府がパニックを恐れて、国民の安全をないがしろにしたことにもだよ」

「緊急時迅速放射能影響予測ネットワークシステムのことか？」

「それもだが、あの危機的状態に際して、ヨウ素剤の配布も行わなかったのが信じられんよ。アメリカ政府は、早々に日本に滞在中のアメリカ人に、ヨウ素剤を配布したってのにさ」

「アメリカ政府がヨウ素剤を？」

賢太はワイシャツのボタンを外しかけた手を止めた。

ヨウ素剤を適切に服用すれば、放射性ヨウ素による内部被曝に対する防護効果が期待できる。

原発事故の状況を報じる中では何度もヨウ素剤という言葉を耳にしたが、日本政府が配布を行ったとは聞いたことがない。

「なんだ、知らなかったのか？」

グラハムは意外な顔をする。「うちも東京には、多くの社員を駐在させているからね。大地震発生の直後から、家族の帰国が相次いだんだが、社員はそうはいかない。そこに原発の爆発だ。そりゃみんなパニックさ。ところが帰国しようにも席が取れない。不安に駆られていたところに、ヨウ素剤の配布の知らせが入った。最寄りの大使館、領事館にヨウ素剤が用意してある。ただちに受け取れ。ただし、指示があるまで服用はするなとね」

「日本のメディアはそんなことを一言も報じていなかったけど？」

「全国民分どころか、原発周辺の住民分ですら、行き渡るだけの備蓄がなかったんだろうね。何しろ、想定外のことが起きたんだから」

グラハムは、皮肉の籠もった口調でいい、ワイシャツをかけたハンガーをロッカーに吊るす。「まっ、どこの国の政治家もいい加減なもんさ。アメリカだって同じだし……」

「少なくとも、アメリカ政府はヨウ素剤を配布したんだろ？」

「そのことじゃない」

「じゃあ、なんのことだ」

「中国の海洋進出に目を瞑ってきたことさ」

グラハムは唐突にいった。「南シナ海の岩礁を埋め立て、人工島を造っているだろ？あそこに軍事施設ができれば、南シナ海は事実上、中国に支配されることになる。彼らの狙いは端から分かっていたのに、アメリカが見て見ない振りを決め込んできたツケが、脅威となって現実のものになろうとしてるんだ。これは、周辺諸国だけじゃない。アメリカにとっても、極東のパワーバランスに関わる大問題のはずなんだ」

「南シナ海は、重要なシーレーンだからな」

「いいのかね、そんな他人ごとみたいに」

グラハムは、バッグの中からポロシャツを取り出した。「中東からのタンカー、LNG（液化天然ガス）船の多くが、中国本土と軍事施設に囲まれた海域を通ることになるんだぜ。今回の事故で、原発の新設はおろか、再稼働さえ難しくなれば、発電エネルギーは、石油か液化天然ガスがメインってことになるんじゃないのか」

著しい経済成長を遂げた中国が、西太平洋の覇権を狙っているのは明らかだ。周辺諸国との間では、様々な問題が生じているわけだが、尖閣諸島の領有権を主張している日本もまたその例外ではない。

まして、日本は人口十四億という巨大な市場に目が眩み、この四十年来、こぞって中国に進出してきた経緯がある。最大にして最強の同盟国、アメリカとの間で摩擦が起きようものなら、米中双方の間で、どちらにつくのかという厳しい選択を迫られることになる。日本がアメリカにつくのはいうまでもないが、その時、南シナ海のシーレーンを押さえた中国が、どんな手段に打って出るかは明らかだ。

そんな内心が顔に出たのか、グラハムは着替える手を止め、賢太に向き直ると続けていった。

「原油、LNGの輸送が滞る、いや、いままで以上に日数を要するようになろうものなら、エネルギーの原価は上昇する。それはあらゆる産業の製品価格の上昇に結びつく。当然、日本で生産される製品価格も上昇するわけだから、輸出産業の競争力は確実に削がれる。それを防ぐ手段は一つしかない。生産拠点の海外移転だ」

「僕はそうは思わないね」

グラハムの見解が的を射ていることは間違いないが、賢太は敢えて反論に出た。「電力は代替の利かないエネルギーだ。現代社会においては、血液そのものだ。料金が高騰すれば、影響を受けるのは産業だけじゃない。家計も直撃する。そんなことになろうものなら――」

「世論が原発の再稼働を望むってのか？」

グラハムは片眉を上げ、口の端を歪める。「同規模の余震が起きて、再び大津波が発生したら、福島の二の舞になるって、稼働中の原発に運転停止要請を出したのが日本の首相なら、それを地元の知事は大英断と讃えたんだぜ。十二メートルの防潮堤が役に立たないっていうんなら、そこで暮らしている県民はどうなる？　沿岸部にある都市は、ことごとく壊滅。何十万人って国民が命を落とすことになるんじゃないのかね。それで、避難命令を出したか？　もうここに住むのは危険だといったか？　誰か、そうした声を上げたか？」

返す言葉が見つからない。

グラハムの言葉は、絶対的なまでに正しいからだ。

「ひと昔前までは、自分の意見を世に発することができるのは、限られた人間の特権だったが、いまは違う。知識、見識の有無なんか関係ない。有象無象を含めて、誰もが自由に自分の意見を世に流せる環境が整っているんだぜ？　実際、日本では原発の必要性を唱えようものなら、袋叩きに遭うそうじゃないか。民衆なんてものはね、経済理論や科学理論を以て説明したって無駄なんだよ。なぜなら、理解する努力をするより、感情に走った方が遥かに楽だからだ」

「確かに、その通りだよな……」

「ここだけの話だが」

グラハムは、周囲に人の気配がないことを改めて確認してもなお、声のトーンを落とした。「我々は、日本での原子力発電は窮地に立たされる、少なくとも、日本国内での発電は、火力が主力になると考えている」

「ホフマンが？」

「事故を起こした原発の対処費用は、途方もない額になる。対処には間違いなく何十年という歳月がかかり、その間電力会社の経営に重くのしかかる。もっとも、どれだけ莫大な経費が発生しようとも、それを料金に転嫁できるのがインフラ事業の強みだから、発電事業自体がなくなることはないがね」

「その点については、ニシハマも同じ読みをしている。日本国内に原発を新設するのは困難になったが、廃炉、および既存の原発の維持にまつわる事業は、今後も決してなくならないとね」

「だが、いつまで経っても、稼動できないんじゃ、原発はただのカネ食い虫だ。事故を起こした原発同様、どこかの時点で廃炉にするしかないってことになる。しかし、減価償却が済んでいない原発を廃炉にすれば、電力会社は多大な損失を被る。第一、廃炉にするにも、いまの技術では不可能だ。それにまつわる研究開発費だって、いくらかかるか分からない。料金の値上げで賄おうにも限度があるしね」

何か思うところなくして、こんないい方はしない。

賢太は言葉を待った。

果たしてグラハムはいう。

「全くの悪循環に陥ってしまうわけだが、手がないわけじゃない」

「どうするってんだ？」

「電力会社の再編だ」

「再編？」

いわんとすることが分からない。

賢太は問い返した。

「一度事業を清算した上で、再編するんだ」

「そんなことできるわけないだろう。そんなことをしようものなら——」

賢太は、そこで言葉に詰まった。

その先が、浮かばなかったからだ。

「どうなる？」

グラハムは先を促す。

視線を逸らした賢太に向かって、グラハムは続けた。

「廃炉にまつわる費用を捻出するためには、電気料金を上げるしかない。だが、上げるにも限度があるんじゃ、どこかの時点で電力会社は赤字に転ずる。しかも、それが延々と続いたら、経営は破綻するに決まってるじゃないか」

「電力会社が抱えた負債はどうするんだ」

「日本のことだ、政府が面倒見るさ」

「それはない」

「どうして？」

即座に否定したが、これもまた根拠なき否定だ。

それを見透かしたように、グラハムはいう。

「日本には、国鉄を民営化した際に、莫大な負債に国費、つまり国民の税金を投じた前例がある。たぶん、同じ手法を用いる可能性が高いだろうね」

そうはいわれても、国鉄が民営化されたのがいつのことなのか分からない。債務がどれほどあったのか、いかなる手法が用いられたのかもだ。

グラハムはいう。

「君は知らんようだが、国鉄が抱えていた債務は三十七兆円もあったんだぜ」

「三十七兆円？」

「一九八七年、四半世紀も前の三十七兆円だ。当時の一般会計予算は約五十六兆七千億円だから、いかに巨額か分かるだろう。日本政府は民営化に当たって、国鉄を分社化して、いまのJRを創設し、各社の株を百パーセント所有すると同時に、国鉄清算事業団を作った。国鉄が所有していた遊休地を売却し、負債を返済するのが目的だが、そこにバブルが起きた」

「バブルの時代なら、高く売れただろう」

「国鉄が所有していた土地は一等地だ。誰もが不動産を買い漁っている最中に、そんなものが市場に出れば、地価高騰に拍車がかかる。それで、政府が売却を中断させたんだ。ところが、バブルが崩壊した途端、今度は買い手が現れない。その間に、負債の金利は嵩み、事業団が引き継いだ債務は逆に増え、残された長期債務二十八兆円は、一九九八年度から一般会計で処理されることになった。六十年間に亘ってね」

「六十年間？　じゃあ、いまも返済は続いているのか？」

「郵貯の金利収入、たばこ税の増額分、国債が財源だが、国民の負担であることに変わりはない。それどころか、遊休地の多くを買ったのは自治体だ。再開発用地の名目でね。

自治体の購入費用だって、とどのつまりは税金だ。鉄道同様、電力だって国民の暮らしに必要不可欠な社会インフラだ。潰すわけにいかないならば、国鉄のケースはモデルになるだろうね」

そんなことまで、この短期間に調べ、分析しているのか。

悪名高い、ハゲタカの嗅覚の鋭さ、貪欲なまでにカネを追求する姿勢に、賢太はいまさらながらに驚愕した。

「もう一つ、分かったことがある」

グラハムは、顔の前に人差し指を突き立てた。「当面の電力需要は原発を稼働させずとも、火力、水力で賄える。電力需要がピークを迎える今年の夏に、何事も起こらなければ、今後の主力は火力、それも環境問題を考えればLNGによる発電と、再生可能エネルギーの普及を促し、脱原発を図るべきだという意見が高まるだろう。そこで問題になるのが、南シナ海での中国の動きだ。中東からの輸入に頼っている現状を懸念する声も上がるはずだ。LNGの調達先に保険をかけておく必要があるとね」

原発抜きでも電力需要を賄えることは、発電事業に携わっている者の多くが知っている不都合な真実だ。政府や電力会社がそれを否定し、危機感を煽っているのは、原発を稼働させ、発電による収益が得られなくなれば、莫大な設備投資が回収できなくなり、設備そのものが不良債権と化すからだ。

今回の事故をきっかけに、原発不要論が日本国内に沸き起こっているのは事実である。

現在、稼働している原発も、定期点検を迎えたプラントから順次停止する。再稼働に当たっては、県知事の承認が必要だが、稼働中の原発を停止させた首相の指示を、「大英断」と賞賛した知事がおり、異議を唱えるよりも、賛同する世論が圧倒的だったことを考えれば、再稼働は承認されない可能性が高いと見るべきだ。

もし、原発がなくとも電力需要を賄えると分かってしまえば、結果は火を見るより明らかだ。絶対に起きないとされていた事故が起き、国家存亡の秋、いや人類が滅亡するかもしれない恐怖を味わった国民が再稼働を許すとは思えない。廃炉に伴う費用が、いかに莫大な金額になろうとも、「人命には代えられない」といわれれば、議論にもなりはしないだろう。

「LNGか……」

賢太は、ロッカーの前に置かれたベンチに腰を下ろした。「南シナ海を通らず、安定的に天然ガスの供給が見込めるLNG産出国といえば、アメリカだろうな……」

「シェールの採掘技術は格段に進歩している。間違いなく近い将来アメリカは、世界最大の石油と天然ガスの産出国となり、自国の需要を百パーセント賄えるようになる。いまでこそ、天然ガス、石油の輸出には規制が設けられているが、産出量が増せば、余剰分をどうするかという問題に直面する。その時点で規制は撤廃。アメリカ産の石油、天然ガスが世界に向けて輸出されるようになる」

「生産を制限するよりも、増産させた方がコストは下がるからな。エネルギー価格は国内経済の活性化に直結するし、輸出先の国がアメリカ産のエネルギー資源に頼るようになれば、国際政治の面でも優位に立てる」

そこにカネの匂いを嗅ぎつけたというわけか……。

「まったく、抜け目がないな」

賢太は、グラハムの顔を見上げ、薄く笑った。

「それが、我々の仕事だよ」

グラハムは肩を竦めると、「どう考えたって、日本国内に原発を新設するのは不可能だ。そりゃあ、メンテナンスや廃炉の仕事はあるだろうし、海外での受注も見込めないわけじゃない。しかし、海外での新設は、まず日本と相手国の政府間交渉からはじまるのが常だ。政府間で合意が成立しても、ニシハマが受注できるとは限らない。あまりにも不確定要素が多すぎる。それは、原発事業を基幹事業の一つとするニシハマにとっては、深刻な問題であるはずだ。原発と違って、火力発電所にお守り役はいらないからね」

睥睨するような目で賢太を見た。

中国の海洋進出を非難しながらも、具体的な行動を起こす気配もなく、事実上黙認するアメリカの姿勢は、かつてなら考えられなかったことだ。

その理由は十四億という人口を抱え、目覚ましい成長を続ける中国市場が日本同様、アメリカ経済にとっても、必要不可欠な存在になっているからだ。して考えると、岩礁を埋め立てた人工島に軍事基地ができ、南シナ海は中国の支配下に置かれてしまう公算は極めて高い。

日本に輸入されるLNGの用途は、およそ七割が発電、残りの三割が都市ガスで、国民の生活に必要不可欠なエネルギー資源だし、韓国は日本に次いで世界第二位の輸入国、台湾は発電の八割がLNGで賄われている。南シナ海が、中国の支配下に置かれれば、この三国が輸入先を中東以外の地域にも確保するのは間違いなく、その時どこに目を向けるかといえば、アメリカだ。

まして、中東情勢には常に不安定要因がつきまとう。その点、アメリカは別である。輸出規制が撤廃されれば、アメリカ産のLNGの輸入量が、時間の経過と共に増大していくのは間違いないだろう。

もちろんLNGの産出国がどこであろうと、火力発電所を建設して終わりのニシハマには、関係のない話なのだが、物部の提案してきたプランは違う。そこに大きなビジネスチャンスが生まれることになるのだ。

物部が提案してきたプランが、絵空事とは思えなくなってきた。荒唐無稽ともいえるプランとリスクがあまりにも高すぎるし、社内に人材もいない。ものにできないのも事実である。考えていたが、大きなビジネスはリスクを冒さずしてものにできないのも事実である。それに、グラハムの読みは間違ってはいない。ニシハマの将来を思えば、新しい基幹事業が必要なのは明らかなのだ。

「ニシハマを出た方がいいんじゃないのか？」

　グラハムはいう。「イノベーションの波に襲われりゃ、どんな巨大な企業だって、産業ごとあっという間になくなってしまう時代だぞ。フィルムなんかその典型だ。エクセレント・カンパニーとして、業界に君臨してきたコダックを見てみろよ。デジタルが主流になったおかげで、いまじゃフィルムなんか誰も使いやしない。チャプター・イレブンの申し立てをするのも時間の問題ってところまで追い込まれているんだぜ」

　チャプター・イレブンは、日本でいう民事再生法に相当する事業再建に向けての手続きのことである。

　確かに、イノベーションの波は、家電、重電メーカーにも確実に押し寄せている。かつて、ニシハマの主力事業であったオーディオ部門がインターネットやスマホの登場で撤退を余儀なくされたのはその一例だし、フロッピーディスクやカセットテープといった磁気媒体もしかりだ。

「四十五になるまで日本企業でしか働いたことのないのに、どんな職があるってんだ」

　賢太は、立ち上がると、中断していた着替えをはじめた。

「君にその気があるなら、紹介してもいいが？」

　政成に続いて今度はグラハムである。

　思わず、苦笑しながら賢太はこたえた。

「難しい仕事を抱えていてね。そう簡単には辞められないんだ。まあ、その時がきたら、よろしく頼むよ」

第二章

1

「お呼びでしょうか」

ドアが開き、今井裕雄が現れた。

役員室を訪ねる時は上着の着用が慣例だが、それは本社の話だ。現地採用のアメリカ人社員が多く働くNNAには、そんな面倒な決まりはない。

薄いブルーのボタンダウンに、赤地に濃紺のレジメンタルストライプのネクタイというコーディネートも、ワイシャツは白が定番の本社では、まず考えられない。こちらもまた、NNAならではだ。

「ちょっと、君に頼みたい仕事があってね」

賢太は執務席を立ち、応接セットに歩み寄りながら今井に着席を促し、早々に用件を切り出した。「一つは、テキサスのシェールガス生産会社の中で、メキシコ湾沿いに輸出プラントを持つ会社のリストを作って欲しい。産出量、企業規模、財務状況、役員の経歴、できるだけ詳細な情報を集めてくれ」

「シェールガス……ですか？」

今井は、怪訝(けげん)な表情を浮かべ問い返す。

「それから、もう一つ。君は経産省内に伝手(つて)があるかね？」

賢太は質問にこたえることなく話を進めた。

「ええ……高校時代の友人が何人か……」

今井は、すっと視線を落とし、語尾を濁した。

「物部武雄という人物について調べて欲しいんだ」

賢太はいった。「すでに退官した経産官僚で、いまは城南大学の経済学部で教授をしている。宗像政権下で首相秘書官を務めた男でね。私も二度ばかり会ったことがあるんだが、彼の経歴については何も知らないんだよ。確か君は、城南だったよね」

「経産官僚の経歴ならば、うちには東都出がたくさんいるじゃないですか。本社のしかるべき人間に依頼した方が早いと思いますが？」

城南は、私学の雄として名を馳(は)せる大学だが、東都閥が主流のニシハマにおいては傍流だ。キャリア官僚の世界も同じだから、本社に依頼した方が早いのは今井のいう通りなのだが、もちろんそれには理由がある。

「本社は原発事故の対応に忙殺されているし、この件は、まだ公表できる段階じゃないんだ」

賢太の言葉に、秘密めいた任務であることを察したらしく、

「といいますと?」

今井は表情を引き締め、身を乗り出してきた。

「実は三月に、広重常務がニューヨークにいらしてね」

部屋にいるのは二人だけ。誰が聞き耳を立てているというわけでもないのに、賢太は声のトーンを意図的に落とし、これから話す内容の重要性を匂わせた。

「常務が?」

「極秘でね。しかも一泊三日の強行軍でだ」

今井は微動だにせず話に聞き入っている。

賢太は続けた。

「常務は、テキサスで建設中の原発は、完成にこぎつけたとしても、採算ベースに乗せるのは不可能だ、IEの買収は大失敗に終わる、このままでは、ニシハマの経営に深刻な影響をもたらすことになる、と懸念していてね。それで、私にプランを根本から見直し、損失をカバーして余りある収益が見込める策を考えろと命じてきたんだ」

続く言葉は聞くまでもない。

「損失を補って余りある事業だなんて、そんなの――」

今井の言葉を遮って賢太はいった。

「だから、君にこの二つのことを調べて欲しいんだ」

「どういうことです？」

「液化天然ガスの輸出をやれないかと……」

「ＬＮＧの輸出って……」

今井は目を丸くして絶句する。

「いいたいことは分かっている。私だって、この構想を持ちかけられた時には、何を馬鹿なことをと思ったからね」

「持ちかけられたって、誰にですか？」

賢太は、黙って今井の目を見つめた。

「まさか、その物部に……ですか？」

賢太は頷いた。

「考えが変わったのは、原発事故だ。あんな大惨事が起きてしまった以上、もう日本国内に原発を新設するのは不可能だ。となれば、今後新設される発電所は火力が主流になる。そこで使われる燃料はＬＮＧだ。うちが燃料の供給元になれば、火力発電所の受注は格段に有利になる。しかも造って終わりじゃない。ＬＮＧの供給という、継続的に利益を得られる新たな事業がうちに誕生する」

「し、しかし、ＬＮＧの輸出なんて、うちはやったことがありませんし、やれる人材もいません。第一、提案したところで、決裁が下りるとは思えませんが？」

「いままでならそうだろう。だがね、うちはＩＥという、会社の屋台骨を揺るがしかねない爆弾を抱えているんだ。会長、社長だって、相当な危機感を抱いているはずだ。なんせ、あの二人はIEの買収を断行した当事者だからね」

「それはうまく行けばの話です。失敗したら、傷口を広げるどころか、命取りになりかねませんよ」

今井は、正気とは思えないとばかりに首を振る。

当初は賢太自身も同じ考えを抱いただけに、当然の反応というものだ。

それでも賢太は冷静な口調で続けた。

「もっとも、物部のプランでは、LNGの輸出先は中東にだったがね」

「中東？」

「とても乗れる話じゃないと思ったんだが、中東に加えて日本にもとなれば、扱い量は飛躍的に増加するからね」

それから賢太は、UAEがアメリカ産のLNGの輸入を計画していることと併せて、その背景を説明し、話を続けた。

「いまは大学教授だが、どうも物部は、宗像さんの意向を受けて動いているようなんだ。日本は中東産の原油依存度が極めて高い。シーレーンの問題もあるが、日本企業から中東諸国がLNGの供給を受けるとなれば、エネルギー供給という点では互角の立場になる。物部は、いずれ宗像さんが首相に返り咲くと断言していたし、宗像政権がうちの扱うLNGの輸出先の拡大を後押しすれば、日本の外交、経済にも大きなメリットが生ずる。宗像政権の大きな実績になるわけだ」

「日本の国益になるなら、このビジネスを国策として後押ししても大義が立ちますね」

今井は目を細め、「その実績を以(もっ)て、物部は再び総理秘書官に返り咲くことを狙っているわけですね」

狙いが読めたとばかりにいう。

「まあ、そんなところだろう。総理秘書官は絶大な権力を持つ。虎の威を借る狐でも、権力の味を知った人間は、地位に執着するものだからね」

物部の構想に、一考の余地があることを理解した様子の今井だったが、

「しかし、どうしてうちなんでしょう」

新たな疑問を口にする。「物部の狙いがそこにあるのなら、話を持っていくのは総合商社でしょう。エネルギーの調達ビジネスは彼らの独壇場ですし、プロ、それも精鋭中の精鋭が集まっているんです。なのに、一度も手がけたことがないうちに、なぜ」

今井が疑問を抱くのは当然だ。

「それも、宗像さんのためだろうね」

賢太はニシハマがIEを買収したのは、当時経産大臣だった宗像の意向が働いたのだと話して聞かせ、「IEの買収失敗によって、ニシハマが会社存続の危機に立たされるようなことになったら、原発輸出を国の柱にするといった宗像さんの政策は間違いだったってことになる。それに、事故を起こした原発の廃炉のことを考えれば、うちを絶対

に潰すことはできない。倒れたら政府、いや国民だって困るからね」

自分の読みをつけ加えた。

「それに、うちの技術や製品は、防衛、航空、交通、社会インフラと、日本社会を支えるあらゆる事業に使われていますしね」

「そして、この構想にはもう一つ、テキサスの原発で生ずる損失を最小限に止めるという効果も見込める」

「どういうことです？」

「福島の原発が、全電源喪失に陥った原因はなんだった？」

「それは、津波によって、補助電源が全てやられてしまったからです」

怪訝な表情を浮かべこたえた今井に向かって、

「それもあるが、外部からの送電が途絶されたからだ」

賢太はいった。「火力発電所も同じだよ。発電に必要な電力は、外部からの調達だ。テキサスで新たな火力発電所を手がけ、そこが必要とする電力を建設中の原発から供給すれば、黒字とはいかないまでも、赤字はかなり抑えられるはずだ。それは、ＬＮＧ事業の損益分岐点が低くなるということでもある」

「そうか、確かにそういう効果が見込めますね」

目を見開き、感心したように唸った今井だったが、「しかし、どうして物部は、この構想を肥後さんに？」

ふと気がついたようにいった。

「常務だろうね」

賢太は断言した。「物部は、この構想を最初に常務のところへ持っていったんだ」

「常務って、広重さんですか？」

「でなければ、物部と会った一週間後に、常務がわざわざニューヨークまで、しかも極秘でやって来て、策を考えろなんて命ずるもんか」

賢太は嘲笑を浮かべた。「広重さんだって、常務で終わるつもりはないだろうさ。上を目指すからには、IEをなんとかしなければならない。だから、この構想に飛びついた……」

「なおさら分かりませんね。うまく行けば、広重さんの大手柄じゃありませんか」

「部下の手柄は上司のものってのは、うちに限ったことじゃない。日本の大企業のお偉いさんは、みんなそうやって出世してきたやつらばかりじゃないか」

今井は合点がいった様子で、大きく頷いた。

「それに、本社がこの話に乗り気になれば、交渉はアメリカで行われることになります。となれば、社内に肥後さんほどの適任者はいませんからね……」

広重の本当の狙いは、この計画が失敗した時に、己の身を護るための保険にあると賢太は睨んでいた。〝部下の手柄は上司のもの〟なら〝部下の失敗は部下のせい〟というのが日本の企業社会だからだ。しかし、今井には、これから存分に働いてもらわなければならない。ここは、まずその気になってもらうことだ。

「この計画が成功すれば、広重さんはニシハマが抱えている大問題を解決した殊勲者だ。その上、LNGという新しいビジネスをニシハマにもたらしたとなれば、会長、社長に大きな貸しをつくったことになる。専務を飛び越して副社長になってもおかしくはない」

「肥後さんも常務に、大きな貸しができますね」

「私だけじゃない。君にもだ」

今井は目を見開き、

「えっ？」

小さく漏らした。

「君には、今後この仕事に専念してもらう」

目を輝かせる今井に向かって、賢太はいった。

「本当ですか！」

「でなかったら、ここまで詳しく背景を話さんさ」

もちろん、今井にこの任を命じたのには理由がある。

原発事業部は本社の二フロアーを占める大所帯で、同じ事業部に所属していても、名前を知らない社員も少なくない。今井と面識を持ったのは、東京本社に勤務していた頃のことで、会議を終えて席に戻る途中、突然、流暢（りゅうちょう）な英語が聞こえてきたのだ。

もちろん、会社派遣で海外の大学院や研究機関に留学した者も少なからずいるし、駐在経験者もいる。英語に堪能（たんのう）な社員はいるのだが、今井が電話口で話す英語はネイティブのそれで、しかもオーストラリア訛（なま）りがあった。

　それから暫（しばら）くして、今井と同じエレベーターに乗り合わせた際に、

「君は、オーストラリアの学校に行っていたのかね？」

　賢太が声をかけたのだ。

　聞けば今井は、精密科学メーカーで研究職をしている父親が、シドニーの大学に派遣された際に同行し、幼稚園の年中から小学校を終えるまでの教育を現地校で受けたのだという。帰国してからは都内有数の中高一貫教育の私立校に帰国子女枠で入学し、城南へは学校推薦で入学したのだが、本人にいわせると、「周りはみんな、東都大学を目指していたので、城南への推薦枠なんて使うやつがいなかったんです」という。

　国は違えど現地校で教育を受けた者同士。以来度々酒席を共にするようになったのだが、今井は賢太の存在を以前から知っており、言葉を交わす機会が持てることを切望していたといい、さらには海外勤務を望んでいることを打ち明けた。しかし、企業社会において、人事は受け入れる側と出す側の合意がなければ成立しないトレードそのものだ。中でも原発事業はニシハマの柱の事業だけに、東都と洛北出身者の比率が最も大きく、海外事業所の主要ポストはこの二つの大学出身者で占められており、城南出身の今井にはなかなかチャンスが回って来ない。

　そこで一年前、賢太が副社長に就任したのを機に、今井をＮＮＡに呼び寄せてやった

のだ。

「今井君」

賢太はいった。「いつだったか、君はニシハマに入社したことを後悔しているようなことをいったよね」

「ええ……まあ……」

「東都と洛北の学閥が、これほど強固だとは思わなかった。城南じゃ部長になれれば御の字だと」

「実際、その通りじゃないですか。いまにして思えば大学の頃なんて、世間に名の通った大企業に入社することが目標で、それから先のことなんて考えたことはありませんでしたからね。学生の就活なんて、そんなもんですよ」

今井は、自嘲するかのように口の端を歪める。

「あの時、君は私がニシハマに入社した動機を訊ねもしたね」

「ええ……」

「ニシハマには奨学金を受けた恩があるといったが、実は私がニシハマに入社した理由は他にもあるんだ」

察しがついていたと見えて、今井は驚く様子もなく黙って頷く。

「組織には、人を使う人間と、使われる人間しかいない。だから組織の中で働くと決めたからには、使う側の人間になりたい。私はね、そう考えたからなんだ」

「それは、トップを目指すということですか？」

はじめて明かされた賢太の野心に、今井は驚いた様子で目を丸くする。

賢太はそれにこたえずに、

「学閥、それも東都出身者でなければ、役員になれないような会社は、国際ビジネスの場では勝てないよ」

と断言した。

「その通りだと思います。しかし、新役員の任命権は役員会にあるわけで……。いや、肥後さんに、その資質がないといっているわけではありませんよ。むしろ、トップに立つだけの――」

「その物部が、面白いことをいっていてね」

賢太は、今井の言葉を遮って話を進めた。「日本は科挙社会だというんだ」

「科挙社会？」

今井は、どういうことだとばかりに訊き返してきた。

物部が語った内容を話して聞かせると、

「なるほど……。官僚の世界だけじゃありませんね。うちの会社だって、そのまんまですよ」

今井は鬱積していた思いの丈をぶちまけるようにいった。

「いかにミスをしないかってことは、いかにしてリスクを取らないかっていう発想に結びつく」

賢太は断言した。「それじゃあ、IEの問題なんか解決できるわけがない。この問題を解決するためには、前例に捉われない大胆な発想が必要だ。もちろん、博打を打つといってるんじゃない。ゴールが明確であれば、それを実現するにはどんなリスクと問題点があるのかが分かってくる。それを一つ、一つ潰して行けば、自然とゴールにたどり着く。今回の調査はその第一歩なんだ」

「はい！」

今井は感動したように、上気した顔でこたえた。

「これは、大きな仕事になるよ」

賢太は今井の目を見つめた。「この事業が実現すれば、ニシハマにLNGの輸出という新たな柱が生まれる。それも、とてつもなく大きな柱になるんだ。功績は必ず評価される。いや、評価せざるを得ない」

評価が何を意味するかは、いうまでもない。

賢太が経営陣の一角に名を連ね、事業が順調に推移すれば、いずれトップに立つ。それは、閉ざされていた今井の将来が開けるということだ。

「では、ただちに……」

「この案件は当分の間、君と私だけの間で進めることにする。もちろん、相馬さんの耳にも入れないでおく」

賢太は、NNA社長の名前を口にした。

「社長にもですか？」

「相馬さんは社会システム事業部の出身で、IEの件は私の専任事項だ。それに、IE関連の話には巻き込まれたくはないだろうからね」

「確かに……」

「忙しくなるぞ。どうだ、今日は門出の日だ。久々に一杯やろうか」

賢太は席を立った。

2

「青天の霹靂（へきれき）とはこのことだよ。まさか、私の在任中にこんなことが起こるとはねぇ……。いまだに現実とは思えんよ……」

春の陽光が差し込む社長室で、藪川がため息をついた。

東京の東品川（ひがししながわ）にあるニシハマ本社の社長室からは、東京湾と羽田（はねだ）空港が眼下に一望できる。

震災発生から二ヵ月。津波に襲われ、壊滅的な被害を受けた被災地は、瓦礫（がれき）の処分も遅々として進まず、家を失った被災者は、いまだ避難所暮らしを強いられたままである。

しかし、大きな揺れに襲われたとはいえ、さしたる被害のなかった東京は別だ。

凪いだ湾内を航行する船舶、ひっきりなしに離着陸を繰り返す旅客機、レインボーブリッジを行き交う車列を見ていると、あの大災害がなかったかのように思えてくる。

だが、原発の危機的状況はいまも続いている。専門家の間では、大型コンクリートポンプ車による炉内への送水に成功するまでに要した時間から、間違いなくメルトダウンが起きたとされている。しかし、内部の状態を把握しようにも、建屋上部には爆発時に崩壊した建屋の瓦礫が積み上がり、大掛かりな除去作業が必要で、調査どころの話ではない。

さらに、高濃度の放射性物質を含んだ大量の汚染水が海に垂れ流されるままとなっている大問題がある。送水を止めれば、溶解した燃料棒が再び熱を持ちはじめ、メルトスルーという最悪の事態を招いてしまう。正に現場はどこから手をつけていいものか、いやどうすればいいのか皆目見当がつかない深刻極まりない状況下にある。

震災発生直後は、大災害に見舞われた日本に寄り添うような反応を示していた海外諸国も、遅々として進まない対応に批判の声が上がりはじめ、国内では原子力技術を放棄すべきという論調が高まるばかりだ。

「ものは考えようやで。ニシハマにとっては、ある意味、特需が発生したといえなくもないやろ」

公の場では、敬語を使うが、藪川とは大学の同期である。

岡谷は普段の言葉遣いで続けた。

「あの原発を建設したんはニシハマや。廃炉はニシハマが請け負うことになるやろし、メルトダウンどころか、メルトスルーを起こしているかもしれへん原発の廃炉を手がけた企業は世界のどこにもあらへん。新たに開発せなならん技術は山ほどあるし、廃炉が終わるまでには、そら長い年月がかかるやろ。その間、莫大な費用が継続的に発生するんやで。当分飯の種には困らんがな」

「そんな単純な話じゃないんだよ」

藪川は浮かない顔でいう。「国内に新たに原発を建設するのは不可能だ。海外での受注も相当厳しくなるだろう。今期の決算は、なんとか目標を達成できたが、業界を取り巻く環境は激変してるんだ。早晩、厳しい局面に立たされる部門がいくつもあるのに、成長が見込める数少ない原発事業が不振に陥るのは深刻な問題だよ」

「まあ、そない悲観せんでもええのんちゃうか。原発の導入を計画している国は、ぎょうさんあるし、どこがやるにせよ、まずは政府間交渉からや。双方の国益に適うかどうかで決まるんや。今回の事故にしたかて、大津波が原因なんや。ニシハマに瑕疵があったわけやない。こと、海外の案件に関しては、なぁ～んも変わらへんて」

「その国家間交渉ってのが曲者なんだよ」

藪川に悲観的な観測を改める様子はない。「実際、ＵＡＥの案件にしたって、韓国に持っていかれたし、中国だって――」

「中国？」

岡谷は藪川の言葉を遮って鼻で笑った。「中国の原発なんて、自国で開発した技術はほとんどあらへんのやで。それどころか、他国の技術の寄せ集め。原発の建設には、一貫したコンセプトが必要不可欠ってことを理解してへん連中が作った代物やないか」

「だから、厄介なんだよ。国家間交渉というがね、交渉を行うのは、官僚であり政治家だ。先進国ならともかく、途上国の政治家は、カネで簡単に転ぶんだ。袖の下は中国のお得意技だ。彼らと競合することになれば、日本に勝ち目はないよ」

お互い六十七歳。四十五年も組織の中で働いていれば、人間も変わるものだが、それにしても藪川の変貌ぶりには驚きを禁じ得ない。

大学時代の藪川は、学業そっちのけでラグビーに熱中し、性格は豪放磊落、「酒に背中は見せられない」といって憚らない、バンカラ気質の男だった。

ニシハマに入社したのもラグビーが縁で、部のOB社員の誘いを受けたのがきっかけだったと聞いたことがある。

それが、いまはどうだ。

部下に対しては、強権的と思えるほど厳しく当たるが、会長の黒崎の前では人が変わったようにおとなしくなる。もっとも、それは藪川に限ったことではなく、ニシハマの役員は皆同じだ。

たったいま終わったばかりの取締役会にしてもそうだった。藪川は間もなく公表される決算書を前に、目標未達の事業部の担当役員をねちねちと追及し、最後は怒鳴り、恫喝する。目標を達成した部署に対しても、来期の売上げ目標を語らせ、「そんなんじゃ駄目だ」、「そんな弱気でどうする」と結局は一方的にノルマを課す。それでも不思議なことに、異を唱える役員は、一人もいない。まさに、ニシハマに君臨する絶対的権力者として振る舞うのだが、一度黒崎が口を開くと藪川の態度は豹変する。盲目的に黒崎の言葉を肯定し、絶対的服従の姿勢をあからさまにするのだ。

そんな姿を見ていれば、無茶なノルマを課されても、居並ぶ役員が誰一人として異議を唱えない理由は察しがつく。

独立採算制を取っているニシハマにおいて、各事業部は会社である。本社取締役である事業部長は社長、一国一城の主だ。無茶なノルマを課されても藪川同様、部下に命ずるだけでいい。どうやって売上げを達成するかは、部長、課長が考えること。達成すればよし、未達なら出世は断たれる。彼らもまた、事業部に戻れば藪川と同じ態度を取るに決まっているし、それがニシハマの社風なのだ。かくして末端の社員は死に物狂いで、数字作りに駆けずり回るというわけだ。

「その点からいっても、お前が持ってきたモンゴルの件は、ニシハマの原発事業の命運を分ける事業になるわけだ。ＩＥという、とんでもないお荷物を抱え込むことになった原因を作ったお前を、社外取締役に迎えたのは、モンゴルの案件をうちがものにするためだ。その後、なにか進展はあったのか？」

取締役会が終わった後、「ちょっと、社長室へきてくれ」と耳打ちされた時に察しはついていたが、案の定だ。

「心配せんでええ。その件については先日、宗像先生とお会いした際に、今後の方針について話し合ったばかりや」

岡谷がこたえると、

「先日？　なぜ早く知らせない」

藪川は不満そうにいう。

「決算を控えて、さぞや忙しゅうしてるやろうと思うてね。それに、ニシハマをこの案件に加わらせるには、慎重に事を運ばなならん。使用済み核燃料の最終処分場建設計画があることを知れば、他の原発メーカーはもちろん、総合商社かて、是が非でもものにしようと必死になるで。端からニシハマありきの案件だったなんてことが知れてみい。宗像先生の政治生命はそこで終わりや」

岡谷は経産官僚であった時代に、ワシントンの日本大使館に一等書記官として赴任していた時期がある。モンゴルの案件は、その間に岡谷が培った人脈からもたらされたものだし、この事業はIEの買収失敗によって生ずる莫大な負債をカバーする起死回生の構想だ。藪川にとっては、社長の地位、ひいては自分の将来がかかっている案件だけに、そういわれれば黙るしかあるまい。

「お前は、ついてるよ」

岡谷は薄い笑いを浮かべると続けた。「原発、被災地への対応のあまりの酷さに、民政党政権に世間はうんざりしてんのや。間違いなく、次の選挙では政権交代が起きる。そうなりゃ、第二次宗像政権の誕生や」

「次の衆議院選挙は三年も先じゃないか。それまで、待てというのか？」

「衆議院は常在戦場や。何が起こるか分からんで」

岡谷は、あっさり返したが、

「馬鹿なことをいうな。原発だって損害の詳細どころか、現状すら把握できていないんだぞ。被災地の支援、復興事業計画の立案、現政権には早急に対処しなきゃならないことが山積してるんだ。こんな状況下で選挙なんかやれるわけがないだろうが！」

藪川は声を荒らげる。

「民政党に対処能力があるとは思えんがね」

岡谷は嘲笑を浮かべた。「宗像先生もついとるわ。被災地への対応は民政党よりもうまくやれたろうが、原発事故だけは民自党でもどうしようもなかったろうしね。民政党もとんだ貧乏くじを引いたもんやで」

「それで、その今後の方針ってやつは？」

高圧的な口調で話を本題に戻す藪川にイラッとしたが、岡谷は、そんな内心をおくびにも出さず、

「まず、オタイバとニシハマとの間でアドバイザー契約を結んでほしい」

そう前置きすると、話を続けた。「その理由は二つある。一つ目は、今後ニシハマが

海外の原発を受注するためにも、オタイバの力が必要なこと。二つ目は、アメリカエネルギー省に、オタイバが深く食い込んでいることや」

「しかし、モンゴルの案件は、お前の人脈から持ってきた話だろ？」

「協銀が、オタイバとアドバイザー契約を結んでんのは知っているやろ」

協銀——日本海外協力銀行は、国策上必要な公共性の高い事業について、行政機関が行うよりも、会社形態で行う方が適している場合に業務を請け負う銀行だ。特別法によって設立された特殊会社で、その後の展開次第では、民営化されることもあることから、株式会社の形態を取っている。

「もちろん知ってるが、モンゴルの件とオタイバがどう関係するんだ」

藪川は怪訝そうな表情を浮かべる。

「形を整えておくんや」

「形を整える？」

「分からへんか？　宗像さんや」

鈍い男だ。

胸の中で、毒づきながら岡谷は続けた。

「モンゴルの話は、オタイバからニシハマに持ち込まれたことにしたいんや。アメリカは建設費用を日本に負担させるために、日本企業に事業をやらせることを目論(もくろ)んでいるんや。その可能性を探るため、協銀のアドバイザーを務めるオタイバを使って——」

「可能性を探るなら、協銀じゃなくて、日本政府だろう」

話の途中で藪川はいう。「協銀は財務省の管轄じゃないか。協銀がいくらその気になっても、政府の意向がなけりゃ融資なんかできんだろうが」

「民政党政権に、こんな話を持ち込んだって無駄や。アメリカは、端から民政党なんか相手にしとらへんのや」

岡谷は冷ややかに返した。「この構想が民政党政権下では実現せえへんことは、アメリカかてお見通しやで。なんせ、反原発の巣窟やしな。実現するなら、宗像政権下でしかあり得へんと考えているんや。プロジェクトが公になったその時、この話をニシハマに持ち込んだのが俺だなんて知れてみい。俺は、宗像さんが経産大臣だった当時の官房秘書官やで。その男が、社外取締役に就任しているニシハマが、事業を受注したら、出来レースやて疑うやつが、必ず出てくるに決まってるやろが」

その言葉を聞いた瞬間、藪川の表情に微かな変化が生じたのを岡谷は見逃さなかった。

「まさか、この話、誰かにしたんやないやろな」

「もちろん、会長の耳には入れたさ。それと原発事業部担当役員の広重にも……」

藪川は、慌ててこたえる。「俺以外に知っているのは、この二人だけだ。絶対に他に漏れることはない」

この馬鹿が。

胸の中で罵りながら、

「まあええわ」

岡谷は話を続けた。「おそらく、アメリカの意向やろが、表向きは日本の経済協力を条件にしたのはモンゴル政府ということになってる。オタイバはアメリカエネルギー省の意向を受けて、協銀には経済と資金協力の可能性を、ニシハマへは、技術面での問い合わせを行った。この施設の建設費用を出すのは日本や。概算でも資金総額の見当がつかないことには、協銀も判断のしようがあらへんからな」

「なるほど。そういうことか」

ようやく合点がいったと見えて、藪川は眉を開いた。

「オタイバとの契約に加えて、書簡を二通書いて欲しい。一つはアメリカエネルギー省の副長官のジェームズ・ラムに、もう一通はモンゴル原子力庁の長官宛てや」

「そりゃ構わんが、書簡の内容は？」

「ニシハマは、この事業に全面的に協力する用意がある。それだけでええ。宗像さんも、この構想には大層乗り気でねえ。使用済み核燃料の最終処分場を日本が確保したとなれば、海外での原発受注獲得競争は日本が絶対的に有利になる。原発を輸出の柱にと掲げた、宗像さんの政策が正しかったことが実証されることになるんやからね」

それは、最終処分場を建設したニシハマが、海外の原発建設事業をことごとく受注していくということだ。

目を輝かせる藪川に、岡谷は止めの言葉を吐いた。

「宗像さんも、ＩＥのことを心配してはるんや。原発は国策事業やが、ニシハマへは重い荷物を背負わせてしまったとね。そやし、何としてもこの事業は、ニシハマにやらせなければならん。宗像さんも必死なんや」

その言葉に、藪川は目元を緩めると、

「よし、分かった。書こうじゃないか」

弾む声で答えた。

3

「どうだ、分かったか」

調査を命じてから五日、役員室を訪ねてきた今井に向かって賢太は問うた。

「ええ……」

正面のソファーに腰を下ろすなり、今井は手にしていた書類をテーブルの上に置いた。

「まず、物部の経歴です」

二枚のペーパーを手渡しながら、今井はいった。「意外だったのは、物部の学歴です。彼は城南の出身なんです」

賢太は、読みかけたペーパーから目を上げ、

「城南？　じゃあ、君の先輩か？」

眉を吊り上げた。

「確かに、城南からもキャリアに採用される学生が毎年何人かはいますけど、最終的に要職に就けるのは旧帝大系出身者。それも、東都出身者が圧倒的多数です。私大出が総理秘書官にまで上り詰めたのは異例中の異例で、その点からも経産省内では、有名な人物だったそうです」

「それだけ優秀だったってことなんだな」

「切れ者なのは確かですが、それ以上に官僚としては、ちょっと異色の人間だったようで……」

「どういう点が？」

「前例にとらわれない……というか、良くいえば大胆、悪くいえば突拍子もない構想を何度もぶち上げたそうで」

「たとえば？」

「いまも伝説になっているのは、高齢者の移住計画です」

「なんだそれ」

「バブルの頃、日本企業が海外の不動産を買い漁りましたよね」

「ああ……」

あの時代のことはよく覚えている。

後にバブルと称される、日本の好景気がはじまったのは、賢太がハーバードに在学していた頃のことだ。ニシハマに入社した時は、そのバブルの真っ只中で、東京の盛り場は深夜になっても人で溢れ、老いも若きも放蕩三昧を繰り返す様に驚いたものだが、あの時代を象徴するエピソードの代表例は、やはり投資であろう。株価は右肩上がりで天井知らず、行き場を失い溢れたカネは、不動産市場に流れ込み地価は瞬く間に高騰していった。そして、ついには国内市場から海外の不動産投資や、企業の買収へと向かったのだった。

「そこで、当時の通産省が打ち出したのが、シルバーコロニー計画です」

今井は続ける。「日本の住環境は劣悪だ。海外ならば同レベルの住宅が、日本よりも遥かに安く購入できる。現役をリタイアした高齢者向けの集合住宅をオーストラリアに建設して移住させれば、日本よりも遥かに快適な老後を送れる……」

「思い出したよ。確かにそんな話があったな。しかし、あの計画は、老人を海外に輸出するのかと、国の内外から猛烈な批判を浴びてお蔵入りになったんじゃなかったか」

「その通りなんですが、シルバーコロニー計画が持ち上がったきっかけは、物部の発案だったというのです」

「ふうん……」

賢太は唸りながら、背もたれに身を預け、足を組んだ。

実現に至らなかったとはいえ、豊かな老後など誰も考えもしなかったあの時代に、若手の官僚だった物部が、リタイア層の老後の生活に着目したことに感心したからだ。

もちろん、円高が極端に進んでいた当時といまとでは、状況は異なる。しかし、あの計画が実現していれば、日本人の老後の暮らしに対する考え方も変わっていた可能性がある。

「当時、物部はサービス産業室にいましてね。計画は頓挫（とんざ）したものの、室長から高く評価されたそうなんですが、部署を転々としながらキャリアを積むのが官僚です。そこから先は、学閥の壁に阻まれて昇進が遅れてしまったのですが、その室長が経産次官に就任したことで、道が開けたというんです」

「当時の上司が次官になって、物部を引き上げたわけだな」

他人（ひと）ごとながら、学閥の壁に出世を阻まれた人間が、のし上がる話は胸が躍る。

賢太は声を弾ませた。

「まあ、いかに次官でも慣例を破るわけにはいきません。そこで、内閣官房長官付き秘書官として、物部を官邸に送り込んだ――」

「まさか、その時の官房長官が宗像さんだったというわけじゃないだろうね」

「そのまさかです」

今井は顔の前に人差し指を突き立てた。「考えて見れば宗像さんも、私立大学の出身ですからね。周りにいる官僚は旧帝大、それも東都出がほとんどですから、物部にはシンパシーを覚えたでしょうし、前例にとらわれない大胆な発想をすることもあって、宗像さんからも、高い評価を受けたんでしょうね。それで、総理就任と同時に、首相秘書官に任命されたというのが周囲の見立てのようです」

そう聞くと、物部が日本を科学社会だと断じた背景が理解できる気がしてくる。

「キャリアというから、てっきり東都出の人間だと思っていたが、城南だったのか……。なるほど、日本は科学社会だと断ずるわけだ」

今井は神妙な顔をして、視線を落とすと、

「私には、物部の気持ちが、よく分かります……。スタートの時点で、東都出じゃないってだけで、どんなに頑張っても天井が見えてしまうわけですからね……」

無念さを噛みしめるようにいった。

「君だけじゃない。私だってニシハマじゃ異物だからね……」

賢太は苦笑を浮かべ、「だがね、時代にそぐわなくなった旧弊を改めなければ、国だろうと企業だろうと生き残ることはできない。それは、ニシハマも同じだ。この計画を我々の手で実現できれば、ニシハマを変えるきっかけになるかもしれないな」

その言葉に、視線を上げた今井だったが、

「ただ……」

声のトーンを落とした。

「ただ、なんだ？」

「私なりにいろいろ調べてみたのですが、ＬＮＧの輸出をうちが行うのは、やっぱりリスクが高すぎるように思うんです」

新しい事業を立ち上げるとなると、否定的な見解から入るのは、日本人の悪い癖だが、調べたという前向きな姿勢は評価せねばなるまい。

賢太は先を話すよう、目で促した。

「たとえば、エネルギーは相場商品です。それも、世界情勢が複雑に絡み合い、どこかの国の片隅で発生した、ニュースにもならない小さな事件、事故で、価格が変動する極めてデリケートなビジネスです。取引市場は、ほぼ二十四時間、世界のどこかで開いているわけですから、常に誰かが値動きを監視していなければなりません。つまり世界中に情報網を張り巡らし、かつ、売買に迅速な対応ができる態勢を持つことが必要なのですが、果たして、うちの会社で、そんなことがやれるんでしょうか」

「それだけか?」

賢太は、今井の疑問にこたえることなく、先を促した。

「その問題がなんらかの方法で解決できたとしても、今度は輸送手段という問題が生じます。日本、中東、いずれの国に運ぶにしても、輸送手段はLNG運搬船しかありません。となると、どこかの船会社を使うことになるわけですが、LNG運搬船の需要は旺盛で、スポットでの傭船はまず不可能。船会社と長期傭船契約を結び、新造させるしかないといわれまして……」

「誰がそういったんだ?」

「四葉商事のエネルギー部門にいる先輩です」

今井はいう。「ニューヨークに駐在しておりまして、一昨日一杯やりながらエネルギービジネスについて、それとなく訊ねてみたんです」

キャリア官僚は東都大学出身者が圧倒的に多いが、経済界では城南出身者が一大勢力を持つ。私学の雄と謳われるだけあって、同窓生の結束力は極めて強く、特に同窓会組織である『緑風会』は、城南出身者が二人いれば、地区、企業に緑風会ができるといわれるほどで、その人脈がビジネスを行う上で大きな武器となっている。その点からいえば、城南出身者も学閥の恩恵に与っていることに変わりはないのだが、虐げる側、虐げられる側のどちらに属するかで考えに違いが生ずるのが、人間の常というものだ。

「それで、君はどう考える？」

賢太は、冷ややかにいった。「前にいったよね。私が欲しているのは、問題点をあげつらうことではない。問題があるのなら、どうやったら解決できるか、その策だ」

今井は賢太の口調に怯えるように、

「分かっています」

硬い声でこたえた。「ただ、解決策を考えるにしても、やはり業界を熟知した人材が必要です。先輩がいうには、エネルギービジネスには魔物が潜んでいる。当たればでかい分、外れた時に被る損失は大きい。プロ中のプロが集まっている総合商社でさえ、大火傷をした事例は山ほどあると……」

そんなことは分かっている。

エネルギービジネスには魔物が潜んでいる。そのことは、IEの買収が大失敗に終わりそうないま、痛切に感じている。ニシハマは原発ビジネスにおいては、世界のトップメーカーの一つで、プロ中のプロの集団であるはずなのにこの有様だ。

「今井君」

賢太はいった。「君の指摘はもっともだが、現時点で我々が考えなければならないのは、IEから生ずることになる莫大な損失を補って余りある利益をニシハマにもたらす新事業の構想を練ることだ。それをやるかやらないかは、社長、会長が決断することだ。やるというなら、必要な人材を社の内外から集めることになるだろうし、計画が進むにつれて人員も増えていくことになる。情報ネットワークの構築が自社では無理だというなら、やれる会社を巻き込めばいい。LNG船のことも同じだ。いったろ、まずはゴールを決めること。いまは、その可能性を探る段階に立ったばかりなんだ」

「分かりました……。申し訳ありません……」

今井は、賢太の意図が改めて呑み込めた様子で頭を下げた。

「別に謝る必要はないさ。問題点が挙げられるってのは、それだけこの案件に真剣に取り組もうという熱意の表れだからね」

賢太は笑みを浮かべながら、テーブルの上に置いた書類を手に取ると、「この資料には、改めて目を通させてもらうよ」

といい、話の終わりに今井に新たな指示を与えた。

4

三番街、四十丁目にあるDOCKSは、カジュアルな雰囲気の中、新鮮なシーフードを楽しめることもあって、マンハッタンのビジネスパーソンから近隣住人まで、幅広い層に愛されている老舗のレストランだ。

入り口近くのカウンター席はバーとなっており、大型のテレビモニターに映し出されている開幕したばかりのメジャーリーグの中継に見入る客で満席だ。時折、大歓声が上がるその方向から、テーブル席に歩み寄って来る二人の男の姿を見て、今井が立ち上がった。

時刻は午後七時。約束の時間ちょうどだ。

今井に続いて、賢太も立ち上がった。

「お初にお目にかかります。四葉商事の神原(かんばら)でございます」

神原が差し出す名刺を受け取りながら、

「ニシハマの肥後でございます」

賢太もまた名刺を差し出した。同行した今井がそれに続くと、

「丸岡(まるおか)でございます」

次いで神原に同行してきた丸岡が名刺を差し出しながら、丁重に頭を下げた。

四日前に今井にはいくつかの指示を出した。その中の一つに、総合商社のニューヨーク支店に駐在中の先輩を通じて、彼の上司、それもできるだけ上位職責者と一度会食の場を設けて欲しいということがあった。

四葉商事は日本の五大商社の一つで、同社のエネルギー部門は、アメリカのシェールガスや石油の開発企業の多くに投資を行っている。

原発の建設もエネルギービジネスには違いないが、資源についてのノウハウはニシハマは持っていない。今井を通じて情報を集め、自らの力で可能性を探ろうかとも思ったが、いちいち間に人を介したのでは効率が悪すぎる。それに、今後の展開次第では、エネルギービジネスのプロである総合商社をパートナーに加えるのも選択肢の一つになるかもしれない。いずれにしても、商社の人間と面識を持っておくに越したことはないと考えたのだ。

「不躾(ぶしつけ)なお願いをお聞き届けいただきまして、恐縮でございます」

賢太は頭を下げ、着席を促した。

「オフィスは近所ですし、私どももこの店は、よく訪れるのですが、肥後さんとお目にかかるのははじめてですね」

歳の頃は、五十前後というところか。ブルックスブラザーズのスーツで身を固めた神原は、バリトンのよく通る声でいった。「駐在されてから何年になりますか?」

「ニューヨークは二度目でして、前回が五年、今回は、もう四年になります」

「都合九年も？」

「英語要員ですよ。私は、小学校から大学を卒業するまで、ずっとアメリカでしたので……」

苦笑を浮かべてみせた賢太に、すかさず神原はいう。

「肥後さんは、ハーバードのご出身だとか」

その話になると面倒だ。なぜニシハマに入社したのか、根ほり葉ほり訊ねられる展開になるのは目に見えている。

「ええ……。アファーマティブ・アクションのおかげかもしれませんね。当時は、アジア系の志願者が、いまほど多くはありませんでしたので……」

アメリカの大学入試におけるアファーマティブ・アクションとは、志願者の人種や出自等を考慮し合否を決めることだ。多様性を生む効果があるとされる反面、逆差別以外の何物でもないという批判もあり、近年議論が紛糾している措置である。

「神原さんは、どちらにお住まいですか？」

賢太は唐突に話題を変えた。

「マンハッタンです。郊外に住むことも考えたのですが、家内が戸建は面倒だといいましてね。東京でもマンション暮らしでしたし、私も通勤に時間をかけたくはなかったものので……」

「そうでしたか。私はウエストチェスターに住んでおりますもので……。お目にかかったことがないのは、そのせいもあるでしょうね。メトロノースで通勤している日本人は、どこの誰かは分からなくとも、大抵は顔見知りですから」

郊外に住めば、マンハッタンへの通勤にはメトロノースという電車を使う。神原忠男は四葉アメリカのエネルギー事業部のマネージャー、日本でいうならさしずめ本部長である。ポジションからしても、近辺の町に住んでいても不思議ではないのだが、マンハッタンに住んでいるのなら見かけないのも当然だと、賢太は言外に匂わせた。

「グッド・イブニング」

折良く、満面に笑みを湛えたウエイトレスがオーダーを取りにきた。

四人とも勝手が分かっているだけに、メニューを見るまでもない。DOCKSといえば生牡蠣とチェリーストーンクラムに、ジャンボシュリンプカクテル、ロブスターだ。

それぞれが、飲み物と、定番の品を注文し終え、ウエイトレスが去ったところで、賢太は神原の隣に座る丸岡に視線を向け、頭を下げた。

「丸岡さんには、ご無理を申し上げました。改めて御礼申し上げます」

「とんでもございません。私は、肥後さんのご意向を神原に伝えただけですので……」

丸岡は滅相もないとばかりに、背筋を伸ばす。

「今井は、はじめての海外駐在ですからね。同窓の先輩が同じ街にいるのは、さぞや心強いでしょう。今後もいろいろとお世話になると思いますが、一つよろしくお願いいたします」

「丸岡を通さずとも、私に直接いってくれればよかったのに。君は、私の後輩じゃないか」

神原は、苦笑を浮かべながらも、親しげにいう。

「いや……同窓なのは存じておりましたが、大先輩にはさすがに……」

すっかり恐縮した態で語尾を濁す今井から、視線を転じた神原は、

「しかし、こうしてニューヨークにいると、つい日本のことは忘れてしまいがちになってしまうのですが……肥後さん、原発はどうなんですか」

一転して、沈鬱な声で問うてきた。「ニシハマさんは、事故の対処でも前面に立っておられるのでしょう?」

「かなり深刻ですね」

賢太は声を落とした。「ご承知のように、高濃度の放射性物質を含んだ大量の冷却水が、海に垂れ流しになっていますのでね。仮に流出を阻止できたとしても、冷却水の注入を止めることはできません。今度はその汚染水をどうするのかという問題が生じます。タンクに貯めるといっても、用地には限度がありますし、汚染水の最終処分方法も考えなければなりません。本格的な廃炉作業に取りかかれるのは、いつのことになるのか、正直、見当がつかないでいるのが現状です」

活気溢れる店内とは裏腹に、四人の間に重苦しい空気が漂いはじめる。

賢太は続けた。

「実は、神原さんにお会いしたかったのは、再生可能エネルギーの将来性について、ご意見を伺いたかったからなのです」

もちろん、この話が今夜の目的ではない。本題に入る自然な流れをつくるための前段の話題に過ぎない。

「再生可能エネルギーといいますと、風力や太陽光発電のことですか？」

「ええ……」

賢太は頷いた。「もちろん、再生可能エネルギーが、原発に代わる電力源となるとは考えられませんが、あの事故以来、日本では再生可能エネルギー、特に太陽光発電を広く普及させるべきだという世論が極端に目立つようになったと感じます。腰を上げるまでに時間がかかるのが日本人の特徴ですが、一旦流れができると一斉に右へ倣えをするのも日本人の特徴です。それに、現政権は反原発主義者の集まりですし、国策として、再生可能エネルギーの普及に乗り出すのではないかと……」

「可能性はあると思います」

神原は、即座に肯定する。「その場合、最も現実的なのは、太陽光発電でしょうね」

「やはり、そう思われますか」

「そりゃそうですよ。風力発電は風車を建てる土地が必要ですし、どこでもやれるというわけじゃありません。始終風が吹いている場所なんて限られますから、やるなら太陽光ってことになりますよ。設備投資の面でも、太陽光は圧倒的に安くつきますからね」

神原は、そこで考えを纏めるように一旦言葉を区切ると、「しかし、それはそれで、新たな問題が生ずることになりますね」

すぐにいった。しかも、断言である。

「新たな問題とおっしゃいますと？」

「ひょっとして、肥後さんは、太陽光発電が爆発的に普及するようなら、ニシハマにビジネスチャンスが生じるとお考えなのでは？」

「それは否定しません。国内での原発の新設は、もはや不可能です。うちは新たな柱を必要としていますし、現に太陽光パネルの製造を行ってもおりますので」

「実は、我々も太陽光発電には、かねて着目していたのですが、現時点で手を出すと、後々厄介な問題を抱え込むことになると判断して、止めた経緯がありましてね」

「厄介な問題？」

「我々が手がけるとなれば、ソーラーパネル自体は輸入品になります。それもどこから輸入するかとなれば、製造原価が安い国。中国からということになるでしょう」

ソーラーパネルについて詳しい知識を持ち合わせてはいない賢太は、黙って話に聞き入った。

神原は続ける。

「最近では、経営不振に陥ったゴルフ場とか、休耕地を利用した大規模な発電団地が日本各地で造られていますが、問題はパネルが製品寿命を迎えた時です」

「膨大な産廃が出るということですか？」

「それもありますが、中国に限らず、外国製のソーラーパネルには、カドミウム、セレン、鉛とかの有害物質が使われているんですよ。産廃にするにしても、そのまま捨てるわけにはいきません。有害物質に相当するもの、しないものを分類した上で、しかるべき処理を行わなければなりません」

「しかし、輸入前には規格審査があるのでは？」

「それが、ないんです」

「ない？」

意外なこたえに、賢太は思わず問い返した。

「しかも中国には太陽光パネルの製造メーカーがたくさんありますし、素材も構造もてんでばらばらなんです。そんな代物が大量に日本に輸入されてるんですから、寿命を迎えた時にはシステマチックに分別作業を行うことなんかできませんよ。深刻な社会問題に発展するでしょうし、製造者責任を問うにしたって、相手は海外メーカーです。輸入者に矛先が向くってことにもなりかねません」

太陽光発電に興味はないが、想像だにしなかった事実を聞かされ、愕然（がくぜん）とした賢太に、

「肥後さんを前にして、こういっちゃなんですが、その点からいえば、太陽光発電だって環境問題という点においては、原発と何も変わらないんですよ」

神原は唇の端をひん曲げて笑いを浮かべた。「太陽光発電だって、処分方法を確立した上で進めないと、トイレのないマンションになりかねませんので」

「お待たせいたしました」

ウエイトレスが現れ、クラッシュアイスの上に山と盛られた生牡蠣とチェリーストーンクラム、白ワインのボトルをテーブルの上に置いた。

それぞれのグラスがワインで満たされたところで、

「まずは、乾杯といきましょうか」

賢太はグラスに手を伸ばした。

「改めまして、本日はありがとうございます……」

四人のグラスが涼やかな音を立てて触れ合う。

白ワインで口を湿らした賢太は、話を続けた。

「すると、再生可能エネルギーの普及も、仮にブームが来たとしても、一過性のもので終わる公算が高いと見ておられるわけですね」

「もっとも、肥後さんがおっしゃるように、一旦流れができると右へ倣え、一斉に動き出すのが日本人ですから、爆発的に普及するかもしれません。しかし、太陽光による発電量は規模に比例します。となれば、広大な土地が必要になるわけで、環境破壊という問題が出てくるわけです。そもそも、発電量は天候次第ですからね。どう頑張ったって、太陽光発電が原発の代替エネルギーになるとは考えられませんね」

「すると、原発なきあとの日本の主力発電は、火力とお考えなわけですね」

賢太は、いよいよ本題に入った。

「肥後さんだって、そうお考えになっているんでしょう?」

神原は生牡蠣を殻ごと手に取ると、慣れた手つきでホースラディッシュとカクテルソースをその上に載せはじめる。

「もちろんです」

賢太は、グラスを傾けながら神原を見た。「現在停止中の原発はもちろん、稼働中の原発も、定期点検を迎えれば停まります。再稼動には知事の同意が必要ですが、世論を無視できないのが政治家ですからね。停止したままになる原発も少なからず出てくるでしょうから、いずれ発電所、それも液化天然ガスを使う発電所新設の必要に迫られることになるでしょう」

神原は、小さなフォークを使って、生牡蠣をちゅるりと啜(すす)り、

「ニシハマさんにとっては、ビジネスチャンスの到来じゃありませんか」

滋味を味わうように口を動かしながら、ワインに口をつけると、視線を上げ、賢太の胸の内を探るかのような目を向けてきた。

「それは、四葉さんにもいえるでしょう」

賢太は、神原の視線を捉(とら)えたまま返した。「LNGの需要が増大するんですから、エネルギービジネスを行っている御社には願ってもないチャンス到来じゃありませんか。

まして、中東産の天然ガスの生産量は、ＯＰＥＣ（石油輸出国機構）の取り決めで制限されていますからね。中東には頼れないとなれば、需要の増加分を求める先はアメリカ……。そうはなりませんか？」

「確かに、そうなる可能性はありますが……」

神原はグラスをテーブルに戻しながら、言葉を区切ると、「まだまだずっと先ですよ。発電所を新設しようと思えば、まとまった土地が必要になります。それも大量の温排水を放出しますから、沿岸部というのが絶対的な条件です。土地が見つかったとしても、今度は環境への影響を懸念する漁業従事者が大反対するでしょうからね」

「しかし、原発が使えないとなれば、電力が不足するだけでなく、電力料金が高騰します。日本の産業力の低下を意味するわけですから……」

「私は、肥後さんのお考えを否定しているわけではありませんよ」

神原は、みなまで聞かずにいった。「実際、我々がここに駐在しているのも、シェールガスも含めたアメリカ産のエネルギー資源でビジネスを行う使命を帯びているからです。ただ、エネルギービジネスの難しいところは、需要を長期的スパンで、高い精度で予測し、確信を得た上で行ってもなお、大火傷を負うこともままあることにあるんです」

ウエイトレスが、ジャンボシュリンプカクテルをテーブルの上に置く。

殻が剝かれ鮮やかな紅白模様に茹で上がった海老が円形に並び、中央にカクテルソースが入った小鉢が置かれた一品である。

それを、一瞬目で追いながら、

「申し訳ありません。エネルギービジネスにはとんと知識がないもので……。そのリスクとはたとえば、どんなものが考えられるんでしょう」

賢太は視線を戻して問うた。

「まず長期的スパンで日本の将来像を考えた場合、今後も電力需要が増加し続けるのかという点が疑問でしてね」

そこで、神原は再びワイングラスに手を伸ばすと、そこから先は君がというように、丸岡に視線をやった。

「最大の不確定要素は、日本の人口が減少に向かっていることにあります」

それまで、黙って話に聞き入っていた丸岡が、はじめて口を開いた。「およそ二十年後、二〇三〇年の日本の人口は、約一億一千六百万人と予測されています。昨年の人口が一億二千八百万人ですから、実に一千二百万人も減少するわけです。人口動態は予測統計の中でも、最も正確なものとされていますから、そう大きくは外れないはずです。となれば、二十年後には、東京都に匹敵する人口が日本から消えることになるわけです」

さすがは、四葉だ。

二十年後の日本の姿を見据えながら、ビジネスを展開していることに、賢太は感心したが、こうした見解が出てくることは想定内だ。

次の言葉を待つことにした賢太だったが、

「しかし、二十年スパンで考えれば、生産の現場は機械化が進むでしょうし、そのことごとくが――」

丸岡が話しはじめて気が楽になったのか、その時、今井が会話に加わり、疑問を唱えた。

「人口の減少は、内需が細るということだ。当然、企業は海外に生き残りの道を求める。市場はもちろん、生産拠点もね」

丸岡はぴしゃりといい放つと、話を続けた。「すでに、地方で顕著になっている過疎高齢化が、今後ますます進むことは間違いありません。となると、トータルで考えれば、日本の電力需要は増加するどころか、むしろ減少に向かうことも考えられるのです」

「エネルギービジネスが難しいのは、そこでしてね」

シュリンプカクテルをつまみ上げた神原が、話を引き継いだ。「LNGにせよ石油にせよ、日本への輸送には船が必要です。六万トンから七万トン積みのLNG専用船で建造費だけでも二百五十億円程度、十二万トンの大型船になると三百億円はします。実際に運航がはじまれば、それに燃料、メンテナンス、船員の人件費、港湾使用料、その他諸々、多額のオペレーションコストが必要になります。LNG船の船齢……船の寿命は、通常二十年。船会社も新造するからには、最低でも二十年の長期傭船契約を絶対条件としてきます。つまり、その間、確実に取引が見込める相手を見つけないことには、成立しないビジネスなんです」

「なるほど」

賢太は白ワインを一口飲むと、「では、ことシェールガスに関していえば、四葉さんは日本以外の国への輸出を狙っていらっしゃるわけですか？」

「当面はその通りです。アメリカ国内には、我々が出資している採掘会社が三社ありますし、売り先を開発しながら、事業を拡大するのが我々の仕事です。ならば、取引が成立しやすい相手から……ビジネスの定石じゃありませんか」

隠すまでもないとばかりに神原は、あっさり認めた。

「日本以外ですか……もったいないな……」

賢太は何気ないふうを装って呟くと、シュリンプカクテルを口に入れた。

口を動かしている間に、

「もったいない？」

神原が怪訝な表情で問うてきた。

「日本向けのビジネスですよ」

賢太はいった。「二十年スパンで考えれば、確かに日本の電力需要は減少する可能性があるかもしれません。でも、電力会社はそうは考えていませんよ。実際、建設中のものも含めれば、現時点で明らかになっているだけでも、日本の電力会社は国内で十数箇所もの火力発電所の新設計画を持っていて、それらの全てがＬＮＧを使うんです。火力発電所の寿命は六十年。日本で使われているＬＮＧは全て輸入です。二十年の傭船契約期間なんて、問題にならないと思いますが？」

「もちろん、買ってくださるというのであれば、喜んでお売りいたしますよ」

苦笑を浮かべる神原の表情に変化が現れた。

目元こそ緩ませてはいるが、瞳に賢太の心中を探るような光が強くなる。

今宵の席はただの会食ではない。何か目的があると気がついたのだ。

「ただ、問題は他にもありましてね」

神原は続ける。

「アメリカのシェールガスは、ようやく採算レベルに達したところですが、採掘技術は間違いなく進歩していきます。生産効率が向上すれば、コストは下がるわけですから、LNGの価格も低下していくことになるでしょう。つまり、価格競争が始まるわけですが、発電所が必要とするLNGは、年間ベースではほぼ一定。なのに、海上輸送にまつわるコストは傭船契約を結んだ時点から、二十年間変わらない。それでは、収益見通しが狂ってしまいます。日本向けLNGの供給先を発電だけに絞るのは、いかがなものかと……」

「ならば、日本の発電と海外諸国のLNG需要を併せて考えたらどうでしょう」

丸岡が言葉を継いだ。「東南アジア、オーストラリア、世界各地でガス田の開発が進んでいるのは、今後需要が増加する一方となるのを見越してのことですよね。特に火力発電というなら中国です。大気汚染の最大の原因は、質の悪い石炭を使った火力発電にあるわけです。この問題を解決するにはガス火力に切り替えるのが安価、かつ最速の手段です。そうなれば、市場規模は日本の比ではありません。それこそ、中国のガス資源では到底まかない切れない莫大な需要が生じることになるでしょう。中国にもシェールガスの資源はありますが、採掘に必要な水がありません。輸入に頼らざるを得ない状況は、ますます深刻になるはずです。日本を相手にするより、よほど大きなビジネスになりませんか？」

神原は、こたえなかった。

日本の火力発電向けのLNGの供給については否定的な神原だが、世界レベルでの需要は今後も伸び続けるという、丸岡の見解を肯定したのだ。

つまり、二人の見解を要約すると、日本のガス火力発電に特化したビジネスには興味はないが、世界レベルでは旺盛な需要が見込める。中でも最も有望な国は中国だ、ということだ。

丸岡は中国の大気汚染問題を解決するためには、石炭による火力発電をガスにするのが最も安価、かつ最速の方法だといったが、需要は発電だけではないはずだ。

ほかに考えられる需要は都市ガスである。

日本で使用されるLNGは、発電が七十パーセント、残る三十パーセントが都市ガスだが、近年、液化石油ガスが主流であった中国も、急速にLNGへの切り替えが進んでいる。まして、都市の近代化が猛烈な勢いで進んでいるのが中国だ。それに伴って、人口は都市部に集中し、オフィス、住宅の需要も増すばかり。高層ビルの建設ラッシュが続いているのは周知の事実である。それに合わせて都市ガスが整備され、そのことごとくでLNGが使用されることになるのだから、シェールガスの生産量が増大しても、需給バランスに狂いが生ずるとはまず考えられない。

その一点に気づかされただけでも、会食の席を設けた意味があったというものだ。

「お待たせいたしました」

まるで、話が一息ついたのを見計らったかのようなタイミングで、ウエイトレスが、茹で上がったばかりのロブスターを運んできた。

一ポンドほどのロブスターの傍らには、メルトバターが入った器と殻を割る器具が添えられている。

「なんだか、堅苦しい話になってしまいましたね」

賢太は、グラスに残ったワインを一気に飲み干すと、「熱いうちに食べましょう。ところで神原さんは、ゴルフをおやりになるんですか」

これから先のステップを考えながら、話題を転じた。

5

「やっぱり、うちがLNGの輸出を手がけるのは、難しそうですね」

会食を終え、去っていく二人の後ろ姿を路上で見送りながら、今井が漏らした。

自分とは真逆の見解だが、ここは、まず今井の考えを聞かねばなるまい。

「なぜそう思う？」

賢太は問うた。

「日本の人口が減るにつれ、電力需要が減少するってのは、いわれてみればその通りですし、特に地方の人口減少は加速度的に進むでしょうからね。その一方で、都市部に人口が集中すれば、余剰となった地方の電力を都市部に回すことになるのでしょうが、となれば、発電所の新設によるLNGの需要増どころか、よくて頭打ち。下手すりゃ減少ってことも考えられます。それに――」

いい淀む今井に向かって、

「それに何だ？」

賢太は先を促した。

「そうなった時の保険として、輸出先をUAE（アラブ首長国連邦）に求めるにしても、ガス採掘会社は長期契約を条件にしてくると思うんです。採掘技術が進歩して生産量が上がれば、神原さんがおっしゃったように価格競争がはじまります。もちろん、我々にとってもビジネスチャンスになるのは確かですが、これまでエネルギービジネスを手がけたことがないうちが、そこで勝ち残ることができますかね」

今井の懸念はもっともだ。

日本の火力発電とUAE向けに特化していたのでは、ビジネスの広がりは望めない。まして、このビジネスが軌道に乗って、ニシハマの新しい柱になると認められれば、次は規模の拡大を強いられることになる。なぜなら、高くなることはあっても低くなることはない。それがノルマだからだ。当然、新たに組織を設け、人材を揃えなければならなくなるのだが、それについての考えはすでにある。

「その点については、あまり心配してないがね」

賢太はいった。

「LNGの需要は高まることはあっても、低くなることはない。売り先には苦労しないからですか？」

今井は、賢太の考えを見透かしたかのようにいう。

「その通りだ」

「しかし、どうやって売り込みをかけるんです？　うちは四葉とは違って、世界中に支店があるわけではありませんし、エネルギービジネスについては素人ですよ。日本の火力向けに特化すれば、相手は電力会社ですからなんとかなるかもしれません。UAEだって物部の背後にはオタイバがいるわけですから、任せておけばいいでしょう。でも——」

「総合商社を嚙ませるのは一つの手かもしれないね」

「えっ？」

賢太の言葉に、今井は、驚いた様子で目を丸くする。

「オタイバがアラブにおけるエネルギー利権を仕切るフィクサーという裏の顔を持っていることは、前にいったね」

今井は、黙って頷いた。

賢太は続けた。

「彼は、実にしたたかな男でね。商社の連中も、なんとか彼と密な、できることならエクスクルーシブな関係を築きたいと願っているんだが、全ては条件次第。彼は一つの案件に複数の商社を競合させ、最も満足のいく条件を提示してきた会社のために動くのを常としてるんだ」

「でも、今回の話は——」

「確かに、この話を持ち込んできたのは、物部であってオタイバじゃない」

賢太は、今井の言葉を遮った。「でもね、物部は、うちがLNGの輸出ビジネスに乗り出すならば、オタイバはうちのために動くという確証を持っている」

「うちのために？　なぜです？」

「日本の場合、エネルギー資源の確保には国の命運がかかっている。民間企業のビジネスではあるが、政府の意向が大きく働くビジネスでもある。UAEだって、日本企業からLNGを調達するとなれば、自国の利益になる条件をできるだけ多く引き出そうとするさ。それは一企業の力では、到底叶(かな)えられない条件になるはずだ」

「企業は数あれど、政府は一つ。物部の話が、宗像さんの意向を汲んでのことなら、オタイバも無視できないというわけですか」

今井は納得がいった様子で頷く。

「中国が輸入する石油の中東への依存度は、日本ほど高くはないが、それでも五十パーセント前後になる。そして、LNGの需要は、今後ますます増大していくのは間違いないんだ。うちが扱うLNGを中国に買わせるのはオタイバにとっては朝飯前だろうし、それで日本政府とニシハマの双方に恩が売れることになると思えば、彼もうちのために動くだろうさ」

「恩？ 恩ってなんのことです？」

今井は、またしても怪訝な表情を浮かべ、問い返してくる。

「原発だよ」

「原発？」

「日本国内での原発の新設が、もはや不可能になったのは、誰の目にも明らかだ。かといって、我々をはじめとする企業が、原発事業から撤退してしまえば、これまで培ってきた技術が途絶えてしまうことになる。日本の原発事業を維持するためには海外の案件を受注するしかない。そこにまた、オタイバのビジネスチャンスが生まれるってわけさ」

「なるほど……」

エネルギービジネスの世界の深さを垣間見た思いがしたのだろう。

今井は感嘆とも取れる深い息を吐きながらも、瞳に生気をみなぎらせはじめる。

「うちに、オタイバがついていることを知れば、商社の連中の態度は一変するだろうさ。うちをパートナーにすれば、売り先の開発は格段にやりやすくなるのは間違いないんだからね」

その時の光景が脳裏に浮かぶと、賢太は目が自然と細まるのを覚えた。

「そうなれば、しめたもんですね。うちは、ガス開発企業と販売契約を結ぶだけ。販路の開発、専用船の確保から、価格の変動リスクも、全て商社に負わせることができるようになりますね」

そういうことだ。

声には出さず、内心でこたえながら、

「それに、宗像さんには、うちが原発事業から撤退してもらっては困る理由があるしね」

賢太はいった。

「IEのことですか？」

「それだけじゃない。理由はもう一つある。廃炉だよ」

「廃炉？」

「事故を起こした原発の建設は、うちが行ったも同然だ。うち以上にあの原発を知り尽くしている企業は他にない。うちが原発事業から撤退してみろ。廃炉作業をやれる会社が、日本からなくなってしまうじゃないか。つまりニシハマは、もはや日本にはなくてはならない会社になってしまっているんだよ」

頭上からジェット機のエンジン音が聞こえてきた。

見上げると、最終着陸態勢に入った旅客機が、ラガーディア空港に向かって飛び去っていく。夜の闇に溶けた機体は見えないが、翼端で明滅を繰り返すフラッシュライトがその所在を示している。

「なんだか、すごくワクワクしてきました……」

今井が熱に浮かされたように呟いた。「うちのような大企業で、新規事業を立ち上げる仕事をやれるなんて、そうあるもんじゃありませんからね」

そういう今井の目が、いま頭上を過ぎ去った旅客機の翼端で煌めいていた光を反射したかのように炯々と輝きだす。

彼が何を考えているかは明らかだ。

ニシハマが手がける初の事業となれば、社内に経験者はいない。手がけた人間が主導権を握ることになる。それが、会社の柱となる事業に成長すれば、出世は約束されたも同然だ。今井は野心に目覚めたのだ。

その時、上着のポケットの中でスマホが鳴った。

光るパネルには、『広重』の名前が表示されている。

「はい、肥後です……」

賢太がこたえると。

「急ですまんが、できるだけ早いうちに、こちらに来てくれないか。ちょっと厄介なことになりそうでね。直接会って話したいことがあるんだ——」

広重は、重々しい声で命じてきた。

6

「監査法人が、IEに関心を抱いている？」

東京のニシハマ本社を賢太が訪ねたのは、神原と会食を持った三日後のことだった。ニューアークからの便を使えば、羽田着は日本時間の午後二時。そこから東品川までは、タクシーで三十分もかからないが、それでも到着した時には午後四時直前だった。

「時間は空けてある。とにかく、着いたらすぐに私の部屋に来てくれ」と命じられていたので、そのまま役員室に向かったのだったが、広重が開口一番に話しはじめたのがIEの件だ。

「関心を抱いているって、何に対してです？」

監査法人がIEに関心を持つ——。

ついにという思いを抱きながらも、あまりにも漠然としていて、賢太は問うた。

「事業継続性、テキサスで建設中の原発の件も含め、IEが本当にニシハマに貢献する会社なのか、将来性に疑念を抱きはじめているんだよ」

広重は、心底困り果てた様子でいった。

なるほど、広重が慌てて呼び寄せるわけだ。

テキサスで建設中の原発にいまだ完成の目処が立っていない理由は多々あるが、中でも致命的だったのは、IEが持つコスト管理のシミュレーションシステムがあまりにもお粗末な代物だったことにある。このシステムは、立体的な設計技術に工事の物量管理、工程管理、人員計画の要素をパッケージし、シミュレーションを行うことで、工期の短縮やコスト低減を図るもので、原発建設を行う上で必要不可欠なものなのだが、運用をはじめてみると、プロトタイプに等しいものであることが分かったのだ。

しかも、設計の変更、工程の遅れによるコストアップは想定していたのだが、その見積もりが過度に甘い代物だったのだ。その杜撰さに、ニシハマが気がついた時には、時すでに遅し。とうの昔に買収は完了してしまっていたのだから話にならない。

大金を投じるのに相手を精査せずに買収するからだと、いいたいのは山々だが、いまさらいったところでどうなるものではない。

ため息をつきたくなるのを堪えて、賢太はいった。

「つまり、状況次第では減損処理をすべきだ。監査法人からそうした意見が出かねないことを懸念なさっているわけですか」

「今期の決算が終わった後で持ち出された話だが、来期の決算にIEで発生した契約原価の増額分を盛り込めば、利益が吹っ飛ぶどころか赤字、それも莫大な損失を出すことになる。ただでさえ、業績が思うように伸びていないところに、そんなことになろうものなら……」

語尾を濁す広重に、

「藪川さんはもちろん、黒崎さんの責任問題になるとおっしゃりたいのですね」

賢太は目の前の男が呑み込んだ言葉を、代わっていってやった。

「社長、会長だけじゃない。私だって、ただじゃ済まんよ」

藪川か、黒崎か、あるいは両人から脅されでもしたのだろう。広重は眉間に深い皺を刻み、暗澹たる表情を浮かべながらため息をつく。

「どうして、常務が責任を取らなければならないんです？　反対意見を抑え込んで、IEの買収を強行したのは藪川さんじゃありませんか。藪川さんだって、黒崎さんの承認がなければ、これほどの大型買収は行えなかったわけですし、常務は当時——」

副本部長と続けようとしたのを広重は遮り、声を荒らげる。

「独立採算制を取っているうちの会社で、そんな理屈が通るわけないだろ。損失を出すのは原発事業部。それがニシハマ全体の経営に甚大な影響を与えたとなれば、私が責任を取らされるに決まってるだろうが」

そんなことは分かっている。

現実を突きつけるのに忍びないからいってやっただけだ。

内心で毒づきながら、賢太は意図的に視線を落とし、殊勝な態度を繕った。

「買収に六十億ドルも費やした挙げ句、コストオーバーランの金額は、現時点で分かっているだけでも、六千五百万ドル。それが明るみに出てみろ。原発事業部だけの問題じゃ済まんぞ」

「そんな金額じゃ済まないかもしれませんよ」

「えっ？」

広重は、ぎょっとした顔をして身を硬くすると、「それ……どういうことだ？」

顔を青ざめさせ、声を震わせた。

「何度もレポートでご報告申し上げましたが、IEのマネージメントは、一言でいうと複雑怪奇。NNAに上がってくる報告書にも、本当の状況が記載されているのか、怪しい点が多々あるのです。潜在的に抱えているコストオーバーランの金額は、我々が把握している金額を遥かに超えている可能性が極めて高い。いや、まず間違いなく超えていると私は睨んでいます。それに、完成したとしても、肝心の電力が売れるかどうかという問題に直面する可能性もあるんです。下手をすれば、桁が一つ違っても不思議じゃありませんよ」

だから、NNAの人員だけでは手に負えず、本社からIEに調査チームを派遣し、徹底的に調べる必要があると、何度も訴えてきたのだ。それを無視してきたのは、広重であり、おそらくは藪川と黒崎の両名が、その必要はないと突っぱねたのだろうと賢太は睨んでいた。

「君の意見は、何度も伝えたんだがね……」

果たして広重はいい、すっと視線を落とす。

「で、藪川さんはどうなさるおつもりなんですか？　監査法人の意向に従って、IEを精査した上で負債の額を確定させ、今年度の決算で、損失処理を行うと腹を括られたんですか？」

「それが……分からんのだ……」

広重は、苦々しい顔をして首を振る。「IEは大丈夫と強弁するばかりで、調べるとはいわんのだ。しかし、今回は監査法人も簡単には引き下がらない。それで、どうしたものかと、藪川さんに相談されたんだ」

「最終的な判断は、藪川さんと黒崎さんにお任せするとしても、IEの実態は正確に把握すべきです。実態が分からずしてどうしたものかもあったもんじゃないでしょう」

ぐずぐずしているから、傷が深まる一方となっていることに、舌打ちをしたくなるのを堪え、賢太は断言した。「可及的すみやかに、専門の調査チームを結成して、IEに派遣すべきです。NNAにはそれを行うだけの人員はおりませんし、詳細に調べるためには技術、工程、設計等々、専門分野の人材が絶対に必要ですので」

これも、以前から進言していたことだけに、賢太の声には自然と力が籠もる。

「分かった。藪川さんには、そう進言してみるよ……」

今度ばかりは腹を括ったらしく、素直に同意した広重だったが、IEの実態が解明されたとしても、あの二人のことだ。損失をカバーできる確実な策に目処がつくまでは、減損処理に素直に応じるとは思えない。

それは広重も同じはずだ。だから、賢太を呼びつけた本当の目的は他にある。

それは、失敗を補う方法。ＩＥで生ずる損失を補って余りある策を賢太に提案させることだ。

そこで、賢太は話題を転じた。

「調査チームを派遣しても、実態が把握できるまでには相応の時間がかかります。しかし、いずれにしても、結果が出れば藪川さんの責任問題に発展する可能性は大です。金額によっては引責辞任に追い込まれることにもなりかねません」

その時は、同じ責めを負わされることに改めて気がついたのだろう。

「引責辞任？……」

広重は、喉仏（のどぼとけ）を上下させ生唾（なまつば）を飲んだ。

「となると、それまでの間に、藪川さんは是が非でも例のモンゴルの案件を実現させる目処をつけるしかないのですが、その後なにか進展はあったんですか？　岡谷さんを社外取締役に就任させたのは、あの計画を実現させるためなんでしょう？」

「着々と進んでいる……というか、布石を打っているようだね」

広重は面白くなさそうにいう。「もっとも、モンゴルの件は、藪川さんの専任事案ということになってしまったおかげで、あまり情報は入ってこないんだが、近々、うちはオタイバとアドバイザー契約を結ぶことになったらしい」

「オタイバと？」

オタイバがモンゴルの案件にも関わるとははじめて聞く。

賢太は思わず問い返した。

「オタイバとアドバイザー契約を結ぶ目的は、いまいち分からんのだが、本当ならば、間違いなく岡谷の指示だろうな」

「しかし、オタイバがよく同意しましたね」

「アメリカ絡みの案件だし、使用済み核燃料の最終処分場となれば、国を巻き込むことになるからね。日本にカネを出させるのがアメリカの狙いだ。まして、最終処分場ともなれば、莫大なカネが動く。オタイバにとっても、千載一遇のビジネスチャンスだ。そりゃあ飛びつくさ」

そこで広重はわざとらしく、大きなため息をつくと、「モンゴルの案件が実現すれば、IEが莫大な損失を出すことになったとしても、補って余りあるビッグビジネスになる。そうなりゃ、誰も藪川さんを咎めはせんよ。それどころか、ニシハマに巨大な利益をもたらす事業をものにした立役者として賞賛を浴びることになるだろうさ」

絶望的な眼差しで、賢太を見つめた。

いいたいことは分かっている。

完成するまでには長い年月がかかるとしても、最終処分場の建設に目処がついているかいないかでは大違いだ。原発発注を条件に、使用済み核燃料の最終処分を引き受けるといえば、海外市場はニシハマの独壇場だ。

しかし、ＩＥの買収が失敗に終わった責任は、誰かが負わなければならない。その際、生け贄（にえ）にされるのは誰でもない。担当役員である自分なのを、広重は察しているのだ。

「しかし、こんな案件が、すんなり行きますかねえ」

賢太は、冷めた茶に手を伸ばしながらいった。

「日本政府には、まだ正式に持ち込まれてはいないようだが、アメリカとモンゴル政府との間では、内々に合意ができている。実現性は高いと藪川さんは、考えているようだね」

「そりゃあ、藪川さんは、そう思いたいでしょう。ご自分の首がかかっているんですから」

賢太は苦笑を浮かべたが、それも一瞬のことで、一転して真顔でいった。「でも、あまりにも甘い……というか、楽観的に過ぎるような気がしますね」

「というと？」

「使用済み核燃料の最終処分場が自国にできると知れば、国民が黙っていませんよ。最終処分場どころか原発の新設でさえ猛烈に反対する人間はどこの国にも山ほどいますし、自国で処理できない核のゴミを、カネにものをいわせて途上国に引き受けさせるなんて、あまりにも傲慢（ごうまん）過ぎます。モンゴルどころか、日米両国内からも、いや世界中の国々から非難の声が上がりますよ」

「しかしねえ――」

広重はまたしても、深いため息をつき、「このままじゃ、うちは大変なことになるぞ……」

進退窮まったといわんばかりにいい、賢太の反応を窺うような視線を向けてきた。

何を期待しているかは明らかだ。

「常務に命ぜられた例の件、私なりに考えてみたのですが……」

そこで、いよいよ切り出した賢太だったが、

「例の件？」

広重は白々しい反応を示す。

「常務からニューヨークで命じられたことです」

「何か、策を思いついたのか」

「LNGの輸出を手がけては、どうかと……」

「LNGの輸出？」

賢太の発案にしたくて、広重はあんな芝居を打ったのだ。

広重の目論見は先刻見通していたし、ニシハマの役員の習性も熟知している。

馬鹿馬鹿しいが、ここは芝居に乗ってやらねばなるまい。

賢太は、それから暫くの時間をかけて構想を説明し、

「実は、このプランを考えついたのは私ではありません。宗像政権で秘書官を務めた物部という元経産官僚が持ちかけてきたものでして……」

と一旦、話を締めた。

「物部？　物部さんがどうして君に？」

「物部さんとは、前に一度だけニューヨークでお会いしたことがありましてね。突然、会いたいと電話をかけてきたんです」

「その場で、この話を？」

「なんでも宗像先生が、ＩＥの買収をうちに勧めた挙げ句、うまく行っていないことを酷く気にかけておられるとかで……」

「それで、ＩＥの穴を埋められる新事業を提案してきたというのかね？」

「正直、このプランを聞かされた時には、馬鹿馬鹿しいというか、荒唐無稽もいいところだと思いましたが、そこに起きたのが、東日本大震災です。もはや国内での原発の新設は不可能。今後国内で新設される発電所は、間違いなく火力になる。もちろん、状況は他社も同じですから、真似ができない何かを持たなければ新規受注はおぼつきません」

「そこで物部の提案を思い出したのか」

「ええ……」

賢太は頷いた。「アメリカ産のシェールガスをＬＮＧに加工し、新設される発電所への安定供給を保証する。これは電力会社にとっても魅力的な提案ですし、うちも長期に亘(わた)って安定的な収益が得られる新たな事業を手に入れることになる。そればかりか、販路を海外諸国に広げていけば、ニシハマに大きな柱となる事業が生まれます。それで、いろいろと調べてみたんです」

「そういうからには、君はいけると判断したんだね」

早々に結論を求める広重に、

「まだ確証は持てませんが、可能性はあると思います」

賢太は慎重にこたえた。「ただ、うちが自社単独でこの事業を行うには、人材、組織体制などの点で無理がありますし、海外に販路を求めるとなると、やはりエネルギービジネスを行っている総合商社を噛ませるのが現実的かと……」

「総合商社か……」

広重は苦々しげに呻(うめ)き、眉を顰(ひそ)めた。

何をいわんとしているかは聞くまでもない。

そもそもＩＥの買収は、ニシハマの単独案件ではなく、日本の大手総合商社の一つ、菱紅(ひしべに)と共同で進めていたのだ。ところが、買収交渉が最終局面、もはや後戻りできないという段階になって、突然菱紅が「他に莫大な資金を必要とする買収事案がある。そちらを優先する」といって、ディールから一方的に降りてしまったという経緯があったのだ。

買収金額を吊り上げたのも、菱紅が出資に同意していたからで、梯子(はしご)を外された形になったニシハマは、アメリカの大手ゼネコンの一つ、エプシロンと交渉を重ね、プット・オプションという屈辱的な条件を吞み、二十五パーセントの出資を得ることになったのだった。

「お気持ちは分かります」

賢太はいった。「ですが常務、今回は商社も途中で降りたりはしないと思いますよ」

「なぜ、そういえる」

広重は、片眉を吊り上げ、胡乱気な眼差しを向けてくる。

「オタイバですよ」

賢太はこたえた。「先ほど、常務はモンゴルの件で、うちがオタイバとアドバイザー契約を結んだとおっしゃいました。それで私は確信したんです。エネルギービジネスにおける彼の力は絶大なものがありますからね。そのオタイバがうちについたとなれば、どこの総合商社だって、彼がいる限りは一緒にやりたいと思うに決まってますよ。それに、菱紅のように、途中で降りようものなら、オタイバを裏切ることになりますからね。その後のことを考えれば、そんなこと、できるわけがないじゃないですか」

「なるほど、そういうわけか」

広重は眉を開くと目を輝かせ、何度も頷いた。

話はまだ終わっていない。

「もっとも、商社を巻き込み、この事業をうちの新たな柱にするためには、もう一工夫必要です──」

賢太は、続けて次のステップへの構想を話しはじめた。

第三章

1

「奥様のお料理の腕前は素晴らしいですねえ。いや、驚きました。箸が止まらなくて、まったくお恥ずかしい限りで……」

食後酒のグラッパが入ったグラスを手にした神原が、改めて美咲の料理を賞賛する。

五月も半ばになると、庭は緑の芝に覆われ、敷地を取り囲む木々も青々とした葉を宿す。その一角に植えられたアゼリアの木々に、ピンクや白の花が満開だ。

先の会食の場では、あれからゴルフの話題となり、「是非一度」となったこともあって、今日は神原夫妻と賢太の三人でウイングド・フットをラウンドした後、賢太の自宅で夕食を共にすることになったのだ。

午後七時半。あと三十分もすれば日没を迎えようという時刻である。

日中は春の装いでは汗ばむほどの陽気だったので、リビングと続きになっているウッドデッキに食後の場を移したのだったが、日が傾き始めるとやはり肌寒い。

テーブルを挟み、神原と並んで座った賢太は、グラッパが入ったグラスを傾けた。透明な液体を口に含むと、葡萄の微かな芳香が鼻腔に抜け、強いアルコールが胃の中で一気に弾ける。

冷えはじめた大気の中で火照る体が心地よいことこの上ない。

賢太は、その余韻に浸りながらいった。

「私がいうのもなんですが、家内は完璧主義者というか、手を抜くということをしませんでね。パーティーも呼ばれるよりも、呼ぶ方が好きで、そこそこの人数の料理なら、全部一人で作ってしまうんです」

「こういっては失礼ですが、肥後家のお嬢様の奥様と手料理がイメージ的にいま一つ結びつかんのです。それに、奥様はハープの奏者でもいらっしゃるわけでしょう？　指を切りでもしたら、大変じゃないですか」

神原は、よほど意外であったらしく、興味津々といった様子で訊ねてくる。

「まあ、ハープの方は、子供ができたのを機に一線を退きましたから、いまはアマチュア以上、プロ未満というところでしょうか。こちらに来てからも、ボランティアで、教会や学校でミニコンサートを開くことがあるので、怪我でもしたら大変だといっているのですが、馬鹿にするなと叱られる始末で……」

賢太は苦笑いを浮かべた。

「機会があれば、奥様の演奏を聴きたいものです」

「なんでしたら、この後にでも？　仲間が集まると、食事が終わった後は、コーヒーを飲みながら家内の演奏を聴くのが決まりのようになっていますので」

「でしたら是非」

どうやら本心からのようだ。賢太は椅子から立ち上がると、

「美咲」

窓を開け、奥のキッチンに向かって名を呼んだ。

「は〜い」

歩み寄ってくる美咲の手には、グラッパのボトルがある。「お代わりでしょう？」

「神原さんが君の演奏を聴きたいそうでね」

「それは構わないけど、はじめてのお客様には迷惑じゃなくて？」

「とんでもございません。是非、お願いいたします。家内は、クラシックが大好きなんです」

「まあ、そうでいらっしゃるの？」

「こちらに来ても、ニューヨーク・フィルの定期コンサートには、毎回欠かさず行くんです。もっとも、私はそっちの方はからっきしで、家内が一人で出かけるんですがね」

「そんなお耳の肥えた方の前で演奏するのは恥ずかしいわ」

「何をおっしゃいますか。ジュリアードは、誰でも入れるわけじゃありませんからね。学ばれたこと自体、才能が認められた証ではありませんか」

「奥様には、後片付けをお手伝いいただいてるんだ。お礼といっちゃささやかだけど、演ってあげなよ」

「そうですか……じゃあ、コーヒーの後に」

美咲は頷くと、「神原さん、どういたしましょう？　エスプレッソ、カプチーノ、普通のコーヒーとご用意できますけど？」

神原に問うた。

「では、カプチーノを」

「あなたは？」

「同じでいいよ」

賢太がこたえると、「もう少し後片付けに時間がかかるから、それから支度をするわ。神原さん、それまでどうぞごゆっくり」

美咲は、室内にとって返した。

「いい奥様ですね……」

美咲の後ろ姿を目で追いながら、神原はいう。「実は、ご自宅にあがるまでは、ちょっと緊張していたんです。ニシハマ創業家のお嬢様にして、音楽家ですからね。どんな方なのかと……」

神原がそう思うのも無理はない。

肥後家直系の女性と聞けば、大抵の人間は乳母日傘で何不自由なく育ち、気位高く鼻持ちならない女性を想像するものだ。それに、音楽家に限らず芸術家は感性が鋭いだけに、得てして激しい気性の持ち主が多い。

それが美咲の場合、料理の腕はプロはだし。もてなしの精神にも満ちあふれ、かいがいしく振る舞う。思い描いていたイメージとのギャップに、特に日本人は驚くのだが、それも賢太がNNAの副社長に昇格して以来、美咲が本来の性格を封印しているからだ。

肥後家に生まれ育てば、実際に勤めたことはなくとも、ニシハマの社風は熟知している。東都、洛北閥の中にあっては、ハーバードは外様だ。まして、役員の任命権は取締役会にある。しかし、再びニシハマに君臨するのが肥後家の悲願であることは美咲とて十分に承知している。となれば、方法は一つしかない。いかにしてシンパを作るか。それも社内のみならず社外、いや世界に、友好的かつ有用な人脈を広く築き上げることだ。

「おかげさまで、今日はニューヨークに赴任して以来、最高の一日になりました」

神原はしみじみといい、「ウイングド・フットは素晴らしいコースでしたし、ウエストチェスターの環境もまた最高の一言に尽きます。やはりマンハッタンとは大違いですねえ」

咲き誇るアゼリアの花に目を細めた。

「エネルギーを担当なさっているなら仕方ありませんよ。相場は常に動いていますから、何かあったらすぐにオフィスに駆けつけなければなりませんし、出張だって頻繁におありでしょうからね」

「まったく因果な商売ですよ。まあ、仕事と上司は選べないのが、サラリーマンの宿命ですからね……」

神原は自嘲めいた笑いを浮かべると、残っていたグラッパを一気に空けた。

賢太は、すかさずガラスの容器に手を伸ばし、神原のグラスにグラッパを注ぎ入れながら、

「お忙しいのは、それだけ商社のビジネスが変化、いや進化しているってことじゃないんですか？」

この一日、神原と過ごした目的をいよいよ切り出した。

「進化しているとおっしゃいますと？」

「物を右から左に流して口銭を稼ぐ。かつてはそれが商社のビジネスモデルでしたが、いまは投資が主流じゃありませんか。中にいると気がつかないでしょうが、外から見ると、一つの業態がこれだけドラスティック、かつダイナミックに変わるものなのかと驚きますよ」

「それは、商社が物を作る機能を持たないからですよ」

神原は、そういいながら容器を取ると、賢太のグラスにグラッパを注ぎ入れる。

「そこが、我々メーカーが抱えている大きな問題点だと、私は憂慮していましてね」

「といいますと？」

「ニシハマにいると、つくづく感じるんです。メーカーってのは、スクラップ・アン

ド・ビルドが本当に難しい業態なんだと……」

賢太はそう前置きすると続けた。「磁気記録媒体事業なんかは、その典型的な例ですよ。パソコンデータの記録媒体はフロッピーディスク、映像はビデオテープだった時代が長く続きましたが、インターネットが出現した頃には、パソコンデータはいまでいうクラウドに保存されるようになり、ビデオはＤＶＤどころかネット配信になる。磁気記録媒体の市場は早晩なくなると、技術者は気がついていたんです。ところが、その時に備えるべきだと技術者が唱えた途端、社内でどんな議論がはじまったと思います？」

「さあ……」

察しはつくはずだが、わざとらしく小首を捻る神原に向かって、賢太はいった。

「そんな時代が来るとしても、まだ随分先の話だといって、新しい技術の開発、ビジネスモデルの必要性を唱える声を潰しにかかったんです。つまり、不都合な真実から目を背けたんです」

「なるほど」

神原は小さく頷いた。「磁気記録媒体の市場が消滅すれば、ニシハマさんから事業部一つがまるまる消えてしまうことになりますからね。研究者がいくらその時に備える必要性を訴えたところで、じゃあ、事業部に所属している研究者や社員をどうするのか。他の事業部で吸収できるのかってことになる。経営陣からすればそんなことは考えたくもないでしょうからね」

「先が見えたとはいえ、その時点では十分な収益を上げている事業に代わる新事業に進出するのは、大変な勇気と決断がいるものです。まして、新しい市場が確立されるまでには移行期というものがあります。新事業が十分な収益を上げるまでの間、どうやって業績を維持するか。新しい市場をものにできたとしても、行き場を失う多くの社員や不要になった施設をどうするかという問題も出てきます。まして、生産施設のほとんどは地方にあって、閉鎖すれば地域経済にも甚大な影響を及ぼすことになるんですから、事はニシハマだけの問題に止まらないわけです」

賢太は、そこで短い間を置くと、「でもね、神原さん。不都合な真実から目を背けても、来るものは来る。逃れることはできないんです」

きっぱりと断言した。

神原は、すぐに言葉を返さなかった。すみれ色になった空を背景に、微かに揺れる木々の葉に、暫し目をやると、

「もし、メーカーがそうした事態に次々に直面することになると肥後さんがお考えになっているのなら、ニシハマさんがこれから先の時代を生き抜くためには、大胆な意識改革と組織改革が必要になるでしょうね」

重々しい口調でいった。

「おっしゃる通りなんですが、長い年月の中で培われてきた社風なんてものは、そう簡単には変わるものじゃありませんでね……」

賢太は軽くため息をつき、続けていった。「ニシハマに限らず、日本の大企業の役員は、大抵六十歳以上の高齢者で占められています。確かに、経営には経験が必要かもしれません。でもね、私は思うんです。新技術が次々に現れ、社会はもちろん市場環境が凄まじい勢いで変化していく時代に、過去の経験がどれほど役に立つのか。経営全体に責任は持つとしても、若い世代に権限を与え、大きな仕事を任せるべきではないのかと」

「おっしゃる通りでしょうね……」

神原は、手にしていたグラスをテーブルに置く。「急成長している産業、企業は、大半がベンチャーですからね。それも資本、人的資源に恵まれた大企業が、やろうと思えばやれたはずのビジネスを、ことごとくものにして成長してるんです。なぜ、それが大企業にはできなかったか。その理由が、肥後さんがおっしゃる点にあるのは事実だと思いますよ」

「ですが、総合商社は違います。常に新しいビジネスを探し求め、マネージメント能力があると目された人間には、若手であろうとチャンスを与える――」

「いや、そんなことはありませんよ」

神原は、白けた笑いを浮かべ否定する。「総合商社にもそれぞれ社風がありますからね。おっしゃるような会社もないではありませんが、うちの場合は組織で動きますので……」

「それでもメーカーとは違って、装置産業であるがゆえの縛りがない分だけ、新しいビジネスを手がけるのは、そう難しい話ではないでしょう」

「それは一面の真実ではあるのですが……」

神原は、そこで一旦言葉を区切ると、「常にビジネスを探しているとはいえ、総合商社はもれなく事業部制を取っていますからね。所属している事業部に関連性がないビジネスとなると、まず認められません。その点は、大半の日本企業と変わりはないと思いますよ」

それは何も日本企業に限ったことではない。所属部署に関連性がないビジネスプランを提案したところで、採用されるわけがないのは、大企業ならば世界のどこに行っても同じである。

「実は、幸いなことに、ニシハマの現状、いや将来に危機感を覚えているのは、私だけではありませんでね」

賢太はいよいよ核心に入った。

「と、おっしゃいますと？」

神原は視線を向けながら、グラスを手にする。

「私の上司の広重常務が、ニシハマには新たな柱となる事業を設ける必要があるといい出しましてね。私に考えるよう命じてきたんです」

神原は、言葉を返してこなかったが、賢太に向ける眼差しが鋭くなった。

今日、神原が、はじめて見せるビジネスマンの目である。

「もちろん、新しい柱になる事業といっても、私は原発事業部の人間です。全く畑違いの事業を提案しても、社内の合意を得ることは難しいのですが、エネルギー、それも発電関連のビジネスならば、全く関係がないとはいえません。十分検討に値するものになるだろうと考えたわけです」

「発電関係のエネルギーといえば、石炭かLNGということになりますね」

「私が着目しているのはLNG……それもアメリカ産のシェールガスです」

「それを、どうなさろうというんです？」

言葉は丁重だが、神原はまるで入社間もない部下の能力を測るような口ぶりで先を促す。

「火力発電所の建設から、LNGの供給まで一貫してニシハマが行う。同時に、アメリカ産のLNGを海外に向けて販売できないかと……」

神原は、理解ができないとばかりに、ただ目を丸くしてぽかんと口を開けた。

「いや……お考えは面白い……とは思いますが……しかし、ニシハマさんは、これまでエネルギービジネスを手がけられたことが……」

神原は語尾を濁した。

「実はいま、この構想を実現すべく、プランを練っているところでしてね」

賢太は構わず続けた。「もちろん、端から無理筋なら、こんなことに労力を割いたりはしません。やるだけの価値はある。そして、やれると確信を抱いていればこそのことです」

神原は、どう反応したらいいのか困惑した様子だったが、胡乱気な眼差しを向け口を開いた。

「そりゃあ、ニシハマさんには、資金力もおありになるし、従業員数はうちの比じゃありませんから、中にはエネルギービジネスをおやりになれる人材がいらっしゃるのかもしれません。しかし、この業界は――」

「もちろん、確信を抱くからには、根拠があります」

賢太は神原の言葉を遮った。「神原さん、うちはつい最近、オタイバとアドバイザー契約を結びましてね」

「オタイバって……ファウジ・オタイバのことですか？」

神原は再び目を丸くして、身を乗り出してきた。

他に誰がいる。

内心でそう呟きながら、

「そう、あのファウジ・オタイバです」

賢太は頷いた。

「どうして、オタイバがニシハマさんと？」

オタイバは中東のエネルギービジネス界のフィクサーだ。彼を自陣に取り込もうと各社が必死になっているだけに、神原の驚きようは尋常なものではない。

「それは、まだ、お話しするわけにはいきません」

賢太は返答を拒みながらも、「ただ、私のプラン以外にも、ニシハマ本社では別のプロジェクトが進んでおりましてね。それも、私のプランなど、比べものにならないほど巨大な案件が……」

餌を投げてやった。

神原の表情が一変した。もはや、酔いは完全に吹き飛び、炯々たる眼差しを賢太に向ける。

「どうすれば、そのニシハマさんが進めておられるプロジェクトの内容を知ることができるんでしょう」

さすがに、今日のゴルフと会食の狙いを悟ったようで、神原は水を向けてきた。

「パートナーを探しています」

賢太は率直にこたえた。「神原さんがおっしゃったように、うちにはエネルギービジネスを行った経験もなければ、人材もおりません。それに、アメリカ産のLNGを海外にといっても、うちには販売網がありません。ロジスティクスのノウハウもない。ですから、このプランを実現するためには、やはりパートナーが必要不可欠なんです。そして、それを行える企業といえば……」

神原は、乗り出していた身を元に戻すと、

「なるほど……」

目元を緩ませ、グラッパを口に含んだが、瞳に宿った鋭い光は相変わらずだ。

「どうでしょう。これも何かの縁です。ご興味がおありなら、一つご検討願えませんでしょうか」

「そりゃあ、興味大ありですよ。是非！」

顔をほころばせる神原に、

「このプランをお話しするのは、神原さんがはじめてですが、四葉さんにパートナーになってもらうかどうかは別の話です。全てはお互いの条件が折り合うかどうか。どちらの事案も、パートナーシップを結べば、長いお付き合いになります。両者、ウインウインの関係が成立しなければ、お互いが不幸になるだけですので……」

「カプチーノが入りましたけど」

頃合いを見計らったかのように窓が開き、美咲が声をかけてきた。

「だいぶ、冷えてきましたね。中に入りましょうか」

賢太は立ち上がりながらいった。

「では、この話は改めて……」

そう返してきた神原に、賢太は大きく頷いた。

2

女性秘書が静かに歩み寄って来ると、

「お待たせいたしました。社長が部屋に戻られました」

岡谷に向かって丁重な口調で告げた。

ニシハマの役員階には、エレベーターホールを出てすぐのところに、十ばかりの椅子が並ぶ一角がある。役員室を訪れた社員が待機する目的で置かれたものだが、社外取締役がここで待たされることはまずない。

社外取締役は部屋を持たない。藪川の予定がずれ込めばここで待つしかないにしても、呼びつけた挙げ句の対応となると、やはり面白くない。

「岡谷社外取締役をお連れしました」

社長室のドアを開けた秘書が入室を促す。

「待たせてしまったね」

黒崎と会っていたのか、藪川は着用していた上着を脱ぎながらいった。

それだけかいな？　二十分以上も待たされたんやで。詫びの一つも口にするのが礼儀とちゃうか。

そういいたくなるのを堪えて、岡谷は勧められるまでもなくソファーに腰を下ろした。

「そないなことより、話ってなんや。呼びつけたからには、さぞや重要なことなんやろな」

岡谷の口調はどうしても不機嫌なものになる。あんな場所で待たされたこともあるが、時は五月。快晴無風の最高の天気だというのに、このために唯一の趣味であるゴルフの予定をキャンセルしたのだ。しかも昨日の夕方、電話を入れてきたのは、藪川本人ではなく、秘書だ。

「実は、例のモンゴルの案件とは別に、エネルギービジネスを手がけるプランが持ち上がってね」

藪川は、ソファーに座ると背もたれに身を預け、脚を高く組んだ。

「エネルギービジネス？」

「液化したアメリカ産のシェールガスを日本、そして世界に販売するんだ」

耳を疑った。あまりにも奇想天外過ぎて、岡谷の思考が停止した。

そんな感情が顔に出たのか、

「まあ、驚くのも無理はないさ。私だって、このプランを聞かされた時には、とても正気の沙汰とは思えなかったからね」

藪川は、愉快そうに笑う。

「本気でいうてんの？　ニシハマがアメリカ産のＬＮＧの輸出を手がけるなんて、そないなことが――」

「それができそうなんだよ」

藪川は岡谷の言葉を遮ると、「なかなか良くできたプランでね」

目を細め、小鼻を膨らませた。

「どないなプランや」

岡谷が促すと、藪川はそれから、プランの概略を説明したのだったが、なるほど、狙いは分からないではない。もちろん、目論見通りに事が進めばの話で、うまく行くとは限らないのがプランというものだ。いや、必ずや想定外の難題に直面するのが常である。

実際、問題点はすぐに、しかも多々思いついたのだが、岡谷は敢えて口にしなかった。

このニシハマに、こんな大胆な構想を思いつき、藪川に上げてくるだけの度胸がある人物がいることに興味を抱いたからだ。

そこで岡谷は問うた。

「いったい、誰がこんなプランを?」

「このプランを上げてきたのは、常務の広重君だが、発案者はNNA副社長の肥後君だ」

「肥後?」

「ニシハマ創業家の人間でね。専務だった政成さんの一人娘と結婚して、婿に入った男だよ」

「創業家の人間が、まだ社内にいたんか」

「彼の父親ってのは、ニシハマの社員だったんだが、NNAに駐在中に奥さんと一緒に交通事故で亡くなってしまったんだ。彼は相当に優秀でね。そこで、当時社長だった茂樹さんがニシハマ奨学金で学費、生活費の一切を支援し、ハーバードを終えるまで、面倒を見てやったんだよ」

「ハーバード？」

「それも経済学部の優等賞をもらって卒業した秀才だ」

そう聞けば、将来の役員、社長の有力候補と目される人材だと考えるのが普通だろうが、それでは肥後家の復権を認めるようなものだ。

ニシハマに君臨する黒崎がそんなことを認めるわけがないし、藪川とてそんな気はさらさらないに決まっている。黒崎が院政を敷き、ニシハマに君臨しているのと同様に、藪川が権力を握れば、意のままになる人間を後釜（あとがま）に据えるつもりなのは間違いない。

「その肥後がなんでこないなプランを？」

「実は、今日、来てもらったのは、この件で君に聞きたいことがあったんだ」

藪川は、ようやく用件を切り出した。「物部って男を知ってるよな」

思い当たる人間は一人しかいない。

「ああ、ヤツやろ？　物部なら、よう知っとるわ」

「このプランを肥後君に持ちかけたのは物部らしい」

「えっ……」

プランを持ちかけたのが物部と聞いて、岡谷は驚きのあまり絶句した。

「物部はIEがすでにコストオーバーランにあることを知っていてね。このままではニシハマは大変なことになる。窮地を脱するためには、IEで生ずる損失を補って余りある事業をものにするしかないといってきたというんだ」

「それで、こないなプランを？　物部がか？」

「宗像さんが、ニシハマを案じているといってね」

「宗像さんが？」

胸の中を重く冷たい塊が満たしていく感覚を岡谷は覚えた。

岡谷がIEの買収をニシハマに持ち込んだのは、宗像の意向を受けてのことだが、このままでは買収は失敗に終わり、ニシハマは莫大な損失を被る可能性が高い。再び総理の座に就いた時のことを思えば、IEの買収失敗で生ずる損失を補って余りある新事業をと宗像がいうのは分かる。しかし、これまでの経緯を考えれば、その役目を仰せつかるのは物部ではない。この自分のはずだ。

第一、LNGの輸出など手がけずとも、モンゴルのプロジェクトがうまく行けば、新たな柱に十分なり得る大事業をニシハマは手にすることができる。なのに、なぜ……。

「物部というのは、どんな男なんだ？　いまは城南大学の教授職にあるそうだが、宗像さんはどうしてわざわざそんな人間を使って、うちにこんな話を持ちかけてきたんだろう」

といわれても、岡谷にも明確なこたえなどあろうはずもない。

「物部は、宗像さんがニシハマを案じているとだけいうて、プランを立てたのが誰かとはいわへんかったんやな」

「聞く限りではね……」

「なるほど」

岡谷は頷いた。「このプランを考えたのは物部で間違いないやろうな。あいつは、官僚には珍しいタイプの人間やったし……」

「広重君も同じことをいっていたよ。城南出身で、シルバーコロニー計画の原案を作ったのも物部だそうだね」

「まあ、官僚世界、特に有力省庁じゃ城南は所詮傍流や。本来ならば、総理秘書官なんかには、なれへんかったんやが、どないな組織にも変わり者はおるさかいな。その時の上司が、彼を評価して内閣官房長官付き秘書官として官邸に送り込んだんや」

「しかし、こんな話をうちに持ちかけてくるくらいだ。宗像さんは、物部を信頼してるんだろ？」

「信頼というより、親近感やろな。二人とも私学出身やし」

「なるほど」

普通の人間が聞けば、鼻持ちならぬ見解だが、藪川は得心した様子で軽く相槌を打つ。

「いかにも、物部が考えつきそうなプランやで」

岡谷は鼻で笑った。「シルバーコロニー計画の時と一緒やな。構想自体は確かにおもろいし、関心も惹くが、実現するかどうかは相手次第。実際、シルバーコロニーの時には、オーストラリアの猛反発を買って頓挫してもうたしな。今度やって、LNGを海外にというても、どこの国に誰が売るんや。ニシハマにそないな仕事ができるやつはおら嘲りの言葉を口にするうちに、岡谷の口調は次第に荒くなっていく。

薮川が、何かをいいかけたが、それより早く岡谷は続けた。

「同じキャリアいうてもな、城南出身じゃ出世の天井は端から見えてんのや。その点、俺たち東都出は違う。政策を立案するにしても、失敗しようものなら、命取りになんのや。そやし、絶対に失敗せえへん仕事しかやらんねん。その点あいつは怖い物なし。総理秘書官に抜擢されたんも、派手なアドバルーンを揚げて注目を浴びたおかげや。宗像さんがあいつを秘書官に任命したんも、実現するかどうかは別として、世間の耳目を惹く政策を打ち出すのが狙いやったと俺は見ているけどな」

根拠があっていったわけではなかった。官僚の世界ではまさに異物、傍流であったはずの物部が官邸勤務、しかも総理秘書官というポストを射止めたことへの、嫉妬が言葉となって口を衝いて出てしまったのだ。

「物部がニューヨークで、肥後君にこの話を持ちかけたのは三月、東日本大震災の直前だったそうだが、その時、彼は渡米の目的の一つがオタイバに会うためだといったそうだよ」

「なに……オタイバと？」

胸の中に生じた冷たい塊が、大きさを増す。

岡谷はアメリカエネルギー省副長官のラムとは親しい仲だが、オタイバと会ったこと

へんやろ」

はない。中東のエネルギービジネスのフィクサーと称されるオタイバとは、世界中の政府関係者、エネルギービジネスに携わる企業関係者が、密接な関係を結ぼうと必死になっている。しかし、オタイバ本人と会うのは容易なことではない。誰と会うかは、オタイバが決めること。その時々に、彼が抱えている案件に、最も大きな利益をもたらすと見込んだ相手と判断されてはじめて会うことができるのだ。

「UAEがLNGの輸入を望んでいるといってね」

「物部は大学教授なんやで。なんで、そないなやつが……」

そういってしまったものの、宗像の意向で物部がそんな動きをしているのなら、あり得ることかもしれないと岡谷は思った。

総理に就任する前、経産大臣の頃、原発輸出を国の柱にと掲げた宗像とオタイバが、何度か日本で密会していたからだ。

「それに、君はうちにそんなビジネスを手がけられる人材はいないというが、肥後君は総合商社とパートナーシップを組めばいいといってるそうでね」

「総合商社？」

「すでに、肥後君は四葉商事と接触を持ったらしい」

そんなところまで話が進んでいるのか……。

自分の知らないところで、このニシハマ社内にエネルギーに関するもう一つのプロジェクトが進行している。しかも、双方ともに宗像が絡んだ案件である。

仕える者の悲哀を感じるのは、こんな時だ。

確かに、宗像は短期とはいえ、一度は総理大臣の座を射止めた人間だ。そしてまた、総理の座に返り咲くことを虎視眈々と狙っており、そうなる可能性は極めて高い。

実務に長けずとも政治家が務まるのも、官僚の存在があればこそ。極論をいえば、誰が総理であろうと国家機能が麻痺することはないが、官僚がいなければ日本社会は機能不全に陥る。つまり、実質的に国を動かしているのは官僚なのだ。しかし、官僚の社会も職責に応じて権限が与えられるのは一般企業と変わりはない。その頂点に立つ総理大臣の意向には、異を唱えることはできない。その宗像はよりによって、あの物部にもう一つのプロジェクトを任せた。物部と同列に扱われたことが、岡谷には不愉快でならなかった。

「そやけどなあ、四葉っちゅうのは、どうかと思うがなあ」

岡谷は、あからさまに首を傾げて見せた。「そら、オタイバがニシハマについたと聞けば、どこの商社かて、是非嚙ませてくれというやろ。しかし、四葉はないで」

「四葉の何が悪い。最大手の一つだし、エネルギービジネスにも実績がある。組むには申し分のない相手だと思うが」

「ニシハマが、はじめて手がける事業なんやで。モンゴルの案件もそうやけど。新しいビジネスモデルを構築せなならんのやで。四葉の強みは組織力やが、その分動きが鈍いし、企業体質も保守的や。あんな役所みたいな会社より、もっとダイナミックに動く相手と組むべきやで」

「ダイナミックねえ……」

今度は藪川が首を傾げると、「たとえば？」

こたえを促してきた。

「菱紅なんかええのとちゃうか。あそこの社外取締役には、経産省時代の同期がおるし、なんなら……」

「本気でいってるのか」

藪川は、あからさまに不快感を示すと、「うちは菱紅に、IEの買収で煮え湯を飲まされたんだぞ！　冗談じゃない。菱紅だけは絶対駄目だ！」

唾棄するかのようにいう。

そうやった。

社外取締役になる大分以前のこととはいえ、そのことをつい失念していた。

思わず黙った岡谷に向かって、

「それに、IEには、ついに調査チームを送ることになってね」

「調査チーム？」

「監査法人に、IEの実態を詳細に把握し、負債額を一度確定すべきだと指摘されたのは知ってるだろ」

もちろんだ。

社外取締役会でも、監査法人の指摘を肯定する意見が相次いだ。しかし、その場で、
「ＩＥは確かにニシハマ傘下にある企業だが、経営は買収以前からいまに至るまで、旧ＩＥの人間によって行われており、マネージメントがあまりにも複雑すぎて、実態を摑むのには時間がかかる。労力を調査に割くより、ここは建設中の原発の完成に全力を挙げるべきだ」といって、難色を示したのは当の藪川である。そこに、黒崎の意向が働いたのはいうまでもない。

そのことを口にしかけた岡谷を、
「調査を止めることはできないんだよ」
藪川の怒気を含んだ声が遮った。「今回ばかりは、なぜか監査法人が強硬なんだ。このままでは、来期の決算を担当できないといいはじめてね。そんなことになってみろ。ニシハマの決算は信用できないと世間に知らしめるようなものになるからね」

その一言を聞いた瞬間、岡谷は気がついた。

今日、呼び出したのは、物部のことを聞くためではない。

ＩＥの実態が白日の下に晒されれば、ニシハマ、いや藪川を窮地に立たせる案件を持ち込んだ俺もただでは済まない。念を押すために呼んだのだ。

「ＩＥの実態が分かれば、大変なことになる。この失態を挽回するためには、何が何でもモンゴルとＬＮＧの輸出事業を実現するしかない。それも、調査が完了するまでにな」

果たして、藪川は押し殺した声でいい、「もし、実現できなければ、私はもちろん、黒

崎さんだって無事では済まない。それは、君もニシハマにいられなくなるということだ」

底冷えのするような冷たい眼差しで、岡谷を見据えた。

3

「ほうっ……。ニシハマがその気になったのかね」

西麻布の住宅街にひっそりと店を構えるイタリアンレストランの個室で、正面の席に座る宗像がいった。

小さな看板、それも四階建てのビルの壁に店名を記したプレートがあるだけで、どんな料理を供するのか見当がつかない店なのだが、地上階と地下一階に分かれた店内は結構な広さがある。隠れ家的に使うには最適で、財界人や芸能人に至るまで客層は広い。

総理在任中は、動向が全てマスコミに監視されるので、人と会うのにも気を遣ったが、いま現在、宗像は一介の衆議院議員。それも野党の一議員に過ぎない。野に下ってからは、健康の回復に専念したこともあって、血色も良く、ビールで満たされていたグラスは、運ばれてきて間もないというのに早くも半分ほどが空になっている。

「構想を聞かされた時には、あのニシハマが乗るかと思いましたが、やはりIEは相当に悪いんだね」

懸念する言葉を口にしていながら、宗像はどこか他人(ひと)ごとのような口ぶりでいう。

「ええ……」

頷いた物部に宗像は訊ねてきた。

「なんという男だったかね」

ＩＥが抱える負債はすでに危険水域どころの話ではない。このままでは、ニシハマが危ない。

そう漏らしたのは、城南大学出身でニシハマの原発事業部の部長職にある人物だった。彼もまた、東都、洛北の学閥の壁に阻まれ、これ以上の出世を望めない社員の一人で、物部にこの情報を伝えたのは、無茶な買収を決断した藪川と黒崎への不満からだろうし、それ以上に、自分の将来に対する不安もあったに違いない。

ニシハマは、一定の期間内に昇格か、昇格できなければ役を辞する、所謂役職定年制度を設けている。昇格できなければ降格か、あるいは子会社、関連会社への出向となり、二年の後には移籍となる。いずれにしても、格段に収入は下がり、人生設計が狂ってしまうことに変わりはない。

おそらく、ＩＥの件を漏らしてきたのは、宗像政権下で首相秘書官という異例の大抜擢を受けた人物に恩を売ることで、なにかしらの配慮に与ることを期待したのだろう。日本を代表する巨大企業の一つ、ニシハマが経営危機に立たされれば、経産省、ひいては国が、放って置くわけがないと踏んだからに違いないと物部は考えていた。

「会うこともない男の名前なんか、どうでもいいじゃありませんか」

「それもそうだね」

宗像はあっさりと引き下がると、「じゃあ、誰にこの話を？」

質問を変えた。

「最初に話を持ちかけたのは原発事業部のトップ、広重常務です」

「ニシハマの役員なら、さぞや頭が固いだろうに、よく乗ってきたもんですね」

「彼は典型的なニシハママンですからね。最初にこのプランを話した時には、ピンとこない……というか、ニシハマにそんな事業がやれるわけがないといわんばかりの反応でしたが、ＩＥの件を持ち出した途端、顔色が変わりましてね。さらに、ＩＥの損失を補って余りある事業を打ち出さないことには、あなただって責任を取らざるを得なくなるだろうといったら、言葉に窮してしまいまして……」

「なるほど」

宗像は、ふんと鼻を鳴らし、口の端を歪ませた。

「そこで、このプランを持ちかけたわけですが、プランの内容が内容ですし、失敗しようものなら広重さんは終わり。それ以前に、藪川、黒崎がプランを承認するかどうかも分かりません。検討にも値せずと判断されれば、事業部トップとしての能力を疑われることになるでしょう。そこで、私がニューヨークでオタイバに会う予定があるというなら、ニシハマ・ノース・アメリカで副社長をやっている肥後さんに、この話を持ちかけてくれないかといってきたのです」

「肥後……というと……」

宗像は、グラスを持ち上げた手を止めた。

「ええ。ニシハマ創業家一族の人間です」

「そんな人がニシハマにいるんですか」

「以前専務だった政成さんの一人娘と結婚して、肥後家に婿養子となった男ですがね」

「それにしたって、ニシハマ・ノース・アメリカの副社長になるくらいなら、彼だって典型的なニシハママンなんでしょう？」

宗像はそういうと、ビールを一口飲んだ。

「彼はアメリカで教育を受けていて、しかもハーバードを出ていましてね」

「ほうっ」

「肥後さんも俄にはピンとこなかったようでしたが、その直後に起きたのが東日本大震災です。国内での原発の新設は、あの事故でもはや不可能。ニシハマにとっては、原発事業どころか社の存続に関わりかねない一大事です。そんなところで、ＩＥの実態が明らかになろうものなら、致命傷になるでしょう。まして、ＩＥの件は本社事案ではありますが、アメリカでの原発事業は、彼が担当しているんです。問題の深刻さは、彼もよく分かっているでしょうから、ニシハマが生き残るには、このプランしかない、と気づいたのでしょう」

宗像は話に聞き入りながら、平皿に載せられているアミューズを口に運ぶ。

「彼は優秀な男です」

物部は続けた。「ニシハマにはエネルギービジネスをやれる組織もなければ人材もいません。そこで、総合商社を巻き込もうと動き出しているそうです。販売先の開発だけでなく、おそらく商社と合弁会社を立ち上げ、事業に必要な資金を出させるつもりなんでしょうね」

「原発の建設を計画している国だってガスは欲しい。ガスの安定供給と原発建設をパッケージにして、火力発電も一緒にすれば、ニシハマは商談を有利に運べる。しかもオタイバがついているとなれば、どこの商社だって是非にってことになるでしょうね」

「そうなれば、先生が以前から掲げられていた原発輸出を国の成長産業の柱にという政策も、ますます現実味を帯びてくることになるわけです」

物部は、暗に自分の発案がニシハマ救済のためではなく、宗像が掲げた政策に齟齬をきたすことを防ぐためのものであることを匂わせた。

「原発は、絶対に成長させなければならない産業なのに、廃炉という極めて困難、かつ重大な問題を抱えてしまったんですから、なおさらですよ」

「おっしゃる通りです」

宗像は、再びグラスに手を伸ばすと、

「しかし、ニシハマには、まだつきが残っているようですね。このプランが実現すれば、IEの件で莫大な損失が生じても、危機的状況が回避できる目処がつくでしょう」

安堵するように小さく息を吐いた。

「しかし、先生。この事業が軌道に乗るまでには、まだ暫くの時間を要するわけでして……」

妙だと、物部は思った。

宗像はポジティブな思考をする傾向はあるが、それも確たる根拠があればこそ。この程度のことで、危機的状況を脱したと楽観視するほど迂闊な男ではないはずだ。

「そのことなら心配はいりませんよ。ニシハマについては、もう一つ、手を打ってありますので」

「もう一つの手とおっしゃいますと？」

「まあ、それはいずれ……」

宗像は残ったビールを一気に飲み干すと、空になったグラスをテーブルに置き、「それより、物部さんにお願いしたいことがありましてね」

改まった口調でいった。

「なんでございましょう」

物部は姿勢を正し、言葉を待った。

「実は、衆議院の解散が思いのほか早くなりそうなんです」

突如、宗像の目が鋭くなり、政治家のそれになる。「選挙となれば民自党は大勝。政権与党に返り咲くのは確実です。そして私は二度目の総理の座に就くことになるでしょう」

宗像の目がぎらつく。そこに浮かんでいるのは、紛れもない野心だ。

物部の血が騒ぎはじめる。自分が欲していた言葉が、宗像の口から出ることを確信したからだ。

「その時は、物部さんに、再度秘書官をやってもらいたいのです。今度は首席秘書官としてね」

果たして、宗像はいった。

喜びと達成感が、胸の中で熱い塊となって膨張していく。

宗像は続ける。

「国難ともいえる状況下にあるいま、国家の舵取りを担う立場に立つのは大変ですが、物部さんが側で仕えてくれるなら、私も心強い。どうでしょう、お引き受けいただけますか？」

「謹んでお受けいたします」

物部は、深々と頭を下げた。

まるで頃合いを見計らったかのようにドアが密やかにノックされると、ウエイターが現れた。

ワゴンの上には、十品ほどの前菜と未調理の食材が並べられている。好みの品を望むだけ選べ、食材は調理方法を指定できるのがこの店の売りなのだ。

「お祝いしましょう。どうぞ遠慮なく。お好きなものをどんどん頼んでください」

宗像は満面に笑みを浮かべると、「君、シャンパンをグラスで二つ。それとワインリストを」

上機嫌でウエイターに告げた。

4

呼び鈴を押すと、部屋の中から軽やかなチャイムの音が聞こえた。

ほどなくしてドアが開き、アラブの民族衣装・クーフィーヤを身にまとった男が姿を見せた。

「ミスター・オタイバ？」

頷く男に向かって、「ケンタ・ヒゴ」と賢太は名乗り、手を差し出した。

握手を交わし終えたところで、

「入りたまえ」

オタイバは立ち位置を変え、賢太を室内に誘った。

ミッドタウンにある、フォーシーズンズホテルニューヨークはマンハッタンの最高級のホテルの一つだ。

時刻は午後八時。高層階の部屋からは窓を二分して、茜(あかね)色に染まる空と無数の光が煌(きら)めくマンハッタンの街が見渡せる。夜景を楽しむには最高の時間帯だが、オタイバにとっては見飽きた景色なのだろう。

一瞥もくれることなくソファーに歩み寄ると、

「どうぞ、そちらに」

着席を促す。

身長は百九十センチはあるだろうか。純白の民族衣装をまとっているせいで体型は分からないが、体と肘掛けとの間の隙間の具合から察すると、いささか肥満気味ではあるようだ。髭に覆われた顎の肉も少し弛緩している。

「驚いたね。ニシハマの意向は、モノベさんから聞いたが、まさかLNGを手がけたいとはね。いったい、どういうことなんだね」

「我々の狙いは、すでにお聞きになっておられるのでは？　改めてお話ししても構いませんが、ミスター・オタイバ、あなたの貴重な時間を無駄にすることになってしまうのでは？」

賢太が、そうこたえると、オタイバは驚いたように目を見開いた。

「日本人にしては、随分はっきりというじゃないか。それに、見事な英語を喋る」

「ほとんどの教育をアメリカで受けましたので……」

薄く笑った賢太に、

「なるほど」

オタイバは納得したように頷いた。

物部にオタイバとの接触を打診したのは、二週間前のことだ。

賢太が書いた企画書を、広重が社長の藪川に提出したのが二ヵ月前。もちろん、藪川からは事前に内諾を得てのことである。それは会長の黒崎も了解したということを意味する。二人が承認した以上、反対する役員がいようはずもないのだが、これだけの大型案件となると、取締役会の承認も得た形を整えなければならない。

となると事業成功の鍵を握るのはオタイバである。

モンゴルの件でアドバイザー契約を結んだニシハマが、オタイバに直接この事業への協力を要請するのは自然な流れだ。実際、広重は役員会の結果を伝えてきた電話口で、早々に自らオタイバに依頼するといったのだったが、賢太はそれを止めた。

なぜならば、物部がこの話を持ちかけてきたのは、近い将来第二次宗像政権が誕生すると確信すればこそ。その時物部は再び政権に影響力を持つポストに就くのを狙っていると踏んでいたからだ。

ここで物部を巻き込んでしまえば、このプロジェクトは表向きこそニシハマの単独事業だが、事実上の国策事業となる。原発、火力発電所の輸出、そしてLNGというニシハマのビジネスに、国の後押しが得られると考えたのだ。

それにあの日、広重が一泊三日の強行軍でニューヨークを訪れ、ニシハマの新たな柱となる事業を考えろと命じたのは、自分が起案者となって万が一にでも失敗した場合、責任を取らされることを恐れたからだ。それは賢太だって同じである。ならば、絶対に成功する手立てを講じておかなければならないとも考えたのだ。

そこで、物部に連絡を入れたところ、案の定、彼はニシハマがLNGのビジネスに進出する意向を固めたことを大層喜び、オタイバとの仲介の労を取るのを快諾した。そして、折り返しの電話で、「オタイバは十日後にワシントンに出向く予定がある。帰国の際にニューヨークでなら会えるそうだ」と伝えてきたのだった。

「人間は寿命という絶対的時間の制約のもとで生きている。時間は大切なものだ。君のような人間は嫌いじゃないね」

オタイバは、ニヤリと笑うと、「君は酒を飲むのかね？」

唐突に訊ねてきた。

「ええ……」

「ならば、止めることをお勧めするね。宗教的な見地からじゃない。酔えば思考が狂うし、飲み過ぎれば回復に時間がかかる。どちらにしても、時間を浪費することになる」

「適度な酒は、心身をリラックスさせる効能があります。良き睡眠は体力の回復にもつながります。時間を効率的に使えるのも心身ともに健全ならばこそ。もちろん、宗教上の制約を否定するつもりはありませんが……」

オタイバは片眉（かたまゆ）を上げ、肩を竦（すく）めると、

「こんな酷（ひど）い代物をコーヒーと称するのは気が引けるが、飲むかね」

傍らのテーブルの上に置かれたコーヒーポットを手に取った。

「いただきます」

オタイバは、コーヒーをカップに注ぎ入れながら、

「で、私に何をしろと？」

と問うてきた。

「ニシハマが手がけるLNGの海外諸国への販路開発にお力添えいただきたいと思いまして」

オタイバは、すぐにこたえを返さなかった。

二つのカップにコーヒーを注ぎ入れ、その一つを賢太に向かって差し出してくると、

「訊ねたいことが二つある」

民族衣装の中で足を組んだ。「私はニシハマとアドバイザー契約を結んでいるが、あくまでもモンゴルの使用済み核燃料の最終処分場の件に関してだけだ。その要請を受けるとなると、別契約を結ぶことになるが、構わんのかね？」

「もちろんです」

賢太は即座に返した。「契約書に記載された業務内容以外の仕事を新たに依頼するのですから、別に報酬をお支払いするのはビジネス社会での常識です」

とはいったものの、そのビジネス社会の常識が通用しないことがままあるのが、日本の契約書だ。

オタイバがどんな条件を出してくるかは分からぬが、ここから先は交渉の世界だし、

ニシハマが狙っているのは、単にLNGの販売だけではない。火力発電所、ひいては原発受注につなげるのが狙いであることは、オタイバも先刻承知のはずだ。巨額のビジネスに絡めるのだから、無茶な報酬は要求してこないだろうという読みもあった。

賢太の言葉を聞いて、オタイバは満足そうに頷くと、

「二つ目の質問は、総合商社を絡ませるつもりだと物部から聞いたが、目処はついているのかね」

コーヒーカップを口元に運びながら、上目遣いに賢太を見た。

「まだ、決定はしておりませんが、四葉商事と組むことになるでしょう」

「四葉？」

オタイバは一瞬手を止め、意外そうな反応を見せると、コーヒーを口に含んだ。

「四葉は資金力、組織力ともに日本の総合商社ではトップクラス。エネルギービジネスにも実績があります。パートナーには最適な会社だと思いますが？」

「実績ね……」

オタイバはクーフィーヤから覗く顔を歪ませ、ふんと鼻を鳴らした。「確かに四葉は巨大な会社だが、エネルギービジネスでは日本の総合商社第四位だ。それがなぜか分かるかね？」

そう問われると、返す言葉がすぐには見つからない。

黙った賢太に向かって、

「良くも悪くも、四葉は紳士の集団なんだよ」

オタイバはまた一口コーヒーを啜り、カップを皿の上に戻した。「エネルギーに限らず、資源ビジネスは掘ってみないことには分からない。まさにギャンブルそのもの、業界は海千山千の山師の集まりだ。その点、四葉はまずリスクは取らないからね」

それが四葉を否定する理由なら、ただちに反論できるが、オタイバの話にはまだ先がありそうだ。

果たしてオタイバは続ける。

「確かに四葉の情報収集能力は高い。規模の大小にかかわらず、新ビジネスが立ち上がる兆しがあると、真っ先に動き出すのは四葉だ。だが、そこからがいけない。何をやるにしても、組織の合意が取れないと先に進まんし、二言目にはコンプライアンスだ。だから、他社に出し抜かれる。つい最近も、ルイジアナで菱紅がシェールガス生産会社と合弁事業を立ち上げたが、あれだって真っ先に乗り出したのは四葉だったんだ。ところが、あれを調べ、これを調べと時間がかかり、商談が前に進まない。その点、菱紅は見事だったね。山師相手のビジネスは博打だ。裏目に出るってこともあるのをよく分かっているし、腹を括る度胸がある」

「ですから、ミスター・オタイバ。あなたの力が必要なんです」

賢太はいった。

「なに？」

オタイバは片眉を吊り上げ、低い声でいった。

「企業には、社風というものがあります。向こう傷は問わないのが菱紅なら、四葉は公家集団と揶揄されるほど、おっとりしている。確かに四葉は切った張ったのビジネスは得意ではありませんが、それでも大型案件をいくつものにしていることは事実です。それはなぜだと思います？」

今度はオタイバが黙る番だった。

「四葉が絡むビジネスは、安心、確実だからです」

賢太はいった。「だから彼らがものにするビジネスは、政府間交渉からはじまるもの、国策事業が多いんです。当たり前でしょう。国家間交渉からはじまったビジネスで、不正行為があったなんてことが発覚しようものなら一企業の問題では済みませんからね」

「つまり、四葉が不得意とする裏の仕事を私にさせようっていうわけか」

あなたの本業はそれだろう。本当はそういいたいところだが、

「ロビーイングは、裏の仕事じゃないでしょう。国や企業の利益のために、相手国の有力者と交渉を行うのは、大抵の国で認められていることです」

賢太は巧妙に言葉を繕った。

「ものはいいようってやつだな」

オタイバは、鋭い眼差しを向けながら、口元に不敵な笑みを宿す。

しかし、その表情から不快さは窺えない。むしろ、賢太に関心を抱き、さらに値踏み

を重ねんとする表われのようですらある。

賢太は続けた。

「動きは鈍いが、一旦動き出せば組織が一丸となって突き進む。それが四葉の強みです。この案件をニシハマに持ち込んだのは物部さんですが、そこに、宗像さんの意向が働いていることを知れば、四葉が慎重になる理由がどこにあります？」

オタイバは、すぐに言葉を返さなかった。

賢太から視線を逸らさず、再びコーヒーカップを手にすると、

「まさに類は友を呼ぶってやつだな」

ニッと歯を剝き出しにして笑い、コーヒーを啜った。「動き出した後の四葉が強いのは、現場から最終決裁者に至るまで、関連部署の役職者全員がリンギショにハンコを押さないと、何事も前に進まないからさ。しかも、それぞれが微に入り細をうがち、起案者に説明を求め、納得できないとハンコを押さないからだ」

「えっ？」

稟議書という日本語がオタイバの口を衝いて出たばかりか、日本特有のシステムを知っていることに驚き、賢太は思わず短く漏らした。

「失敗しようものなら、リンギショにハンコを押した人間全員が責任を問われることになるんだろ？　下手すりゃ、上から下まで、管理職が総入れ替えだ。昔ほどではないにせよ、日本はまだまだ年功序列社会だ。長年仕えてきた上司が転けりゃ、事業部、ひい

ては会社の勢力図だって大きく変わる。ハンコを押した本人も、部下もまさに出世に関わる大問題だ。そりゃあ慎重にもなるさ」

呵々と笑い声を上げるオタイバを見ながら、賢太はなぜこの男がアラブにおけるエネルギー利権を仕切るフィクサーとして君臨し続けるのか、その理由の一端を見た思いがした。

オタイバは単に利に聡いだけではない。世界を渡り歩きながら、他国の国情、ビジネス文化をも子細に観察し、分析を行い、深く理解することに力を注いでいるのだ。

それは、四葉とニシハマが組もうとしていることを「類は友を呼ぶ」と喝破したことからも明らかだ。

「いいだろう。やってみようじゃないか」

オタイバは笑みを消し、一転して真顔でいった。「ただし、本当に四葉がこの話に乗ってくれればの話だがね」

「その点については、ご心配なく。布石は打ってありますので……」

暫しの沈黙があった。

いつの間にか窓の外は夜の帳が下り、ハドソン川の対岸に見えていた、ニュージャージーの稜線はすでに闇に溶けている。

やがてオタイバが口を開いた。

「で、四葉と組んだ後のビジネスをどう進めるつもりなんだ。考えはあるんだろ?」

「もちろんです」

賢太は頷き、それから暫くの時間をかけて、自分が考えたプランを話して聞かせると、

「四葉はビジネスパートナーになるわけですが、主導権は我々が握りたい。そのためにも、四葉と契約を結ぶ以前に、ガス供給会社を押さえておきたい……」

早々にオタイバに協力を仰いだ。

こめかみに人差し指を添え、考え込んだオタイバは、

「エクストレーマ……。あそこなら、二つ返事で乗ってくるかもしれんな」

返事というより、思いつくままを口にしたかのようにこたえた。

その会社の名前には聞き覚えがあった。

以前、今井が提出してきた資料の中に記載されていた企業の一つである。

「エクストレーマというと、ダラスの？」

賢太がいうと、オタイバは驚いたように目を見開き、

「最近、かなり有望なガス田を掘り当てたという話を耳にしたが、シェールガス生産会社はどこも資金の調達には苦労しているからね」

口元に不敵な笑みを浮かべた。

「なるほど、早々に貴重な情報を感謝します」

「ここから先は、契約を結んでからだ。早々にというなら、君が一人で交渉に出向くことになるが？」

「承知しております」

賢太はこたえる声に力を込めた。

オタイバは、目を細めながら賢太を見ると、

「ニシハマにも君のような男がいたんだな……」

感慨深げにいう。「私は、これまで様々な企業と仕事をしてきた。その経験からいうんだが、地位を狙う人間には、二つのタイプがある。一つは、ライバルの自滅を待ち、ポストを手にする人間。もう一つはリスクを恐れず、力ずくで取りに行く人間だ。ニシハマの人間は前者ばかりで、後者の部類はいないと思ったが、どうやら見誤っていたようだ」

「組織において、どちらの人間が有益かは、論を俟たないと思いますが？」

「その通りだ」

オタイバは頷くと、「君とは長い付き合いになることを願ってるよ」

話は終わったとばかりに立ち上がり、手を差し出してきた。

「私もです。ミスター――」

「ファウジでいい」

立ち上がり、苗字を続けようとした賢太をオタイバは遮った。

「では、ファウジ。私のことはケンタと……」

握手を交わすオタイバの手に、力が籠もっているように感ずるのは気のせいではない。

いまこの瞬間、ニシハマの新しい柱となる巨大なプロジェクトが動きはじめたことを実感し、賢太は次のプロセスへ思いを馳せた。

5

パークアベニュー、東四十九丁目と五十丁目の間に建つウォルドーフ・アストリアはニューヨークを代表する老舗ホテルの一つだ。

ロビー階の一角にあるバーは、まだ夕刻とあって客の姿はほとんどない。

約束の午後六時まであと一分。

腕時計に目をやって時間を確かめ、入り口に目を転じた賢太は、そこにグラハムの姿を見て思わず苦笑した。

相変わらず時間に正確な男だ。計ったように現れる。

グラハムは絨毯敷きの床の上を音もなく歩み寄ってくると、

「いつもながら感心するね。五分前ってのは、旧日本軍の伝統だったよな」

グラハムは、にやにやしながら軽口を叩く。

「正確には、旧帝国海軍だ」

賢太はカウンター席に座ったまま、手を差し出した。「悪しき伝統は捨て、良き伝統は残す。それが日本の流儀でね」

「先日は、すっかりご馳走になったね。ミサキの手巻き寿司はやっぱり最高だよ。キャロルも大喜びさ」

グラハムはそういいながら握手を交わすと、隣の席に腰を下ろし、オーダーを取りに来たバーテンダーに、ビールを注文し終えたところで、

「で、話ってなんだ？　仕事絡みのことなんだろ？」

賢太はグラハムに向かって問うた。

「勘がいいな。どうして分かった？」

「わざわざこんなところに呼び出すからさ。クラブじゃ仕事の話はご法度だからな」

「なるほど……」

グラハムは肩を竦めると、「ニシハマは大丈夫なのか？」

唐突に訊ねてきた。

「大丈夫ってIEのことか？」

改めて視線をやると、グラハムの顔からはすでに笑みは失せ、憂いを帯びたような眼差しで賢太を見据える。

「それもあるが、ニシハマ全体の業績だよ」

「業績なら、昨年度の決算書を見ただろ？　まあ、お世辞にも絶好調とはいえないが、とりあえずは増収増益。全社的には目標をかろうじてクリアしたんだ。大丈夫かはないだろう」

「表に出ている数字を見る限りにおいてはね」

グラハムは低い声でいった。

投資銀行に勤めるプロ中のプロの言葉だけに、聞き捨てならない。

「どういうことだ？」

賢太は問うた。

「市場動向のデータと比較すると、ニシハマの業績は不自然なんだよ。整合性が取れないように思えてね」

「市場動向って、どの製品のことだ？」

「いくつかあるが、たとえばテレビ……」

バーテンダーがグラスに注いだビールを二人の前に置く。

一旦言葉を切ったグラハムは、彼が立ち去るのを待って話を続けた。

「各メーカーからの月次出荷台数、店頭での販売台数や価格といったデータを調べる調査会社があるのは知ってるな」

「ああ……」

ニッチな産業でも、業界紙と呼ばれる新聞もあれば、市場動向を調べることを専門とする調査会社もある。もっとも、そうした機関が発行する媒体を目にするのは、社内でも極限られた人間だけで、ニシハマのような大企業となると、存在を知ってはいても、ほとんどの社員は現物を目にすることはまずない。

「ホフマンの日本支社でも、資料として購入しているんだが、調査会社のデータとニシハマのテレビ事業部の業績を比較したやつがいてね」

「ホフマンは、そんなことまでやってるのか？」

　賢太は驚き、声を大きくした。

　アメリカ同様、ホフマンの日本支社の社員は、語学も堪能（たんのう）ならば、ほとんどがＭＢＡの学位を持つ精鋭揃いだ。調査会社のレポートに目を通すことはあっても、整合性の有無などという、力仕事に労力を費やす人間がいるとは思えなかったからだ。まして、投資銀行という性格からすれば、最大の関心事は企業の通信簿である決算書にあるはずで、内容の整合性の確認作業を行うことなどあり得ない。

「やったのは、うちの社員じゃない。インターンの学生だ」

　グラハムは、乾杯どころの話ではないとばかりにビールに口をつけると、「日本支社でも、ホフマンに入社を希望する学生のインターンを受け入れていてね。仕事はほとんどが雑用だが、決算書や事業計画書、あるいはメディアで報じられたニュースを元に、どの企業が投資先として有望か、その理由も含めたレポートを提出させているんだ。今年のインターンの中に、ニシハマを分析した学生がいてね」

　一気にいった。

　学生のレポート？　と一笑に付したいところだが、グラハムが話を持ち出すからには、確たる根拠があってのことなのだろう。

「それで」

先を促しながら、賢太もビールを口に含んだ。

「レポートのテーマは有力投資先とその根拠だが、そいつはニシハマの決算への疑念を書いてきた。ニシハマのテレビ事業部の第4四半期の物流費や広告費が、第3四半期と比較すると極端に減っている。それもここ数年、同じような傾向が見られる。つまり、それらの支払いを先延ばしにしているんじゃ――」

「そんな馬鹿な」

賢太はグラハムの言葉を遮った。「それじゃ、テレビ事業部が経費を来期にキャリーオーバーして利益を計上している。粉飾まがいの行為をやってたってことになるじゃないか。そんなのあり得ないよ。第一、それじゃあ取引先の決算が、おかしくなってしまう。そんなことを受ける会社がどこにあるよ」

「第4四半期ってのは、年末商戦に向けて販売に総力を挙げる時期だ。販売目標が達成できるかどうかで業績が決まる最終期だぞ。広告費だって激増するだろうし、在庫が最も活発に動く時期でもある。なのに経費が減るって、どう考えたっておかしいだろう」

「経費が発生しても、ただちに支払いが生ずるってわけじゃない。支払いが期を跨ぐことはあり得るんじゃないか」

「それが、テレビ事業部だけじゃないんだよ。パソコン事業部の売上げ推移にも不審な点があってね」

グラハムは、賢太の見解を無視してさらなる疑念を口にする。「パソコンは、いずれのメーカーも軒並み業績が悪化しているんだが、どういうわけかニシハマだけは前年並み。しかも、毎年利益を出し続けている。店頭価格は下落傾向にあって、販売台数だって激減しているのにだぞ？　四半期ごとの業績も実に安定していてね」

テレビについては分からないが、パソコンの市場はタブレット、スマホの登場で縮小する一方なのは賢太も知っている。メーカー各社のシェアは簡単に調べがつくし、販売台数の推定も容易だろう。

ニシハマ製のパソコンが市場を席巻し、会社の大きな柱となった時代はあったが、それも過去の話だ。需要が激減し、市場が縮小し続けている最中に、ニシハマだけが安定した業績を残しているのは、確かに奇妙である。

「他の事業部のことはよく分からんが、目標未達は許されないのがニシハマだ。日本の会社では期末になると、営業が苦し紛れに押し込みをやるって話は聞いたことがある。もしかして、それじゃないのかな」

「押し込み？」

グラハムは、そんな言葉ははじめて耳にするとばかりに問うてきた。

「大量に在庫を出荷して、とりあえず売りを立てるのさ。期を跨がせてな」

「それ、売れ残った商品は引き取るのが前提なんだろ？」

「ああ」

「それじゃ、相手の決算がおかしくなるって、さっきいったじゃないか」

「うちは十二月末で年度末決算を行うが、日本じゃ三月末って会社もまだ多いんだよ。それまでの間に、余剰在庫を返してしまえば、相手の決算に影響は出ない」

「それこそ粉飾まがいの行為じゃないか」

グラハムは呆れたようにいう。「引き取りが前提の出荷だなんて、架空売上げを計上してるってことだぜ」

「人聞きの悪いことをいうなよ。営業の知恵ってやつだ」

賢太はいった。「僕もその辺の事情については詳しくないが、営業マンの評価は売上げ目標、つまりノルマの達成が全てであるのは、日本もアメリカも同じだ。ただ一つ異なるのは、能力が劣ると見なされた人間は、アメリカじゃ簡単に首を切られるが、日本じゃそうはならないってこと。首にならないまでも一度でも評価に×がつけば、その時点でキャリアは断たれる。特にニシハマのような名のある会社ではね」

「まるで、中国だな」

グラハムは口の端を歪め、言葉に皮肉を込める。「ニシハマでさえ、そんなことが当たり前に行われているなら、日本企業の決算なんて全く信用できないってことになる」

「あくまでも、一般論としていってるだけだ。それに、仮に押し込みが行われたとしても、事業部の業績からすれば微々たるもの、それこそ誤差の範囲だよ。第一、ニシハマはグローバル企業だ。市場は日本に限らんわけだし、世界にはまだまだパソコンが売れる国はある。国内市場の減少分を、海外市場でカバーしているってことも考えられるだろ」

「海外市場ねえ……」

グラハムは、それでも釈然としない様子で考え込む。

「それに、前にもいったことがあるけど、ニシハマの社員は、ミスを犯すことを極度に恐れる。それは、危ない橋は絶対に渡らないということでもあるんだ。粉飾なんてことをやってみろ。キャリアが終わるどころか、悪質と見なされれば逮捕され、人生が終わっちまうんだぜ。そんな度胸があるやつはニシハマにはいないし、監査法人の承認が得られなければ、決算書は出せないんだ。ニシハマの監査をやってる法人が、不正を見逃すわけがないよ」

「確かに、それはいえてるな……」

ニシハマに限らず、大手企業の決算を審査する監査法人は、日本でも最大手クラスである。優秀な会計士が、決算書を詳細に分析し、是正すべきものは是正し、問題なしと認めた上で公表されるのだ。

まして、東証一部はもちろん、ニューヨーク証券取引所をはじめとする海外の株式市場にも上場しているニシハマである。粉飾をしようものなら、ニシハマの信用が地に落ちるどころか上場廃止。取り返しのつかないことになる。

そこに思いが至った時、賢太の脳裏にＩＥの存在が浮かんだ。

監査法人の強い意向によって、ＩＥに調査チームが乗り込んで二週間が経つ。いま現在は、調査チームのリーダーを含む三人が、ＩＥの経営幹部と連日ミーティングを重ね、段取りの打ち合わせを行っている段階だ。方針が固まり次第、十五名の社員が来米し本格的な調査を行うことになっているのだが、監査法人の意向次第では、判明したコストオーバーラン分を損失処理しなければならなくなるかもしれない。

胃が鉛を飲み込んだかのように重くなる。苦いものが喉に込み上げてくる。

もはや、ビールは飲む気にはなれない。

賢太はカウンターの中にいるバーテンダーを呼び寄せると、

「ボンベイマティーニを……。エクストラ・ドライで」

まだ半分ほどビールが残ったグラスを押しのけながら告げた。

6

シェールガス生産会社エクストレーマ社は、テキサス州ダラスに本社がある。オイルメジャーのような自社ビルとは違い、高層の雑居ビルなのだが、それでも二フロアーを占める。

七月になると、気温が三十度台後半、時に四十度にもなるダラスだが、内陸部にあるだけに湿度は低く、直射日光に晒されなければ暑さは然程気にならない。それでもエネルギー消費に無頓着(むとんちゃく)なのがアメリカ人だ。まして、テキサスは保守的な土地柄である。一歩ビルの中に入れば、快適どころか寒さを感じるほど冷房が効いている。

「神原さん、私たちがここに来たことを知ったら、驚くでしょうね。エクストレーマが、かなり有望なシェールガス田を発見したというのは、未公表の情報ですからね。それが、こともあろうにうちに先を越されてしまったんですから」

案内された応接室で、今井は上気した顔をほころばせる。

「それだけ、オタイバが今回のプランに可能性を見出(みいだ)しているってことさ」

賢太は、落ち着いた声でこたえた。「有望なガス田を掘り当てたはいいが、市場価格の低迷が長く続いたせいで、初期に立てた採算見通しが大幅に狂ってしまったんだ。赤字は解消できたが、投資家も銀行もカネを投じる目的は企業の存続にあるわけじゃない。どれほど高いリターンを得られるか、出資者の関心はその一点にしかない。資金調達に苦労しているところに、販売先にも目処がある、資金も出す。こんな話を断るわけがない。間違いなく二つ返事で飛びついてくるさ」

「エクストレーマから仕入れたガスを、四葉と新たに設立する合弁会社へ転売する利益は、まるまるうちのもの。さらに輸出の際にも利益が得られるんですから大きいですよ」

「日本以外の市場開発はもちろん、実務を行うのは四葉だし、ガスの液化はアメリカ企業へ委託するんだ。うちは出資をするだけ。取扱量が増えるに従って、利益はどんどん膨らんでいくってわけだ」

「さすがですね。凄いスキームですよ、これは……」

賢太に視線を向け、感嘆する今井だったが、「しかし、あの四葉がこのスキームを呑みますかね」

と疑念を呈した。

「納得するもしないもないさ。このスキームに異議があるというなら、別の商社に声をかけるまでだし、日本向けのガスはエクストレーマを最優先するが、販路が広がって供給が追いつかなくなれば、アメリカ国内のガス市場からの四葉の調達分で賄うことになる。それは、まるまる四葉の利益だし、海外市場の開発にはオタイバの後押しがある。このスキームに難色を示すほど、四葉は馬鹿じゃないと思うがね」

「確かにそれは、いえてますね」

今井は、ニヤリと笑った。「このところ、丸岡さんが一杯やらないかって、しきりに声をかけてくるんですよ。神原さんから、ニシハマに探りを入れろって相当ネジを巻かれているみたいですよ」

神原とは自宅での夕食に招いて以来、一度も連絡を取り合ってはいない。

オタイバは四葉をパートナーにすると話した際、類は友を呼ぶと皮肉めいた言葉を口にしたが、やると決めた後の彼らの動きは重戦車の如くだ。それに、慎重というのも同業他社と比べればの話で、ニシハマと比べればアグレッシブだし、実務能力にも長けている。

つまり、パートナーにするには願ってもない相手なのだが、そこはビジネスだ。いかにして、自社に有利な形で契約を結ぶか。事業がはじまった後、主導権を握るかだ。神原がこの事業に大きな関心を寄せているのが明らかなだけに、このスキームを呑ませるのは十分可能だと賢太は考えていた。

ノックの音とほぼ同時に、ドアが開いた。

薄いピンクのポロシャツにチノーズのパンツ姿の男性と、白のポロシャツにグレーのスラックスをはいた女性が部屋の中に入ってきた。

立ち上がった二人に向かって、

「エクストレーマ社にようこそ。CEOのスティーブ・パウエルです」

年の頃は四十代半ばといったところか。茶髪の剛毛を七三に分けたパウエルが、手を差し出してきた。

握手を交わすと、「こちらは、マーケティング担当役員のダイアン・チアザ」と、こちらも同年代と思（おぼ）しき女性を紹介した。

賢太が今井を紹介し、名刺の交換を終えたところで、

「こんな恰好（かっこう）で失礼します。この通り夏のダラスは酷い暑さなもので、過ごしやすい服装で、というのが当社のポリシーなんです」

パウエルはフランクな口調でいい、自らソファーに腰を下ろした。

寒いほど冷房が効いているのに、酷い暑さもないのだが、これもオイルメジャーとは

違い、ベンチャーならではだ。エネルギービジネス、それも石油やガスと聞けば、まさに山師、むくつけき男が蠢く世界というイメージを抱きがちだが、服装といい醸し出す雰囲気といい、まるでIT企業のオフィスを訪れた気になる。

「ニューヨークのビジネスマンも見習わなければなりませんね。我慢大会をしているようなものですから」

「我慢大会ね。確かに、その通りだ」

パウエルは、ふっと笑い、「どうぞ上着をお脱ぎください。ビジネスの話はただでさえ堅苦しいものですので」

と促してきた。

「では、お言葉に甘えて……」

賢太に続き、今井が上着を脱ぐと、

「ところで、どうして総合電機メーカーのニシハマが、ガスのビジネスに関心をお持ちになるんです？　電話では、我が社とガスの取引を行いたいということでしたが？」

柔和な笑みを湛えながら、パウエルは早々に本題に入る。

ベンチャーとはいえ、門外漢のアポイントメントを易々と受けるほど彼らも暇ではない。二つ返事で快諾したのは、ニシハマのブランド力の賜物である。

「御社が生産しているシェールガスの販売を我が社にお任せいただけないかと思いまして……」

賢太の言葉を聞いた瞬間、二人は、「まさか！」といわんばかりに顔を見合わせ、理解できないとばかりにチアザが問うてきた。

「それは……どういうことですか？」

「四ヵ月前に、東日本で巨大地震が発生し、福島原発が大津波に襲われたのはご存じですよね」

「ええ……もちろん」

「事故収束に向けて懸命の作業が続いていますが、事故処理が完了するまでには長い年月を要するでしょう。廃炉作業の完了ともなると、ここにいる全員が生きている間には終わらないかもしれません」

深刻な表情を浮かべ、頷く二人に向かって、日本においては原発の将来性がなくなってしまったこと。かかる事態を放置すれば、国内から原発関連の技術者がいなくなってしまい、廃炉を日本人の手で行うことが不可能になってしまうこと。そのためには、原発の市場を海外に求めなくてはならないことを、賢太は順を追って説明した。

「しかし、脱原発の気運が高まっているのは、日本だけではありませんよ。アメリカでも、原発は危険だという認識が確実に広がっているのはご存じでしょう？」

チアザは自分もその一人だといわんばかりの口調でいった。

「アメリカはそうかもしれませんが、世界には原発を欲している国がいくつもありますので……」

「自国が駄目なら、海外でって……事故を起こした日本製の原発を海外に輸出するというのですか？」

チアザはあからさまに、非難の声を上げる。

「事故を起こしたのはアメリカ製の原発ですよ。しかも、日本が後にベント機能をつけ加えたから、かろうじて最悪の事態を免れたのです」

「アメリカ製って……」

どうやらはじめて知ったらしく、絶句するチアザだったが、賢太は構わず続けた。

「新設はおろか、これから先、日本国内の原発は一旦停止すれば、再稼働も困難になるかもしれません。となると、火力、水力発電への依存度が急激に高まることになるわけですが、電力需要は増加する一方です。当然発電所を新設することになる」

それまで、黙って話に聞き入っていたパウエルが口を開いた。

「新設する火力発電所の受注とガスの供給を、一手に引き受けようと考えているわけですね」

「その通りです。ただし、狙っている市場は、日本だけではありません。ガスを欲しいという国があるのなら、アメリカ政府の輸出承認が受けられる国ならば、どこへでも販売するつもりです」

パウエルは、呆気(あっけ)にとられた様子で目をしばたたかせると、

「こういっては失礼ですが、ニシハマにそんなことができるんですか？」

口調こそ丁重だが、口元に嘲笑を浮かべ、胡乱気な眼差しで賢太を見る。

「売り先を開発するのは、ニシハマではありません。日本の総合商社が行います」

「というと、ニシハマと商社が組むわけですか？」

嘲笑は瞬時にして消え去り、パウエルはソファーの上で身を起こした。

「その通りです」

賢太は顔の前に人差し指を突き立てた。「これは、日本国内で火力発電所の受注を有利に進めるためのプランであるだけでなく、海外での原発受注をニシハマが有利に進めるためのものでもあるんです。ニシハマの原発を導入すれば、ガスの供給も受けられるとなれば、魅力的な提案と捉える国は少なからずあるでしょうからね。我々にとっては価値のある投資ですよ」

「投資？」

賢太が、つい口にしてしまった一言に、パウエルは敏感に反応した。

「有望なガス田を掘り当てたそうですね」

二人の驚くまいことか。

「どこから、その話を？」

チアザが鋭い視線を向けてきたが、慌てようは隠しきれない。

「それは申し上げられませんが、ニシハマにはこの業界に精通し、情報収集能力に優れた人間がついているということです」

賢太はニヤリと笑うと、「失礼ながら、御社の財務状況を調べさせてもらいました」

隣に座る今井に視線を向けた。

すかさず今井が鞄を開け、中から分厚いファイルを取り出した。

以前、今井に命じて調べさせた資料である。

「そんなものまで……」

絶句するパウエルに、

「驚くほどのことではないでしょう」

賢太は肩を竦め、平然と返した。「ガスに限らず、エネルギー資源を掘り当てるまでには莫大な資金を要します。まして、シェールを手がけているのは、ベンチャーが大半です。銀行、投資家、どちらから資金を調達するにしても、経営実態が分からなければ、誰もカネなんか出しませんからね」

「よほど、筋のいい情報源をお持ちのようですね」

パウエルが見せた反応は、不快感とはほど遠いものだった。

むしろ、投資と聞いて、資金をかき集める手間が省けるかもしれないと踏んだのだろう。

「確かに、我々は資金を必要としています」

瞳に炯々とした光を宿すと、
資金が不足していることをあっさりと認めた。

「これもまた失礼な話ですが、御社が、これまで手がけてきたガス田は、収益性の面では赤字こそ出してはいないものの、投資家からすれば期待したほどのリターンは得られなかった。つまり、旨みに乏しい投資先であったと見なされている……」

「それは、我が社に限ったことではありませんよ。市場価格の低迷が長く続いたおかげで、難しい状態にあるのはどこも同じです。そんな中にあって我が社は、いち早く天然ガス液の併産へと方針転換を図ったから、赤字を解消できたんです。シェールガスのビジネスはこれからです。早晩、大躍進の時期を迎えると、我々は確信しています」

圧力、温度を制御して分離を繰り返すと、NGL（天然ガス液）からは液化石油ガスと天然ガソリンが採取できる。ガスの価格は低迷していても、エクストレーマ社が存続し得るのは、NGLの併産に乗り出すことで、ガスで生じる損失をガソリンの利益でカバーすることに成功したからである。

「そう思うからこそ、お願いに上がっているのです」

賢太は、そこで一瞬の間を置くと、「資金も出す、販売先も用意して差し上げる。御社にとっては、願ってもない話だと思いますが？」

その言葉に嘘はないが、うまい話を持ちかけられた側は、警戒するのがビジネスの常だ。

果たして、二人は、どうしたものかと思案するように口を噤む。

沈黙が部屋の中に流れた。

「ミスター・ヒゴ……」

口を開いたのは、チアザだった。「ニシハマは、日本の総合商社と組むとおっしゃいましたが、その相手はどこです？」

「まだ、申し上げることはできません」

「総合商社は、本当にこの話に乗るんですか？」

「間違いなく……」

賢太は、チアザの視線を捉え断言した。

「不思議ですね」

パウエルが、首を傾げた。「あなたは、これから先、日本の発電は火力が主流になるとおっしゃった。だとすれば、今後ガスの需要は飛躍的に増大することになるわけですよね。日本のエネルギー調達を担う商社にとっては、絶好のビジネスチャンス到来じゃありませんか。わざわざニシハマと手を組むメリットがどこにあるんでしょう？」

「ニシハマには原発があります」

賢太は即座にこたえた。「先に申し上げましたが、原発技術は絶対に衰退させてはならないのです。事はもはやニシハマだけの問題ではありません。国家の問題なのです。つまり、原発輸出は国策事業。そして、ニシハマが国外から受注を獲得すれば、資金、ロジスティクスをはじめ、総合商社の力を借りなければ建設はできません。つまり、彼らにしてみれば、ニシハマに恩を売っておいて損はないということになるのです」

「恩を売っておいて損はないか……」

納得した様子で最後のフレーズを繰り返すパウエルだったが、「ヒゴさんの狙いはそれだけではありませんよね。今回の計画を機に、ガスのビジネスをニシハマの新しい柱となる事業に育て上げるつもりなんでしょう？」

口の端に暗い笑いを浮かべながら、ぎらつく目で賢太を見る。

「ニシハマは、総合電機メーカーとして、世界的に確固たる地位を持つ企業です。エネルギー関連の分野でも世界中の国々で数多くの発電所を建設してきましたが、資源そのものを手がけたことはありません。つまり、この分野に関しては、我々はベンチャー。ノウハウを学び、蓄積する必要があるのです」

賢太は、自分の瞳にも同じ光が宿っていることを感じながら、パウエルの視線をしっかと捉えた。

「どうやら、あなたとはいいビジネスができそうですね」

パウエルは、ソファーの上で身を起こす。「ただ、あなたが目をつけたガス田の本格的な採掘はこれからです。日本へ輸出するとなると、我々の生産計画も大幅に見直さなければなりません。積み出し港へのガスの輸送方法を考え、液化プラントの能力も増強する必要があるかもしれません。それに際しては、ニシハマがどれほどのガスを必要とするのか。需要計画、それも確実なデータを提出していただくことになりますが？」

「分かっています。我々のプロポーザルを受けてくださるのなら、ただちに作業に取りかかりますが？」

日本の電力会社にガスを売り込むのには時間がかかるが、UAEがある。オタイバが動けば、まず間違いなくガスは売れる。しかも大量にだ。その間に日本の販売先を獲得すれば、生産規模を多めに見積もっても施設が遊ぶことはない。

「随分あっさりおっしゃいますが、分かってるんでしょうね」

「何がです？」

「増産体制を整えるのは、生産設備を増設するということですよ。ウォルマートに行って既製品を買ってくるのとはわけが違う。プラント会社が設計図を描き、資材を購入し、一つ一つのパーツを製造し、そして組み立てる。しかも、そのほとんどが他には転用が利かないフルオーダー品です。当然キャンセルはできません。そして、このビジネスがニシハマの要請で動き出すからには、万が一にでも思惑が外れた時には、責任を取ってもらうことになりますが、それでもかまわないとおっしゃるんですね」

声は穏やかだが、念を押すパウエルの口調には凄みがあった。

さすがに、今井は怯(ひる)んだようで、生唾(なまつば)を飲み込む気配が伝わってくる。

「もちろんです」

しかし賢太は怯まなかった。「ビジネスにはリスクはつきものですが、チャンスを逃せば大きな成果は摑めない。それは、ベンチャー企業を経営する、あなたが一番よく分かっているはずです」

パウエルは、唇を真一文字に結び、賢太の視線を捉えると、

「分かりました。正直、我々にとっては願ってもない話です」

突然立ち上がると、手を差し出してきた。「あまりにもうまい話で、少々怖い気もしないではありませんがね」

冗談めかしてはいるものの、おそらくパウエルは本音をいったに違いない。

「プランは実行しなければ意味がない。そして、成功への設計図だと私は考えています。もちろん、設計には変更がつきものですが、目指すゴールが明確であれば、そう間違った結果にはなりません。あとは、いかにしてゴールにたどり着くか。そこに知恵を絞るだけではないでしょうか」

満面の笑みを浮かべるパウエルと握手を交わしながら、賢太はここからが勝負だと、表情を引き締めた。

7

「ウエストチェスターに住んでいると、軽井沢もあまり代わり映えせんだろうが、久しぶりの日本での夏休みだ。ゆっくりしていったらいいさ」

南原（みなみはら）にある肥後家の別荘は、二千坪を超える広大な敷地を持つ。

もちろん、その全てを義父の政成が使っているのではない。敷地の中には義伯父（おじ）の茂樹やかつて義祖父の泰輔が使っていた美咲の別荘が地続きで建っている。

本社に勤務していた頃は、春は新緑、夏は避暑、秋は紅葉を愛でに、美咲の別荘で一時を過ごすのを常としていたのだが、ニューヨーク勤務になって以来、ここを訪れたのは今回がはじめてになる。

「いやあ、やはり夏の軽井沢は快適ですよ。そりゃあマンハッタンに比べればウエストチェスターは過ごしやすいかもしれませんけど、昼夜を問わずエアコンなしではいられませんからね」

入浴を終えた賢太は、リビングの椅子に腰を下ろしながらいった。

開け放たれた窓から流れ込む、ひんやりした外気が気持ちいい。昼間ならば芝生に覆われた庭の向こうに、唐松の大木が林立する森が見えるのだが、午後十一時になろうというこの時刻、漆黒の闇に閉ざされている。

「お待たせ」

三つのグラスと缶ビール、それに数品のつまみをトレーに載せてやってきた美咲が、隣の椅子に座った。「お父様、今夜のお酒はあなたが来てからだって、飲まずに待ってたのよ」

「そうでしたか。それは、申し訳ないことをしました。そんな、お気遣いをいただかなくてもよかったのに」

ビールをグラスに注ぎ入れる美咲の手元から視線を転じ、賢太は政成に向かっていった。

「秋子がうるさくてねえ」

政成は、早くもグラスに手を伸ばす。「僕が飲む量を監視してるんだよなあ。もうちょっとと思って、酒に手を伸ばした瞬間、あなた、って睨むんだよ」

「お父様の体を心配しているからよ。賢太さんが来たからって、特別ってことはありませんからね。今日は私が、ちゃんと見てますから」

おどけた口調ながらも、すかさず美咲は釘を刺す。

残る二つのグラスが満たされたところで、

「じゃあ、まずは乾杯といきますか」

賢太はいった。

目の高さにグラスを掲げた政成は、グラスを一気に干すと、

顔をくしゃくしゃにしながら、ほっと息を吐いた。

「いやあ、美味いねえ」

二杯目を勧める美咲の酌を受けながら、「あれから、もう半年近くにもなるんだね。早いもんだ……」

政成は考え深げに呟いた。

福島の原発が爆発した直後、ニューヨークに避難して来た政成夫婦の滞米期間は、一ヵ月半に及んだ。現場での必死の作業の甲斐あって原発が最悪の事態を脱したのを機に、政成夫婦は日本に戻ったのだったが、東京にいると震災が起きた日のことが思い出され

て仕方がないといい、以来軽井沢での生活が続いていた。

「奈緒美も一緒なら、もっと賑やかだったろうにね」

美咲の後ろ姿を見送りながら、政成がいった。

「サマースクールが終われば、すぐに新学期。奈緒美も高校二年生ですからね。再来年は受験ですので……」

「そうか……奈緒美も、いよいよ大学入試か……。早いもんだねえ……」

政成は感慨深げにいうと、「ところで、会社の方はどうなんだね」

政成は摘まみ上げたチーズを齧りながら、話題を変えてきた。

「どうだとおっしゃいますと？」

「IEに原発と、大きな爆弾を抱えて、藪川君や黒崎君も頭を抱えているんじゃないのかね」

政成は、ニシハマの行く末を案ずるというより、どこか愉快そうに訊ねる。

「決算はご覧になったんでしょう？」

「あれは、去年の業績じゃないか。震災以前と以降とでは、国内の市場環境だって激変しただろうからね。インフラ事業なんてのは、その最たるものだろう。復興事業に多額の予算を投じざるを得なくなってしまったんだ。ニシハマが受注した国がらみの案件には、延期や中断が多発してるんじゃないのかね」

「去年並みには遠く及ばないでしょうね……」

そうこたえた賢太に向かって、

「去年並み？　そりゃあ無理だね。だいたい、去年の業績は出来過ぎだよ」

政成はいう。

「出来過ぎ……とおっしゃいますと？」

「総合電機メーカーといわれる企業は日本に何社か存在するが、ニシハマの業績を、同業他社と比較しても意味がない」

ニシハマとの縁が切れてしまってから久しいとはいえ、元専務の言葉である。

黙って聞き入る賢太に向かって、政成は続けた。

「一分野の事業に特化した、あるいは主力とする企業はたくさんある。そうした企業の業績と比較してみないと、ニシハマという会社の強みも弱みも見えてこないんだよ」

確かに政成の指摘は当たっているかもしれない。

商社にも総合商社と専門商社があるように、ニシハマの各事業部と重複するビジネスに特化した企業は数多く存在する。全ての事業部を総合すれば、ニシハマは日本を代表する巨大企業ということになるが、事業部単体で見れば、それに優る業績を上げている企業が少なからず存在するのは事実だからだ。

「なるほど」

賢太は相槌を打った。

「して見るとだね、そうした企業の昨年度の実績は、良くて前年並み、むしろ下回っているところがほとんどなんだ。ニシハマのように、増収増益を果たした企業は数えるほどしかない」

その時、賢太の脳裏に浮かんだのは、ニシハマの業績に疑念を呈したグラハムの指摘だ。

まさか、政成もニシハマの業績に疑念を抱いているのだろうか……。

賢太は沈黙し、グラスに口をつけた。

「ニシハマも、すっかり変わってしまったね……」

政成は続ける。「黒崎体制に変わってからは、業績は常に増収増益。しかも、バブル崩壊以来、厳しい市場環境が続く中であるにもかかわらずだ。かつてのニシハマは、お公家集団とか、役所のようだと揶揄されるほど保守的な会社だったが、これほど厳しい時代に、どうしたら、こんな実績を上げ続けられるのか、当時の社風を知っている人間からすると不思議でならんよ」

「藪川さん、黒崎さんの年度事業計画は、最初に増収増益ありき。目標を達成するために必要な売上高を決め、各事業部に一方的に振り分けるんですからね。未達なら、そこで出世は止まる。復活のチャンスは、まず与えられませんから、そりゃあ皆必死になりますよ」

「そんなことで、社風、社員の意識が一変するなら経営者は苦労せんと思うがね」

政成は薄く笑うと、「恐怖統治といやあ北朝鮮だが、首が飛ぶどころか命を取られるんだよ。それでも万事うまく行くかといえば、そんなことはない。それに目標、所謂ノルマなんてものは、どこの会社にもあるし、オーナー会社ともなれば、恣意的人事は日常茶飯事だ。できるヤツはとことん重用されるが、できないヤツは即左遷。それでも達成できないものはできないのがノルマってやつだ。恐怖統治が、ニシハマの業績好調の理由にはならんと思うんだがね」

政成は北朝鮮を例にしたが、端から達成目標ありきで事業計画を立てるといえば、むしろ中国に似ている。

年に一度開催される全国人民代表大会の場で、国家主席が掲げたGDPの達成目標は党中央によって、各地方、各国営企業の責任者に一方的に振り分けられ、未達は決して許されない。「上に政策あれば、下に対策あり」というのは中国の諺だが、必達とされた目標が達成できる目処が立たないとなった時、責任者はどんな手段を用いるか。中国のGDPが信用できないといわれるのはなぜなのか。

そこに思いが至った賢太は、思わずいった。

「お義父さん……。実は、うちの業績に疑念を抱いている人間がおりまして……」

「疑念って、誰が？」

「私の友人に、ホフマン・ブラザーズに勤務している男がいるのですが――」

賢太が、グラハムが抱いた疑念を話して聞かせると、

「ニシハマが粉飾をやっているというのかね？」

きょとんとした表情で、政成はいうと「それはないな」一転して大声で笑い出し、顔の前で手を振った。

「私も、そういったのですが――」

「考えてもみたまえ。粉飾なんかやろうものなら、それこそ藪川、黒崎は終わりだ。黒崎に至っては、我々をニシハマから追い出し、社長になり、会長になった後も院政を敷くことに成功したんだよ。それじゃあ、ようやく手にした地位を自ら手放すどころか、経済事犯として獄につながれることになる。あの黒崎が、そんな馬鹿な真似をするもんか」

政成は、賢太の言葉を遮り、さらに続けた。

「第一、粉飾なんて、そう簡単にできるものじゃないよ。監査法人が見逃すわけがないからね。粉飾に加担した挙げ句、発覚しようものなら、法人はおろか、会計士としての将来は台無しだ。資格仕事とはいえ、粉飾に協力した会計士を誰が使うかね。保身を図るという点では、資格で食っている人間だけに、ニシハマの社員の比じゃないさ。ないね。粉飾だけは絶対にない」

しかし、政成が抱いた疑問は、グラハムの推測を以て説明すると、つじつまが合う。もっとも、政成がいう監査法人が見逃すわけがないというのもその通りで、そうなるとニシハマの増収増益は、社員の血と汗の賜物ということになるのだが、それも腑に落ちない。

賢太は妙な胸騒ぎを覚えた。

少なくとも、グラハムの疑念、政成が覚えた違和感を完全に否定できる確たる理由がなかったし、確かめようにも自分はその術を持たなかったからだ。

自分の知らないところで、何かが行われているのではないか……。

もし、そうだとしたら……。

「どうかしたかね？」

政成の声で我に返った。

「いや……ビールをいただいたら、長旅で疲れが出たのか、急に酔いが回ったようで……」

賢太はグラスに残ったビールを一気に飲み干すと、「お義父さん、申し訳ありませんが、今夜はお先に……」

政成に断りを入れ、席を立った。

第四章

1

「本計画の内容、及びエクストレーマ社から提示された条件についてのご説明は以上でございます」

ニシハマの会長室で、長い時間費やした説明を締めくくったのは、軽井沢での四日間の夏休みを終え、東京に戻った翌日のことだ。

資料は事前に広重を通じて、ここにいる全員の手に渡っていたが、やはり詳細は改めて説明する必要がある。しかも内容が内容だけに、やはり四十五分もの時間を費やしてしまった。

「原発事業は、これから先、長く厳しい時代が続くのは間違いないからね。新たな柱となる新事業をものにしないと、大変なことになる。うちだけの単独事業だとリスクは大きいが、四葉をその気にさせたとは、さすが肥後君だ」

資料から目を上げ、満足そうな視線を向けてきた藪川だったが、「しかし、本当に四葉は裏切ったりはしないのだろうね。菱紅には、IEの件で痛い目に遭わされたからな。二の舞はご免だよ」

一転して胡乱気な眼差しで賢太を見据えた。

「合弁事業の契約書で、縛りをかけておけば、その心配は無用かと……。それに、四葉は菱紅と違い約束を守る企業です。動くまでは時間がかかりますが、やると決めたからには決して後戻りはしない。戦車のように突き進むことでは定評がありますので」

「しかし、エクストレーマからのガスの買い付けは、うちが単独でやるんだろ？　四葉が加わるのはそこから先じゃ、難色を示すんじゃないのかね」

藪川は、今井が抱いたのと同じ疑念を口にする。

「その点は、大丈夫だと思います」

同席していた広重が口を挟んだ。「例の案件がうちにあることを知れば、この程度のことは四葉にとっては大事の前の小事。黙って、このスキームを受け入れると思いますね」

「例の案件と申しますと？」

賢太は、何のことだといわんばかりに演技した。

広重とは、昨夜夕食を共にし、今日の御前会議に備えての打ち合わせを行った。モンゴルの案件については、まだ賢太には伝えていないことになっているから、絶対に二人の前では知っている素振りを見せてはならないと、固く念押しをされていたからだ。

「まだ君は知らんでいい」

藪川は、賢太の問いかけをあっさり流すと、「広重君のいう通りだろうな。あの件を耳に入れれば、確かに四葉にとっては大事の前の小事だ。呑めないとはいわんだろう」

口元に歪んだ笑みを浮かべた。

「そんなことより、肥後君。この事業が実現するのは七年先というのは、時間がかかり過ぎやしないか。もう少し早くはならんのかね」

黒崎がはじめて口を開くと、場にピンとした緊張感が走った。

頭髪は側頭部に残るだけ。スキンヘッド同然であることに加え、身長は百八十センチはある。しかも肥満体で、顎についた贅肉のせいで声は嗄れ、地の底から聞こえて来るかのように低く重い。

ニシハマの天皇と呼ばれる黒崎だが、実物を目の当たりにすると、むしろ妖怪だ。威圧感は半端なものではない。

「ただいまの説明の中でも申し上げましたが、年間二百二十万トンというのは、日本の液化天然ガスの年間輸入量の約三パーセントに相当する量です。これだけの量を供給するためには、エクストレーマ社のガス生産能力を大幅に増強させる必要がありますし、港湾施設の拡張も行わなければなりません。施設の設計、建設、運用前検査と、全ての工程が順調に進んだとしても、期間の短縮は困難かと……」

黒崎が、事業開始までの期間を短縮したい気持ちはよく分かる。

原発事業部の業績が今後悪化の一途を辿るのは、もはや避けられないし、監査法人の指摘に応じて調査チームを送った以上、IEがコストオーバーラン状態にあることも、早晩明るみに出てしまう。買収を断行した当事者である黒崎、藪川は、当然責任を問われることになり、IEを買収したことで生じた莫大(ばくだい)な負債を穴埋めする策を提示できなければ、退陣を迫られることになるからだ。

「会長、ガスプラントも原発と同じで、建設には時間を要するものでして――」

口を挟んだ広重を、黒崎は冷ややかな眼差しで一瞥(いちべつ)すると、

「問題はそれだけじゃない。契約期間が二十年というのも、長過ぎやせんかね」

賢太に向かって問うてきた。

「増産体制を整えるべく、エクストレーマも多額の設備投資を行うのです。長期に亘(わた)る買付保証が得られない限りは合意はできないと申しておりまして……」

「会長、こうは考えられませんでしょうか」

己の存在感を示そうとしたのか、いまし方黒崎に向けられた視線に恐れを抱いたのか、広重が再び口を挟んだ。「二十年間の買付契約は、確かに長くは感じますが、逆に考えれば、その間、エクストレーマも供給義務を負うことになるのです。それに、年間二百二十万トンという引き取り量にいたしましても、輸出先は日本に限りません。ガスの安定供給が担保できれば、海外での火力発電所、ひいては原発受注を獲得する上で、大きな武器になるかと思いますが？」

「なるほど。確かにそれはいえてるな」

藪川が相槌を打った。「それに、火力発電所も原発も、受注から実際に稼働するまでは長い期間を要するというのは、肥後君のいう通りだ。エクストレーマとの契約が成立した時点から、うちはガスの供給とセットで発電所の売り込みをかけられるな」

いまさらながらに眉を開き、声を弾ませる藪川だったが、気になるのは二人の年齢だ。どう考えても、この事業が開始される頃には黒崎は引退どころか、この世を去っていても不思議ではない。

藪川は黒崎の後を継いで院政を敷くつもりだろうが、良くも悪くも器の大きさが違い過ぎて、思惑通りになるかどうかは怪しいものだ。

黒崎は表情一つ変えずに、再び賢太に視線を向けると、

「で、年間二百二十万トンというと、どれほどのビジネスになるんだね」

新たな質問を発した。

「ガスの市場価格は、変動しますので正確にはおこたえできませんが、現在のガスの相場価格とレートでは、エクストレーマからの引取価格は、二十年間で九千億から一兆円規模になるかと思います」

「それが、うちの仕入れ値となれば、最低でもその倍にはなるな」

藪川の目が輝き出す。「火力発電所、原発の受注が結びつけば……」

その反応を目の当たりにした瞬間、賢太はいいようのない不安を覚えた。

ＩＥの買収を決断した時の藪川の姿を見た思いがしたからだ。

この事業を起案するに当たっては、入念な調査を行い、ビジネスの将来性についても十分に検討を重ねたつもりだ。販路の開発だけでなく、資金の面でも、四葉を巻き込むことで、ニシハマが負うリスクを極限まで低めた。その点がIEを買収した時とは、根本的に異なるのだが、それにしてもこの軽さは不安になる。

「すでに、ご報告申し上げましたが、この件につきましては、オタイバ氏からアドバイザー契約を結ぶ内諾を得ております。海外の販売先の開発は、オタイバ氏が地ならしをし、四葉が売買契約を結ぶのですから、この程度の量でしたら我が社が抱えるリスクはゼロに等しいと申し上げていいかと……」

ところが広重は、早々に決断を促す。

まあ、広重の気持ちは分からないでもない。

想定外の天災によるものとはいえ、このままでは柱の事業であった原発が、ニシハマの大きな荷物となるのは明白だ。たとえ不可抗力であろうとも、担当している事業部が不振に陥れば、容赦なく責任を問うのが組織である。常務である広重は、解任されればその時点で会社を去ることになる。

「よし、分かった。肥後君、この線でエクストレーマとの交渉を進めてくれ」

断を下したのは、やはり黒崎だった。

「承知いたしました」

賢太は、丁重な口調でいい、軽く頭を下げた。

「それでは、私もオタイバ氏との契約を早急に締結することにいたします」

蚊帳の外に置かれてはならじと、すかさず口を挟んだ広重に向かって、

「彼には例の件でも高いカネを払ってるんだ。妥当な線で纏めて欲しいものだね」

藪川は上機嫌でいうと、呵々と大声を上げて笑った。

2

「えっ！　エクストレーマとガスの売買契約を結ぶ？」

十月に入るとニューヨークには秋の気配が漂いはじめる。

しかし、それも朝晩のことで、温暖化のせいか日中の気温はまだ高い。

今日は雲一つない晴天ということもあって、昼を過ぎたいま、外気温は二十度に達するという予報だったが、窓から差し込む光の中に浮かぶ神原の顔が凍りつくのがはっきりと見て取れた。

「それは、どういうことです？」

続けて訊ねる神原に向かって、

「以前、神原さんにお話ししたガスビジネスは、このスキームでお願いしたいというのが、我々の意向でして……」

賢太はいいながら、一枚のペーパーを差し出した。

エクストレーマが生産するガスを海外に向けて船積みするまでの流れを図にしたもので、中間にはニシハマと四葉の共同出資で設立することになる二社が描かれている。

「こっ……これは……」

神原はペーパーに目をやったまま絶句すると、一瞬の間の後視線を上げ、「肥後さん。交渉の余地はない、我々に黙ってこのスキームに乗れとおっしゃるわけですか」

愕然とした表情を浮かべ、賢太に問うた。

「もちろん交渉の余地はありますよ。これ以上のプランがおありになるのなら、是非お聞かせください」

神原は改めてペーパーに見入ると、

「少なくとも、私が見る限り、現実的なプランといいますか、ニシハマさんがおやりになるならこう考えるだろうとは思いますが、エクストレーマが製造するガスの買い付けは、御社が独占するのはどうなんでしょう。この事業をうちと共同でとおっしゃるなら――」

思った通りの反応を示してきた。

「先行者利益です」

神原の言葉を途中で遮り、賢太はこたえた。

「先行者利益？」

「エクストレーマが、大変有望なガス田を発見したニュースが流れたのはつい最近のことですが、四葉さんはそれ以前に情報は掴んでいたのですか?」

「ええ……。もっとも、二週間ほど前のことですがね」

「私どもはもっと早くに、この情報を掴んでおりまして……」

ビジネスは情報戦だ。他社に先駆けて情報を入手できた者が優位に立つ。投資事業のウエイトが高まる一方の総合商社においてはなおさらのことで、それがメーカーのニシハマに出し抜かれたのだから、神原の驚くまいことか。

「いったいどこから」

賢太はこたえずに、神原の視線を捉え、目を細めた。

「オタイバ……ですね」

「率直に申し上げます」

賢太は肯定も否定もせずに、話を進めた。「ニシハマには、世界のエネルギービジネスに、確たる情報網を持つパートナーがいます。その道のプロである日本の総合商社のどこよりも、その情報網は広く深く浸透しています。いち早くエクストレーマの情報を掴むことができたのは、その証です。つまり、現在も、これから先も、ことガスの買い付けに関しては、総合商社に頼らずとも、自社で行うことが可能な体制がニシハマには整っているわけです」

そういえば、何をいわんとしているか、神原には察しがつくはずだ。

「単独で買い付けを行えば、このスキームにある子会社への転売利益は、百パーセント御社のものになる。独占できる収益を、他社に分けてやる必要はない。そうおっしゃるわけですか」

冷え冷えとした神原の声のどこかに、怒りが滲み出ているように感ずるのは気のせいではあるまい。

賢太の自宅に夫妻で招かれ、今回の構想を聞かされた際には、個人的な繋がりを結べたと神原は思っていたに違いない。プランがニシハマで正式に承認されれば、真っ先に声がかかるはずだと考えてもいただろうし、日本人ならそうするはずだと信じてもいただろう。

その期待が裏切られたのだ。しかも、エネルギービジネスにはじめて乗り出そうとしているニシハマに出し抜かれた上に、スキームを呑めといわれたも同然とあっては、屈辱以外の何物でもない。

「神原さん」

賢太は冷静な声で返した。「最初に、このプランをお話しした時に、私、申し上げましたよね。パートナーになってもらうかどうかは別の話だ。全てはお互いの条件が折り合うかどうかだと」

「もちろん、覚えています」

「確かに、白紙の状態から、一緒にスキームを考えるというのはありでしょう。でもね、パートナーシップを結ぶに当たっては、いかにして自社が主導権を握るか、少しでも有利な条件で契約を成立させるか、丁々発止の交渉が行われるのが常でしょう」

「では、これは叩き台、あくまでも案だとおっしゃるわけですね」

交渉の余地があることへの言質を取るつもりなのだろう、神原は念を押すように問うてきた。

「素人が考えたものですからね。プロの目から見て、ベターなスキームがあるとおっしゃるのなら、検討はいたします」

ベターというのは、ニシハマにとってのことを意味するのはいうまでもない。とどのつまり、エクストレーマからのガスの買い付けをニシハマが単独で行うのは、覆すことができないということだ。

第一、このスキームは、すでに日本の総合商社が、中東の天然ガスを日本に輸出するに際して用いられている典型的なもので、手を入れる余地がないことは、神原なら分かるはずだ。

「分かりました」

果たして神原は、一旦スキームについての議論を打ち切ると、「エクストレーマは、どれほどのガスを供給できるといっているのですか？　契約を結ぶとおっしゃるからには、当然あちらも買い付け量の確約を条件にするはずですが？」

今度はエクストレーマとの間で合意に至った条件を問うてきた。

「買付契約の期間は二十年間、年間二百二十万トン。事業開始は七年後です」

「なるほど……」

やはりこの分野のビジネスのプロだけに、藪川とは全く異なった反応を示す神原だったが、

「しかし、肥後さん。いうまでもないことですが、契約を結べば、御社は二十年間に亘って、年間二百二十万トンのガスを購入する義務を負うことになるんですよ。運搬船だって、一度に運べる量は、大型船でも十二万トンですから、相当な数が必要になります。まして、輸出先が日本だけとは限りません。仕向地によって、航海日数も変わって来るんです。新船を造るとなれば、一隻三百億円はしますし、造らせた以上は、長期間使うことが義務になるわけで——」

今度はリスクを強調しはじめる。

「承知しております」

「大丈夫なんですか？」

「大丈夫って、何がです？」

「年間二百二十万トンを二十年間、確実に捌き続けることができなければ、御社は莫大な損失を被ることになるんですよ。確かにオタイバの力は絶大なものがありますが、フィクサー的な人物は、他にも少なからず存在します。彼ら同士の戦いで、オタイバが敗れることだってあるわけで——」

「神原さん、何か勘違いをなさっていませんか」

賢太は、薄く笑いながら神原の言葉を遮った。「エクストレーマとの交渉に、オタイバは一切タッチしていませんよ」

「えっ……」

読みが外れた神原は、再び愕然とした表情を浮かべ短く漏らした。

「今回の交渉は私一人、いや正確にいえば今井と私の二人で行ったんです」

神原から、言葉は返ってこなかった。

賢太は続けた。

「おっしゃる通り、オタイバが世界中全てのエネルギービジネスに影響力を持っているわけではありません。事実、日本の総合商社が手がけているエネルギービジネスの中には、オタイバのようなフィクサーの力を借りることなく、単独で交渉を行い、契約に至ったものが数多くある。そうでしょう?」

「それは、まあ……」

「つまり、オタイバのような存在が絶大な力を発揮する案件もあれば、そうではない案件も多々あるわけです。今回の場合は、まさに後者のケースで、たまたま我々がうまく交渉を纏めることができた。まあ、ビギナーズラックともいえるわけですが、こんな幸運が何度も続くとは思えません。だから我々は総合商社をパートナーにしたいと考えたんです」

「しかしですね――」

神原が、執拗に異議を唱える気持ちもよく分かる。

神原は、ニシハマがガス販売事業に乗り出す計画を持っていることを、オタイバの協力を取り付けたことも含め、四葉本社に報告したはずだ。丸岡が今井を食事に連れ出そうと、何度も誘いをかけてきたのも、計画の進捗具合を探るのが狙いだったはずだ。ここに至って、ニシハマとエクストレーマとの間で、ガスの売買契約が成立しつつあるということになれば、「いったい何をしていたのだ」と叱責されるどころか、神原のキャリアは台無しになる。

ここは助け船を出してやらねばなるまい。

そこで賢太は切り出した。

「神原さん。私、前にニシハマの社風は極めて保守的だといいましたね」

「ええ……」

「広重から、新しい柱となるビジネスを考えろ。そう命ぜられて考えついたのがこのプランです。ところが、実際にこのプランを上にあげる段になった途端、広重の腰が引けてしまいましてね。もっとも、無理のないことではあるんですがね。こんなものはニシハマのビジネスではないし、やれるわけがない。当たり前に考えれば、鼻で笑われ、切り捨てられるのは目に見えていますからね」

神原は黙って話に聞き入っている。

賢太は続けた。

「もちろん最初から総合商社をパートナーとする前提で、プランを立てようかとも考えました。しかし、一旦相手を動かした挙げ句、プランが却下されたとなると、相手に多大な迷惑をかけてしまう。そこで、あくまでも可能性を検証するために、入手した情報を元にエクストレーマと接触を持ったのです」

もちろん神原のメンツを立てるための嘘だが、ニシハマの社風は先刻承知。十分通用するはずだ。

「もし、エクストレーマがこのプランに興味を示さなければ？」

「プランがプランで終わるだけ。失うものもなければ、得るものもない。ただそれだけの話です」

賢太は肩を竦め、大袈裟に腕を広げて見せた。

「エクストレーマが興味を示したはいいが、上の承認を得られなければ？」

「同じです」

賢太は即座に、しかし柔らかい口調で断じた。「双方のサインが記された契約書が交わされないうちは、いつだってキャンセルできますからね」

「では、プランを検証するつもりが、トントン拍子に事が運んだだけだとおっしゃるわけですか？」

「もちろん、うまく行くように交渉をしたつもりです。実現性を検証するのは、そういうことでしょう？」

賢太は、傲慢とも取れる言葉を口にすると、「いずれにしても、ニシハマ単独でもこの事業はやれますが、確たる力を持ったパートナーを迎えることができれば、間違いなく成功することを上に納得してもらう必要があったんです」

神原の目を見つめた。

「では、ニシハマさんが、ガスの買い付けを単独で行うのは、エクストレーマに限る。以降はパートナーと共同で、ということになるわけですか？」

「リスクの分散という点からしても、そうなるでしょうね」

賢太は、そうこたえると、とどめの言葉を口にした。「どうでしょう神原さん。今回だけはこのスキームを前提に、パートナーシップを組むことを、ご検討願えませんでしょうか。上からの承認も、このスキームがあればこそ。一つ、長い目で見て、ご判断いただければと……」

総合商社とパートナーシップを組むことを前提としたビジネスプランであるからには、四葉が断れば、賢太は必ず他社にこの話を持ち込むと神原は考えるだろう。

すでに、この話が本社に報告されているのなら、ここで難色を示した挙げ句、他社とニシハマの間で合意が成立しようものなら、神原はただではすまない。

しかし、神原は、すぐにこたえを返さなかった。

賢太の視線を捉え、微動だにしない神原の姿は、幾多の修羅場をくぐり抜けてきたビジネスマンの風格を取り戻していた。

「肥後さん。いまおっしゃったことは約束していただけるんでしょうね」

沈黙を破った神原は、ニヤリと笑い、目を細めた。「ガスの買い付けをニシハマさんが単独で行うのは今回限りだと」

「もちろんです」

賢太は大きく頷いた。「私は、広重から会社の新しい柱になる事業を考えろと命じられたからやっただけで、このプランが動き出せば、本来の仕事に専念することになるでしょうからね。ガスの買い付けができる人間なんて、うちにはおりませんので」

「なるほど。原発事業に専念なさるわけですか」

神原の目がぎらりと光った。「すると、御社で進行中の別の大きな案件というのは、原発絡みということですか」

そうきたか……。

さすがは神原だ。四葉の北米エネルギー部門を仕切る地位に任命されるだけのことはある。

内心で唸った賢太だったが、

「その件は、まだお話しするわけにはいきません。いずれ、時を改めてまた……」

こたえを拒んだ。

「お隠しにならなくてもいいじゃありませんか。原発しか考えられませんよ」

しかし、神原は食い下がる。「そうでなければ、肥後さんほどの人材が、日本国内では増設が事実上不可能になった原発事業に専念するとは思えませんね。それに、テキサスで建設中の原発は、工事が遅れに遅れ、いまだ完成の目処が立っていないと聞きます。このままでは、いずれニシハマの経営に、大きな負担となってのしかかってくるとも……。その穴を埋めるためには、ガス事業だけでは追いつかない。新たな原発、それも海外での受注しかないじゃありませんか」

「もし、そうだとすれば？」

「是非、うちにお手伝いさせていただきたいと思います」

神原の目に宿る光が強くなる。

獲物を見つけた猛禽類の目。底冷えを感ずる光の中に殺気すら漂う眼差しだ。

「神原さん……。実は、この話は、社内では私もまだ知らないことになっている極秘中の極秘事項でしてね。外部に漏れれば、この話は流れてしまうことになりかねない、極めてデリケートな案件なんです」

「なるほど……。ではこれ以上、お訊きいたしません」

あっさりと引き下がる神原だったが、内容はともかく、想像以上に大きな案件だと、察しはついたはずだ。

「ただ、この案件に関しては、神原さんの見解を是非伺ってみたいとは思います」

思わせぶりない方だが、それは紛れもない賢太の本心だった。

果たして、モンゴルに使用済み核燃料の最終処分場を建設するなどということが可能なのか。実現性に大きな疑念を覚えていたからだ。

「神原さんの見解をお聞きできる日が、一日でも早くやってくるのを願っています」

そういった賢太に、

「話せる日がくるんでしょうか?」

神原は、ふっと笑った。

「えっ?」

「だって、そうでしょう。話せるのは、プロジェクトの実施が決定した後。つまり、当事者間での合意が成立した時じゃありませんか。私の見解を聞いたところで、何の役にも立ちませんよ」

確かに、神原のいう通りだ。

一本取られたとばかりに、肩を竦めるしかない賢太に向かって、

「とにかく、御社の意向は分かりました。私としては、是非ニシハマさんとこの事業を実現したいと考えています。ですが、これだけ大きな事案となると、私の一存で決めるわけにはいきません。早々に本社に報告した上で判断を仰ぎますが、結論が出るまでは、少し時間がかかると思います」

「ご事情はよく、理解しているつもりです。結論が出るまで、四葉さん以外には、この話を持ち込んだりはいたしませんので」

「ありがとうございます」

神原は、頭を下げると、「では、今日はこれで……」

席を立った。

3

クリスマスを迎える十二月は、ニューヨークが最も華やぐ時だ。

月が変わった途端、マンハッタンの繁華街にある商店のショーウィンドウには、趣向を凝らした装飾が並び、足を止める通行人が目立つようになる。

通りの両側にイルミネーションが煌めき、ツリーの原木を路上で販売する行商人も現れる。そして、マンハッタン最大のイベントは、何といってもロックフェラーセンターに設置される巨大なツリーの点灯式だ。

ツリーの高さはおよそ三十メートル。使用される電飾の数は三万個。イベントの開催日はサンクスギビングデーの翌週水曜日と決まっており、当日は多くの市民や観光客が押し寄せ、立錐の余地もないほどの混雑ぶりとなる。

しかし、世間の華やいだ雰囲気とは裏腹に、NNAにある賢太の執務室は重苦しい空気に包まれていた。

「建設中の原発の安全対策を見直せって……そんな必要がどこにあるんです？　福島と同じ沸騰水型だからですか？　福島の原発は三十年以上前に建てられたものですよ。この間に技術は格段に進歩して、同じ沸騰水型でもいまや全くの別物じゃないですか」

今井が声を荒らげるのも無理はない。

NRC（アメリカ原子力規制委員会）からの通達を知らせてきたのは、IEのCEOを務めているアルバート・チェイスだ。

五十八歳という年齢は、アメリカ企業のCEOとしては平均的なところだが、チェイスが現在の地位に就任したのは九年前。ニシハマがIEを買収した時のことだから、当時四十九歳と業界にあっては異例の若さだ。

もちろん、それには理由があって、なにしろ経歴が凄い。

マサチューセッツ工科大学（MIT）で原子力工学を学び、修士号、博士号を取得した後、IEに入社。在職中にスタンフォードの大学院でMBAも取得したという、エリート中のエリート、原子力、経営の双方においてプロ中のプロと見なされていた人物だった。

それだけにプライドが高く、IEの経営についてもニシハマの関与を極端に嫌う。おまけに弁も立つときているから、とにかく扱いにくい。相次ぐ設計変更でテキサスの原発事業がコストオーバーランを起こしていることは明白なのに、ニシハマがIEの本当の経営実態を完全に把握できていない最大の理由は、チェイスの存在にあった。

今井は勢いのまま続けた。

「まさか、チェイスは現在IEで行われている調査を振り出しに戻すことを目論んでいるんじゃないでしょうね」

「振り出しに戻す？」

「調査の結果次第では、チェイスの立場だって危うくなるかもしれませんからね。ただでさえ、日本企業であるニシハマに買収され、その子会社の社長に甘んじなければならなくなったことに屈辱を感じていることは間違いないんです。万が一にもその日本企業に解任されたとなれば――」

チェイスが鼻持ちならない男なのは確かである。今井がいうように、屈辱感も覚えているだろう。

しかし、今井の推測は、あまりにも現実離れしている。

「それはないね」

賢太は言下に否定した。

「どうしてです？　チェイスなら、いかにもやりそうなことじゃないですか。彼は、NRCに人脈があるんでしょう？」

「チェイスは原発産業界の大物には違いないが、いくら何でもNRCを動かすほどの力はないよ。第一、安全対策を検討しろと命じられているのは、うちだけじゃない。アメリカにある原発の全てが対象になっているというんだ」

「アメリカ全土って……それじゃ、稼働中のものも含めてですか？」

賢太は頷くと、

「これは、ちょっと厄介なことになるかもしれないね」

低い声で漏らした。

「安全対策を見直せば、コストがどれほどかかるか分かりませんからね……」

「それで済むなら、まだいいさ」

「えっ？」

「ＮＲＣが命じてきた以上、我々は新たな安全対策を提示するしかないんだが、私が懸念しているのは、それをＮＲＣがどう評価するかだ」

「どういうことです？」

今井は賢太が何をいわんとしているか、見当もつかない様子で問い返してきた。

「ＮＲＣはアメリカの政府機関だ。公的機関がお墨付きを与えた原発で、事故が起きようものなら、どうなると思う？　アメリカは訴訟社会だぞ」

「あっ」というように、口を小さく開いた今井の顔が、一瞬にして強ばった。

賢太は頷き、

「そういうことだ……」

短くいった。

「しかし、それじゃ稼働中の原発は……」

「稼働中の原発の安全対策をＮＲＣがどう評価するのかは分からんが、間違いなく建設中の原発には、徹底的な安全対策を求めてくるだろうね。ＮＲＣだって、福島の原発事故の一部始終を見たんだ。稼働中の原発を停めれば、電力の供給に甚大な影響が出るが、建設中のものなら話は別だ」

「つまり、新規の原発の稼働は認めないってことですか?」

「あり得ない話じゃないだろうね」

賢太はいった。「実際、アメリカ国内では原発の新設は、この三十年認められていなかったんだからね」

にもかかわらず、IEがテキサスで建設中のものと、他に二つの原発の建設が進んでいるのは、地球温暖化の元凶とされている温室効果ガスを削減するためである。温室効果ガスと呼ばれるものはいくつかあるが、中でも二酸化炭素はその代表的なもので、大量の石炭やガスを燃焼させる火力発電は最大の元凶と指摘されている。改善策はただ一つ、化石燃料を使用しない発電の比率を高めるしかない。しかし、水力、地熱発電所は適した立地が限られているし、環境破壊の問題もある。特に水力はダム建設に伴う水没地域の住民移転など、多額の費用と時間を要する。そこで、原発の新設を三十年ぶりに認めることになったのだ。

しかし、それも東日本大震災に伴う原発事故で、風向きが変わりつつある。

アメリカ国内で起きた原発の重大事故といえば、一九七九年に発生したスリーマイル島のケースが有名だが、放射性物質の漏出量も、周辺地域への影響も、極めて限定的なものだった。しかし、何を基準にして論じるかで見解は異なるが、福島のケースはチェルノブイリに匹敵すると断じても過言ではない重大事故である。水素爆発で原子炉建屋が黒煙を上げながら吹き飛ぶ様を、世界中の人間がリアルタイムで見た上に、さらにはメルトダウン、メルトスルーという最悪の事態が起きているのは間違いない。原子炉災害における最悪の事態が現実となってしまっただけに、NRCが安全対策が不十分であることを理由に、稼働を認めない可能性は十分に考えられる。

「テキサスの原発は、塩漬けにされるかもしれないとおっしゃるのですか?」

今井は、そんな馬鹿なといわんばかりに声を荒らげる。

「可能性は、あるかもな……」

動揺する今井の姿を目の当たりにすると、逆に賢太は冷静になった。「アメリカ人……いや、アメリカの政府機関がこんなことをいい出すのは異例のことだ。まるで、日本人の反応だよ」

「日本人の反応って、どういうことです?」

「事故をどうやってゼロにするかを追求するのが日本人だが、アメリカ人は事故をゼロにするのは不可能だという前提に立って考える」

今井は黙って賢太の話に聞き入っている。

賢太は続けた。

「問題はミスの内容であり、発生確率だ。深刻な事態に繋がる、あるいは頻繁に起こり得るものならコストをかけて未然に対策を講じておくが、確率的に無視できる事態にまで莫大なコストをかける必要はないというのがアメリカの考え方だったんだが、今回は、どうも違うような気がする」

「どんな対策を施しても、可能性をいい出せば事故が起こる確率はゼロだとは断言できませんからね。実際、日本では原発の再稼働を巡って、反原発派の人たちは、そういって世論を煽っているし、現にそれで稼働を停めた原発だってありますからね……」

「これは、満点でなければ合格と見なされず、採点基準も全ては採点者の判断次第の記述問題を解くのと同じようなことになるかもしれないね」

賢太は、小さく肩で息をした。「もっとも、改善策を提示してみないことには、合否は分からないいんじゃ、建設コストのさらなる増加は避けられないし、その費用を負担するのは、ニシハマだ。エプシロンはもちろん、他の出資者も、これ以上カネは出さんだろうからね」

今井の顔が青ざめていく。

賢太の言葉が何を意味するか、気づいたからだ。

ＩＥは事実上、ニシハマの子会社だが、原発の建設に当たっては自社の資金負担を軽くする目的もあったし、そもそもアメリカでは外国企業が百パーセント原発を所有することを禁じていることもあって、大手ゼネコンであるエプシロンの他にも出資者を募った。

電力は民産双方にとって、欠かすことができないエネルギーだ。発電が開始されれば、長期に亘って確実な利益が見込めるビジネスだけに、小口の出資者は比較的簡単に集まったのだが、そこは利に聡い連中である。建設コストの増加は、投資に対するリターンを悪化させることを意味するのだから、追加の出資に応ずるどころか、手を引かれる可能性だって十分にある。結局、これまでの建設費用の増加分は、親会社となったニシハマが負担するしかなく、それがコストオーバーランが続いている原因の一つでもあった。

「それじゃ、完成したとしても、当初の事業計画なんか絵に描いた餅そのものになってしまいますよ。それどころか、やる意味がないってことにもなりかねないんじゃ……」

「だから、物部さんの話に乗ったんだ。この窮地を挽回するには、あのビジネスに賭けるしか手はないんだよ」

賢太のスマホが鳴ったのは、その時だ。

パネルに目をやると、『神原』の文字が浮かんでいる。

神原にニシハマとの合弁事業を行うに際しての条件を提示してから、かれこれ二ヵ月近くが経つ。

「肥後です……」

スマホを押し当てた賢太の耳に、神原の声が聞こえてきた。

「ニューヨークにいらっしゃるのでしたら、お目にかかって、お伝えしたいことがあります。急な話で申し訳ありませんが、何時でも結構です。今日、どこかでお時間を頂戴できませんでしょうか」

4

神原は二時間後にＮＮＡにやってきた。

副社長室に通された神原は、

「先にご提示いただきました合弁事業を行うに際しての条件ですが、本社から了解を取り付けました」

ソファーに腰を下ろすなりいった。

「ほう……。それは、随分お早いですね」

電話口で神原は、具体的な用件は話さなかった。

先に提示した条件を再度ネゴするつもりでもあるのかと思っていただけに、賢太には意外だったが、

「早々ですが、契約書を用意させていただきました」

という神原の言葉を聞いて、心底驚いた。

「契約書？」

「もちろん、叩き台です。ニシハマさんが、これはと思われる事項がおありになれば、何なりと……」

神原は驚く賢太を尻目（しりめ）に、表情一つ変えることなく鞄（かばん）の中からファイルを取り出し、

テーブルの上に置いた。

「神原さん。こういっては失礼ですが、この事業はうちの主導で行われるものですよ。契約内容は、我々が提示したものを四葉さんに検討していただくのが筋だと思いますが？」

エネルギービジネスのプロが、全くの素人のニシハマが描いたスキームに従わざるを得なくなったことへの、抵抗というわけか。さぞやプライドが傷ついたであろうことは想像に難くないが、それにしても不愉快だ。

賢太は、胸に込み上げる不快感をそのまま声に表した。

「失礼とは思いましたが、ニシハマさんは、この手のビジネスを手がけられるのははじめてです。契約書の内容がどんなものになるのか、ご存じないのではないかと思いまして……」

神原は、丁重な口調ながらも痛いところを突いてやったとばかりに、背もたれに上体を預けた。

確かに、神原は正しい。

賢太はもちろん、ニシハマ社内にエネルギービジネスを手がけた人間は一人としていない。エクストレーマとの間で、まだ正式な契約書を交わしてはいないのも、四葉が合弁事業のパートナーとなった後に、彼らにエクストレーマと交わす契約内容を検討させようと考えていたからだ。

「なるほど」

賢太は苦笑いを浮かべ、一本取られたとばかりに、薄く目を閉じ首を振った。

愉快ではないが、やはり神原は優秀なビジネスマンだ。

相手の能力や置かれている状況を読み、チョークポイントを突いて、少なくとも互角、あわよくば優位に立とうとする。敵にすれば厄介だが、味方にすれば心強いことこの上ない。こういう男は嫌いではないし、相手の能力を認めるだけの度量は持ち合わせている。

「条項については、我々が過去に行ってきた合弁事業の契約内容をベースに、ニシハマさんから出された条件を反映させたつもりです」

しかし、ファイルの厚さは五センチほどしかない。

賢太は、それに目を遣りながら、

「神原さん。たったこれだけですか？　事業のスケールの割には、随分薄くありませんか？」

片眉を吊り上げた。

「今回お持ちしたのは基本契約書ですので」

天下の四葉にして、これだ……。

賢太は思わずため息をつきたくなるのをすんでのところで堪えた。

国際社会のスタンダードからすると、日本人が契約書と称する代物は、とてもそうと呼べるものではない。

言語や文化、社会通念を共有するのが日本人なら、「話せば分かる」とばかりに、いまだ性善説がまかり通るのが日本社会だ。それは、大半の契約書の末尾にある、『当事者間で争いごとが生じた場合、両者誠意をもって解決にあたる』という一文に象徴される。

多言語、多人種、多文化で構成される社会では、その点がまったく異なる。

争いや見解の違いは必ずや発生するものであり、一度争議に発展すれば誠意など存在しない。勝つか負けるかの戦いになることを前提に交わすのが契約書である。いい換えれば揉めることを未然に防ぐためにあるのが契約書で、それゆえに考え得るあらゆる事態を想定し、お互いの合意を取り付けておくものになる。当然、内容は微に入り細をうがち、条項の数は膨大になるのが常で、基本契約書とはいえ、たったこれだけの分量で済むはずがない。

そんな賢太の内心を知ってか知らずか、神原は続ける。

「実際にＬＮＧの輸出がはじまるのは七年先ですが、ニシハマさんとの間で、合弁事業を行う合意が整った時点から、当社は陣容を整え、プラントや港湾設備の整備に向けて動き出すことになります。輸出先の開発もしなければなりませんし、人事を行い新たな組織も作らなければなりません。テキサスには、駐在員を置くことにもなるでしょうから、準備段階の時点で多額の費用が発生することになります。それにまつわる業務、及び費用をどちらが、どれだけ負担するのか。最低でも、その線引きを明確に決めておかないことには、我々といたしましても、動くに動けないのです」

「なるほど」

それは理解できる。

頷いた賢太に、神原は続ける。

「ニシハマさんがそうだと申し上げるつもりは毛頭ありませんが、過去に合弁事業を行ってきたパートナーの中には、事業開始までにかかる費用を全て我々が負担するのが当たり前と考えていた会社もありましたもので……」

「総合商社は、世界でもユニークな存在ですからね」

賢太は薄く笑いながら、言葉に皮肉を込めた。

製造部門こそ持たないものの、おおよそ全てのビジネスを自社で行う機能を持っているのが総合商社の特徴だ。情報収集能力はもちろん、世界を網羅する営業力もあるのだから、パートナーに迎え入れることができれば、ビジネスの大半を任せることが可能になる。それだけに、言葉は悪いが、極めて有能な便利屋ともいえるわけで、仕事の線引きを事前に決めておかないと、準備段階で発生する業務と経費の大半を総合商社が負担させられかねないことになる。

「特に、海外企業との合弁事業では、そうしたケースに直面することが少なくありませんので……。それで、海外企業、日本企業のいずれかを問わず、合弁事業を行うに当た

って は、まず基本合意書を取り交わした上でというのが、我が社のルールなのです。是非、ご検討いただければと……」

もちろん、賢太の独断で、契約を交わせるはずもないし、叩き台といわれてしまった以上、この場で突き返すわけにもいかない。問題がありそうならば、その旨を神原に伝え、交渉を行った上で広重を通じて藪川、黒崎に決裁を仰がねばならない。

「分かりました」

そこで賢太はようやくファイルを手に取った。

どうせ、最後の一文は、例の文言に決まっている。

賢太は、契約書の最後のページを見た。

果たして、そこには思った通りの条文が記載されていたのだが、同じページの先頭に、「契約の解除」という文言があるのが目に入り、賢太はその条項を素早く読んだ。

『甲乙いずれかが信義に反し、あるいは重大な違法行為を働き、合弁事業を継続するのが困難と判断された場合、甲乙の合意のいかんにかかわらず、甲、あるいは乙の一方的意向によって契約を解除できるものとする。その際、合弁事業を遂行するに当たって発生した、その時点までの費用、解除から撤退するまでの費用は、条項に反した側が負担するものとする』

「神原さん、この契約解除の条項というのは？」

賢太は問うた。

「それも、弊社の契約書の雛形には必ず書いてあるものでして……」

神原は、当然のようにこたえた。「まあ、ニシハマさんとの契約には、本来必要ない一文なんですが、海外での合弁事業ともなりますと、お国柄というものがありますからね。いくら入念に調査しても、相手側が汚職や違法行為を行っていたことが発覚して、事業自体が頓挫する。あるいは、うちが関わるのはまずいんじゃないかという事態に直面することが過去に何度かあったもので……」

「なるほどねえ。四葉さんがビジネスを行っているのは、先進国ばかりじゃありませんからね。むしろエネルギーといえば、途上国がメインですからね」

「おっしゃる通りです」

神原は頷く。「いまだって、途上国でのビジネスは、そうしたリスクがどこに潜んでいるか分かったもんじゃありませんので……」

「しかし、実効性があるんですか？　相手が途上国の企業なら、いままでにかかった費用をといっても、賠償には応じないんじゃないですか？」

「だから、書いておくんですよ」

神原は薄く笑った。「四葉はコンプライアンスに厳しい会社だ。うちと合弁事業を行うからには、いかなる違法行為も許さない。万一発覚した際には、ただちに手を引く。まあ途上国の企業なら、うちが手を引いたら、たちまち経営が危機に陥るところも少なくありませんからね。結構、コンプライアンスの保持には効くんですよ」

「先進国の企業ならば、支払いを渋っても、裁判に打って出れば、全額回収できますしね」

「まあ、そういうことです」

これもまた、納得のいく説明である。

「分かりました」

賢太はいった。

二ヵ月の間に社内の合意を取り付け、基本契約書まで提出してくるのは、四葉の社風からすれば、異例の早さである。それは、この事業がうまく行くと確信しているということであり、このビジネスに魅力を感じているということでもある。

ならば、こちらも早々に、基本契約の締結に向けて動き出さなければならない。

「早々に、検討させていただきます。その上で、ご相談申し上げたいことがあれば、すぐにご連絡を入れさせていただきますので……」

「よろしく、お願いいたします」

賢太の言葉に、神原はソファーの上で姿勢を正すと、丁重に頭を下げた。

5

「ほうっ。四葉がニシハマと契約を結ぶことになったんですか」

物部の報告を聞いた宗像が眉を開いた。

丸の内にある老舗（しにせ）ホテルの二階には、会員制のバーラウンジがある。

内装はベージュ系の色で統一され、空間のアクセントに用いられているのは障子である。真偽のほどは定かではないが、国賓として来日した要人と天皇陛下が懇談される、皇居内の一室をコンセプトにしたデザインだと聞いたことがある。会員は政財界で名の通った人間ばかりで、呼ばれでもしない限り、一般人はフロアーへ立ち入ることすら許されないのだから、秘密の会合を持つにはうってつけの場所である。

「まだ、日にちは決まっておりませんが、近々基本契約を締結するそうです」

そういい終えたところで、物部は一旦言葉を切った。

ウエイターが、宗像がキープしていたボトルと氷とグラスをトレーに載せて現れたからだ。

時刻は、午後十時になろうとしている。

会合が遅い時間になったのは、宗像に会食の予定があったからだ。

このところ政局を巡る動きは激しさを増し、メディアは、解散総選挙近し、衆議院が解散されるのも時間の問題という報道一色だ。おそらく、宗像はそのこともあって、多忙を極めているのだろう。民自党が政権を取り戻せば、宗像が再び総理の座に就くのは、衆目の一致するところだ。マスコミも彼の動きには目を光らせているに決まっているが、このラウンジで落ち合うことにすれば誰に知られることもない。

「物部さん、食事は？」

ウエイターが水割りを作る手を眺めながら、宗像が問うてきた。

「済ませてまいりましたので……」

物部は、即座に返した。

「そうですか……」

宗像は、ウエイターに向かって、「じゃあ、あとは勝手にやるから」

といい、人払いをする。

「広重常務も大層喜んでおりました」

物部はいった。

「これでニシハマは救われた、IEが莫大な負債を抱えることになっても、LNGの事業が軌道に乗れば、損失を補って余りある収益が得られるようになる、とおっしゃいまして……」

「負債を抱えることにはならないでしょう。IEだって、原発が完成しさえすれば、それなりに収益は上がるようになりますよ。それにLNGビジネスという新たな収益源が加わるんですから、ニシハマの将来は明るいじゃありませんか」

どうやら、政権交代が視野に入ってきたことで、いつにも増して機嫌がいいらしい。

宗像は、楽観的見通しを口にする。

「それが、厄介な問題が起きまして……」

「NRCが、アメリカ国内の全ての原発の安全対策を見直すよう、通達してきたというんです」

「厄介な問題？」

「ああ……あれですか……」

宗像は簡単にいい、水割りに口をつけた。「あんなものは、どうにでもなりますよ」

あまりにも軽い反応に、物部は耳を疑った。

「しかし先生。NRCは、福島のような事故が起きたら大変なことになる、生活の場を奪われた国民たちが訴訟を起こせば、NRC、ひいては国家が天文学的な賠償を強いられることになるのを恐れているのではないかと……」

「広重常務がそういったんですか？」

「ええ……」

宗像は、ふんと鼻を鳴らすと、

「NRCが安全対策の提示を求めた原発は、アメリカで稼働中のものも含めての話でしたよね」

改めて問うてきた。

「ええ……」

「もし、本気で事故を恐れているのなら、根本的な安全対策を施さなければならないのは、稼働中の原発ですよ。それらは全て、少なくとも三十年以上前に建設されたわけですからね」

宗像は顔の前に三本の指を突き立てる。「三十年といえば、そろそろ寿命を迎える原発じゃないですか。あと何年使えるか分からない物に、莫大な費用をかけて安全対策を施すなんて、費用対効果に厳しいアメリカ企業がやるとは思えませんね。だったら最新の安全対策が施されたIEの原発をさっさと稼働させた方がよっぽどマシだと考えますよ」

宗像の言には一理ある。

原発は、メンテナンスが行き届いていれば、設計寿命を超える年月での稼働が可能だとされる。しかし、半世紀近くも前に建てられた原発に、現在の安全水準を満たす対策を施すのは、旧式のプロペラ機を最新のハイテク機に改造するようなもので、最新型レベルの安全が確保できるとは思えない。

「広重常務が懸念しているのは、どの程度の安全対策を提示すればいいのか、審査にどれほどの時間がかかるのか、皆目見当がつかないことにあるんです」

それでも、物部は説明を続けた。「いずれにしても、設計の変更は避けられませんし、工期も延びてしまうわけですから、確実にコストはアップします。これでは、収益モデルが大きく狂ってしまうと……」

「収益モデルが狂ってしまう?」

宗像は苦笑を浮かべると、驚くべき言葉を発した。「遅れに遅れてしまっているんだもの、とっくに狂っているでしょう」

「えっ……」

物部は思わず小さな声を上げた。

IEの買収をニシハマに持ちかけたのは岡谷だが、宗像の意向を汲んでのことだ。そんな言い方はあまりにも無責任過ぎやしないか。

「原子力ビジネスには、必ず政治が絡みます。現政権とアメリカとの関係は決してうまく行っているとはいえませんからね」

なるほど、そういうわけか。

日本の現政権とアメリカとの関係がうまく行っていないのは事実である。しかし、アメリカは日本にとって最も重要な同盟国だ。民自党が政権奪取に成功すれば、真っ先に取りかかるのが日米関係の改善、再構築だ。アメリカにとっても、日本に親米政権が生まれるのは好ましいに決まっているし、宗像がいうように原子力ビジネスには政治が絡む。NRCも政府の一機関だから、自分が政権を握ればこの問題は解決できると考えているのだろう。

しかし、問題はそれだけではない。

「厄介なのは、ニシハマの決算を担当している監査法人が、IEの実態を詳細に把握し、負債額を一度確定すべきだと指摘していることです。ニシハマはすでに調査にとりかかっているそうですが、広重さんはその結果を酷く気にしておりまして……」

「知っています」

宗像は簡単にいい、水割りを口にした。「ですがね、負債がどれほどの額になっていたとしても、テキサスでの原発建設からニシハマが撤退するわけにはいかんでしょう。ここまでやってきたからには、あの原発を完成させ稼働させるしかニシハマに選択肢はありませんよ。第一、いまさら売却しようにも、買い手は現れるとは思えませんしね」

「それは、その通りなのですが――」

なおも続けようとする物部を、

「アメリカにも、あの原発を稼働させなければならない事情があるんです」

宗像は遮った。「アメリカが、三十年ぶりに原発の新設に舵を切ったのはなぜだと思います？　電力が不足しているからじゃないですか。もちろん、シェールガス田の開発が進み、火力発電所の新設は相次いではいますよ。しかし、火力発電所を動かすのには莫大な電力を必要とするんです。その電力を供給するためには、別の発電所が必要になるんです。それも火力で賄うとなれば、温室効果ガスの排出量の増加に拍車がかかってしまうじゃないですか。そんなことになろうものなら、京都議定書への批准を拒んだアメリカに、世界中の国々から猛然と非難の声が上がりますよ。だから、アメリカは原発の新設に踏み切ったんじゃありませんか」

「しかし先生、ＩＥで生じた損失を、ニシハマが来期の決算に反映せざるを得なくなればーー」

「物部さん」

宗像は、苛立った様子でグラスをテーブルに置くと、物部を遮った。「いったい、あなたは何を気にしているんですか？」

「損失額次第では、現経営陣、少なくとも藪川さん、黒崎さんの責任問題に発展するのではないかと……」

「それが、私にどんな関係があるんです？」

宗像の冷え冷えとした声に、

「えっ……」

物部は身を硬くした。

「ご両名がどうなろうと、ニシハマが潰れるわけでもなければ、ＩＥの建設が中止になるわけでもないでしょう。いずれにしてもニシハマは、建設中の原発を完成させるしかないんです。それでいいじゃありませんか」

原発輸出を日本の成長産業の柱に掲げ、岡谷を通じニシハマにＩＥの買収を持ちかけたのが、他ならぬ宗像なら、意向を汲んで応じたのは藪川と黒崎である。藪川、黒崎の両名が、岡谷の申し出に乗ったのは、二人が今後も長きに亘ってニシハマに君臨し続けたいという野心があればこそ。宗像も、そのことは承知のはずだ。

物部とて、官僚時代には閣僚に仕えてきた身である。政治の世界の冷酷さ、残酷さは嫌というほど目の当たりにしてきたが、それにしてもだ。

あまりにも冷酷な宗像の言葉に、物部は沈黙した。

そんな物部の胸中を察したのか、

「まあ、黒崎さんは、大丈夫ですよ」

いい過ぎたと思ったのか、さすがに宗像は、少し決まりの悪そうな表情でいった。「あの人の首に鈴をつけられる人間なんてニシハマにはいませんよ。それに、ＩＥを買収した当時の社長は黒崎さんですが、起案者は専務だった籔川さんということになっていますからね。彼に責任を取らせて、黒崎さんは会長に留まる。精々そんなところでしょう。まずは体制を立て直し、原発完成を急ぎ、財務体質の健全化に全力を尽くす。その上で、ご自分の進退は決める。あの人なら、そのぐらいのことはいいかねませんからね」

その読みはあながち外れてはいまい。

本来ならば双方ともに責任を問われるところだが、経営トップが同時に退任というのは、あまり例がない。籔川を生け贄にし、事態の収拾を図ろうとするのは十分にあり得る話だし、そもそも黒崎にしてみれば、忠実な僕として自分に仕えてくれる人間であれば、誰が社長であろうと構わないだろう。なぜなら、ニシハマの天皇と称される黒崎にとって社長とは、万一自分に累が及ぶような事態が発生した時、身代わりとなって、その責任を負ってくれる存在に過ぎないからだ。

改めてそこに気がつくと、権力者に仕える人間の一人として、物部はいいようのない悲哀と空しさを感じた。

胸に込み上げる複雑な思いを押しとどめるように、物部はじめて水割りに口をつけ、話題を転じた。

「それにしても、肥後さんは、思っていた以上に優秀な方ですね。彼が総合商社を今回の事業のパートナーにと考えているのは以前お話ししましたが、まさか、あの四葉との契約を纏めるとは……」

「四葉は石橋を叩いて、時に壊してしまうような保守的な会社ですからねえ。その分、動き出した時の推進力は突出しているし、グループの結束力も強い。資金面での不安もないし、人材にも事欠かない。最高のパートナーには違いありませんからね」

「おそらく、IEを買収した際菱紅に煮え湯を飲まされたことを教訓にしたんでしょうね。四葉は菱紅とは違って、やると決めたからには絶対に梯子(はしご)を外すような真似はしませんからね。この事業は成功が約束されたも同然ですよ」

「全くです……」

目を細め、大きく頷いた宗像だったが、「もっとも、こうなると黒崎さんも、肥後さんの処遇が難しくなるかもしれませんね」

一転して瞳(ひとみ)に不敵な光を宿した。

「とおっしゃいますと？」

意味するところが俄(にわか)には理解できず、そう問い返した物部に向かって、

「四葉との合意が整ったとなれば、仮にIEの抱える負債が明らかになったとしても、

藪川、黒崎の両名には、罪一等を減ぜられる可能性が生まれたってことになりますからね」

宗像は先を見るような遠い眼差しを浮かべる。「更迭ってのは、挽回できない過ちを犯した人間に課されるものです。しかし、この事業のおかげで、挽回する目処がついた。しかも、過ちを補って余りある策を講じたとなると話は違ってきます。肥後さんは二人にとって、恩人ということになりますからね」

「肥後さんに功績に相応しいポジションを与えなければならなくなる、とおっしゃるわけですね」

物部がいうと、

「彼は、NNAの副社長でしたね。歳はいくつなんですか？」

宗像は問うてきた。

「確か、四十五、六だったと思います」

宗像は思案するように腕組みをすると、

「昇進するとしたら、どんなポジションが考えられるかな……」

ぽつりといった。

「NNAの社長が本社に戻った際には、役員になるのが慣例のようですが、少し若過ぎますし、広重さんがいますからね。副本部長あたりかと……。ただ、広重常務を動かすという手があるかも……」

物部は、ふと思いつくままを口にした。

「広重常務を動かす？」

「ええ……」

物部は頷いた。「どんな組織でも、部下の手柄は上司の手柄になりがちですが、それは同じ部署、同じ勤務地にいればの話です。肥後さんはニューヨーク、広重さんは東京本社。同じ原発事業部にいるとはいえ、この案件を誰が纏めたのかは明らかです」

「すると、肥後さんは一足飛びに役員になる目もあると？」

物部は、そこで暫し沈黙し、考え込んだ。そして、水割りに口をつけると、

「その可能性は、フィフティ・フィフティといったところでしょうか」

静かにこたえた。

「随分高い確率ですが、その根拠は？」

「肥後さんを、この事業に専念させるのは、あまりにももったいないからです」

物部はこたえた。「これから先、ニシハマがやることといえば、国内での火力発電所の新規受注獲得とLNGの供給交渉ぐらいのものです。アメリカのプラント建設、港湾整備、海外の顧客開発は、すべて四葉が受け持つことになるんですよ」

「なるほど。確かに、肥後さんがやるような仕事じゃありませんね」

大きく頷く宗像に向かって、物部は続けた。

「しかも、今回の件で、肥後さんは私を通じて先生との繋がりができたわけです。先生

が、今後も原発を成長産業にしたいというお考えであることは、藪川さん、黒崎さんも重々承知。民自党が政権を奪取し、先生が総理に就任した後のことを考えれば、肥後さんを一足飛びに原発事業部のトップに据えても不思議ではないでしょうね」

その時、首席秘書官に就任するのが、自分であることも根拠の一つに挙げたいところだが、それを口にするのはさすがに憚られた。

「じゃあ、広重さんはどうなるんですか？　まさか、解任するとでも？」

「いろいろと手はあるんじゃないでしょうか。監査役にするとか、アメリカに設立する四葉との合弁会社に飛ばすとか……。左遷ですが、ニシハマの将来を考えれば、あり得ない話ではないでしょうね」

「なるほど。では、そうならない可能性の根拠は？」

宗像はグラスを口元に運びながらこたえを促す。

「ニシハマの生え抜き、しかもこの年齢で役員就任となれば、若い社員は歓迎するでしょうが、同期以上の年齢層の社員は間違いなく反発します。ニシハマは、霞が関のような会社ですからね。異例の出世、しかも東都以外の大学出身者。いくらハーバード出とはいえ、やはり社内では異物なんです。反発の声が上がる以前に、役員会で承認されるかどうかすら怪しいものです。この若さで肥後さんが役員になれば、一躍将来の社長候補の大本命になりますからね」

そうはならない根拠を説明しているにもかかわらず、話しているうちに物部は胸に沸き立つような興奮が込み上げてくるのを覚えた。

学閥が支配する組織の中で異物と見なされた人間が、実力で天下を掴む姿を想像すると、積年の屈辱が晴れるような気がしたからだ。

「確かに、そうかもしれませんね。これまでニシハマの屋台骨を支えてきた事業部の行く末は見えたも同然。そこに肥後さんが、ニシハマに将来性に溢れ、長期に亘って多大な利益をもたらす新事業をものにしたとあれば、誰も太刀打ちできませんからね」

同じく私立大学出の宗像も、長く霞が関の官僚と仕事をしているうちに、同じ思いを抱いているらしく、心底愉快そうにいう。

「ただ、それも黒崎さんが、肥後さんの役員昇格を認めればの話です」

「認めるでしょう。家電も駄目、パソコンも駄目。既存事業の大半は、お先真っ暗じゃありませんか」

「黒崎さんはニシハマから肥後家を追い出した張本人ですからねえ……」

物部はいった。「ニシハマの天皇と称される地位を揺るぎないものにしたのに、創業家の一員が、トップに立つ可能性が濃厚になるんですよ。そんなことを、黒崎さんが許すでしょうか」

「なるほど……」

宗像は、言葉を返さなかった。何事かを考え込むように、テーブルの一点を見つめ、暫し沈黙すると、

「物部さん……」

不意に視線を上げた。「黒崎さんは認めるかもしれませんよ」

「なぜ、そう思われるのです？」

宗像は、薄笑いを口元に浮かべる。

「黒崎さんもいい歳だからですよ」

「あと何年、会長に留まるつもりなのかは分かりませんが、肥後さんが社長になるのはまだ先です。その頃、黒崎さんは引退しているか、この世からいなくなっていても不思議じゃありません。黒崎さんにとって大切なのは、いまの地位と権力をできるだけ長く維持すること。そのためには、ニシハマの業績が落ちては困る。その一点しかないと思うんです」

その先は、聞かずとも分かる。

会社を去った後は、ニシハマがどうなろうと構わないと考えている。

そういいたいのだ。

「政界だって同じですからね」

果たして宗像はいう。「有権者の歓心を買うために、将来の世代にツケを回すような政策を平然と打ち出す。現政権なんかその典型じゃありませんか。原発は危ない、再生可能エネルギーを主力とすべきだといって、補助金を出して、太陽光発電を普及させようとしていますが、あれのどこがクリーンエネルギーだというんです」

「原発一基分の発電量を太陽光で賄うだけでも、とてつもない広さの土地が必要になりますからね」

「原発一つ分を賄うだけでも、百倍の敷地が必要になるんですよ」

宗像の声に怒りがこもりはじめる。「それだけじゃありません。パネルが寿命を迎えた後の処分方法は、一切検討されていないんです。処分方法については、今後開発が進むとしても、膨大な産廃が出るのは間違いありません。それをどこに持っていくのか。考えるのは、時の行政であり政治家だというのなら、あまりにも無責任に過ぎるじゃありませんか」

異論などあろうはずもない。

物部は大きく頷いた。

「おっしゃる通りです。先生が、原発輸出を我が国の産業の柱の一つにとお考えになっているのは、絶対に正しいと思っております」

「大事故が起きてしまった以上、国内での原発の新設は当面不可能。となれば、市場を海外に求めるしかありません。その点からしても、肥後さんは願ってもない人材なんです。是が非でも、ニシハマの経営、少なくとも原発事業部のトップに立ち、日本の原発を世界に輸出するビジネスを率いてもらわなければなりません」

「同感です」

物部は即座に、同意の言葉を返したが、「しかし、肥後さんをどうするかは、ニシハマ社内の問題、黒崎さんの判断次第ということになりますが？」

「大丈夫、肥後さんがニシハマのLNG事業に目処をつけたからには、私にもやりようが出てきました」

「やりよう……とおっしゃいますと？」

目元を緩ませた宗像は、グラスに手を伸ばすと、

「その話は、いずれまた……」

美味(うま)そうに水割りを口に含んだ。

6

「では、合弁事業の成功を祈念して、僭越(せんえつ)ながら乾杯の音頭を取らせていただきます」

シャンパングラスを手にした藪川が立ち上がった。

エクストレーマとの契約締結のために、藪川がダラス入りしたのは二日前のことだった。

四葉との基本契約は、賢太が複数箇所を訂正した後、すでに東京の両本社間で締結を終えていた。エクストレーマとの契約内容も賢太が吟味し、広重を通じて藪川の決裁が下りた。

昨日は、夕刻からエクストレーマ主催のディナーがあり、一夜明けた今日の昼間は、四葉アメリカ社長の東国(ひがしくに)をはじめとする役員たちを交えた懇親ゴルフが行われた。都合

三組十二名、第一組はニシハマから藪川と賢太、四葉からは社長の東国と神原という組み合わせで、ダラスの春のラウンドを満喫した後、夕食の場とされたのが市内有数のステーキハウス、Ⅲフォークスである。

全員が立ち上がったところで、

「では、乾杯!」

藪川はグラスを高く掲げ、声を張り上げた。

長いテーブルを挟んで向き合う、二社の面々のグラスが軽やかな音を立てて触れ合う。

物部からこの話を持ちかけられてから一年と少し。全く手がけたことがない新分野の事業に、これほど短期間のうちにニシハマが乗り出すのは、後にも先にも例がない。

しかし、賢太は喜びを感じなかった。

なぜなら、藪川、黒崎がこの事業を行うことを認めたのは、官僚組織そのもののようなニシハマの企業体質を改革しようとしたのでもなければ、会社の将来を考えてのことでもない。新しい事業を確立できなければニシハマの経営が危機的状況に直面することを免れないからに過ぎないからだ。

つまり、確固たるビジョンがあってのことではなく、やらざるを得なかったという極めて消極的、言葉を換えれば藁にもすがる思いでの決断であったのだ。

もし、この事業がうまく行かなければ——。

リスクは十分に検討したし、対策も講じたつもりだ。四葉を巻き込んだことで、事業が成功する確信も抱いている。しかし、本当にそうなのか……。

この事業に賢太が携わるのはここまでだが、ビジネスには想定外のことがまま起こる。特にエネルギービジネスは国際情勢、経済環境次第で市場が激変するものだ。事業そのものは、プロ中のプロの集団である四葉の主導で行われるとはいえ、もし想定外のことが起これば……。

先のことを案じたところで、その正体が分からぬ以上、せんなきことなのだが、賢太はいいようのない不安を覚えた。

「しかし、素晴らしいレストランですなあ」

シャンパンに口をつけ、席に座った藪川が上機嫌でいった。

「テキサスといえば、やはりステーキです。この店はワインの品揃えが豊富でしてね。ダラス支店では、大切なお客様との会食は、この店でというのが慣例となっているそうでして」

東国がいうように、この店を手配したのは四葉である。

教会を彷彿とさせる外観。クラシカル、かつ重厚感に満ち溢れた内装。用意された個室は、ニシハマの席の背後の壁面は大半が巨大なガラスケースで、中に設えられた棚には、数々の洋酒が整然と陳列されている。対して四葉側の背後は大きな窓となっており、閉ざされたレースのカーテン越しに、日没間際の柔らかな光が部屋の中に差し込んでくる。

「ところで藪川さん、昨年でしたか、ニシハマが進行波炉の開発に着手したと報じられましたね。あれは、いまどうなっているんですか？　その後、続報がないのでちょっと気になっていたのですが」

進行波炉は、大量に存在する劣化ウランを用いた、開発に成功すれば電力料金を劇的に下げることができると期待されている第四世代型の原子炉のことだ。

懇親を兼ねた祝宴の場での話題としては、いささか無粋な気がしないでもないが、会社同士の会食はビジネスの場でもある。

不意に思い出した素振りを装いながらも、東国の瞳には油断ならない光が宿っている。

「開発は進んでおりますが、報道された直後に大震災ですからね。あれから一年以上も経つというのに、反原発の気運は高まるばかりです。進展状況を公表するどころの話ではありませんで……」

藪川は、苦虫を噛み潰したかのような渋い顔をしてグラスを傾けた。

「進行波炉は従来の原子炉とは全くの別物。安全性にも優れていれば、二酸化炭素の排出量もゼロ。しかも、劣化ウランを燃料とするわけですから、いいことずくめ。まさに夢の発電技術じゃないですか。さしたる知識もなしに、反原発をヒステリックに叫ぶ連中の声に押されて日の目を見ないなんてことにでもなったら、もったいないどころじゃありません。悲劇ですよ」

「もちろん、お蔵入りにするつもりはありません」

藪川はすかさずこたえた。「だからこそ、開発を進めているわけですが、実用化に漕ぎ着けたとしても国内は最後。海外に設置することになるでしょうね」

「現状が続く限り、そうなるのかもしれませんが、返す返すも残念ですな。それじゃ、せっかく手にしたアドバンテージを日本が自ら手放すことになってしまいます。その点を指摘する人間が誰一人として現れないのが、私には不思議でなりませんよ」

ドアが開き前菜が運ばれてくる。

クラブカクテルとホタテのベーコンジャムと、まずはシーフードからのスタートだ。

東国は続ける。

「燃料にする劣化ウランは数百年分ありますから、ほぼ無尽蔵といってもいいわけですし、そもそも天然ウランからU二三五を抽出した絞りカスを使うんですから、価格なんて知れたものです。海外の国々が進行波炉で発電される格安な電力を使いはじめれば、日本は産業競争力を失うどころの話ではありません。少なくとも電力を用いる産業は壊滅状態に陥りますよ」

「全く困ったものです」

藪川は苦々しげにいい、ため息を漏らす。「世界中の人間がつながり、あらゆる情報が簡単に手に入る時代だというのに、見たい情報しか見ず、不都合な情報からは目を背ける。原発はその典型ですよ」

進行波炉の開発は、緒についたばかりだし、技術が確立するまでには解決しなければならない問題が山積している。藪川が現役の間に、その日が来ることはまずないだろう。

もちろん、それは東国も同じなのだが、彼が突然進行波炉の話題を持ち出したのは、ニシハマの原発事業部が生き残る道はただ一つ、輸出に活路を見出すしかなく、それを政策に掲げる宗像が総理の座に返り咲く日がそう遠からずやってくると踏んでいるからだ。

「まあ、そうはいっても、太陽光発電に賛意を示す国民も、民政党政権にはうんざりしていることは間違いありませんけどね」

果たして東国はいう。「解散総選挙もいよいよ間近。民自党が政権を奪取すれば、第二次宗像政権が誕生します。かねて原発を成長戦略の柱の一つにと唱えている宗像さんが首相になれば、ニシハマさんにとっては、願ってもない展開になりますなあ」

「おっしゃる通りです。当面の間、国内での原発の新設が見込めない以上、海外に市場を求めるしかありませんからね」

「今回の合弁事業を機に、御社とは末永いお付き合いをお願いしたいものです」

やはり、そうきたか……。

賢太は内心で、鼻を鳴らした。

東国が狙っているのは、モンゴルに使用済み核燃料の最終処分場を建設するプロジェクトに四葉が加わることだ。まだ内容は知らないはずだが、ニシハマが大きなプロジェクトを抱えていることは神原を通じて耳に入っているに決まっている。

「願ってもないお言葉です」

藪川は、社交辞令とは思えぬ口ぶりでこたえた。「これを機に、四葉さんと手が組めるとなれば、原発事業のみならず、火力発電の海外展開にも弾みがつきます。是非、やりましょう」

藪川が二つ返事で快諾するのも無理はない。

海外での原発建設にせよ、モンゴルのプロジェクトにせよ、事業規模が大きくなればなるほど、問題になるのは資金の調達だ。日本を代表する総合電機メーカーとはいえ、社全体が必要とする資金を自社だけで賄うことはできない。だからこそ、銀行から融資を受け、あるいは株式市場から資金を調達しているのだが、原発や火力発電所の建設は完工までに長い時間を要するだけに、巨額の資金が長期間に亘って眠ることになる。今回の事業をきっかけに、今後ニシハマが受注する事業に必要な資金を、四葉が応分の負担をするという確約が取れれば、少なくともこの問題に頭を痛めることはなくなる。

頃合いを見計らったかのように、ウエイターがそれぞれのグラスに白ワインを注ぎはじめる。

「藪川さん、もう一度乾杯しましょう」

社長の言質を取ったとなれば、契約が成立したも同然だ。

東国は満面に笑みを浮かべながら、グラスを持った。

「固めの盃ですな」

藪川は上機嫌でこたえ、「では今度は、東国さんがご発声を……」

と促した。

「では、僭越ながら……」

一同が再び立ち上がる。

「では、ニシハマ様と四葉の新たなパートナーシップの締結を祝して……。乾杯！」

正面の席に座る神原が、賢太に向かってグラスを差し出してくる。

二つのグラスがテーブルの中央で触れ合った。

神原と目が合ったその瞬間、賢太は奇妙な違和感を覚えた。

固めの盃とは、裏切りは許さない、これから先はどんなことがあろうとも、一蓮托生の間柄だというニュアンスがある。勢いで、つい口を衝いて出てしまった言葉だとしても、今後のニシハマの事業に四葉が加わる合意がなされてしまったに等しいのだから、担当者ならば戸惑いを覚えるはずだ。なのに、神原の表情からは、そんな様子は微塵も窺えない。それどころか、妙に余裕めいたものすら感じられるのだ。

賢太は、漠とした不安を覚えながら、グラスに口をつけた。

神原もまた、ワインに口をつけると、改めて賢太に向かってグラスを掲げた。

賢太には、それがまるで、神原が勝利を確信した仕草のように見えた。

第五章

1

「副社長、尾木（おぎ）さんが着任のご挨拶（あいさつ）にお見えになりました」

ノックに続いてドアが開くと、秘書が告げた。

「通してくれ」

賢太は執務席から立ち上がると、応接セットに向かってゆっくりと歩み寄った。

「よう、肥後。久しぶり」

ドア口に立った尾木康弘（やすひろ）がひょいと片手を上げた。

小さな人事異動は年中あるが、子供が春休みを控えた三月は大きく動き、五月になると、海外支店には新しい赴任者がやってくる。

尾木は同期入社の一人だが、日米間の入学時期が異なるせいで、賢太よりも一つ年下だ。入社以来一貫して重電畑を歩み、本社では次長職にあったが、今回の人事異動でNNAの重電部門の部長としてニューヨークに駐在することになったのだ。

日本の会社では、同期といえば、よくつるむのが常である。しかし、賢太はそれをよしとしない。良好な関係が続くのも横一線で昇進していく課長代理まで。そこから先は実績次第、運次第。年を経るに従って、昇進に差がつきはじめ、気がつけば同じスタートラインに立っていたはずが、差は開くばかりとなる。昇進が遅れた人間は、羨望や嫉妬に駆られ、順調に出世の階段を昇る人間は、遅れた同期を見向きもしなくなるからだ。

だから、尾木とは新人研修の時に、研修所で同じグループになったという接点があっただけで、親しくしてきたつもりはないのだが、本社を離れたいま、やはり同期は身近に感じるものらしい。出社初日、それも朝一番での来室である。

「ニューヨークにようこそ」

賢太は明るい声でこたえ、手を差し出した。

握手を交わし終えた賢太は、

「まあ、そこに座れよ」

ソファーを勧めた。

「凄げえ部屋だな。本社の役員室よりも上等なんじゃないのか」

尾木は早くも羨望の籠もった声でいい、部屋の中を見渡す。

「内装や調度品がアメリカンスタイルだから、そう見えるだけさ。こっちのエグゼクティブの部屋と比べりゃ粗末なもんだ」

賢太は軽くこたえ、「尾木君、海外駐在ははじめてか？」

と訊ねた。

「入社三年目に、一年半ほど海外研修でシンガポールに出て以来だ。アメリカには学生時代に二度、入社してからは何度か出張で来たけど、住むのははじめてだ」

「昔と違って、日本食は何でもあるし、テレビだって日本語放送を毎日見られるからね。快適に感じるかどうかは人によるだろうけど、少なくとも住環境は日本とは段違いに恵まれているといっていいだろうね」

「その点は、同意するよ」

尾木は頷く。「スカースデールに戸建の家を借りたんだが、ベッドルームは三つもあるし、リビングも広くてな。おまけに庭つきだ。女房のやつ、駐在を嫌がっていたんだが、来た瞬間からすっかりご機嫌でね」

ありがちな話である。

苦笑を浮かべた賢太に向かって、

「それに、快適といやあ、仕事の面でもこっちの方が楽そうだし……」

尾木はそう続け、心底ほっとしたように小さく息を吐く。

「仕事が楽？　そんなことはないだろう。ここは、北米のヘッドクオーターだぞ。重電事業部は、全米各地、時には南米への出張だって頻繁にあるんだろ？　カバーエリアが広い分、体力的には日本より遥かにきついと思うがね」

「体力的にはそうかもしれんが、精神的には間違いなく楽だね」

「精神的にって、どういうことだ？」

「数字作りのプレッシャーが、格段にマシになるってことさ」

尾木は即座に返してくると、続けていった。「原発事業部のことは分からんし、肥後はこっちが長いから、本社の他の事業部のことは知らんだろうが、とにかくノルマ達成のプレッシャーが酷くてな。四半期はもちろん、決算を目前に控えた時期なんて、営業の人間は数字作りのために、本社からいなくなってしまうんだぜ。本部長と部長連中は前日までの売上げデータを抱えて、連日早朝から会議室に籠もりっきりで対策会議だ。なんせ、ノルマ達成は藪川さん直々の至上命令だ。できませんでしたでは済まされない。事業本部長以下、管理職の首がかかってんだ。罵声は飛び交うわ、悲鳴は上がるわ、殺気立つってのは、まさにあのことだぜ」

「うちの事業部では、そんな話は聞いたことがないが？」

「そりゃあ、原発事業部にノルマを課しても意味ないからさ」

尾木は少し皮肉めいた口調でいい、「メーカー営業ってのは、本来楽なもんなんだが、海外メーカーが力をつけてきたせいもあって、どの事業部も苦戦してるからな。じゃあ、対抗できる画期的な新製品が出てくるかっていえば、技術は行き着くところまで行っちまって、それも期待できない。販売会社だって、弾がなけりゃ戦はできない。本社営業が、いくらネジ巻いたって、返ってくるのは泣き言だけだ。だから本社の営業が総出で数字作りに走り回ることになるんだよ」

他の事業部の内情はよく分からないが、メーカー営業は大口の取引先との本部交渉と販社の業績管理、指導が主な仕事だという程度の知識はある。しかも、ニシハマ本社の社員は、一流大学を卒業した人間ばかりだけに、エリート意識も強い。そんな人間たちが、ノルマ達成のために、駆けずり回るとはよほどのことである。

「なんせ、藪川さんが課してくるノルマは、年々きつくなる一方だからなあ……」

悪夢の日々を思い出したのか、尾木は深刻な声を漏らす。「必死の思いでノルマを達成しても、次年度はハードルをさらに上げてくる。市場環境の変化なんて全く考慮しないんだ。あれは、単に今年はこれくらいやってもらわなければ困るって、機械的というか、藪川さんの願望で数字を決めてんじゃねえかとしか思えんよ」

「なんだかんだいいながら、結果的には目標が達成できているからそうなるんじゃないのか？　泣き言をいっても、やりゃあできるじゃないか、まだ余力はある、そう考えるのが経営者だろうさ」

そうは返したものの、その時賢太の脳裏に浮かんだのは、ニシハマの決算に疑念を呈したグラハムと政成の言葉だった。

「絞りカスどころか、干からびはじめて、絞りようがないって事業部だってあるんだぜ」

尾木は目に、怒りの色を浮かべる。「パソコン事業部なんてその典型だよ。筐体のサイズも処理速度も、どのメーカーの製品も大差なし。まして、これだけパソコンが世の中に普及しちまえば需要そのものが頭打ちになるさ。当然、店頭価格は下落する。なのに、売上げに加えて利益目標まで決められちまったらどうなるよ。前年を遥かに上回る台数を売らなきゃならないことになるじゃないか。実際、厳しいノルマに耐えかねて、精神のバランスを崩した挙げ句、会社を辞めちまったやつだっているんだぜ」

そんな話ははじめて聞く。

「辞めた？」

賢太は思わず問うた。

「たとえば、同期の片岡だよ」

そういわれても、その名前に心当たりはない。

黙った賢太に向かって、尾木は続けた。

「あいつ、生産管理部の次長をやっていたんだが、連日、部長や本部長から会議室に呼び出されて、プレッシャーをかけまくられて鬱になっちまってさ。去年の決算が出て間もなく、もう俺は耐えられないって……」

「生産管理にノルマなんてあるのか？」

「知らねえよ。中間コストとか、人件費を下げろとか、そんなとこなんじゃないのか」

尾木は吐き捨てるようにいい、「あいつ、会社を去る間際にいったよ。こんなことをやってたら、社員が不幸になるだけじゃない。ニシハマは潰れちまうって……」

「それ、どういうことだ？」

「分からない」

川文庫

次に読む本、
ここから
探してみな
イカ?

https://kadobun.jp/
kadokawa-bunko/

尾木は首を振った。「この歳になると、同期とはいえ勝ち組、負け組の差がはっきりするからな。片岡のような形で会社を去る人間は負け組だ。送別会、壮行会を開こうとしても受けるわけないし、負けて会社を去って行くやつに、理由を聞いてもしょうがないからな」

かねて気にはなっていたが、いまの尾木の話を聞いて、改めて賢太はニシハマの決算に疑念を抱いた。

パソコン事業部一つを取っても、店頭価格が下落すれば、その分を補って余りある台数を販売しなければ、売上げ額も利益も前年を上回る実績を上げることはできない。なのにパソコン事業部実績は、毎年増収、増益、藪川が課した目標をクリアし続けている。他部門の人間には全く関係がないことだし、業界の慣習も、パソコン事業部の業務内容も知るよしがないのだが、営業努力だけで、そんなことが可能なのだろうか。

賢太は見解を求めてみようと思ったのだが、

「それにつけても、LNG事業への進出は、久々の朗報だったね」

それより早く、尾木は話題を変えた。「いったい、こんな発想がどこから出てくるのかな。同じエネルギーでも、発電所の建設とエネルギー資源の販売なんて、似て非なるものなのに」

「それだけ原発事業部の将来も明るくないってことさ。何もしないで、ただ新設される原発の受注に賭けてるだけじゃ、少なくとも日本での売上げは当分見込めない。その間、どうやって食っていくかを考えたら、君のいう似て非なるものに進出するしかないだろ？」

「もっとも、うちの会社が、こんなプランをすんなり通したのにも驚いたけどね」

「藪川さんだって、会社の今後に危機感を覚えているんだよ。日本の電化製品が世界を席巻したのは過去の話だ。競争力を失った製品が一つ出るだけでも、開発から製造、営業部門、販社に大量の余剰人員が発生することになるんだからね」

「しかしなあ……。ＬＮＧ事業が軌道に乗ったとしても、状況は何一つ変わらんぜ」

尾木は口の端を歪め、自虐的な笑みを浮かべる。「社内にエネルギービジネスを経験した人間なんて、誰一人としていやしねえんだ。新事業部が余剰人員の受け皿になるわけがないし、四葉との合弁事業にしたのも、社内に人材がいないってのが理由なんだろ？」

全て、尾木のいう通りだ。

海外メーカーの台頭、新技術の確立によって急激に進む機能の統合化。いずれも日本の電器メーカーにとっては脅威以外の何物でもないのだが、特に恐ろしいのは後者である。その典型的な製品がスマホだ。通話に加えて、ネットへの接続、動画・静止画の撮影、録音、計算機と、小さな筐体の中に、どれほどの機能が詰め込まれていることか。

スマホの出現によって、デジタルカメラ、ボイスレコーダー、計算機、音楽プレーヤーの売上げは激減し、淘汰されるのはもはや時間の問題だ。その多くが家電メーカーにおいては事業部規模で展開するビジネスであったのだから、撤退となれば膨大な余剰人員が発生する。余剰人員を他の事業部に移籍させても即戦力とはなり得ない。にもかかわらず、給与レベルは維持ということになるだろうから、それでは新入社員に高額報酬を支払うようなものである。経営的見地からすれば、割増退職金を支払ってでも、辞めてもらった方がマシだということになる。

何とこたえたものか、言葉に詰まった賢太に向かって尾木は続けた。

「会社が存続し続けるってことと、社員で居続けるってことは別の話なんだよな。今回の件にしたって、ニシハマに新しい事業の柱ができたことは事実だけど、職ができたってわけじゃないからな」

「いまさらそんなことをいってもしょうがないだろ。ニシハマが事業部制を取り、部門間の人事異動がないことや、事業部が事実上の独立採算制を取っていることを知らずに入社してきたわけじゃあるまいし」

「俺がいいたいのは、配属先は選べない、入社時にどこの事業部に配属されるかで、その後の人生が決まっちまうってことさ」

「そんなこといい出したら切りがないよ」

こいつはいったい何がいいたいのだ。

賢太が入社した当時は、パソコン事業部はニシハマの稼ぎ頭にして花形部署だった。重電事業部にしたって、それは同じだし、いまや見る影もない家電事業部だって、当時は我が世の春を謳歌しており、誰一人として配属先に不満を漏らした人間はいなかったではないか。

そういいたくなるのを賢太は堪え、続けた。

「人生に運、不運はつきものだ。そして、下駄を履くまで何が幸運で何が不運であったのか、誰にも分からない。そういうもんじゃないのかな？」

「それは、肥後がこれだけ大きなビジネスをものにしたからいえるんだよ」

「実際にLNGの販売がはじまるのは、まだ随分先の話だし、うまく軌道に乗るか、ビジネスが成長するかの保証なんかどこにもないよ」

「四葉を巻き込めたんだもの、成功したも同然だよ。四葉は危ない橋を決して渡らないし、何しろ組織力が凄いからな。動き出したら何が何でも成功させるさ」

赴任の挨拶に来室したはずなのに、尾木の話は変な方向に逸れはじめる。

「まあ、この話は、いずれ酒でも飲みながらゆっくりしようや。近々、着任祝いの席を設けるよ」

そんな気はさらさらないが、これも早々に話を切り上げるための方便だ。

腰を浮かしかけた賢太を、

「なあ、肥後……」

尾木は、ソファーに座ったまま呼び止めた。「LNGのビジネスをはじめるに当たって、社内に新事業部を設けられるんじゃないかって噂があるんだが……」

「いきなり事業部とはいかないが、とりあえず準備室を設けることにはなっているよ。四葉との合弁会社には、うちからも人を出すし、実務面での打ち合わせも頻繁にあるからね」

「準備室には原発事業部から人を出すのか？」

「僕は、その件にはタッチしてなくてね。広重さんと藪川さんが、人選も含め検討しているはずだけど？」

「ＬＮＧビジネスに精通した人材なんて、原発事業部にはいないだろ？」

「それはそうだが……」

なぜ尾木がこれほどまでに、このビジネスに興味を持つのか、賢太には理解できない。

「販売先のターゲットは、まず日本の電力会社なんだよな」

「ああ……」

「となると、火力ってことになるが、そうなるとうちの事業部も関係してくるよな」

尾木のいうことに間違いはない。

重電事業部が製造する機器が火力発電所のみならず、原発にも多く使われているのは事実である。

「そうなるだろうね」

「俺をそこに迎え入れてくれないかな」

尾木は媚びるように、上目遣いで賢太を見る。

「そんな権限は僕にはないよ」

賢太は即座に返した。「いま、いったろ？　準備室の人選をやってるのは、広重さんと藪川さんだ。第一、この事業は、僕の手を離れてしまって、ここから先は、四葉と――」

ところが、尾木は驚くような言葉を口にする。

「所帯が大きくなる頃には、人事なんか肥後の権限でどうにでもできるようになってるさ」

「えっ？」

「当たり前じゃないか。肥後は、会社に新たな柱となる新たな事業、それも長期に亘って莫大な利益を生む事業をもたらしたんだぞ。この事業が軌道に乗る以前に、原発事業部の本部長、いや専務になっていたって不思議じゃないよ。そうなりゃ、俺を新事業部に配属するくらいのことは――」

「ちょ、ちょっと待ってくれ」

熱の籠もった口調で迫る尾木を制し、賢太は続けた。

「僕はまだ四十六だぞ。いまのポジションに異例の若さで就任したのに社内にハレーションが起きなかったのは、勤務地がニューヨークだったからだ。昇進ということになれば、NNAなら社長だし、本社なら副本部長だ。現任者だっているのに、僕にそんなポストが与えられるわけがないだろう」

「ポストがなけりゃ、作るって手があるじゃないか」

「ポストを作る？」

「LNG事業担当役員とかさ」

またしても尾木は考えもしなかったことを口にする。

「そんな発想がどこから出てくるのかなあ……」

呆れた賢太は、思わずため息を漏らした。「役員だ、果ては専務だなんていうがね、君は大事なことを一つ忘れているよ」

「大事なこと？」

「うちは、東都閥の会社だってことだよ」

賢太は間髪を容れずに返すと、「洛北出身者を排除して、ようやく東都出身者で役員を固めたってのに、僕を、その中に迎え入れるわけがないだろう」

首を振り、白けた笑いを浮かべてみせた。

「そうかな」

ところが尾木は意味ありげにいい、口の端をまた歪める。

「これから先のニシハマには、何が起きても不思議じゃないぜ」

「というと？」

「さっきもいったが、ビジネスそのものが存続の危機に直面する事業部はたくさんある。どれだけノルマを課そうとも、プレッシャーをかけようとも、製品そのものが市場性を失ってしまえば、笛吹けども踊らず、業績は急激に悪化する。もちろん、市場環境の変化が原因だと経営陣は弁解するだろう。だがね、先を見据えて手を打っておくのは経営者の義務だ。その時に備えて、策を講じていなかったとなれば、責任を問われるのは避けられんよ」

そういえば、尾木が洛北大学の出身であったことを思い出し、賢太はなにゆえに彼がこんなことをいい出したのか、その理由が分かったような気がした。

果たして、尾木はいう。

「アップルが開発したようなパソコンや、ウィンドウズのようなソフトをうちが作れなかったのはなぜだ？　グーグルのような検索エンジンを、なぜうちは作れなかった？　どれもこれも作ったのはベンチャーだ。資金力、人材、技術力と、あらゆる面で圧倒的優位にあったうちが、自分たちで資金を工面し、ガレージ同然のところからはじめた連中に先を越され、市場を握られちまったんだ。これを経営の怠慢といわずして、なんといったらいいんだ？」

尾木の指摘が的を射ているのは間違いない。

賢太は、かつて物部がいった言葉を思い出した。

まさに、科挙制度の弊害である。

「その点は、君の見解に百パーセント同意するよ」

賢太はいった。「つくづく思うんだが、画期的な技術や製品というものは、組織が大きくなればなるほど、生み出すのが難しくなるものだとね。ベンチャーの連中は、最初からどんなものを作るのか、ゴールが明確なのに対して、うちのような企業では、ゴールは自ら決めるものでなく、与えられるものだからね。だから、ベンチャーの連中は、目指すものを作らずして成功はないことを知ってる。資金が尽きたから、人的リソースが不足しているから、とりあえずこの辺りで、という中途半端な判断を絶対にしない。この技術なり製品をこのレベルまで開発しなければ、世の中に衝撃は与えられないと考える。つまり、妥協という概念を彼らは端から持たない。決意と覚悟、そして揺るぎない信念を持っているんだ」

尾木は、はっとしたように目を見開くと、

「それ、すごくよく分かるよ……。うちがなぜ、そうした技術や製品を開発できなかったのか、いまはっきりと分かった気がする……」

すっかり感じ入った様子で頷く尾木に、

「これって、似ていると思わないか？」

賢太は問うた。

「似ているって……なにと？」

虚を突かれた尾木は、訊ね返してくる。

「日本の物作りの精神だよ」

賢太はいった。「自分の仕事にプライドを持ち、腕を磨き、創意工夫を重ね、先人に追いつき、そしてより優れたものを創り出す。売らんがためじゃない。最高の製品を作れば、黙っていても結果はついてくる。日本人は、そのことを熟知していたはずだし、いまだって職人の中にはそうした考えを持ち、日々研鑽に努めている人はたくさんいる」

「そうか……そうだよな……」

尾木は、改めて気がついたかのように、何度も頷くと、「肥後、やっぱりお前はニシハマを率いていく地位に就くべきだよ。これまでの経営を踏襲してたんじゃ、ニシハマは本当に終わってしまう。ニシハマには、新しい経営概念を持った人間が必要なんだ。だから、どうだろう、俺にもその手伝いをさせてくれないだろうか」

こいつは何も分かっていない、と賢太は思った。

大組織とベンチャーの違いの根源を話すことで、目指すゴールは明確でなければならないということ、名声、富、地位は、それなくして得られず、己の保身や出世のために、安易な道を選んではならないということを暗に諭したつもりだ。

なのに、同期の出世レースの先頭を走る賢太が、さらに上の地位を射止める可能性が出てきた途端に、勝ち馬に乗ろうとする。

「だから、僕がそんな立場に立つかどうかなんて、分かりゃしないって」

賢太は、胸に込み上げる失望を覆い隠し、苦笑いを浮かべた。「第一、うちの事業部だって、アメリカ、日本の双方で難しい問題を抱えているんだ。今後の展開次第では、今回の事業の功績なんて、吹き飛んでしまいかねないほど問題は深刻なんだぜ」

デスクの上の電話が鳴ったのは、その時だ。

「失礼……」

賢太は、断りを入れながら席を立つと、受話器を取った。

「藪川社長からお電話が入っております」

秘書の声が聞こえた。

「繋いでくれ……」

賢太はそうこたえると、受話器を手で覆い、「すまんが、長い話になりそうだ。近いうちに着任祝いの席を設けるから、話の続きはまたその時に……」

尾木に向かっていった。

席を立ち、去って行く尾木を見る賢太の耳に、

「もしもし、肥後君か」

藪川の声が聞こえてきた。

2

「これから夕食の支度をはじめようと思っていたところなのに、今日は随分早いのね」

午後六時と、いつもより一時間ほど早い帰宅となったせいで、美咲は少し驚いた様子でいい、「それならそれで、連絡をくれればいいのに……」

と、不満気な声を上げた。

「久しぶりに、家族で外食もいいかなって思ってさ」

賢太は上着を脱ぎながらいった。

「外食？」

美咲は眉を顰め、「どうして？」

と怪訝そうに訊ねてきた。

「今朝、藪川さんから電話があってね。近いうちに、本社に戻ることになりそうなんだ」

「近いうちって、随分急な話ね」

「ああ……」

賢太は頷いた。「いま抱えている仕事に目処がつき次第といってね」

「でも、奈緒美の受験があるけど……」

そうはいうものの、美咲は満更でもなさそうだ。

アメリカ生活に不満を覚えているわけではないが、両親も高齢である。軽井沢に生活の拠点を移したとはいえ、何かあった時には東京からならすぐに駆けつけることができる。

「それで、帰国後のことなんだが、副本部長に昇格することになりそうなんだ」

賢太の言葉を聞いた瞬間、

「えっ！　副本部長に？」

美咲の顔がぱっと明るくなった。「それ、本当のことなの？　藪川さん、そうおっしやったの？」

「ああ……」

賢太は大きく頷き、「エクストレーマとの契約も無事済んだ。四葉もこの事業に加わることになった。今回の功績を大いに評価するといってね」

「おめでとう。そう、あなた、いよいよ副本部長になるの……」

感慨深げな眼差しで賢太を見る美咲だったが、「でも、いまの副本部長はどうなるの？　本部長に昇進させようにも広重さんがいらっしゃるわけだし……」

「藪川さんは、副本部長の大木さんを、LNG事業準備室のトップに据える腹づもりのようだね」

賢太はこたえた。「まだ内々の話だし、来期のことだ。大木さんはもちろん、広重さんにもこの件は伝えていないそうだが、どうも藪川さんは、いずれ僕を本部長に昇格させるつもりなのかもしれないな」

「本部長に？」

「LNGの販売は、これから先のニシハマにとって、極めて重要な事業になる。四葉が参画したことで、長期的、かつ安定的な収益をニシハマにもたらすビジネスとなる可能性が高くなった。でも、それが形として見えてくるまでには、まだ数年はかかる。いずれ僕を本部長に昇格させる時に、大木さんがいては何かと面倒になると考えているだろうな」

面倒が何を意味するのかは、美咲も先刻承知のはずだ。

果たして美咲はいう。

「どっちにしても同じことになるんじゃない？　ニシハマは東都出身にあらずんば人にあらずって会社だもの。あなたが、副本部長に就任した時点で、役員全員から反対の声が上がるわよ」

「こんな人事が黒崎さんの承認なしで決まるわけがない。黒崎さんが承認すれば、異議を唱えるやつはいないよ」

賢太は美咲の不安を一笑に付した。「それに、本部長になる頃には、役員の大半が、我が身に降りかかる火の粉を振り払うのに精一杯で、誰も僕の昇進どころの話じゃないだろうからね」

「それ、どういうこと？」

賢太が、これからニシハマの主要事業部が遠からずして直面することになるであろう、厳しい現実を話して聞かせると、

「それじゃ、あなたは、火中の栗を自ら拾いに行くようなものじゃない」

先ほどまでの喜びに満ちた表情が一変し、美咲は顔を強ばらせる。

「だからって、ニシハマが消えて失せるわけじゃない。それどころか、これはチャンスなんだ」

「チャンス？　それどういうこと？」

ますます分からないとばかりに、美咲は問うてくる。

尾木との会話は愉快なものではなかったが、一つだけ収穫があった。資金、人材、技術力と、あらゆる面で圧倒的優位にあったニシハマが、なぜアップルやグーグルになれなかったのか、その原因を巡っての会話である。

咄嗟に思いついたままをこたえたのだったが、尾木が感心するのも無理はない。あれこそが、いまのニシハマ、大半の大企業に共通する業績停滞の理由であると賢太には思えた。そして、あの答えの中にニシハマ再生の道筋をはっきりと見た気がした。

「会社としての規模は格段に小さくなるだろうし、多くの社員がニシハマを去っていくことにもなるだろう。でもね、ニシハマには優れた技術がたくさんある。硬直した組織を立て直し、持てる人的資源、技術力を事業部の枠を取り払って最大限に活用すれば、ニシハマはこれまでとは全く違った会社に生まれ変わる。どこの部署に所属していようが、そんなものは関係ない。ビジネスチャンスを見つけた人間に会社がカネを出し、とことん育てる。本来、それが大企業で働くことの醍醐味であるはずなんだ」

「そうね……。その通りかもしれないわね」

美咲は、感心したようにいう。「どれだけ、有望な事業を思いついても、いまのニシハマでは自分の職務に関係なければ、実現できない。かといって、個人で実現しようと思えば、まずは資金。そして人材だものね……」

「才能はどこに埋もれているか分からない。チャンスだってどこに転がっているか分からない。本来、経営者、管理職の使命とは、才気溢れる人間、ビジョンを持つ人間をいち早く見つけ、育て、大樹に成長させることなんだ。いまのニシハマに欠けているのはそれなのさ。経営陣も、管理職も、いや社員のほとんどが、与えられた仕事をいかにして無難にこなし出世を遂げるか、関心はその一点にしかない。それじゃあ、世の中を一変させるような製品も、ビジネスも生まれやしないよ」

納得したように頷く美咲だったが、

「ニシハマを再生するチャンスだっていう、あなたの考えは理解できたけど……」

複雑な表情になって言葉を濁した。

「理解できたけど……なんだ？」

賢太の問いかけに、美咲はすっと視線を落とし、「でも、まずは副本部長、昇進して本部長になっても原発事業担当役員。あなたが描いている構想は、完全にニシハマの経営を掌握する立場、つまり社長になってはじめて可能になるんじゃない？」

もちろん、そのつもりだ。

「僕は、社長を目指す決意を固めたんだ」

賢太は躊躇することなくこたえ、美咲を見つめた。

「そこまでニシハマの再建に執念を燃やすのは、肥後家の人間が再び会社に君臨するのがお祖父様の悲願だからというのなら、無理しなくていいのよ」

「えっ？」

美咲が、そんなことをいうのははじめてだ。

賢太は思わず問い返した。

「あれは、お祖父様の悲願であって、私はニシハマを肥後家が取り戻すために、あなたと結婚したんじゃないの。はっきりいって、ニシハマがどうなろうと、構わないとさえ思ってる。創業家が会社に君臨する時代なんて、とっくの昔に終わっているし、あなただって、後継者に肥後家の人間を据えようなんて気持ちはないんでしょう？」

肥後家に連なる人間は、社内に賢太以外にいないし、そんなつもりは微塵もない。

「僕はね、泰輔さんの悲願のために、まして肥後家のために働き続けてきたつもりはないよ。もちろん、ニシハマに就職したのには、受けた恩に報いなければならない、そうした気持ちがあったことは事実だ」

美咲は黙って話に聞き入っている。

賢太は続けた。

「でもね。入社の経緯はどうあれ、ニシハマに職を求めなかったら、君とは出会えなかったし、こうして夫婦になることもなかったんだ。そう考えると、ニシハマに入社したのは、少なくとも僕の人生においては必然、天命だったんだよ」

「あなた……」

美咲は目を大きく見開き、息を呑む。

「ニシハマは親父が勤めた会社だ。ニシハマなくして、いまの僕はなかった。つまり、僕の人生において切っても切れない存在であるどころか、僕はこの世に生を享けたその時から、ニシハマと共に歩んできたんだ。そのニシハマが、すでに想定されている危機を迎えた挙げ句、万が一にでも消滅するようなことにでもなれば、僕は到底その現実を受け入れることはできない。だから、僕は社長を目指すことにしたんだ」

もはや美咲は言葉を返さない。

ただ、賢太を見つめ、静かに頷く。

「こんな巨大な会社を再生するのは、大変な仕事だけど、楽な仕事なんて、これっぽっちも面白くないだろ？」

賢太は柔らかな笑みを浮かべると、「だから、今夜は僕の新しい門出を祝して乾杯したいんだ。さあ、早く支度をしろよ」

美咲を促した。

3

「どうしたんだ？　何の話か分からんが、スカッシュを終えてからでもいいじゃないか。どうせ、一杯やるんだし……」

ハーバードクラブのバーで、一足早く到着していたグラハムに向かって賢太はいった。

グラハムから電話が入ったのは、一時間ほど前のことである。

NRC（アメリカ原子力規制委員会）が安全対策の見直し命令を出したせいで振り出しに戻ってしまったIEの調査も、いよいよ大詰めを迎えていた。それに加えて、エクストレーマとの契約の締結もあった。

この三ヵ月は仕事に忙殺され、会うのも久しぶりだというのに、「耳に入れておきたいことがある」とグラハムはいい、スカッシュをキャンセルしてきたのだ。

椅子に座るグラハムは、肘掛け(ひじかけ)に両腕を乗せ、足を高く組んだまま上目遣いで賢太を見据える。

まずは座れ、話はそれからだといいたいようだが、どうも様子がおかしい。

改まって話があるといわれれば、思い当たるのは一つしかない。

「奈緒美の件か？」

賢太は正面の席に腰を下ろすといった。

アメリカの大学は、個別の学力試験を行わない。学力を測るのは、年に何度か行われるSATと呼ばれる共通試験で、過去のベストスコアを提出すればいいことになっている。しかし、それでは名門校に志願してくる学生のスコアはほとんど同じ。そこで、志願者のエッセイや推薦状、OBとの面接の結果をアドミッションオフィスがおよそ半年間もの時間をかけて審査して合否を決める。いや、学生を〝選ぶ〟のだ。

推薦状は、志願者本人をよく知る二名が書くことになっており、賢太はその一通をグラハムに依頼していた。

「推薦状のことじゃない。ナオミのことは、小学生の頃から知ってるし、母校に合格して欲しいと心から願っているからね。喜んで書かせてもらうさ」

グラハムは、硬い声でこたえ、「耳に入れたいのは、ニシハマのことだ……」

深刻な顔で、賢太を見据えた。

「うちの会社のこと？」

思わず賢太は問い返した。

「ホフマンは、ニシハマをポートフォリオから外すよ……」

グラハムは声を落とし、きっぱりといった。

「えっ？……」

賢太は息を呑み、短く漏らした。

顧客から預かった資産を運用し、利益を上げるのが投資銀行だ。運用は主に、国内外の株式や債券の購入によって行われるが、特定の銘柄や、セクターに偏ったのでは株価や価額の影響をもろに受けてしまう。そこで、性格の異なった銘柄や債券を組み合わせ、安定した収益を目指す。それがポートフォリオである。

つまり、グラハムはニシハマは危険だ、何らかの理由で、株価や社債が暴落する可能性が高いとホフマンは判断したといっているのだ。

「こんなことを漏らすのはルール違反だけど、君は親友だ。伝えておかなければと思ってね……」

グラハムは彫像のように椅子の上で微動だにせず、射るような眼差しを賢太に向けながら唇だけを動かす。その様子からだけでも、よほど深刻な何かを摑んだ様子が窺えた。

黙って頷く賢太に向かって、グラハムは続けた。

「前に、日本支社のインターンが、ニシハマの決算書はおかしいと指摘したこと、覚えているよな」

「ああ……」

「あれ以来、うちの日本支社はニシハマの業績を徹底的に分析した。あらゆるデータを収集してね」

「あらゆるデータ？」

「公開されているものもあれば、しかるべき調査機関に依頼したものもある。かなりカネがかかったようだが、損を被ることになった時のことを思えば、取るに足らない額だ。なにしろ、ニシハマは超優良企業、我々のような資産運用会社にとっては、確実にリターンが見込める投資先だし、ポートフォリオに組み込んでいる額が額だからね」

「それで？」

賢太が先を促すと、

「間違いなく業績を操作しているね」

グラハムは、厳しい声で断じた。

「操作？」

「各事業の市場動向。ニシハマと取引を行っている相手先の業績や決算書。とにかく、膨大な資料を分析した結果、ニシハマの決算は信用できない。我々は、そう結論づけたんだ」

「決算が信用できないって……、うちが粉飾をやってるってのか？」

グラハムは決定的な言葉こそ使わなかったが、そういっているのと同じだ。

「はっきりいって、その通りだ」

「監査法人の承認を受けているんだぜ。それも利害関係を持たない、外部の第三者機関のだ」

「だから？」

「粉飾しようにも、監査法人が見逃すもんか。連中はプロだぜ。グルになりゃできないわけじゃないが、加担しようものなら廃業だ。会計士だって資格剥奪（はくだつ）、身の破滅だ。そんなリスクを冒すわけないじゃないか」

「当たり前に考えればね」

「それ、どういう意味だ？」

「それでも粉飾は、まま起きるものだってことさ」

グラハムはいった。「アメリカ企業で記憶に新しいのはエンロンだが、日本でも有名企業の粉飾が何度も発覚しているだろ？　こんなの先進国の中では日本だけだ。それは、なぜだと思う？」

唐突に問うてきた。

「いいや……」

首を振った賢太に、

「間違いなく、年功序列の弊害だね」

グラハムはいう。「年功序列は過去の話だというかもしれんが、僕の目からすればそんなことはない。日本の大企業の経営トップは諸外国に比して高齢だし、何よりも特徴的なのは、ボードメンバーの中に、生え抜きが占める割合が極端に高いことだ。ニシハマなんか、その典型じゃないか」

「確かに……」

「新卒で入社した社員が、横一列でスタートラインにつき、出世を争う。しかも、上へ行くに連れポストは少なくなって、最後に残っている椅子は、たった一つだ」

グラハムが何をいわんとしているか察しはついたが、賢太は黙って聞き入ることにした。

グラハムは続ける。

「経営の全てに責任を持つのは経営者の義務だが、何十年もかかってようやく手にした地位だ。そりゃあ、何としてでもしがみつこうとするさ。まして、生え抜きでなければトップになれないとなれば、上司に睨まれたらそれまでだ。不正行為という認識があったとしても、上司の指示に従う部下が出てきたって不思議じゃないさ」

その時、賢太はノルマ達成の苛烈さを訴えた尾木の言葉を思い出した。そして、グラハムがいま語った言葉と併せて考えてみると、ノルマを達成できなかった時に下される沙汰を恐れ、背に腹は代えられないとばかりに粉飾に手を染めたとしても、不思議ではないように思えてきた。

「それで？　ホフマンはどうするつもりだ？」

賢太は問うた。

「どうするって？」

「粉飾の疑いがあると告発するのか？」

「まさか」

グラハムは苦笑を浮かべながら、両目を閉じて首を振る。「そんなことするもんか。ニシハマをポートフォリオから外して終わり。ただそれだけだ」

目を開いたグラハムの瞳に、底冷えのするような冷たい光が宿った。

「なぜ？」

「なぜ？」

グラハムは不思議そうにいい、まるで獲物を見つけた猛禽のような冷たく、獰猛な光を目に宿した。「不正を告発するのは、僕らの仕事じゃない。ヤバそうな株は損失を出さないうちに、他所に先駆けてさっさと処分する。それで終わりだ。後は野となれ山となれ。顧客以外の投資家がどうなろうと知ったこっちゃないね」

グラハムのこんな瞳の表情を見るのははじめてだが、彼が何を考えているかは明らかだ。

「粉飾が発覚すれば、チャンス到来ってわけか……」

グラハムは、無言のまま賢太をじっと見据える。

それがこたえだ。

「本当にうちが粉飾をやっていたなら、発覚した時点でニシハマ株は大暴落。空売りをかければ濡(ぬ)れ手で粟(あわ)だもんな」

空売りは、合法的な株の売買方法だ。

仕組みは至って単純なもので、まず証券会社から株を借り、売りを建てる。思惑通り株価が下落すれば、しかるべきタイミングで株を証券会社に返却する。つまり、千円で売った株を七百円になった時点で買い戻せば、ひと株当たり三百円が利益となる。しかも、信用取引ならば元手は不要。株価が下落することが事前に分かっていれば、まさに一攫千金(いっかく)。労せずして莫大な利益が得られる。

もちろん、裏目に出れば損失を被ることになるのだが、そこはホフマンだ。ここぞというタイミングで仕掛けるに決まっているし、空売りまで念頭に置いているのは、ニシハマが粉飾を行っていると確信していることの証(あかし)である。

「ケンタ……。前にもいったが、君はニシハマを離れるべきだよ」

グラハムは、一転して憂えるような眼差しでいった。「エクストレーマの件は、四葉を巻き込んだことで、ニシハマが負うリスクは格段に小さくなった。市場も歓迎し、ニシハマの株価は、このところ順調に上昇してもいる。しかしね、粉飾を行っていることが発覚すれば、株価は一転して奈落の底へまっしぐらだ」

グラハムのいうことは、十分過ぎるぐらいに理解できる。しかし、賢太は別の考えを持っていた。

沈黙した賢太に向かって、グラハムは続ける。

「もちろん、会長も社長も、他の役員も、責任を問われ退任する人間が続出だ。しかしね、それでニシハマが変わるかといえばそんなことはない。ニシハマは、これから先のビジネス社会で生き延びる機会を、すでに逸している。愚かな経営者が、既存の事業を生きながらえさせることに執着したことのツケが回って来ようとしてるんだ。君のような人間が、あんな会社にいるのは、それこそ宝の持ち腐れってやつだよ」

冷徹な口調でニシハマの将来を語るグラハムだったが、最後は唾棄するかのように断じた。

「クリス……」

それでも、賢太はいった。「君の忠告はありがたく思うよ。でもね、それでも僕はニシハマを辞めるつもりはない」

グラハムは、不思議そうな目で賢太を見ると、

「なぜだ？　粉飾が発覚すれば、ニシハマは終わりだぞ？」

理解しかねるとばかりに首を振った。

「いいや、ニシハマは潰れない。いや、潰すことなんてできないよ」

「おいおい、本気でいってるのか？　ニシハマは東証一部上場企業。上場企業が粉飾を行えば、経営陣が責任を取っただけじゃ済まないんだぞ。上場廃止のペナルティーが科せられちまうんだぜ。株式市場から資金が調達できなくなったらどうなるよ。いくらニシハマだって――」

「知ってるさ」

賢太はグラハムの言葉を遮り、薄く笑った。「でもね、時にルールを曲げることも止む無しとしてしまうのが日本人なんだ。ニシハマが上場廃止になろうものなら、日本経済に与える影響は計り知れない。ニシハマの株が紙切れになりゃ、損害を被るのは一般投資家だけじゃない。機関投資家、銀行だって莫大な損害を被ることになる。ニシハマの取引先は世界中にいるんだぜ。製品や部品が入らなくなれば、納品先の企業活動だって停止する。そんなことになろうものなら、事は日本国内の問題では済まない。ニシハマは潰れないね。いや、大きすぎて潰せないんだ」

「分からんね……」

グラハムは、すっかり呆れた様子で首を振ると、「どうして君ほどの男が、ニシハマに執着するのかな」

呻くようにいった。

「実はね、近々僕は東京に戻ることになったんだ」

「東京に？」

「副本部長に昇格してね」

「それは、目出度いことなのかな？」

グラハムの言葉には明らかに皮肉が籠もっている。

それが証拠にグラハムは、片眉を吊り上げ小さく鼻を鳴らした。

「本当にニシハマが粉飾を行っているとしたら、発覚した時点でいまの会長、社長は引責辞任。粉飾に協力してきた部署の担当役員も同罪だ。粉飾が会社ぐるみで行われていたなら役員は総辞職。つまり、本部長の全員が一斉に会社を去ることになる」

「本部長のポストが空けば、自動的に副本部長の君が本部長、役員に昇格するっていいたいのか？」

「看板に大きな傷がついたニシハマに、どんな将来があるんだと君はいうだろうが、僕の考えは違う。僕はね、もし君がいう通りの展開を迎えれば、それはニシハマの危機ではない。再生のチャンスだ」

「再生のチャンス？」

眉間に深い皺を刻み、問い返して来るグラハムに向かって、

「そうだ」

賢太は、頷くと続けた。「ニシハマは革新的な技術をたくさん持っているし、さらに

高い技術を開発する能力を持つ人材を豊富に抱えている。問題は、そうした技術や人材を活用し、新しい市場を切り拓こうとしてこなかったこと、つまり、君が指摘したように、経営者の資質に問題があったんだ」

眉間に刻まれた皺は消えないが、グラハムは黙って話に聞き入っている。

「君は経済団体の会合が、年寄りばっかりだというが、あの光景はニシハマの役員会そのものさ」

賢太は嘲笑を浮かべ、さらに続けた。「一つの技術や製品が、市場環境を激変させ、既存製品が駆逐されるのを分かっていながら、それでもなお、いま行っている事業の延命に必死になる。十年、二十年先のニシハマを考えれば、いま打って出ないと手遅れになることが分かっていながらだ。それが、なぜか分かるか？」

「十年、二十年先には、その連中はニシハマからいなくなってるからだろ。つまり、後のことは知ったこっちゃないってわけなんだろうな」

「その通りさ！」

賢太は声に力を込め、顔の前に人差し指を突き立てた。「もう一度いうが、ニシハマには優れた技術がある、優れた人材もいる。経営陣がそうした資源を活かし切れていないこと、いや、活かそうとしてこなかったことがニシハマを駄目な会社にしちまったのさ。だから、あの老いぼれ連中が一斉にいなくなるのは、ニシハマを再建するチャンスなんだ」

「君にニシハマを再建する能力がないとはいわんが、いきなり社長になれるわけじゃなし、新たに役員になる連中が、同じような考えの持ち主だったら何も変わらんだろう」

「変わらなければ、本当にニシハマは終わってしまうよ。そこに気がつかないほどの馬鹿が役員になるとは思えないね。それに、ルールを曲げてもニシハマを存続させるとなれば、政府、銀行、そして株主も厳しい目でその後の推移を監視する。現経営陣の路線を踏襲するような能なしが役員になることを許すとは思えないね」

グラハムは、すぐに言葉を返さなかった。

二人の間に短い沈黙が流れた。

「分かった……。まあ、君の人生だ。思う通りにやったらいいさ」

やがて口を開いたグラハムは、肩を竦め小さく息を吐き、「ただこれだけはいっておく。人にも売り時ってものがある。再建に成功すればいいが、ニシハマの業績に陰りが見えはじめた辺りで新たな職を探しても遅いからね。沈む船からいち早く逃げ出すのも、マネージメント職に就く人間に求められる資質の一つだ。最後まで再建に全力を尽くしましたなんていおうものなら、評価されるどころか、むしろ決断力に欠けると見なされるよ。引き際は絶対に絶対に間違えるな」

心底案ずるように念を押した。

「ご忠告は、ありがたく受け取っておくよ」

賢太は、そう返し、ニヤリと笑った。

4

「私には、エプシロンの狙いが分かりませんね。プット・オプションの権利を行使して、保有しているIEの全株式を、うちに売却してしまえば、彼らは今後二度と原発建設にはタッチできなくなるかもしれないんですよ。そりゃあ、エプシロンは他にも事業を行っていますが、IEが受注した原発の建設を独占的に行える契約を結んでいるんです。労せずして仕事を貰える権利を自ら手放すなんて、考えられませんよ」

早朝、ニューヨークに到着したその足で、NNAにやってきた広重に向かって賢太はいった。

「IEの件で君に知らせておきたいことがある。明日、そちらに行くから時間を空けておいてくれ」

突然、広重からそう電話が入ったのは、三日前のことだった。

用件を訊ねても、「長い話になる。直接会って話す」といったきり、一方的に電話を切ってしまう。常務がニューヨークまでやってくるからには、よほどの重大事なのだと思っていたのだが、意外にも、IE本体のことではなく、広重の口を衝いて出たのは、下請け会社のエプシロンの名前だった。

もっとも、IEの下請けとはいえ、エプシロンはIEの株式を二十パーセントも持つ大株主だ。メインの事業はプラント建設、中でも原発はエプシロンの中核事業である。ＩＥが受注する原発の建設を、独占的に行えるのも大株主であればこそなのに、それを手放すというのだから、何か思惑があってのこととしか思えない。

「当たり前に考えれば、君のいう通りなんだが、プット・オプションに合意してしまった以上、エプシロンが買い取りを要求してくれば、うちは応じざるを得ない」

どうやら、本社ではすでに結論が出ているらしい。

これほど重要な話が進んでいるというのに、何一つ耳に入れずに、いきなり現れて結論を告げるとは、不愉快なことこの上ない。

そんな内心が、表情に出てしまったのか、

「ＩＥを買収するに当たって、どうしてエプシロンにプット・オプションを認めたんだと君はいいたいんだろうが、この件については、止むに止まれぬ事情があったんだ」

果たして広重はいう。

「知ってますよ。エプシロンは、ＩＥが受注する原発の建設、エンジニアリング、資材の調達の全てを請け負ってきた実績があるし、ＩＥの原発の全てを熟知している唯一の会社ですからね。下請けとはいえ、ＩＥとは一心同体のような会社に、株を持たせろといわれて拒否した挙げ句、手を引かれればうちが困る。そうお考えになったんでしょう？」

「当時、すでに原発の主流はＰＷＲ（加圧水型原子炉）、しかしうちにはＢＷＲ（沸騰水型原子炉）の技術しかない。労せずしてIEのPWR技術を手に入れられるのは魅力だったし、原発建設に革命をもたらすとされていた新工法も確立されつつあった。その技術を学ぶためにもエプシロンの要求を受け入れるしかなかったんだ」

広重がいう新工法とは、事前に別々に建設した原発の複数のセクションを建設用地に運んで組み立てる、早い話がプレハブ工法のことだ。ところが、当のIEでさえ未経験の建設手法。いわば、やれる、いややれるはずだという程度の代物で、実際に行ってみたところ想定通りにはいかず、度重なる設計変更を行うはめに陥った。それがテキサスで建設中の原発がコストオーバーランを起こしている最大の理由の一つである。

「じゃあ、エプシロンが株を手放した末、IEの事業から手を引いたらどうするんです？　そんなことになったら、困るのはうちじゃありませんか？」

「いや、そうはならない」

広重は、ここからが本題だとばかりにニヤリと笑った。「実は、IEがエプシロンを買収することになったんだ」

「IEが？」

「IEはうちの子会社だ。IEがエプシロンを買収すれば、孫会社。つまりエプシロンの人材も技術も、そっくりそのまま手に入れられる」

確かに形の上ではそうなるが、現実はそう甘くはない。

現にIEがそうなのだ。

原子力の中枢技術、たとえば核反応のデータチェックや、原子炉設計のノウハウは、IEが知的財産としてがっちり握っており、親会社になったからといって、ニシハマが手出しすることはできない。

しかも、IEには十三人の役員がいるが、その中に日本人はたった二人だけ。買収に当たっては、当初ニシハマも自社の人間を最低でも四人、役員として送り込もうとしたのだが、原子力産業はアメリカの最重要にして最高機密技術の塊だ。たとえ日本企業であろうとも、他国の企業に流出するようなことはあってはならないと拒絶されたのだ。まして、IEの買収は岡谷、ひいては宗像の意向を汲んでのことだし、アメリカ政府への配慮も働いたに違いない。

当時の経営陣の大半が、買収後も留任することになったのも、その表れというものだし、IEの経営実態が明確になっていないのは、IEに君臨するチェイスの力があまりにも大きいからである。つまり、資本上はIEはニシハマの子会社でも、実際にはニシハマがIEに従属する構図になってしまっているのだ。

「大丈夫なんですか。エプシロンを買収するのはIEであって、うちじゃないんですよ」

あからさまに首を傾げ、疑念を呈した賢太に、

「この件に関しては、チェイスとも何度も協議を重ねてきたんだが、エプシロンについては、彼も以前から頭を痛めていたそうでね」

広重はそのチェイスの名前を持ち出した。

「IEが受注した原発を請け負う独占契約

を結んでいるのをいいことに、価格交渉には応じないし、納期もルーズだ。テキサスで建設中の原発が、遅れに遅れている大きな原因の一つはエプシロンの存在にあるといってね」

「確かに、チェイスは工期遅延の原因に、エプシロンの存在を指摘してはいましたが……。しかし、エプシロンからすれば、それでも切られることはないんですから、いまの関係はいいことずくめじゃないですか」

「自ら墓穴を掘ったのさ」

広重は、愉快そうに肩を揺らす。「設計変更が相次げば、新しい設計図ができあがるまで、資材の製造はストップする。予定していた支払いも止まってしまう。そこに、例の安全対策の見直しだ。ついに、資金繰りがつかなくなって、このままでは倒産してしまう、エプシロンの買収資金をＩＥに融資してくれないかと泣きついてきたんだ」

「ＩＥに？　じゃあ、エプシロンの買収はチェイスの発案なんですか？」

「そうだ」

広重は大きく頷いた。「エプシロンを切るまたとないチャンスだといってね。エプシロンを排除できれば価格も、納期もニシハマとＩＥで完全にコントロールできるようになる。工期遅延の問題も、かなりの部分が解消されるだろうし、何よりも、これから先の原発事業が格段にやりやすくなると」

嬉々(きき)として声を弾ませる広重を見ているうちに、賢太はため息をつきたくなった。

広重にはチェイスの人物像を、ことあるごとに話して聞かせたつもりだが、何を聞いていたのか……。

チェイスは、広重が考えるほど甘い人間ではない。一貫して原発産業の中でキャリアを積み重ね、業界の表も裏も知り尽くしたプロ中のプロだ。

第一、この話を広重に直接持っていくこと自体がおかしい。彼がそんな考えを抱いたのなら、まず最初に相談すべきは、カウンターパートである自分のはずなのだ。

それに、エプシロンを外せば、工期遅延の問題が解決されるといういい分も変だ。エプシロンはIEにとって、いわば寄生虫のような存在で、チェイスはもちろん、賢太にとっても悩ましい存在であったのは事実である。しかし、チェイスのいい訳が通ってきたのも、そのエプシロンの存在があればこそ。これでは自ら逃げ道を断つようなものだし、エプシロンを孫会社にしても、ニシハマがIEをコントロールできない状況が変わるわけではないのだ。

間違いなく、この話には何か裏がある。こんな話を自分に持ちかけようものなら、その意図が見抜かれてしまう。だからチェイスは、直接広重に持ちかけたのだ。

まったく、こいつらときたら……。

広重に失望を覚える一方で、「待てよ……」と賢太は思った。

広重が、単独でこの話を纏めにかかったのは、自分の功績にしたいという思いに駆られたからだろう。なにしろ、物部が持ち込んだLNGの輸出事業を賢太に振った挙げ句、まんまと大手柄を上げられてしまったのだ。

賢太が一足飛びに、本部長に昇格することはあり得ないが、広重は間違いなく、いずれ社長にという野心を抱いている。彼が専務、副社長と昇格していくうちに賢太が役員になれば、そこから先は二段階、いや三段階昇格もあり得る話で、その時の状況次第では、社長の椅子を賢太と争うことになりかねない。

だから、こんな話に飛びついたのだ。

功を焦ったな……。

賢太は、胸の中であざ笑った。

この話に、潜んでいる罠。

それが、発覚した時、広重のキャリアは終わる。

その時、誰が本部長に就くことになるかは明らかだ。そして、広重の提案を承認した藪川、黒崎の両人も、なにかしらの責任を取らざるを得なくなるだろう。

それだけではない。グラハムの見立て通り、ニシハマが粉飾を行っていることが発覚すれば、役員の大半は解任を免れない。同時に不正行為が行われた経緯、見逃してきたニシハマの体質、企業風土に世間の関心が集まる。そして事の次第が明らかになれば、ニシハマは名実ともに生まれ変わる決意を世間に示す必要に迫られる。となれば、その時、誰がトップになるのか。少なくとも、適任者はいまの経営陣にはいない……。

そんな内心をおくびにも出さず、

「これほどの案件ともなれば、もちろん、社長、会長の決裁は下りているんでしょうね」

賢太は、改めて問うた。

「ああ、二人とも大変喜んでおられたよ」

広重は、自慢げにいい、「社長といえば、君、何か人事のこと、聞いているかね？」

はたと思い出した様子で訊ね返してきた。

「いえ、何も」

賢太は、敢えて首を振った。

「実は、君のことを、副本部長に推薦しておいたんだよ」

ここだけの話だとばかりに、声を潜める広重に向かって、

「私を副本部長に？　しかし、大木さんが――」

賢太は大仰に驚いて見せた。

「彼にはこれといった実績がないからね。その点、君は違う。ＬＮＧという将来のニシハマを支えていく、大きな事業をものにしたんだ。これから先の原発事業を率いていくことになる私の後任に相応しい人間は、君をおいて他にいないよ」

真面目な顔をして褒めそやす広重を見ていると、賢太はおかしくて仕方がなくなってきた。その一方で、出世の欲に駆られると、人間はこうも周りが見えなくなるものかと哀れになった。

藪川は賢太が副本部長に昇格することを、広重には伝えていないといったが、秘密の

保持ほど難しいものはない。賢太の昇進話が広重の耳に入っても不思議ではないが、それにしても自分が推挙したとはよくいったものである。

どうやら、今回の訪米は、それを自らの口で賢太に直接伝えるのが目的であったらしい。

いいだろう。面白い。ここは、とことん付き合ってやろうじゃないか。

「常務……。空手形は困りますよ」

賢太は噴き出したくなるのを堪え、ニヤリと笑った。

「社長だって、LNGの件については大変喜んでいたんだ。駄目だとはいわんさ。いや、いわせんよ」

広重は大見得を切ると、「それで、その時に備えて早々に組織を改めようと思ってね。君が副本部長になるとなればニューヨークに置いておくわけにはいかんからな。誰を後釜に据えるか、君の意向を聞いておきたいんだ」

自分が意のままに決められる人事に話題を転じた。

5

「なるほどねえ。ニシハマさんが、なぜLNGの輸出事業に進出なさったのか、社長のお話を伺って、大変よく理解できました。技術革新がこうも急速に進む時代では、確かに長期的ビジョンに立って確実に収益が見込める事業が必要です。やるならば、体力があるいまのうちにというのは、社長がおっしゃる通りです」

　正面のソファーに座る樺島祐二がメモ帳をテーブルの上に置き、返す手で冷めた茶に口をつけた。

　樺島は毎朝新聞経済部の記者で、来社した目的は、エクストレーマとの合弁事業についての取材である。本来ならば、広報室が対応して済むレベルの話だが、どうしても新事業に乗り出すことを決意するまでの経緯をトップである藪川本人から聞きたいというので受けることにしたのだ。

　藪川は、樺島の背後にあるサイドボードの上の置き時計に目をやった。

　樺島に与えた時間は三十分。すでに二十五分が経過していた。

「まあ、この新事業については、うちにはＬＮＧビジネスのノウハウがないと否定的な論調で報じているメディアが大半ですが、だからこそ四葉商事さんとパートナーシップを結んだわけです。四葉さんは、エネルギービジネスに豊富な経験がおありだし、世界的な販売ネットワークもお持ちですからね。うちが単独でこんな事業をやれるとは、端から考えてはいませんよ」

　毎朝新聞は、大手全国紙の一つで、リベラルな論調で知られるが、活字メディア不況には新聞業界も例外ではない。宣伝広告費に多額のカネを費やすニシハマは、毎朝新聞にとっても貴重な収益源だ。おそらく、記事が掲載された後、広告局の人間が広報室を訪れて、広告の出稿を依頼するのだろうが、それは傍らに控える東谷（ひがしたに）の仕事だ。

「では、樺島さん、時間が参りましたので、この辺で……」

広報室長の東谷が、取材の終了を促した。

「社長もお忙しくしてらっしゃるでしょうからね……」

樺島はメモ帳を鞄（かばん）に仕舞いかけたが、ふと何かを思い出したかのように、手を止めると、「そうそう、もう一つ、伺っておきたいことがありました」

改めて藪川に向き直った。

与えた持ち時間は、まだ残っている。

「何なりと」

藪川は、気軽に応じた。

「実は、私、つい最近まで特派員として、ワシントンに駐在しておりまして」

樺島は、四十前後といったところか。油断ならない目つきはいかにも新聞記者だが、いわれてみれば服装にアメリカ生活の名残を感じさせるものがある。

「ほう、そうでしたか」

相槌（あいづち）を打った藪川に、

「つい最近のことですが、モンゴルに使用済み核燃料の最終処分場を建設する計画が、アメリカのエネルギー省とモンゴル政府の間で進んでいて、すでに両者の間で合意が成立している、その事業には日本も加わるだけでなく、施設を建設するのは日本企業になるという話を耳にしましてね」

樺島は探るような眼差しを向けてきた。

「モンゴルに使用済み核燃料の最終処分場を？」

内心の動揺を抑え、藪川ははじめて聞くとばかりに問い返した。

「社長は、そんな計画があるのをご存じでしたか？」

「さあ……。聞いたことがありませんねえ」

藪川は、心臓の鼓動が速くなるのを感じながらしらを切った。「そんな計画があるのなら、是非うちも加わりたいものですな。使用済み核燃料の最終処分については、各国も頭を悩ませている大問題ですからね。もし、モンゴルが引き受けてくれるというのなら、弊社には原発事業で培った技術力と施設管理のノウハウがあります。きっとお役に立てるでしょうからね」

「しかし、こんな計画が本当に実現するんでしょうかねえ」

樺島は独りごちるような口ぶりで小首を傾げる。「現在、使用済み核燃料の最終処分場として実在するのは、オンカロだけです。確かに、モンゴルの国土は広大だし、人口密度も低い。地質も安定しているでしょうから、処分場を設けるには最適な立地だとはいえますが、だからといってアメリカが音頭を取ってモンゴルにだなんて、あまりにも身勝手すぎると思うんです」

「そういわれても、事の真偽が定かではない以上、おこたえしようがありませんねえ…

……」

「これは、先進国の傲慢というものですよ」

困惑して見せる籔川に構う様子もなく、樺島は持論を展開しはじめる。「使用済み核燃料の最終処分場なんて厄介な代物の建設が、両国の政府間で合意したとなれば、間違いなく応分の見返りがモンゴルにはもたらされるはずです。要は先進国がカネの力で途上国に汚物を押しつけた。しかも、そんな話に日本が乗るなんて、許されると思いますか？」

「おっしゃることはごもっともですが、人間が便利さ、快適さを追求する以上、代償は付きものです。自動車を使えば二酸化炭素が発生するし、火力発電だってそうでしょう。原発だって、同じなわけで二酸化炭素の排出量を抑えられる代わりに、使用済み核燃料が出てしまうわけです。毎朝さんは、一貫して反原発を唱えられていますが、再生可能エネルギーだってそれは同じです。太陽光、風力にしたって、決して環境に優しいとはいえませんからね」

「仮に、政府間で合意が形成されたとしても、計画が公表された途端、モンゴル国内はもちろん、アメリカや日本国内でも囂々たる非難の声が沸き起こりますよ。現にアメリカじゃそれで国内設置が中止に追い込まれましたからね。ならば、他国にだなんて、そんな理不尽な話を世論が認めるわけがありません」

「樺島さん、申し訳ございませんが、社長はこれから会議がありますので……」

東谷が議論を打ち切りにかかった。

「しかし、そんな話をどこから聞いたんですか？　単なる噂話じゃないんですか？」

「どこからかはお話しできませんが、信用に値する筋からです」

表情を消した樺島は、自信満々だ。「ついでに申し上げると、日本政府はこの計画に参加する条件として、処分場の建設費を全額負担する。つまり、アメリカはびた一文出すこともなく最終処分場を確保できるわけです。そして、すでに、建設に加わる日本企業も決まっていると……」

まずいことになったと、藪川は思った。

若い世代の新聞離れが顕著になる中で、読者に占める高齢者層の割合は高くなる一方だ。そして、かつての学生運動の名残か、リベラル的思考を持つ人間が多いのもこの世代である。当然、政治や環境問題に高い関心を持ってもいれば、彼らには持て余すほどの時間もある。反原発、反在日米軍基地、デモや集会があると知れば積極的に参加し、市民活動にも熱心だ。そして、彼らの情報源となり、活動を喚起するのが毎朝である。

モンゴルの件を毎朝が報じれば、彼らが騒ぎ出すのは目に見えている。支持率低迷に喘ぐ民政党もまたその動きに同調し、ここぞとばかりに民自党を叩き、この計画を潰しにかかるだろう。

そればかりではない。タイミングも最悪だ。

この計画にしても、実際に動き出せば総合商社の存在は必要不可欠だ。合弁事業を行うことになったのをきっかけに、四葉をこの計画に加わらせようと考え、東国と三日後に会う約束をしたばかりだったのだ。

そんな考えが頭の中で交錯し、言葉に詰まった藪川に向かって、

「その日本企業というのは、ニシハマさんだと聞きましてね」

樺島はいった。

「うちが？」

話の流れから予測はついていたが、藪川は大袈裟に驚いて見せた。「ご冗談を。さっきもいったじゃないですか。そんな話を聞くのははじめてだし、こんな大きな事案が、社長の私が知らないところで、決まるわけないでしょう」

「そうでしょうか？」

ところが、樺島は引き下がらない。「社外取締役に経産官僚だった岡谷さんがいらっしゃいますね」

「ええ……。弊社のような企業の社外取締役に、経産省を退官した官僚が就任するのは、別に珍しいことじゃありません。それが何か？」

「経産省を退官する官僚は、ごまんといますが、なぜ岡谷さんを？」

「なぜって、それはいろいろと人選を重ねた結果、岡谷さんにお願いしようということになった。それだけです」

「岡谷さんは、藪川さんの大学時代の同期だったからですか？」

「そんなんじゃありませんよ」

藪川は言下に否定した。「同期なんていいはじめたら、岡谷さんと同年入省のキャリアは大半がそうですよ。第一、社外取締役は、私の一存で決まるもんじゃないよ。取締役会の承認を得なければならんのでね」

「ひょっとして岡谷さんは、この構想をニシハマに持ち込んだ、その見返りとして、御社は社外取締役のポストを与えたのでは？」

否定しているにもかかわらず、樺島は勝手に話を進める。

それが、ことごとく当たっているだけに、藪川は、背中に嫌な汗が滲み出すのを感じた。

「何を馬鹿なことを……」

この男、どこまで知っているんだ。

岡谷が社外取締役に就任した経緯を訊ねてくるからには、相当に調べが進んでいることは間違いない。

「岡谷さんは、宗像元総理が経産大臣を務めていた時代に、官房秘書官を務めていたことがありますしね」

「樺島さん。もう時間を過ぎています。お止めください！」

東谷が、厳しい口調で割って入った。

「申し訳ないが、時間だ……」

それでも樺島はすぐに立ち上がろうとしない。

「どうやら、今日の取材の目的はLNGのことではなかったようだが、残念ながら、モンゴルのことはガセネタだ」

藪川はそこで立ち上がると、なおも動こうとせず上目遣いに見る樺島に向かっていった。「最後に、一つだけ教えてあげよう。岡谷さんを社外取締役に選んだのはね、有能な番犬になるからだ。あなたがいうように、岡谷さんは宗像先生が経産大臣をなさっていた当時の官房秘書官だ。あなた方、毎朝の人間には考えたくもないことだろうが、次の選挙では民自党が政権を奪取するのは確実だ。その時、宗像先生は総理に返り咲く。要は、その時に備えての人選なんだよ。ただそれだけのことだ。実際に、ビジネスの経験がない官僚を置く意味が、それ以外に何がある」

「宗像政権の誕生に備えてですか……」

樺島は、ふんと鼻を鳴らすと、テーブルの上に置かれたレコーダーのボタンを押した。

小さな赤い光が消えた。

樺島はそれを鞄の中にしまい込み、おもむろに立ち上がると、

「お忙しい中、長々と時間を頂戴いたしましてありがとうございました……」

深々と礼をした。

「エレベーターホールまで、ご案内いたします」

すかさず、東谷がドアを開け退出を促す。

ドアが閉まり、一人になったところで、藪川はスマホを手にした。

着信履歴の中にあった、一人の名前を見つけ出し、タップする。

耳に押し当てたスマホから、呼び出し音が聞こえ出す。

「はい……」

岡谷の声がこたえた。

「すぐに俺のところへ来てくれ。厄介なことになった」

藪川はそう命じると、一方的に回線を切った。

うまく回っていたはずの歯車が狂いはじめた。

6

「先生！」

都心のホテルにある会員制のバーに宗像が現れた瞬間、岡谷は立ち上がった。

宗像の表情は硬い。無言のまま席に歩み寄ると、

「厄介なことになったね……」

不愉快そうにいい、どさりとソファーに腰を下ろした。

胸が苦しくなる感覚を覚えながら、岡谷は身を硬くした。

宗像は視線を合わせることなく、苦々しい口調で続けた。

「さっき、エネルギー省のシェフィールドから、連絡が入ってね。彼のところにもワシントン・クロニクルからこの件で取材があったそうだ」

「ワシントン・クロニクルが？」

アメリカに全国紙といえるものはUSAトゥデイとウォール・ストリート・ジャーナルの二紙しかなく、他はもれなく地方紙だが、ワシントン・クロニクルはアメリカの首都をカバーするだけあって、世界的な影響力を持つ有力紙だ。

思わぬ媒体の名前が出て、岡谷が問い返すと、

「まあ、メディアというのは、洋の東西を問わずリベラルな論調を張るもんだし、毎朝とワシントン・クロニクルは極めて近しいからね。この件に関しては、二社が共同で取材を進めていると見て間違いないだろうな」

宗像は、眉間に深い皺を刻んだ。

日本に派遣されてくる外国人記者の大半は、日本語が不得手だ。独自取材はままならず、いきおい情報源を日本のメディアに頼ることになる。まして、ワシントン・クロニクルの日本支局は、毎朝新聞本社ビルの中にあり、記者同士がいつでも会える環境にあるのだから、二紙の論調が似通ったものになるのも当然のことである。

「いったい、どこから漏れたんでしょうね」

岡谷はいった。

「樺島という記者はワシントンに駐在していたというから、アメリカ側……エネルギー

省内部から漏れたのかもしれないね」

宗像は即座にこたえる。「政府機関の中にだって、環境や南北問題に高い関心を抱いているリベラル派は少なからずいるし、反原発主義者だっているからね。第一、日本側で、この構想にニシハマを絡めようとしていることを知る人間は、極めて限られているんだ。こちら側から漏れたとは、ちょっと考えられないね」

岡谷には、そのニシハマがプロジェクトに加わることを嗅(か)ぎつけられたのが大問題なのだ。

ニシハマ本社に駆けつけた岡谷に、藪川が見せた狼狽(ろうばい)ぶりは尋常なものではなかった。

岡谷が社長室に入るなり、

「いったい、どうなってんだ。毎朝新聞がモンゴルの計画を嗅ぎつけて、取材にきたぞ！」

青ざめた顔で、怒鳴りつけてきた。

驚愕(きょうがく)したなんてものじゃない。

この構想は、日・米・モンゴルの政府間で密(ひそ)かに交渉が進められていた極秘案件だ。それがよりによって、毎朝新聞に嗅ぎつけられるとは夢にも考えたことはなかったからだ。

「アメリカ、モンゴルの二国間で、正式調印が済まないうちに公になったらどんなことになるか、お前分かってるのか！」

愕然とし、言葉を失った岡谷に向かって、藪川は食ってかかる。「うちの原発の海外受注の優位性が失われるだけじゃないんだぞ！　原発輸出を国の柱にという宗像さんの政策も、水の泡と化してしまうんだぞ！」

「分かってるがな……」

「そんなことになろうものなら、お前だってただじゃ済まんぞ」

果たして藪川は、「なんで、お前を社外取締役にしてやったのか分かってんだろ！　宗像さんとの関係を強化して、うちがこの構想に加わるのを確実にするためだ！　駄目になろうものなら、お前は解任だ！」

といい、毎朝の動きを聞かされた宗像がどんな手を打つつもりなのか、意向を聞いてくるよう命じたのだった。

「日本側からだとしたら、ニシハマかも……」

宗像は、そこではじめて岡谷に視線を向けた。

「ニシハマから？」

「この話、ニシハマ社内ではどのレベルの人間までが知っているのかね」

「会長、社長、専務クラスまでで、常務ともなりますと原発事業部担当の広重さんだけのはずです。その中から構想が漏れるとはちょっと……」

「人の口に戸は立てられぬというからね。ここだけの話と前置いて、他言する人間は必ずやいるもんだ」

「お言葉ですが、そないなことをいいはじめたら、経産省から漏れることも――」

「経産省から？」

宗像は岡谷の言葉を遮ると、片眉を上げ、ふんと鼻を鳴らし、「誰が？　なんのために」

口元を歪めながら問うてきた。

嘲笑である。

人の口に戸は立てられぬという言葉にうっかり反応してしまっただけだから、岡谷がこたえられるわけがない。

「いや……それは……」

返事に詰まった岡谷に向かって、宗像はいった。

「原子力産業を管轄している経産省が、この構想を潰すような真似をする理由がどこにある。実現すれば、新設される外郭団体は一つや二つじゃないんだよ。天下り先を増やすのは、官僚の重要な仕事の一つじゃないか。是が非でも実現させたいと思いこそすれ、頓挫させようとする官僚が、いると思うかね」

宗像のいう通りだ。

官僚世界の評価基準は様々あれど、新たな天下り先の確保は立派な功績だ。国家予算を継続的に使う事業には、ほぼ例外なく管轄省庁の外郭団体が設立されるのはその証左である。国家予算を使うからには、省庁の管理、監視が必要だというのがその理由だが、そんなものは表向きのことでしかない。全ては退官後も高給を食み、さらには一定期間在職した後、法外な退職金を貰い、優雅な老後を暮らすための方便である。

ウエイターが歩み寄って来ると、宗像の前に水を置いた。

「スコッチの水割りを、ダブルで……」

宗像はいうと、はじめて気がついたように、「君も飲んだらどうだ」と、岡谷を促した。

「では、同じものを……」

ウエイターが下がったところで、

「まあ、漏れてしまった以上、犯人捜しをしても仕方がない。毎朝のことだ、藪川さんに会うからには、事前に周到な取材を重ねた上でのことだろうし、ワシントン・クロニクルも一緒に動いているとなると、記事になるのを止めることはできんだろうからね」

「毎朝は福島の原発事故以来、一貫して反原発、脱原発を唱えてきた急先鋒ですからね」

「それだけじゃない。第二次宗像内閣の誕生を、何としても阻止しなければならないと毎朝は必死だ。先進国の横暴だと、ここぞとばかりに書きたてて、この構想を潰しにかかるだけでなく、私の復権を阻もうとするだろう」

「藪川さんから聞く限り、毎朝はこの構想に先生が関与していることに、確証を得てはいないようでしたが？」

「確証は持っていなくとも、心証を裏付けるために取材にきたんだろうね」

宗像は、小馬鹿にしたようにいう。「私が経産大臣だった時の官房秘書官が、ニシハマの社外取締役に就任したのは、この構想絡みに違いないと睨んだんだよ」

「確かにその通りです……」

「まあ、最終処分場を外国に、しかもニシハマが絡むと知れば、誰だってそう思うさ。キャリア官僚の天下り先なんて、退官時の肩書で決まるようなものだからね。何で天下りのニシハマが君を社外取締役にしたのか、なにか理由があるに違いないと思うさ」

まるで、地位に相応しくない人材だといわんばかりのものいいに、岡谷は酷く惨めな思いに駆られたが、宗像からすればキャリア官僚も、手駒の一つに過ぎないのは事実である。

「では……」

岡谷は、そこで言葉に詰まった。

自分の処遇を問いたかったのだが、宗像にとってはどうでもいいに決まっているのに気がついたからだ。

それに、この構想が実現し、ニシハマが事業に加わることになれば、樺島の推測を裏づけたも同然だ。白紙になれば、ニシハマには自分を置いておく理由はない。どちらにしても解任は避けられない。

岡谷は暗澹たる気持ちになり、肩を落とし項垂れた。

ところが宗像は、

「毎朝に嗅ぎつけられたのは想定外だが、それでもこの構想は白紙にはならんよ」

意外なことをいいはじめる。

「えっ？」

岡谷は思わず顔を上げた。

「なぜ、アメリカがニシハマをこの構想に加えることに同意したのか。それはＩＥがニシハマの傘下にあるからだ。ニシハマの原発受注は、ＩＥの受注でもあるわけだからね。それに、アメリカだって使用済み核燃料の最終処分には、散々頭を痛めてきたんだ。実際シェフィールドも、この構想は是が非でも実現させなければならない。諦めるつもりはないといっていたそうだよ」

「しかし、報道が出れば世論が――」

「そりゃあ、日米双方どころか、世界中で非難の声が沸き起こるだろうさ。しかしね、世論がそうでも、国家として非難声明を出す国が出てくるかといえば、そうはならんだろうね」

「それはなぜです？」

世論、それすなわち大衆の声である。大衆の支持無くして、政治家としての地位、まして政権は維持できない。常に世論の動向を窺うのは政治家の習性といえるものだけに、宗像の考えが岡谷には理解できなかった。

「使用済み核燃料の最終処分は、原発保有国がもれなく頭を痛めている大問題だからだよ」

その時、ウエイターが現れ、二人の前に水割りを置いた。

宗像は、それに口をつけながら話を続けた。

「明言こそしないが、原発保有国は、どこだって最終処分場を欲してるんだ。それこそ喉から手が出るほどにね」

「では、各国政府がこの構想に乗ってくると？」

「日本とアメリカだけの専用施設にするつもりはないからね。もちろん、この施設を利用するといい出せば、どこの国でも大騒ぎになるだろう。だがね、モンゴルが是非とも受け入れたいといえばどうなる？」

「えっ……？」

なるほど、そういうことか、と岡谷は唸った。

この構想が、GDP世界第一位と第三位の経済大国が、発展途上にあるモンゴルに、経済援助を餌にして厄介者の使用済み核燃料を押しつけようとするものなのは間違いない。しかし、押しつけられる側の誘致ということになれば、展開は異なってくるかもしれない。

国の発展に努めるのは、為政者の義務だし、どこの国の国民にしたって、より豊かな生活を欲している。そして、その夢を叶えるために、どんな手段を講じるかは、為政者が決めることだ。

果たして宗像はいう。

「毎朝もワシントン・クロニクルも、自国で解決できない問題を、経済援助と引き換えにモンゴルに押しつけるのか、そんなのは先進国の傲慢だ、という論調で非難するだろう。だがね、モンゴル側からの誘致となれば話は別だ。一国の判断に、他国のメディア、他国の国民が異議を唱えるなんて、それこそ傲慢というものだよ」

事の真実はどうあれ、要は体裁の問題なのだと宗像はいいたいらしいが、確かに一理ある。

反原発を唱える人間たちは、原発を『トイレのないマンション』と称するが、いまさらそんなことをいってもどうしようもない。恒久的な最終処分場の確保は絶対に必要なのだ。

しかし、モンゴル政府が誘致の意向を示したとしても、すんなり事が運ぶとは思えない。なにしろ、日米に限らず反原発主義は、ある意味カルトの域に達しているからだ。誘致という体裁を整えたとしても、乗るか乗らないかを決めるのは、日本でありアメリカだ。経済援助と引き換えにということになれば、日米双方の国民の間から、猛然と非難の声が上がるのは想像に難くない。

「しかし、先生……」

そういいかけた岡谷を遮って、

「君は、ついているよ」

宗像はいった。「本来なら、君の社外取締役が、この構想絡みだと疑われたからには、早々に退任してもらうところだが、そんなことをしたら、疑惑を裏づけてやるようなものだからね。ニシハマがこの構想に加わることになったのは、IEを傘下に持つからだ。アメリカの意向があってのことで、君の社外取締役就任とは、全く関係がない。そういって、しらを切ればいいんだよ」

「先生は、そうおっしゃいますが、藪川さんは——」

「藪川さんには、私の方からその旨を伝えておく。とにかく、これは是が非でも実現しなければならない構想なんだ。この機を逸したら、使用済み核燃料の最終処分場なんて、永久にできやしないんだ。日本はもちろん、世界のどこにもね」

宗像は声に力を込め、そう断言すると、岡谷を決意の籠もった目で見据えた。

7

「十五億ドルを超えそうって……」

賢太の執務室を訪ねてきた今井が目を剝いた。

瞬く間に顔から血の気が失せ、表情が凍りつく。

IEに派遣した調査チームの作業は大詰めを迎えていた。

調査が最終段階に入るにつれ報告が頻繁に入るようになり、その度にコストオーバーランの金額は膨れ上がっていく。

「最終的には十五億ドルを超えるかもしれません……」

調査チームのリーダーが、震える声で告げてきたのは、二十分ほど前のことだった。

「どういうことなんです！　これだけのコストオーバーランを起こしながら、親会社に一切報告を入れて来なかったなんて、あまりにも酷すぎますよ。チェイスを解任するぐらいで済む話じゃありませんよ、これは！」

今井は血相を変えて、嚙(か)みつかんばかりの勢いで声を荒らげる。

「そうだな。チェイスを首にした程度じゃ済まないだろうね」

賢太は冷静な声でこたえた。

実態を完璧(かんぺき)に把握してはいなかったものの、以前から多額のコストオーバーランが起きていることは承知していたし、その後も設計変更が相次いだ上に、NRC（アメリカ原子力規制委員会）の安全対策命令である。そこでもまた、設計の根本的見直しを強いられ、工期が遅れに遅れてしまったことに加え、事実上経営が破綻(はたん)したエプシロンの買収だ。

「間違いなく、IEを買収する決断を下した人間たちにも、責任を取ってもらうことになるだろうね」

そう続けた賢太に向かって、

「決断を下した人間たちといいますと、藪川さんと黒崎さんということになりますが…

「……しかし、あの二人は……」

「まあ、あの人たちのことだ。責任は広重さん一人に取らせようとするだろうが、今回ばかりはそれで済むとは思えない。引責辞任は避けられないよ」

「あの人たちが辞任してもIEの経営が行き詰まろうものなら、原発の建設費用と買収金額と合わせれば、ニシハマは一兆円もの資金を投じてきたんです。もし、完成がさらに遅れ、万が一にも損失処理を行わざるを得なくなれば、いくらうちだって——」

「当たり前に考えればね」

「どういうことです？」

今井は、怪訝な表情を浮かべ問い返してきた。

「うちがIEを買収した目的はなんだった？」

「そ、それは……」

返答に詰まった今井に、

「政治絡みの買収だったのは事実だが、IEが持つPWR（加圧水型原子炉）と新工法の技術を同時に手に入れられることに、うちが魅力を感じたからだろ？」

「その通りです……」

「個人的にはIEの買収に踏み切ったのは間違いだったと思っているが、少なくともこの二つの技術をうちが手にしたことは事実だ。特に、新工法の技術が確立されれば、今後うちが手がける原発の建設コストは格段に下がるし、工期も大幅に短縮する。つまり、この二つの技術を今後に活かせば、テキサスで発生した赤字は、十分に取り戻すことが可能になる」

「長期的視点に立てば、そういえるでしょうが、いま現在、新規の原発受注は一件もありません。それに、十五億ドル、まして一兆円もの穴を埋めるとなれば、どれほど新規受注を獲得しなければならないのか——」

「君は、何か勘違いをしてないか？」

賢太はいった。「確かに、十五億ドルのコストオーバー分は、今期の決算書に計上しなければならなくなるだろう。当然、世間は騒然となる。ＩＥの実態を、これまで一切公表してこなかったんだからね。だがね、それはあくまでも会計処理上の問題で、テキサスの原発建設が取り止めになるわけじゃない。当初の収益モデルは大幅に狂ったとはいえ、稼働しさえすれば、一兆円もの損失は発生しないし、逆に長年に亘って、利益を生み続けることになるんだ」

今井は、はたと気がついたように、「あっ」と短く声を上げた。

賢太は続けた。

「あの二人のことだ。十五億ドルもの損失を、そのまま計上するとは思えんが、それでも今期の決算が赤字に転ずることは避けられないだろう。だがね、それでニシハマがただちに経営危機に直面するかといえばそんなことはない。そんなことになろうものなら、産業界、いや社会に及ぼす影響があまりにも大きすぎる。要は、潰そうにも潰せない。

良くも悪くも、それがニシハマという会社なんだよ」

賢太は、グラハムに語った言葉をそのまま口にした。

「それはいえてますよね……。万が一のことがあろうものなら、職を失うのはニシハマ本体の社員だけでは済みませんからね。関連会社、取引先を含めれば、何十万人という人間が、影響を受けることになるんですから……」

暗澹たる表情を浮かべていた今井の顔に、安堵の色が浮かぶ。

「しかし、経営者が責任を問われることは避けられない。なぜなら、長期的な展望など関係なく、経営者の評価は決算によってなされるものだからね」

「少なくとも藪川さん、黒崎さん、広重さん、三名の辞任は避けられないというわけですね」

納得したようにいう今井の目に、妖しい光が宿る。

「私はね、これはニシハマが生まれ変わるチャンスだと思う」

賢太はいった。「あの三人が、会社を去る。しかも、ニシハマの経営に甚大な損害を与えた事業を推進した張本人となれば、相談役に残ることも許されないだろう。藪川さん、黒崎さんの二人がいなくなれば――」

「あの……」

今井は、いいにくそうに口を挟んだ。「私も肥後さんがおっしゃるような展開になればどんなにいいかと思います。しかし、あの二人が会社を去ることになれば、残る役員の間で、激烈な後継者争いがはじまるでしょうが、役員は全員が東都出身者です。改革どころか、いままでのやり方を踏襲するだけで、結局は社長、会長が代わっただけで、社風も人事も何も変わりはないってことになってしまうんじゃないでしょうか」

今井の懸念はもっともである。

「まっ、黒崎さん、藪川さんの後釜が誰になるかはともかく、少なくとも広重さんが退任すれば、うちの事業部は大きく変わるさ」

賢太はいった。

「どうでしょう……」

今井は首を傾げ、「広重さんが退任すれば、本部長になるのは大木さんですよね。あの人だって、東都閥の中で昇進してきたんです。改革なんてことをやるとは思えませんし、むしろさらに上の地位を目指して、新経営陣に媚び諂うんじゃないですか」

鼻を鳴らさんばかりに、白けた口調でいう。

「まあ、見ていたまえ。これから面白いことがはじまるから」

賢太は、含み笑いを浮かべながら、それにしても……と、ふと思った。

ＩＥは資本関係上、ニシハマの子会社だが、原子力産業はアメリカの国家戦略、安全保障にかかわる最重要産業でもある。親会社とはいえ、経営に深く関与できないことは、本社も十分承知しているし、だからこそ、監査法人の指摘があるまで、野放しに近い状態が続いてきたのだ。

本来ならば、自分もコストオーバーランの総額をここに至るまで明確に把握できなかった責任を問われるところだが、咎（とが）めを受けることにはならないだろうし、その間にLNG事業をニシハマにもたらしたことで、本社に副本部長として栄転する内示を受けている。

しかも、副本部長の大木はLNG事業部への転出が決まっている。広重が退任すれば、一足飛びに本部長、つまり取締役へと二段階昇格もあり得る話で、さらに黒崎、藪川の二人が会社を去るとなれば、もっと上の地位に就く日も、そう遠からずしてやってくるに違いない。

風が吹いてきた……と、賢太は思った。

「今井君」

賢太はいった。「いずれにしても、IEの経営実態が明確になったからには、テキサスの原発の早期完成を目指すと同時に、稼働後の収益確保に目処をつけなければならない。完成が遅れればそれだけ、コストは膨らみ続けていく。とにかく、一日でも早く稼働に漕（こ）ぎ着けなければならない。ニシハマの経営が窮地に立たされることを防ぐためにもね」

「はい……」

即座にこたえる今井の目に、緊張感と決意の色がみなぎる。

その反応に満足しながら、賢太は大きく頷いた。

第六章

1

「失礼いたします……」

　東京本社の最上階にある、広重の部屋を賢太が訪ねたのは八月のことだった。

　ＩＥに派遣された調査チームからの正式なレポートが、本社に提出されたのはつい最近のことだったが、十五億ドルを超えそうだという知らせを受けた時の広重の慌てふためきようは尋常なものではなかった。

　なにしろ第一声が、「肥後君、その話、誰かにしたのか」だ。

　今井の耳に入れた直後のことだったが、「いえ、誰にも」と賢太がこたえると、広重は、「まずいな……。絶対にまずい……」と呻き、「とにかく、このことは他言無用だ。暫くの間、私に預けてくれ」といい、電話を切った。

　ＩＥで巨額のコストオーバーランが起きていることは、随分前から分かっていたことだが、十五億ドルもの損失処理ともなると原発事業部はもちろん、ニシハマにとっても額が大きすぎる。管轄部署を預かる広重の責任問題になることは避けられない。つまり、広重は身を守る算段を講じる時間を稼ぎに出たのだ。

しかし、秘密が漏れる確率は、知る人間の数に対して幾何級数的に増えるとはよくいったものだ。今回の場合もその例に漏れず、ほどなくして藪川の知るところになったらしい。賢太に辞令が下りたのは、それからひと月後、遡ること二ヵ月前のことだった。

(旧)ニシハマ・ノース・アメリカ　副社長

(新)東京本社　人事本部長付

所属事業部、しかもNNAの副社長から本社の人事本部長付というのは、通常の人事ではあり得ない。よほどの不祥事を起こしたか、あるいは会社に甚大な損害を与えた場合に、沙汰が下るまでの暫定人事である。

しかし、今回の場合は違う。

この辞令が公表される直前、藪川から連絡があり、「広重君には役員を退いてもらう。君の昇格に変わりはないが、ポストは変わるかもしれない。悪い話じゃないから心配するな」と断りを入れてきたのだ。

黒崎と藪川が、責任を広重に負わせることで幕引きを図ろうとしているのは明らかだ。賢太のポストが変わるというなら、副本部長以下はあり得ない。なぜなら副本部長は辞令一つで済む通常人事だが、取締役への昇進は、役員と株主総会の承認を経なければならないからだ。

辞令が出されてからの一ヵ月、賢太は慌ただしい日々を過ごした。

受験が迫った奈緒美に一人暮らしをさせることはできないから、いままで暮らしていた家の近くにアパートを借りて、家具の大半を日本に送るなど、身の回りの整理に加えて、後任者への仕事の引き継ぎと、長く暮らしたニューヨークを離れるとなると、やらなければならないことは山ほどあった。

そして、帰国して三週間。これといった仕事もなく、時間を持て余していたところへ、広重から突然の呼び出しである。

執務席に座る広重は賢太に背を向け、窓の外に目をやったまま返事をしない。

「常務……」

賢太が呼びかけた瞬間、「サラリーマンってのは、悲しいもんだねぇ……」

広重は、そのままの姿勢でぽつりと漏らした。

「どうなさったんです、突然に……」

「何十年もかかって、石をこつこつと積み上げて土台を作り、その上に城を建て、ようやく天守の形が見えてきたと思いきや、一夜にして崩壊だ……。これまでの努力も労力も、全て水の泡だ……」

何があったのかは、訊くまでもない。

取締役解任の沙汰が下されたのだ。

果たして広重はいう。

「君、知っていたのかね？」

しらを切った賢太に向かって、

「何のことでしょうか」

「決まってるじゃないか。私が解任されることをだよ」

相変わらず広重は、窓の外に目を向けたままいった。

「解任？」

「酷い話だよ……。IEが十五億ドルものコストオーバーランを起こしてしまったのは、私の監督不行き届きだ。許しがたい怠慢だといってね」

「それ、誰がおっしゃったんです。藪川さんですか？　黒崎さんですか？」

「その二人だよ。さっき、会長室に呼ばれてね。そう告げられたんだ」

思っていた通りの展開だが、あまりに一方的な沙汰の下し方に賢太も驚くと同時に、広重に同情の念を抱き、

「IEの買収を決断なさったのは、藪川さんであり、黒崎さんじゃありませんか。お二人は、常務一人に責任を負わせて、それで幕引きを図るつもりなんですか？」

つい、批判めいた言葉を口にした。

「そんな理屈が通る会社じゃないのは、君だって重々承知しているだろ？」

広重は、達観したようにいう。「あの二人……というより、黒崎さんに逆らえる人間は、この会社には誰一人としていやしないからね。いや、それ以前に上司に逆らえば、出世の道は断たれてしまう。ミスを犯さず、いかにして上司の歓心を買うか。それが出世の階段を昇っていく唯一の手段だと、入社以来刷り込まれてきた社員ばかりなのが、ニシハマだ。二人の過ちを咎める人間なんて、いるわけがないだろう」

広重の言葉に間違いはない。

上司に媚び諂い、いかに歓心を買うか。いかにして与えられた任務をミスなくこなすか。肥後一族が君臨していた時代から、ニシハマにおいて出世する手段は、その一点にあったのだ。

それは、肥後一族を追い出し、黒崎がニシハマに君臨するようになってからも、何ら変わりはない。役員は黒崎に絶対的忠誠を誓う人間だけだから、少なくともその中から責任を追及する声が上がるとは思えない。

黙った賢太に向かって、

「どうやら、大分前から絵ができあがっていたようだねえ」

広重は、悔しそうにいう。

「絵……とおっしゃいますと？」

「決まってるじゃないか。私を解任し、君を後任に据えることだよ」

「私を常務の後任に？」

賢太は声を張り上げ、大架裟に驚いてみせた。「私は、人事本部長付ですよ。誰がどう見たって、処分待ちじゃないですか」

「君を処分しなければならない理由がどこにある？」

「IEの調査の結果がお二人の耳に入ったからではないでしょうか」

賢太はすかさず返した。「IEの経営実態については、調査チームの全員が知っています。私だって常務に命ぜられた通り、コストオーバーランの金額については口を噤んできたんです。アメリカでIEの件を担当していたのは私ですし、それで、お二人の逆鱗に触れたのではないかと……」

「それは違うね」

突然、広重は椅子を回転させ、賢太と向き合った。「今回の君の人事については、私に事前の相談もなく、藪川さんが決めたことだ。辞令が出された時には、私も、それが原因だろうと思ったが、さっき藪川さんは、こういったんだ。LNGの件がなければ、ニシハマは深刻な経営危機に陥るところだった。あの新事業がニシハマを救うことになったんだとね」

「LNG事業が本格的にはじまるのは、まだ大分先の話です。IEが抱える負債の処理は、今期の決算で――」

「あの二人が、全額を一気に損失処理するもんか」

広重は、賢太の言葉を遮った。「建設を断念するわけじゃなし、稼働しさえすれば電力が売れるんだからね。今期に損金処理をする金額は、全体のごく一部だ」

ありうる話だ。

黙った賢太に向かって、

「もっとも、藪川さんの首は危ないかもしれんがね」

広重は嘲笑を浮かべた。

「藪川さんが？」

思わず賢太は問い返した。

「損失処理をする金額次第では、私の首だけでは収まらないだろうからね。となれば、最高経営責任者がけじめをつけなければ、恰好がつかんだろうさ」

「しかし、ニシハマの実権を握っているのは黒崎さんですよ。ＩＥの件にしたって、黒崎さんの承認無くして、あり得なかったわけで……」

「世間的には社長が経営の最高責任者だ」

「黒崎さんは、ただの会長ではありません。代表権を持ってるんですよ」

「君は、本気でそんなことをいっているのかね」

広重は上目遣いに胡乱気な眼差しで賢太を見る。「黒崎さんに逆らえる人間はニシハマにはいない。あの人にとって、社長なんか誰だっていいんだよ。藪川さんだって、地位に相応しい資質があるから、社長になったわけじゃない。黒崎さんの忠実な僕。なにがあっても、自分の意のままに操れる、ただそれだけの理由で社長になったんだ」

全くもってその通りだ。

何事も黒崎の承認無くしては決まらない。黒崎の命令は、いかに困難を極めるものであろうとも、絶対に成し遂げなければならない。それがニシハマの掟である。

「黒崎さんが留任する理由なんて、いくらでもつけられるしね」

果たして広重はいう。「代表権を持った人間が、同時に退任したのでは経営が混乱する。ひとまず、最高経営責任者である藪川さんが責任を取り、自分はコストオーバーランを起こしている原発の完成に注力し、発電事業が軌道に乗った時点で進退を決める。まあ、黒崎さんのことだ、その程度のことは平然といってのけるだろうし、役員だって誰も異を唱えやしないさ」

賢太は、なんとももの悲しい気持ちになった。

間違いなく黒崎は広重の読み通りの行動に打って出るだろうが、広重の話を聞く限り、藪川が己の危機に気がついている気配がないように思えたからだ。

藪川だって社長に上り詰めたからには黒崎の後を継いで、会長となって院政を敷き、ニシハマを意のままに操れる日がくることを夢見ていただろう。そうでなければ黒崎の僕として、社長とは名ばかりの境遇に甘んじているわけがない。

ならば、その夢が叶い、黒崎の後を継いだその後、藪川にどんなビジョンがあるのか。

おそらく、そんなものは何もない。ただ社員を競わせ、満足のいく実績を上げた人間の中から、絶対的な忠誠と服従を誓う者に地位を与える。そして、引き立てられた人間もまた、同じことを考え、藪川に仕える日々を過ごすことになる。

経営陣がそんな人間たちばかりになれば、ニシハマに将来はない。これから先、続々と登場してくる技術革新の波に呑み込まれ、いずれ消滅してしまうことになる。

「かといって、多額の損失処理を行うからには外部、特に株主の間からは、現体制への不満や懸念の声が上がるだろう」

広重は続けると、「そんな声を封じ込めるためには、社内改革の姿勢を鮮明に示すしかない。それも目に見える形でね。そのためには改革のシンボル、要はスターとなる人間を役員に据えることだ」

探るような眼差しで賢太を見据えた。

「スター？」

「君だよ」

広重はついと下顎を突き出した。「LNG事業をニシハマにもたらした立役者。君が取締役になれば異例の若さで、二段階飛びの就任だ。しかもハーバードを優秀な成績で卒業したピカピカのエリートにして、創業家の人間だしね。話題性も十分だし、ニシハマに必ずや新風を吹き込む期待の人物と世間には映るだろうさ」

さすがに入社以来、出世競争に明け暮れてきただけあって、仕事の能力以上に、人事に関する読みは的確だ。

しかし、ここで広重の言葉を肯定するわけにはいかない。

「ちょ……ちょっと待ってください」

賢太は慌てていった。「私は、人事本部長付で、次の沙汰を待つ身なんですよ。第一、本部長にならなければ取締役にはなれません。広重さんの後任とおっしゃるのなら、現副本部長の大木さんでしょう」

「大木？」

広重は、片眉を吊り上げ鼻を鳴らした。「彼を本部長に据えれば、ニシハマは何も変わらない。いまの体制、社風が続くだけだと世間に知らしめるようなもんだよ」

「しかし、黒崎さんが会長でいる限り、誰が本部長になったところで、何も変わりませんよ」

「そう、実際は何も変わらない。しかし、黒崎さんが会長職に留まるためには、外部株主にニシハマは変わるかもしれないという期待を抱かせなければならない。だから、君なんだよ」

なんとも、失礼なものいいだ。

どうやら、広重は賢太も自分と同類の人間と見ているらしい。

馬鹿にするな！　俺はお前らのような、出世にしか関心がない人間とは違う！

胸の中に不快な感情が込み上げてくる一方で、賢太は広重に対して、いいようのない憐憫の情を覚えた。

何のために、ニシハマに職を得たのか。何のために、これまで働いてきたのか。全ては出世のため、より高い地位を得るのが、己の能力の証明だとでも思ってきたのか？　それが、お前の生き方か？　そんな人生にどんな意味があるというのだ。

しかし、賢太はそんな思いをおくびにも出さず、

「黒崎さんは、私を本部長にしませんよ」

努めて冷静な声でいった。「常務だってご存じでしょう。ニシハマは完全な東都閥です。洛北出身者をようやく役員から一掃したというのに、そこに私が入るなんて、他の役員が納得するとは思えません」

「そうかな？」

ところが、広重はいう。「じゃあ訊くが、君はどうしてニシハマに入社したんだ？　もちろん、君が肥後家に恩があるのは知ってるよ。しかしね、そんなものは何十年も前の話だし、今回の人事にしても、人事本部長付は二度と日の目を見ることがない閑職に飛ばされるまでの暫定ポストだ。君ほどの人間ならば、そんな処遇に甘んじるとは思えないし、ハーバード出にして、その歳でＮＮＡの副社長を長く務めたんだ。転職に困るどころか、破格の好待遇で、是非にという会社はいくらでもあるだろう」

もはや、何をいったところで信じまい。

黙った賢太に向かって、

「ニシハマを取り戻すのは、肥後家の悲願だろうしね」

広重は続ける。「肥後家の人間からすりゃあ、黒崎さんだって使用人の一人に過ぎな

い。そんな人間の策略に嵌まって、泰輔さんたちは会社を追われてしまったんだ。酷い屈辱を覚えたろうし、黒崎さんを憎んでもいるだろうさ。そこに君が入社してきた。だから君を、お嬢さんの婿に迎えた。そうじゃないのかね？」

そうだったら、何だというのだ。これから先のお前の何が変わるんだ。

口から出かかった言葉を呑み込み、賢太はいった。

「常務がおっしゃる通り、アメリカで職を求めていたなら、いま頃は現在の何倍、いや桁が違う報酬を貰っていたでしょう。転職しようと思えば、雇ってくれる先は、すぐに見つかったかもしれません。それも、かなりの高給で……」

「報酬は能力に対する評価だ。それ以外に――」

「ですが、日本人である以上、外国企業のトップにはなれません。よくて現法の社長、本社ならボードメンバーになるのが精々です……」

賢太は広重の言葉を遮り、秘めてきた野心を、ついに明かした。

「すると、君は――」

驚愕し、言葉を呑んだ広重に向かって、

「組織の中で生きていく道を選んだ以上、トップを目指すのは当然でしょう。それも、完成された組織より、改善、改革の余地がある組織の方が、腕の振るいようがありますからね」

賢太はきっぱりといい放った。

「改善、改革の余地？　そんなものがニシハマのどこにある」

広重は小馬鹿にしたように、鼻を鳴らした。

そこに気がついていないのは、経営者としての資質に欠けていると、自ら明かすようなものだが、広重は会社を去ることが決まった人間である。いちいち説明するのも面倒だ。

「改善、改革すべき点は、山ほどあると思いますが？」

こたえをはしょった賢太に、

「そんなことが、このニシハマでできると思うのかね」

広重は、薄ら笑いを浮かべた。「いったろ？　黒崎さんは、間違いなく藪川さんを切る。そして、自分の意のままに動く人間を社長に据える。君が私の後継者として、原発事業部の本部長に就任したとしても、黒崎さんの目の黒いうちは、ニシハマはおろか、原発事業部ですら君の意のままにはならないよ」

「黒崎さんは、気がつかれていると思います。いまのままではニシハマは早晩危機的状況に陥ると……」

賢太はすかさず返すと、広重の目をじっと見据えた。

短い沈黙があった。

やがて広重はゆっくり立ち上がると、賢太に背を向け窓の外に目をやりながらポツリといった。

「君を私の後任に据えようとしているのは、その表れといいたいわけか……」

賢太は否定しなかった。

それがこたえだ。

副本部長への昇格はすでに藪川から内示を受けていたが、本部長の件に関しては、なにも聞かされてはいない。だが、黒崎の思惑に対する広重の推測は、間違ってはいないように思えたし、賢太をNNAの副社長から、ただちに副本部長に昇格させることなく、人事本部長付としたのも、やはり広重を切り本部長に昇格させるためだったのだと確信した。

「トップに立とうという野心を持っているなら、言動には少し気をつけた方がいいね」

下界を見下ろしていた広重が、空を見上げる。

「とおっしゃいますと？」

「いまの君の言葉を黒崎さんが聞いたら、どう思うかな」

広重は肩を小さく震わせた。

笑っているのだ。

「私の言葉？」

「君がトップを狙っているということをだよ。肥後家を追い出すことに成功した黒崎さんの耳に入れば、君は危険分子と見なされかねないよ」

「ご忠告ありがとうございます……」

賢太は、軽く頭を下げると、「しかし、黒崎さんは、そうは取らないと思います」すかさず否定した。

「ほう、それはなぜだね？」

「社長を目指すということは、黒崎さんが会長職に留まっている限り、絶対的忠誠を誓い、命に背くことはない。そう明言するのと同義だからです」

「えっ？」

賢太の言葉に振り向いた広重の目には驚きの表情が浮かんでいる。

「それに、もし常務の推測通り、黒崎さんが私を本部長に昇格させるなら、これまでニシハマでは当たり前であった、学閥、年功序列も根底から覆ることになります。黒崎さんがニシハマの改革に乗り出そうとする意志の表れだと思いますが？」

まじまじと賢太を見据える広重の瞳(ひとみ)には、後悔の念が浮かんでいるように賢太には思えた。

過去を悔いても仕方がないことだが、もし物部が持ちかけてきたLNG事業のプランを、失敗を恐れず広重が自ら手がけていたら。いや、せめて自分が起案した上で、賢太にプランの実現を命じていたら。IEの損失もLNG事業をものにした功によって相殺され、解任されることはなかった。おそらくは、そうとでも考えているに違いない。

だとすれば、失敗した時に備えて保険をかけたつもりが、逆に命取りになったのだから、なんとも皮肉な話である。それこそ策士、策に溺(おぼ)れるというやつだ。

「まあ、黒崎さんを甘く見ないことだね。あの人は、自分の身を守るためなら、手段を選ばん人だからね」

広重は、そういい放つと再び窓の外に目を向けた。

自分の身を守るためなら、手段を選ばないというのは、何も黒崎に限ったことではない。広重だって同じ穴の狢（むじな）だ。まさに、どの口がいうというやつだが、少なくとも黒崎が会長でいる間は、油断は禁物だ。

なにしろ、東都閥の中に一人、しかも異例の若さでの取締役就任となれば、まさに異物となるのだ。そして、異物を排除しにかかるのが組織の常だからだ。

「お言葉、肝に銘じて……」

賢太は、自らを戒めると、広重の背中に向かって深く頭を下げた。

2

「改めて、取締役就任、おめでとうございます」

神原がシャンパングラスを目の高さに掲げた。

「ありがとうございます……」

賢太もまた、グラスを翳（かざ）しながらこたえると、シャンパンを口に含んだ。

ソーホーにこんなフレンチレストランがあるとは驚きだ。

マホガニーをふんだんに用いた重厚感溢れる内装に、純白のテーブルクロス。ウエイターは白いシャツに黒のタキシードと蝶ネクタイ。ドレスコードもあるらしく、フォーマルウエアに身を包んだ客たちの姿を見ていると、まるでアメリカの古き良き時代を舞台にした映画のワンシーンの中に紛れ込んだような錯覚に陥る。

臨時取締役会で役員就任が承認されてひと月が経つ。賢太は久しぶりにニューヨークにやってきた。出張の主な目的は取締役就任の挨拶と、新規原発の建設計画について、海外諸国の動向をオタイバから聞くためである。二泊四日という慌ただしい日程だが、到着早々にオタイバと会い、その夜は今井と食事を共にし、今日はNNAで賢太の後任とIEについて終日会議を持った。

賢太の原発事業部本部長・常務取締役就任が経済紙と一般紙の双方で報じられると、神原は真っ先にお祝いのメールを送ってきた。その際ニューヨーク、あるいは東京のどちらかで、是非お祝いの席を設けさせていただきたい、と添え書きがあったのだ。

「それにしても、いい雰囲気のレストランですね。こんな洒落た店がソーホーにあるなんて知りませんでしたよ」

賢太はグラスを置きながら、改めて店内を見渡した。

「ニューヨークで長く暮らされた肥後さんに、そういっていただけるとお連れした甲斐があります」

神原は少し自慢げにこたえた。「ここの常連には、ニューヨークの著名人が多くいましてね。隠れ家的に使われていることもあって、表には一切出ないんです。日本でいうなら一見さんお断りの店というところでして……」

「さすがは四葉さんですね。こうした店を、しっかり押さえているわけですか」

「肥後さんを前にしていうのもなんですが、ニューヨークのビジネス社会は広いようで狭いでしょう？　どこに目や耳があるか分かったもんじゃありませんからね。その点、ここなら日本人に会うことは、うちの人間がお連れしない限り、絶対にありませんので……」

「しかし、一度来たら一見さんではありませんよね。この店なら、接待に使いたいという人もいるでしょう」

「実は、この店のオーナーってのは、随分昔にうちとビジネスをやって大成功を収めた人間なんだそうでしてね。来日した際に京都のお茶屋にお連れしたら、一見さんお断りのシステムにピンときたらしいんです。店が客を選ぶってシステムは、ニューヨークでもいけるんじゃないかと……」

早い話が会員制、それもオーナーの眼鏡に適った人間しか利用できないということらしい。

アメリカ社会の貧富の格差は、日本とは比べものにならない。ニューヨークはその象徴のような街で、桁外れの富に恵まれた人間が数多く住んでいる。会員制のクラブも数多く存在するのは事実で、運営形態も会員の階層も様々だから、需要は確かにあるのだろう。

「なるほど……。オーナーの眼鏡に適わなければ客になれないのなら、四葉さんに連れてきてもらうしかありませんね」

頷いた賢太に向かって、

「ワインは、何になさいます？」

と神原はワインリストを差し出してきた。

店の雰囲気もさることながら、いま聞かされた話からでも、品揃えは値の張るものばかりに決まっている。それに、今夜は神原が設けた席である。おそらく今夜の食事の代金は、四葉の経費で落とすのだろうから、神原にも予算があるはずだ。

「お任せします」

賢太はリストを手にすることなくこたえた。

「いやあ、肥後さんにお薦めできるワインを選ぶのは、ちょっとハードルが高いですよ。そうおっしゃらずに、お祝いの席です。どうぞご遠慮なさらずに……」

「お気遣い無く。このクラスの店なら、何を選んでも間違いはないでしょうから」

「そうですか、では……」

神原は暫しリストに見入ると、ウエイターを呼び、まず白ワインをオーダーする。料理のメニューを二人に差し出したウエイターが、一旦引き下がったところで、

「肥後さん、是非フォアグラを召し上がってみてください。この店のマデラソースを使

ったフォアグラは絶品なんです」

神原は顔をほころばせながら、熱心に薦める。

「そうですか、ではそれをいただきましょう」

それを皮切りに、神原は次々にお薦めの料理を熱く語るものだから、彼が決めたも同然ということになってしまった。

やがて、アミューズと共にワインが運ばれてくると、それから暫くの間は、お互いの日常の話に終始していたのだが、

「そういえば、肥後さん。つい最近御社のことで、妙な話を耳にしましてね」

神原が、ふと思い出したように切り出したのは、アミューズを平らげた時だった。

「妙な話……とおっしゃいますと？」

「先日、東国が東京本社に出張しましてね。その時に毎朝新聞からLNG（液化天然ガス）の合弁事業のことで、取材を受けたんだそうです」

「ほう……」

賢太は神原を見つめながら、白ワインが入ったグラスを傾けた。

「その席で、毎朝の記者が、今回ニシハマさんと組んだのは、モンゴルに使用済み核燃料の最終処分場を建設する計画にうちが参入するのを狙ってのことか。そう訊ねてきたというんです」

「モンゴルに最終処分場？」

心臓が強い搏動を刻むのを覚えながら、賢太は素知らぬ振りを装い問い返した。「なんですか？　その話」

「なんでも、アメリカのエネルギー省とモンゴル政府の間で、彼の地に処分場を設ける合意が整った。日本政府は経済援助の名目で、建設費の全てを負担する。そしてそのプロジェクトにニシハマさんが加わることが決まっていると」

口調こそ変わらぬものの、神原は探るような眼差しで賢太を見据える。

「どこで聞いた話か分かりませんが、私は知りませんね」

薄い笑いと共に、首を傾げてみせた賢太だったが、神原の視線は鋭さを増す。

「東国がいうには、毎朝は確信を持って取材に動いているようだ。LNG事業の話を聞きたいというのは口実で、本当の狙いはこの件にあったのではないかと……」

「それはどうですかね」

賢太は視線を逸らし、グラスをテーブルの上に置いた。

「東国さんは、四葉アメリカの社長じゃないですか。各事業部から都度報告は受けているでしょうが、個別の案件を詳細に把握してはいないでしょうし、LNGの件にしたって、合弁会社設立の調印式に出ただけじゃありませんか。毎朝の記者がLNGのことを取材したいと打診してきたなら、広報が対応するでしょう。どうして東国さんが、取材に応じることになったんですか？」

「それが、毎朝の記者からは、事前に東国へメールでインタビューの依頼が来ていたそうなんです」

「ニューヨークの東国さんにですか？」

「ええ……」

神原は頷くと続けた。「その記者というのは、以前ワシントンに駐在していたそうでして、東国と面識があったんです。それで、日本に帰って来たら是非ＬＮＧ事業の件について話を聞きたいと……」

大手総合商社のビジネスは多岐に亘り、世界を股に掛けて巨額のカネを動かしている。それだけに情報はまさに生命線といえるわけで、世界情勢はもちろん、各国の政治動向にも常に細心の注意を払い情報収集に努めている。四葉アメリカの社長ともなれば、彼の地の各産業団体との会合や会議もあれば、大使館主催の行事への出席もある。ワシントンに出向く機会は頻繁にあるだろうし、多くの場合そこにはメディアの姿があるはずだ。毎朝は日本最大級の全国紙だから、数多あるメディアの中で、東国が毎朝の特派員を別格扱いしたとしても不思議ではない。

「それに、東国は結構出たがりなところがありましてね」

神原は続けていうと、苦笑を浮かべた。

「何であれ、それ、どう考えてもガセですよ」

賢太もまた、苦笑を浮かべながらいった。「確かに使用済み核燃料の最終処分場の確保は、どこの国も頭を痛めている難題中の難題です。なのに、いまに至っても解決できないでいるのは、必要性は認めていても、いざ設置となると、例外なく猛烈な反対運動に直面するからです。確かに、モンゴルは広大な国土を持ちますし、人口密度も低い。発展途上にあるのも事実なら、経済援助を欲してもいるでしょうが、だからといって、そんな厄介な施設を受け入れるとは思えませんね」

神原は、すぐに言葉を返さなかった。

射るような視線で賢太を見据えると、

「肥後さん、大分前に、私の見解を聞いてみたいことがあるが、とてもデリケートな案件なので、いまは話すことができないとおっしゃったことがありましたね。ひょっとして、あれは、このことだったんじゃありませんか？」

声を落とし、ぐいと身を乗り出した。

もちろん肯定するわけにはいかない。

「神原さん……。先に申し上げましたが、そんな話は、ただの一度も聞いたことはありません」

賢太はしらを切った。

「そうでしょうか」

しかし、神原に引き下がる気配はない。「実は、この話を東国から聞かされて調べてみたんです。そうしたらいろいろと不思議な動きがありましてね」

「不思議な動きとおっしゃいますと？」

賢太は、白ワインを口に含みながら、先を促した。

「モンゴルはもちろん、日米政府の中にも、こんな突拍子もない構想を思いつく人間はまずいません。絵を描き、三カ国の間での交渉を取り纏めた人間、つまりフィクサーがいるに違いないと考えたんです」

さすがは神原である。驚くべき読みの鋭さだ。

しかし、そうした内心をおくびにも出さず、賢太は「それで？」と先を促した。

「この分野でのフィクサー的存在、それも御社に近い人物といえばオタイバです。彼が御社とアドバイザー契約を結んでいるのは、肥後さんから聞いておりましたが、それだけじゃありません。オタイバは協銀とも同様の契約を結んでいることが分かったんです」

「オタイバが協銀と？」

そんな話ははじめて聞く。

賢太は思わず問い返した。

「それで、ピンときたんです」

神原はニヤリと笑った。「協銀はただの銀行ではありません。政府主導の海外事業の資金を用立てる特殊な銀行です。となれば、協銀がオタイバとアドバイザー契約を結んだ理由は一つしかありません。政府主導で行われる、それもエネルギー関連のビッグプロジェクトに備えてのことに違いないと」

神原の読みは間違っていない。

藪川と黒崎からは、いまもってこの件については何一つ聞かされていない。オタイバもまた同じで、いまに至るまで、それらしきことを匂わせたことがない。

もし、この計画が実現に向けて動き出しているのなら、原発事業部の本部長に就任した時点で、賢太は当事者の一人になったはずだ。実際、この構想は本部長であった広重から聞かされたわけだし、実現に向けて動き出しているのは、神原が睨んだように、オタイバがニシハマ、協銀のアドバイザーに就任したことからも明らかだ。

なのに、なぜ藪川、黒崎の両名は、いまに至ってもなお、この件を一言も口にしないのか……。

「初耳の話ばかりで、なんとおこたえしたらいいものか……」

賢太は語尾を濁すと、「もっとも、本当にそんな計画が動いているのなら、うちにとっては、とてつもない追い風になりますが……」

再び言葉を呑んだ。

「それは、弊社にとっても同じです」

神原の声に力が籠もる。「使用済み核燃料の最終処分場の建設ともなれば、途方もないビッグプロジェクトになりますからね。原発を持つ世界中の国々が利用を申し出るでしょうし、御社の原発事業が急成長を遂げることは間違いないんです。LNGと原発、二つの事業をうちが一緒にやれることになれば――」

「神原さん……」

言葉に勢いが増す一方の神原を賢太は遮りにかかった。

しかし、神原は構わず続ける。

「それだけじゃありません。モンゴルには、豊富なウランが眠っています。弊社も採掘権を入手し、鉱区を確保していますからね。つまり、弊社とニシハマさんがこの事業で手を組めば、ウラン採掘から廃棄物の永久保管まで。燃料棒の製造を除けば、完全な核のサイクルができあがるんです」

「神原さん……」

賢太は、改めていった。「繰り返しますが、私は、なにも知らないんです。もし、この話が本当ならば、私が原発部門を預かることになった時点で、藪川は必ず話したはずです」

神原は、黙って賢太の言葉に聞き入っている。

「なのに藪川はもちろん、オタイバも一言もそんな話は口にしたことがない。それは、なぜだと思います？」

賢太は、神原のこたえを待たずにいった。「使用済み核燃料の最終処分場を建設する。しかも、モンゴルという第三国にとなれば、日本国内はもちろん、世界中で、猛然と非難の声が上がりますよ。放射性物質という言葉に極めて過敏、それもネガティブな反応を示す人はごまんといますからね。そして肯定的な声よりも、否定的な声の方が大きく聞こえるものですし、それが世論として扱われるのが常だからです」

神原は、なにかいいたげにもごりと口を動かしたが、言葉にはならない。

賢太は続けた。

「つまり、この計画は実現すると確証が得られるまで、あるいは公表するタイミングが来るまで絶対に外に漏れてはならない、極めてデリケートに扱わなければならないものだったんじゃないでしょうか」

神原は、声にこそ出さないものの、「あっ」というように口を開いた。

そこで賢太は問うた。

「それが毎朝新聞の記者に嗅ぎつけられたとなれば、どうなります？」

「じゃあ、毎朝の動きを藪川さんは、ご存じだと？」

「それは分かりません」

間違いなく藪川は知っている。賢太には、そうとしか思えなかったが、敢えて曖昧にこたえると、「東国さんは、毎朝の記者がどういう論調で報じようとしているか、何かおっしゃっていましたか？」と、訊ねた。

「いいえ……」

どうやら計画の巨大さに目が眩み、前のめりになっているのは神原だけではなさそうだ。海千山千、生き馬の目を抜く、ビジネス社会に名を馳せる四葉の社員もやはり人の子だ。

「毎朝は反原発の急先鋒ですよ。どこの国でも持て余している使用済み核燃料を先進国がカネの力にモノをいわせて、途上国に押しつけようとしている。そんな論調で報じこそすれ、肯定的な記事なんか書くわけないじゃないですか」

「すると、この計画は……」

「もし、本当にあるのだとすれば、実現はかなり難しくなったといえるかもしれませんね」

先ほどまでの勢いはどこへやら、神原は憮然(ぶぜん)として押し黙ると、がぶりとワインを飲んだ。

だが賢太は違った。

この構想が実現すれば、原発事業部にはもう一つ、新たな柱ができることになる。賢太にとって、とてつもない追い風になるのは確かだが、それは藪川、黒崎にとっても同じこと。彼ら二人の地位と権力をさらに盤石なものにするのもまた確かなのだ。だが、神原にもいったように、たとえ当事国の政府間で合意されていたとしても、実現までには乗り越えなければならない、しかも極めて高いハードルが幾つもある。それでもこの構想に賭(か)けようとしているのは、起死回生の一発をものにしなければ、いまの地位が危ないという二人の焦りの表れだ。

それが、何に起因するかといえば、一つしか思い当たらない。

二人が失脚する時は、意外に早いかもしれない……。

賢太は、そんな予感を覚え、グラスに残った白ワインを一気に飲み干した。

ニシハマに激震が走ったのは、賢太が取締役に就任した三ヵ月後、十二月初旬のことだった。

3

その日賢太は、いつもより早く午前六時に広尾にある自宅マンションを出た。

この時刻の出社となったのは、NNAにいる今井とIEに駐在しているニシハマから派遣された役員を交えてのテレビ電話会議が行われることになっていたからだ。

賢太は経済紙の朝刊を手に、迎えの車に乗り込んだ。

ようやく外が明るくなってきた時刻である。後部座席に座り読書灯のボタンを押した賢太は、一面トップにでかでかと躍る見出しを見て、ハッと息を呑んだ。

『ニシハマ　組織的に利益操作』

黒地に白抜きの文字に続いて、『トップの不正圧力』とあり、紙面の半分を占めるスペースが割かれている。

賢太はむさぼるように記事を読みはじめた。

記事によると、ニシハマのパソコン事業部は自社工場を持たず、海外のODM（受託製造業者）に製造を委託している。その際必要となる部品は全てニシハマが調達し、大量発注によって安く仕入れたものを、通常価格よりも遥かに高い金額でODMに買い取らせる。通常は、部品をＯＤＭメーカーに買い取らせた時点で発生した仕入れ値との差額を利益とすべきところを、ニシハマはその十倍近くもの価格で計上していた。さらに、四半期、決算期の会計期末には、必要以上の部品をＯＤＭに押し込み、利益を水増ししていたという。

大量発注によって部品の調達価格を安くし、利益を上乗せした上でＯＤＭに買い取らせるのはマスキングといわれる手法で、自動車業界などでも当たり前に行われていることで違法性はないのだが、そこから先の部分は、完全な違法行為である。

ニシハマからすれば、ＯＤＭは下請け企業。生殺与奪の権を握る立場にある。つまり、力に物をいわせて、不正行為の片棒をＯＤＭに担がせたというわけだ。

パソコン事業部が不正行為を承知の上で利益の水増しを行った原因は、藪川、ひいては黒崎から突きつけられる厳しいノルマにあると告発者は指摘し、利益の水増しは長期に亘り、しかも全社的に行われてきたことから、途方もない巨額になるともいう。

新聞は、『利益の水増し』と報じてはいるが、誰がどう読んでもニシハマが行っていたことは粉飾以外の何物でもない。

ニシハマの決算に不審な点があることは、グラハムや政成から指摘されていたので、記事に書かれていること自体に驚きは感じないものの、いざ事が発覚してみると、あまりの酷さに呆(あき)れると同時に、藪川と黒崎、いや、ニシハマという企業に対する怒りと、失望の念を改めて覚えた。

広尾から本社までは僅かな距離だ。

一面と経済面に掲載された関連記事を読み終えたところで、車はニシハマ本社の車寄せに到着した。

いつものこの時刻なら人影まばらな玄関前には、早くもマスコミの人間で黒山のひとだかりができている。

車が停まった途端、数十人はいるであろう、テレビ、新聞、週刊誌の記者が賢太めがけて一斉に群がってきた。

当たり前だ。運転手付きの黒塗りの乗用車で出社してくるのは役員だ。彼らにしてみれば、恰好の取材対象者のご出勤だ。

眩しいライトはテレビクルーのものだろう。同時に無数のフラッシュが明滅し、賢太は思わず目に手を当て光を遮った。

「ニシハマの役員の方ですね」

「今朝の新聞をお読みになりましたか」

「利益の水増しは、本当に行われていたんですか」

次々に質問が投げかけられ、場は騒然となった。

もちろん、賢太がこたえるわけがない。

対処の方針も決まっていないし、第一、マスコミへの対応は広報の仕事だ。

彼らだって、それは百も承知だろうが、仕事である以上手ぶらで帰れば上司にどやされる。マスコミ、ジャーナリストと気取ってはいても、彼らの多くは組織に身を置いて禄を食むサラリーマンだ。

賢太は彼らの問いかけを無視して玄関ロビーに入ると、そのままエレベーターに乗り込んだ。

最上階にある役員室に入ると、脱いだ上着をロッカーに入れた。

時刻は午前六時二十分。ニューヨークは午後四時二十分だ。会議まで、まだ十分ほど時間がある。

執務机に置いたスマホが鳴ったのはその時だ。

パネルには政成の名前が浮かんでいる。

「もしもし……」

「ああ、私だ。大変なことになったな。朝刊を読んで驚いたよ。テレビもこの件で持ちきりだぞ」

政成は興奮している様子で、いつになく早口だ。

「寝耳に水とはこのことです。私も、たったいま新聞で知ったばかりでして……」

「しかし、酷いもんだ」

政成は唾棄するようにいう。「地位と権力を手放したくない一心で、こんなことをしでかしたんだろうが、いったいあいつは企業の責任というものをどう考えているんだ。同じ一部上場でも、ニシハマはそんじょそこらの企業とは違うんだぞ。社会的に大きな責任を負ってもいるし、グループ企業や取引先を含めれば、何十万人という人間の生活を支えているんだ。粉飾なんかやろうものなら、どんなことになるか、百も承知だろうに」

「あの記事に書かれていることが事実だとすれば、そもそもの原因が藪川さん、黒崎さんの両名にあるとしても、やった人間だって同罪ですよ」

「それは、どういう意味だ？」

政成は怪訝そうな声で返してくると、「達成不可能なノルマを各事業部に課したのは、黒崎と藪川だよ。ニシハマのような会社で一旦ペケをつけられれば、昇進の道は間違いなく断たれる。出向、果ては転籍、飛ばす先は幾らだってあるんだ。そんなことになろうものなら、人生設計が狂ってしまう。そりゃあ部下は、止むに止まれず、不正行為に手を染めもするだろう」

黒崎への敵意を剝き出しにする。

「その場を凌げても、粉飾は必ず発覚する時がくるものです。その時会社がどうなるか。自分の出世どころか、会社そのものがたちまち危機に立たされるのは承知しているはずですよ。私は庇う気にはなれませんね」

賢太が語気を強めると、政成は押し黙った。

「しかしねえ、黒崎からプレッシャーをかけられれば……」

あくまでも、責めを負うべきは黒崎であって、末端の社員に罪はないといわんばかりに政成はいう。

「だとしたら、ニシハマは優秀な人間を採用したつもりで、想像力が決定的に欠けているボンクラばかりを採用してきたってことになりますね」

「なに？」

政成の声が尖った。

「そうじゃありませんか」

賢太は構わず続けた。「企業は競争社会です。経営者が部下を競わせるのは大いに結構ですが、最後までペケを貰わなかった人間がトップになる。しかも、何十年もの間となれば、上司の顔色を窺う習性が、とことん身に染みつくに決まってるじゃないですか。事実、いまの役員なんて、そんな連中ばかりじゃありませんか。しかも、ほぼ全員が高齢者。これじゃあ、時代に取り残され、業績不振に陥るのも当たり前ってものじゃありませんか」

「確かに、年功序列の時代は終わった、能力主義の時代だといっても、実際はそうではないからな……」

政成も納得できる部分があるらしく、苦々しい口調ながらも、賢太の考えを肯定する。

「経済団体の年始交換会なんて、見る度にぞっとしますよ。日本を代表する企業ばかりだし、いま現在もそれなりの業績を挙げている会社のトップばかりなのは事実ですが、それは自社の製品や技術が、まだ通用しているからに過ぎません。ベンチャーの連中は、あの場に集まっている企業を駆逐することを狙っているんです。そのためにはどんな技術を確立し、どんな製品を開発しなければならないか、明確なビジョンと戦略を持って起業するんです。あの場に集う、大企業の御重鎮たちの中に、そんなビジョンや戦略を持っている人間が、どれだけいると思います？」

政成は、すぐに言葉を返さなかった。暫しの沈黙の後、口を開くと、

「取締役に就任した直後の大不祥事だ。さぞや慌てているかと電話したんだが、君の話を聞いていると、まるでニシハマが生まれ変わるチャンスだといわんばかりじゃないか」

政成は、皮肉めいた口調でいった。「藪川、黒崎はもちろん、粉飾に関与してきた連中が、もれなく処分されれば、いよいよ君の出番だとでもいうのかね」

賢太は肯定も否定もせず、

「私は、ニシハマに入社する以前と以後で、考えを改めたことがあります」

そう前置きすると、政成の反応を待たずに続けた。「どれほど世に名を馳せていようとも、オーナー企業に職を求めるのは、生涯他人に仕える道を選んだことになる。仕事に対する夢も希望もない、つまらない人間の選ぶ道だと、入社以前は考えていました」

「企業に職を求めるからには、トップを目指すべきだと？」

「そうではありません。トップに立てるかどうかは別として、なにをやるにしても、オーナーの意向次第。ご機嫌を伺いながら、人生の大半を送るなんてことは考えられなかったんです」

「トップに立つかどうかは別だというなら、どうしてニシハマを選んだ。大企業だって同じようなものじゃないか」

「大企業が持つ豊富な資金や人材が魅力だったんです。会社のカネで大きなビジネスを手がけるチャンスが大企業にはあると思ったんですね」

「現に君は、LNGという大きな新事業をものにしたからな。あれだって、ニシハマの看板があればこそ、資金の裏付けがあればこそだ」

「ところが、大企業も大して変わりはありませんでした。むしろ、オーナー企業よりも、大企業の方がもっと酷い。経営者もまたサラリーマンだってことに、考えが及ばなかったんです」

賢太は、苦笑を浮かべながら話を続けた。「サラリーマン経営者が君臨する企業の最大の弊害は、利益を出し続けている限り、任期を延ばすことができるという点、社長の座を退いても、会長、相談役と会社経営に影響力を持つ地位に居続けられるという点にあります」

「まさに、黒崎がそうだよな……」

政成は、我が意を得たりとばかりに同意する。

「権勢を振るうことができる地位に長く留まるためには常に増収増益、業績が順調に推移していることが絶対条件です。となると、まずリスクは取りません。長期的視点に立てば、いま着手しておかなければならない事案でも、やるなら自分が退任した後にしてくれとなってしまうんです」

「しかし、藪川、黒崎の両名は、ことLNG事業に関しては、リスクを取ったじゃないか」

「それは私が、あの事業に四葉を巻き込むことで、リスクを軽減してみせたからですよ。それに、黒崎さん、藪川さんの両名が、IEの件が問題視される前に、コストオーバーランを起こした金額を穴埋めする事業を立ち上げる必要性に迫られていたからです」

「穴埋め分って、いったいどれほどの額になるんだ？」

そう問うてきた政成を無視し、

「その点、オーナー企業は別ですからね」

賢太は話を続けた。「特に創業者が経営者の場合は、ビジョンが明確ですし、何よりも事業の拡大に貪欲です。創業時の事業が成功を収めても、そこで満足することはない。さらなる事業の拡大を目指すものです」

「そんな経営者ばかりじゃないと思うがね」

「もちろんです」

賢太はあっさりと同意した。「どこの会社で働くかを真剣に考えるのなら、そういう経営者がいる会社を選ぶべきだと申し上げたかっただけです。現に、いまITの世界を牛耳っているGAFAは、いずれもそうした企業ばかりですからね」

「アップルの創業者はすでに亡くなったが？」

「それでも彼らは、成功した、あるいは成功している事業に留まることなく、次のビジネスを手中に収めることに貪欲です。そのためには有能な人材を外部から招き入れ、年齢や学歴に関係なく、能力があると見なせば、日本企業では考えられないほど高額な報酬と地位を与えます。時代に必要とされる技術も製品も、人材へのニーズも、もの凄いスピードで変化しているんです。なのにニシハマは、いまだ学歴、年齢、経験、果ては前例、事なかれ主義に凝り固まった人間たちが経営の舵取りを担っている。それで、ニシハマが、彼らと伍して戦っていけると思いますか？　勝利を収めることができると思いますか？」

「すると、君は……」

政成は、ようやく賢太がいわんとすることを悟ったようで、短く漏らすと言葉を呑んだ。

「お義父さん……その時が来たのかもしれませんよ。肥後家がニシハマを取り戻し、一族に連なる人間が再び君臨する日が……」

賢太はそう告げながら、口が裂けそうな笑いを浮かべた。

4

粉飾が報じられたその直後から、世間は騒然となった。

もちろん、粉飾の報道と同時にニシハマ社内も大混乱に陥った。

なにしろ、日本を代表する総合電機メーカーの大スキャンダルだ。日本、いや世界の経済界、産業界を揺るがす大事件である。一刻も早く、記者会見を開く必要に迫られた黒崎、藪川の両名は、報道があった当日の朝から財務担当役員、広報室長と共に会長室に籠もり会議に入った。そして広報室長が記者会見を開いた同時刻、緊急役員会議が開催されたのだが、黒崎が発した第一声を聞いて賢太は耳を疑った。

なんと黒崎は、「現場が粉飾を行っていたことを、お前たちは知っていたのか！」と、居並ぶ役員を怒鳴りつけたのだ。しかも、呆れたことに役員の全員が、「現場レベルで行われていたことで、把握していなかった」「まさか、こんなことをやっているとは……」と、口々に否定したのだ。要は、黒崎は各事業部の担当役員の監督不行き届きを責め、そして担当役員もまた、現場を預かる上級、中級管理職に責めを負わせ、事態の収拾を図ろうとする姿勢を見せたのだ。

間違いなく彼らは、担当事業部の直属部下に同じ質問を投げかける。そして、部長は課長に、課長は係長にと連鎖は続く。もちろん、そんなことをしたところで、責任は逃れられない。いかなる理由があろうとも、粉飾行為を働いた人間はもちろん、管理職の全員が責めを負うことになるのだ。

「とにかく、早急に全容の解明に全力を挙げて取りかかれ！」という藪川の言葉で、最初の緊急役員会議は短時間のうちに終わったのだったが、状況は悪化の一途を辿るばかりだ。

報道は日を追うごとに過熱する一方で、新聞、テレビ、週刊誌はもちろん、あらゆる媒体に『ニシハマ』の文字が躍る日が続く。もはや『利益の水増し』などという曖昧な表現を用いる媒体はなく、『粉飾』と断じる。

その根拠となったのが、かつてニシハマに勤務していた従業員の証言だ。

「粉飾は全社的に行われていた」「目標達成のノルマが厳しく、現場は常に追い込まれていた」「粉飾は長期間に亘って常態化していた」「少なくとも、現場の中級以上の管理職は粉飾が行われていたことを知っていた」。さらには匿名ではあるものの現役社員の告発も続出し、ニシハマが粉飾に手を染めた原因としてもれなく挙がったのが黒崎の存在だった。

「絶対的権力を持つ黒崎に、異を唱えることはできない」「黒崎の命令を実現できなければ、その時点で出世の道は断たれる」。果ては黒崎を「ニシハマの独裁者」あるいは「天皇」と断じ、粉飾の全容と併せて、ニシハマの企業風土に世間の関心が集中するようになった。

当初、メディアへの対応を広報任せにしてきた藪川も、ついに記者会見を開いたのだが、「現在、状況把握に全力を挙げている」というあまりに当事者意識を欠いた対応が、燃えさかる世間の非難に油を注ぐ結果となった。

証券取引等監視委員会、会計監査法人、経産省と、公的機関も黙ってはいない。

藪川は、これらの機関への対応に追われ、担当役員も提出資料の作成と同時に、粉飾額の確定作業に忙殺される日々が続いた。そんな事情もあって、二度目の緊急役員会議が招集されたのは、報道初日から十日目のことだった。

「では、緊急役員会議をはじめます」

楕円形のテーブルを囲む役員に視線を走らせながら藪川は告げ、「はじめに、現時点までの調査状況を、岡村君から報告してもらいます」

と財務担当役員を促した。

対応の矢面に立たされた藪川は、さすがに疲労の色を隠せない。眼窩が落窪み、頬もこけ、おそらくは食事も喉を通らないのか、ワイシャツの襟回りに隙間が空いているのが見て取れる。

「現時点では、前年度、前々年度に行われた利益の水増し分については四事業部、前々々年度については二事業部から、水増し分の報告が上がっておりまして、その総額は約四百億円程度に――」

その時、

「ちょっと待ってください！」

刺々しい声が、岡村を遮った。

一同の視線が声の方に向く。

半導体事業部担当役員の林原泰典だ。

「いまここで、調査の途中経過の報告を受けることにどんな意味があるんでしょうか」

そういう林原の声には、明らかに苛立ちと怒りが籠もっている。

「報告の途中に無礼だぞ！　議事を進行するのは私だ！」

藪川は不快感を露わにし、林原を睨みつける。

「無礼は承知で発言しております」

林原は平然と返すと、すかさず続けた。「といいますのも、財務部主導で行われた調査の結果、判明した粉飾金額を公表しても、世間が納得するとは思えないからです。すでに報道の中には、粉飾は少なくとも七年以上もの長きに亘って行われてきた、という元社員、現社員の証言もあるんです。その間粉飾が発覚しなかったのは、監査法人の協力なくしてあり得ないという指摘も出ています。監査法人に決算内容を説明する立場にあった財務部もグルだった。ニシハマはもちろん、決算に関わった全ての組織のいうことなど信用できないと世間は見ているんです。粉飾を行った当事者による調査結果なんて、誰が信用しますか。そんな報告に、どんな意味がありますか。時間の無駄です」

全く、その通りだ。

よくぞ喉まで出かかっていた言葉を代弁してくれた。

賢太は胸の中で快哉を叫んだ。

ところが他の役員の反応は違った。藪川への抵抗は、黒崎への抵抗でもある。皆一様に顔を強ばらせ、事の成り行きを息を潜めて見守っている。

めている。

藪川の顔がみるみるうちに赤くなっていく。唇が小刻みに震えているのは激しい怒りの表れだ。その一方で隣に座る黒崎は、無言のまま感情が一切窺えない目で林原を見つめている。

「なにい？」

「粉飾が行われていたことを確認したのなら、まずはその事実を公式に認め、第三者機関を設置し、早急に全容の解明を任せるべきです。もちろん、当該事業部担当役員、上級管理職、社長、会長も第三者機関から要請がない限り、調査には一切タッチしない。それくらいの姿勢を見せなければ、世間は納得しませんよ」

林原は断固とした口調でいい、藪川、黒崎に挑戦的な視線を向けた。

「君は何様だ！　まるで、我々が粉飾に関与していたといわんばかりじゃないか！」

生殺与奪の権を握っているのは誰だ、といわんばかりに藪川は口の端を歪める。

ここに至ってもなお、こんな態度に出られる藪川が、賢太には理解できない。

林原は前任者の急逝に伴い、今年常務に就任したばかりで、役員の中では賢太に次いで二番目に若い。半導体事業部も業績絶好調とまではいえないものの、ニシハマが独自に開発し、世界市場で圧倒的シェアを持つ製品がある。林原は技術畑を歩んできた人間で、長くその製品を担当しており、取締役に任命されたのも、その功績が評価されたからだ。強気に出られるのは、半導体事業部が粉飾に手を染めていないという確信があるからだろうし、藪川、黒崎両名の時代は終わると見切ったからだろう。

「そうとしか考えられないでしょう」

果たして林原は断固とした口調でいう。「直接数字を繕えとは口にこそしなくとも、市場環境の変化を一切考慮せず、達成目標を一方的に決め、各事業部に押しつける。未達となれば、その時点で昇進の道は断たれる。そんなプレッシャーをかけ続ければ、社員はもれなくサラリーマン。家庭、人生がかかってるんです。そりゃあ数字をでっち上げるしかないって気持ちにもなるでしょう」

「ここにいる人間は、そういうプレッシャーと戦い、結果を出し続けてきたんだよ。それに、まさかニシハマの社員ともあろうものが、いくら苦しいからって、不正行為に手を染めるとは――」

「考えてもみなかったとおっしゃるんですか？」

林原は、藪川の言葉を先回りすると話を進める。「じゃあ、お訊きしますが、監査法人が粉飾に気がつかなかったのはなぜなんです？　各事業部で行われた粉飾の手口は告発者によって明かされていますが、あんなもの、監査のプロが精査すればたちまち見抜いてしまうはずです。しかも、少なくとも七年もの間、数字が操作されていたという証言だってあるんです。どう考えたって、粉飾が財務部レベルまでで行われていたなんてことはあり得ませんよ。少なくとも、社長のあなたは粉飾が行われていたことを以前からご存じだったはずだ」

「それは……」

林原の鋭い指摘に、藪川は言葉に詰まる。

「どんな会社にも目標はあります。ノルマなき営業は存在しません。信賞必罰あらずんば、目標なんてあって無きがものになってしまうのは事実です。でもね、ものには限度というものがある。目標を達成するのは当たり前。達成できなければ、重い罰を科す。それが、あなたが行ってきたことなんですよ。世間では、それを恐怖政治、パワハラというんです」

「なっ……」

怒りは頂点に達したらしく、朱に染まっていた藪川の顔が蒼白になっていく。しかし、理は絶対的に林原にある。

「それは、社長だけではありません。ここに居並ぶ役員もまた上級管理職へ、上級管理職は中級管理職へとプレッシャーをかけ続けたんだ。みんな同罪ですよ」

「お前ぇぇ……。誰に向かっていってんだ！　役員になりたての分際で、俺に向かってよくもそんな口がきけたもんだな！」

藪川は、ついに林原をお前呼ばわりすると、テーブルをドンと平手で叩き激昂する。

「だいたい、お前だって役員の一人じゃないか！　半導体事業部は調査中だが、粉飾を行っていたなら、お前はどう責任を取るつもりだ！」

「私は就任以前、技術本部長だったんですよ。粉飾が行われていたとしても、事業部の業績管理には一切タッチしておりませんが？」

恫喝したつもりが、肩すかしを食った藪川は、唇を嚙みしめ、こめかみをひくつかせる。

そんな藪川に向かって、林原はさらに続ける。

「私が粉飾に関与していたならともかく、与り知らぬところで行われていた行為に、なぜ責任を問われなければならないのでしょうか」

またしても言葉に窮した藪川は悔しさのあまりか、鬼のような形相で林原を睨むばかりだ。

「確かに、林原君のいう通りだね……」

その時、黒崎がはじめて口を開いた。

ここに至っても、感情が一切表れない黒崎の表情は、まるで妖怪そのものだ。

賢太は固唾を呑みながら、黒崎の言葉に耳を傾けた。

「調査結果を出したところで、財務部がやったものじゃ世間は納得しまいし、監査法人を巻き込まなければ、粉飾がまかり通るわけがないという推測を覆すこともできんだろう」

あの黒崎が林原のいい分をすんなり受け入れたことに、賢太は驚愕すると同時に、違和感を覚えた。

いや、賢太ばかりではない。藪川をはじめ、居並ぶ役員の全員が、「えっ！」という顔をして黒崎を見る。

会長に就任して以来、黒崎が役員に直接指示を与えることはなかった。無茶な達成目標にしても、突きつけたのは藪川だ。しかし、それはあくまでも形の上でのことであって、黒崎が決め、藪川に語らせたにすぎないのは、ここにいる誰もが知っている。

第三者機関が調査を行えば、明らかになるのは粉飾の手口、金額だけではない。黒崎の承認なくして何事も動かない、ニシハマの実態が明らかになり、責任を厳しく追及されることになる。なのに、権力への執着心が並外れて強い黒崎が、こうもすんなり林原の意見を受け入れるとは……。

黒崎は続ける。

「いうまでもなく、今回の不祥事は会社の存亡に関わる極めて深刻なものだ。粉飾は上場廃止が決まりだが、そんなことになろうものなら、事はニシハマ一社の問題では済まない。社会、ひいては日本経済に与える影響を鑑みれば、特例で上場維持になる可能性もなきにしもあらずだが、いずれにしても社としてのけじめを世間に示し、許しを請わなければならない」

微妙ないい回しだが、けじめを示すというなら手段は一つしかない。どうやら役員たちも同じ考えを抱いたらしく、一同の間から起きた小さなどよめきが波となって会議室の中に広がった。

「会長……」

藪川は驚愕し、次に黒崎の口を衝いて出る言葉に怯えるように言葉を呑んだ。

「君は辞任するしかないだろうな」

あっさりと宣告する黒崎に、藪川の顔が一瞬にして凍りつく。

声の軽さ、心情を慮る様子もない表情から、黒崎にとって自分の存在がどれほどのものであったか、いまさらながらに思い知ったのだろう。

藪川は泣き出さんばかりに顔を歪め、黒崎を見つめるばかりだ。

「もちろん、君だけに責任を負わせるつもりはない。私も会長職を降りるつもりだ」

再び、会議室にどよめきが起きた。

無理もない。ニシハマの天皇と称される黒崎が、自ら辞意を表明したのだ。

まさかの展開に、賢太もまた驚愕し「えっ……」と短く声を漏らした。

黒崎は藪川の目を見据え冷徹な声でいう。「それに、代表権を持つ以上、責任を取らなければならない立場にあるしね」

「君を後継者に指名したのは私だからね」

黒崎がそう明言した以上、もはや恐るるに足らぬ存在になったはずなのに、長く続いた恐怖政治のせいか、居並ぶ役員たちは何の反応も示すことなく、話に聞き入るばかりだ。

黒崎は続ける。

「このことは、第三者調査機関を設置し、全容解明に当たることと併せて、記者会見の場で調査結果を明らかにすることにする。ただし、藪川君には第三者調査機関の設置と同時に辞任してもらうが、私は来年の株主総会が終了するまで、会長職に留まろうと思う」

「それは、なぜです？　責任を認めるのであれば、会長も即刻、辞任すべきです」

すかさず厳しい声で問うたのは、やはり林原だった。

「次回の株主総会は、針のムシロに座るも同然、厳しいものになるだろうからだ。就任早々、新社長を矢面に立たせるのは忍びないし、乗り切れるとも思えない。そんな辛く厳しい役目を、後任に託して私がさっさと退任するのは無責任というものだからね」

一聞したところ、もっともらしい理由だが、賢太には黒崎の本心からの言葉だとは思えなかった。しかし、他の役員たちには納得がいくものだったのか、異議を唱える者はいない。

「もちろん、粉飾を行っていた事業部の担当役員、管理職にもけじめをつけてもらわなければならない」

黒崎がそういった瞬間、役員たちの間から声にならぬ悲鳴が上がり、会議室の中の空気が凍りついた。

黒崎は、一同を睥睨するかのように見渡すと、

「当たり前じゃないか。いかなる理由があろうとも、不正行為を働いたのが事実なら、管理職は責任を取るべきだ」

冷徹な声で断じる。

「いや、しかし……」

役員の一人が慌てて悲痛な声を上げたが、言葉が続かない。

「無茶な目標だというなら、なぜ目標が課せられた時に異議を唱えなかった。この中に、異議を唱えた人間が一人でもいたのか？」

誰も言葉を返さない。いや、返せないのだ。

賢太は黒崎の悪辣かつ巧妙な話の持っていき方に、舌を巻いた。

異議を唱えれば粛清される。それを承知で、誰が異議を唱えられるというのだ。黒崎だって、部下の心中は承知のはずなのに、敢えてその弱みにつけ込むとは、こいつ、どこまで……。

そして、続く黒崎の言葉を聞いた賢太は心底驚き、耳を疑った。

「もちろん、社長、役員の座を空席にするわけにはいかん。早急に新体制を確立し、ニシハマの再建プランを作成しなければならんからね。役員の退任に伴う人事は、かつてない大規模なものになるが、白紙の状態からやっていたのでは、喧々囂々、時間がかかるばかりで、中々結論が出ないだろう。そこで、新人事については、私から案、叩き台を出させてもらう」

なんと、この期に及んでも黒崎は、新体制人事を自らの手で行おうとする。

あり得ないと思った。何が新体制だ。お前が選んだ役員で経営されるニシハマじゃ、いままでと何も変わらないじゃないか。

咄嗟にそういいそうになった賢太だったが、黒崎の狙いが読めた気がして、喉まで出かかった言葉を呑み込んだ。

会長の次は相談役となるのが一般的だが、今回ばかりは黒崎が会長を辞した時点でニシハマとの縁は切れ、いかなる影響力も行使できなくなる。なのに黒崎は、新体制人事を自らの手で行おうとしている。それは、なぜか……。

株主総会を終えるまで会長職に留まる。それがキーワードだ。

黒崎は間違いなく会長職に留まることを狙っている。そして、それを可能にする起死回生の一発となるカードを手にしていると思っている。となると、思い当たるのはただ一つ。

モンゴルだ。

黒崎の狙いが読めてきた。

5

「今回の粉飾の件、君はどう考えている？」

小さなテーブルを挟んで座る賢太に林原が問うてきた。

銀座の裏通り、雑居ビルの三階にある小さな割烹は、古ぼけた五階建てのビルの入り口に、入居している店の名が並ぶ中に埋もれていて、一見の客が訪れるような店ではない。

この店を指定してきたのは林原だが、実際ここに辿り着くまでに、賢太は三度もビルの前を行き来した。

カウンターに五席、二人掛けのテーブル席が四つと店は小さいが、無垢の木材をふんだんに使った内装だけをとっても、かなりカネがかかっているのは一目で分かったし、店員の応対や料理人の手際からして質は確かなようだ。

「役員の中では私らが図抜けて若い。肥後君とは長い付き合いになるだろうし、この難局を共に乗り切らなければならなくなった同志だ。一席設けたいんだが」と、林原から電話が入ったのは、一昨日の緊急役員会議を終え、自室に戻った直後のことだった。

林原と二人きりで会うのははじめてのことだが、断る理由もない。それに役員会議での発言を聞く限り、林原が黒崎、藪川体制を批判的に見ていることは明らかだ。今回の粉飾にしても、二人の恐怖支配に原因があると考えているのも賢太と同じである。

しかし、事業部が違えば別会社同然というのがニシハマだ。彼について知っていることといえば、林原は学部から博士号取得まで、一貫して東都大学で学んできたということと、入社以降も順調に出世を遂げてきたという程度のことでしかない。つまり、主流を占める典型的なニシハマンといえるわけで、先の役員会議での彼の姿勢を見ただけでは、林原の人物像を判断するのは早計に過ぎる。突然、席を設けたからには、何か他に目的があるのかもしれない。

「醜いとしかいいようがありませんね。うちほどの会社が粉飾を行っていたなんて、開いた口が塞(ふさ)がらないとは、まさにこのことです」

賢太は当たり障りのない言葉を返した。

「随分、ありきたりな感想だね。君は、創業家の人間だろう？　今回の件については、いろいろと思うところがあるだろうに」

どうやら、林原は最初から日本酒を飲むのが常であるらしく、上目遣いに探るような眼差しで賢太を見ながら、盃(さかずき)に口をつけた。

「出鱈目(でたらめ)すぎて、それ以外の言葉が見つからないだけですよ」

賢太はビールが入ったグラスに手を伸ばし、「林原さんは、どうお考えなんですか？」四歳年上の林原に問うた。

「今回の不祥事の原因は、全て黒崎さんにある。肥後家がニシハマから去って以来、あの人が行ってきた業績至上主義、学閥人事の弊害が粉飾というあってはならない行為に繋(つな)がった。私は、そう考えている」

林原は、きっぱりといい放つ。

ほう……。

まさか、いきなりそんな言葉が返ってくるとは想像もしていなかっただけに、賢太は驚き、口元に運んだグラスを止めた。

林原は続ける。

「君はアメリカ勤務が長いから知らんだろうが、ノルマ達成への上からのプレッシャーは、そりゃあ酷いもんでね……」

「そのことについては、NNAに赴任してきた人間から聞いたことがあります。四半期、まして決算期が近くなると、本社営業部からは人が消える。数字の達成に血眼になり、そのプレッシャーに耐えられなくなって、退社した社員も少なからずいると……」

林原は頷くと、

「うちの社員の学歴は、金太郎飴のようなもんだし、早くは課長定年、部長定年、管理職になっても一定期間内に昇進できなければ、出向、移籍だ。そうなれば収入だって激減する。本体に居続けるためには、結果を出して昇進を重ねる以外に術はないんだからね。人生が狂うかもしれない恐怖は、大変なものだよ。そりゃあ、現場の人間は苦し紛れに数字をでっち上げるしかないって気持ちにもなるさ」

言葉こそ違えど、先の取締役会議で藪川を糾弾した時の内容と同じだが、粉飾行為が行われた最大の原因がそこにあるのは間違いない。

「他の日本企業なら、東都、洛北出身者となれば、一目置かれた存在になるでしょうが、ニシハマはそんな社員ばかりですからね。学歴がアドバンテージになるわけじゃなし、代わりはいくらでもいますからね……」

賢太は林原の見解を肯定した。

「まあ、新卒採用者が一部の有名校出身者に集中するのは、うちに限った話じゃないんだが、彼らには共通した弱点がある。黒崎さんは、そこにつけ込み、独裁体制を確立したんだ」

「弱み？」

いわんとしていることが、俄には理解できない。

賢太は問うた。

「失敗や挫折を経験していないってことさ」

林原はいった。「入社してくるのは受験競争の勝ち組だ。ましてや東都出身者は、こと試験においては連戦連勝。失敗や挫折は未知の領域だ。そんな連中が、一度でも失敗すれば後はないという現実を突きつけられれば、万が一に備えて保険をかけにかかる。そこで閥の力に縋ろうとするわけだが、その頂点にいるのが黒崎さんだ」

黒崎がそんな効果を狙って東都閥を構築したのかどうかは定かではないが、林原の見解に異論は思いつかない。

しかしだ……。

「林原さんは、東都出身でいらっしゃいますよね」

賢太は改めて念を押した。

「ああ……」

「こういっては失礼ですが、ならば林原さんだって、東都閥の恩恵に与ってきたわけでしょう？　不遇をかこってきた人間が体制を批判するなら分かりますが、メリットを享受してきた側の人間は、まずそんなことはいわないものですが？」

賢太は率直に疑念を口にした。

「それは、私が技術者としての力量の差を、まざまざと見せつけられたことがあったからだよ」

「といいますと？」

賢太は、ビールに口を付けながら、その意味を問うた。

「取締役に就任する前、私が半導体事業部の技術本部長だったことは知ってるね」

「ええ……」

林原は徳利に手を伸ばし、盃に酒を注ぎながらいった。

「実は、技術本部長に就任するに当たっては、私よりもその地位に相応しい人間がいたんだ」

そんな話ははじめて聞く。

林原は徳利をテーブルに戻すと、また視線を上げていった。

「いま、うちの事業部を支えている半導体を開発した技術者さ。あの製品が完成していなければ、半導体事業部どころかニシハマの業績は惨憺たるものになっていたのは間違いないんだ。ニシハマを救った大功労者がいたのさ」

「いたというからには、辞めたんですか？」

「地方の国立大学に転じてしまったよ……」

林原は忸怩たる表情を浮かべ、盃を一気に干した。

「なぜです？　まさか東都出身ではなかったからですか？」

いままでの話の流れからすれば、そうとしか考えられない。

「それもあるが、彼の場合はいささか話が込み入っていてね……」

「聞かせてください」

俄然興味を覚えた賢太は先を促した。

「これは、技術者が陥りやすい罠なんだが、市場は常に既存製品の性能を凌ぐ製品を開発した先に開けるという思い込みがあってね」

林原は、そう前置きすると続けた。「だから、製品の性能を飛躍的に高めれば高めるほど製品の価値は増す。結果、大きなビジネスに繋がると信じて疑わない」

「それは、何も技術者に限ったことではないでしょう。営業だってそう考えていると思いますが？」

「その通りだ。特に、うちの会社ではね……」

林原は自嘲めいた笑いを浮かべ、唇の端を歪めた。「実際、我々は飛躍的に性能を向上させた半導体の開発に成功し、市場に送り出した。世界の競合他社のどの製品をも遥かに凌ぐ画期的な半導体をね。ところが、そんな中にあって、そこまでのハイスペックは必要ない、性能はそこそこでいいから、安価な製品にこそ途方もない需要があると彼はいい出したんだ」

「しかし、現にその人が開発した半導体がニシハマを救ったというなら、提案は採用されたわけでしょう？」

「結果的には、その通りなんだが、製品化されるまでには、大変な紆余曲折があったんだ」

林原はそこでまた盃を傾けると、話を続けた。「企画書を提出したはいいが、なにしろ周りは性能を飛躍的に高めてこそ市場が開けると信じて疑わない連中ばかりだ。けんもほろろ、上司に提出した段階で却下だ。おまけに、閑職に飛ばされてね。冷や飯を食わされることになったのさ」

「じゃあ、その人に手を差し伸べた方がいたわけですね」

「当時の中央研究所の所長だよ……」

林原は声のトーンを落とした。「所長は彼の能力を以前から高く評価していてね。自分の裁量で出せる研究費には限度がある。十分とはいえんだろうが、その範囲でやれるなら、やってみたらいいといって、研究所に呼び戻し、開発に着手させたんだ」

「はじめて聞きます。この話が広く知れ渡っていないのはなぜなんです？」

誰だって、そう思う。しかし、ニシハマの体制を批判する林原が、なぜこんな話を持ち出したのか。それを考えれば、こたえは想像がつく。

「そんな製品は必要ないと、彼の提案を歯牙にもかけなかった連中にしてみりゃ面目丸潰れ。彼の発案を却下した事実が知れようものなら、それこそ責任問題に発展しかねないからさ」

林原は、唾棄するように声を荒らげた。「製品化された頃には、所長は退職していたし、彼は東都出身じゃなかったからね。彼の功績を讃えるどころか、周囲には彼を守る人間なんか一人もいなかったんだよ」

「じゃあ、その人は……」

「部長待遇という肩書きは与えられたものの、以降これといった仕事は与えられず、事実上の飼い殺しだ。まあ、定年までニシハマに置いてやるから感謝しろってことなんだろうな。実際、定年後も子会社か関連会社の役員にしてやるといわれたと聞くしね……」

賢太の中で、ふつふつと怒りが込み上げてきた。

「酷い話ですね……。会社を支えるほどの半導体の製品化に成功したのに、功に報いるどころか左遷するなんて……。しかも、自分たちの保身のためだなんて、あり得ませんよ」

あまりの仕打ちに賢太は声を震わせた。

「それが、ニシハマって会社なんだよ」

林原はぴしゃりといった。「もっとも、私も同罪だ……。当時私は副本部長をしていたが、本部長の仕打ちに一切異議を唱えなかった……。いや、唱えることができなかった。そんなことをしようものなら、いままで積み上げたキャリアが台無しになってしまう。上司に睨まれることを恐れて、口を噤んでしまったんだ……」

林原は、忸怩たる思いを顔に深く滲ませ、言葉を呑んだ。

「林原さん……」

そう呟いた賢太に、

「ニシハマを改革しなければならない。改めて心に誓ったのはその時だ。そのためには、何としても役員になり、黒崎を会社から排除しなければならない。学閥を排し、真に能力のある者を優遇し、年齢に関係なく、しかるべきポジションを与える。新しい風を吹き込まねばならないとね」

林原は、明確に宣言した。

同志がいた……。願ってもない人間に出会った。

賢太は奮い立ち、胸中が興奮で満たされていくのを感じた。

「同感です。百パーセント、林原さんのお考えに賛同します」

いよいよ、秘めた思いを打ち明ける時がきたと思うと、言葉が泉のように湧き出てきた。「粉飾が発覚する以前から、ニシハマの将来に対しては、私も大きな懸念を抱き続けていたんです。はっきりいって、どの事業部も過去の栄光にしがみつき、出て来る製品は従来製品の延長線上にあるものばかり。戦略にしたって、過去の焼き直しばかりです。実際、ある人間にこういわれたことがあります。なぜ、ニシハマはGAFAになれなかったのかと。資金も人材も、技術も、やろうと思えば、ニシハマならできたはずなのになぜ、とね。その理由は、いま林原さんが、おっしゃったことが全てです。ここで、私たちが立ち上がらなければ、ニシハマはいずれ潰れてしまいます。いまニシハマは創業以来、最大の危機に直面していますが、生まれ変わるための最大のチャンスでもあるんです」

「やっぱり、君もそう考えていたんだな」

林原は、力強く頷くと、嬉しそうに破顔した。

しかし、それも長くは続かない。一転して真顔になると、

「そこまでいうからには、再建に当たっての考えがあるんだろうね」

身を乗り出して問うてきた。

「あります」

即座に断言した賢太に、

「しかし、君の考えがどんなものであれ、それが実現するかどうかは、次期社長が誰になるかによるな。一昨日の会議での黒崎さんの発言からして、ここに至ってもなお、あの人は院政を敷くつもりだ。当たり前に考えれば、そんなことはできるはずがないんだが、黒崎さんがああいうからには、実現する策があるんだろうな……」

思案を巡らすように林原は首を傾げた。

一瞬、モンゴルの件を口にしかけた賢太だったが、かろうじて思いとどまった。黒崎が縋るとしたら、あの件しかないのだが、もしそうだとしたら、あまりにも読みが甘すぎるように思えたからだ。

「黒崎さんの思い通りにはなりませんね。あの人は、間違いなく終わります」

断言した賢太に、

「というと？」

林原は訊ねてきた。

「考えてもみてください。今回の不祥事の原因が、黒崎さんの恐怖独裁政治にあることは、世間に広く知れ渡ってしまっているんですよ。新社長を黒崎さんが指名すると知れようものなら、批判の炎に油を注ぐようなものです。世間が絶対に許しませんよ」

「そんなことは黒崎さんも百も承知だと思うが？」

「独裁者の最後のあがきですよ」

賢太は鼻を鳴らした。「長年思うがままに巨大な組織を支配してきたんです。自分の力を過信し、現実を把握できていないだけですって。第一、黒崎さんが決めた新体制なんて、世間どころか株主が認めるわけないじゃないですか」

「なるほど、確かに君のいうことには一理あるな……」

そういいながら、林原は徳利に手を伸ばすと、「じゃあ、聞かせてくれないか。君が考えているニシハマの再生プランってやつを……」

改めて問うてきた。

6

どす黒い顔色が、怒りの深さを物語っている。

こんな宗像の表情を見るのははじめてだ。

その形相の凄まじさに、岡谷は顔を伏せた。

いつものホテルの会員制のバーに現れた宗像は、待ち構えていた岡谷に一言も発することなく席に着く。

僅か数秒間だが、岡谷にはそれがとてつもなく長い時間に感じられ、顔を上げられないでいた。

「黒崎というのは、とんでもない大馬鹿者だね」

宗像の声が頭上から聞こえた。その語気の激しさに、思わず顔を上げた岡谷に、

「モンゴルの件もこれで終わりだ！」

宗像は吐き捨てるようにいった。

「せ、先生……」

慌てていったものの、後が続かない。ソファーの上で固まった岡谷に、

「出がけに経産省から電話が入ってね。毎朝、モンゴルの有力紙に続き、ワシントン・クロニクルも使用済み核燃料最終処分場の構想をでかでかと報じたそうだよ。経産省も

アメリカのエネルギー省も、毎朝の一報があってから、対応に追われて上を下への大騒ぎだ」

粉飾発覚から二週間。まるで機を見計らったかのようなタイミングで、毎朝新聞が一面トップの記事において、日米蒙の三国間で使用済み核燃料最終処分場をモンゴルに設ける構想が進んでいることを報じたのは、今朝のことだった。それから数時間、毎朝に続き、モンゴルの有力紙、そして今度はワシントン・クロニクルだ。

「ワシントン・クロニクルが？」

毎朝の報道があった時点で、ワシントン・クロニクルが後を追うことは想定していたものの、現実となるとやはり深刻さの度合いが違う。

「毎朝がワシントン・クロニクルと共同で取材を進めているのは、君から聞かされていたから驚きはしなかったが、モンゴルの有力紙が同時に報じたのは想定外だ。毎朝が総力を挙げて、この構想を潰しにかかっているのは間違いない。実際、今朝から世間はこのニュースで持ちきりだし、モンゴル国民の間からも、政府に対して凄まじい非難の声が殺到しているそうだ。しかも、ただでさえ粉飾の件で世間の関心を一身に集めているというのに、またニシハマだ」

宗像が激怒するのも無理はない。

使用済み核燃料の最終処分場という難題中の難題を解決してみせたとなれば、政治家にとってはとてつもない功績だ。自分の政権下でこの構想を実現すれば、宗像の長期政権になる可能性も夢ではない。その目論見が潰えてしまったのだ。
ウエイターが水の入ったグラスを宗像の前に置いた。
「お飲み物は──」
そういいかけたウエイターを宗像は睨みつける。
その剣幕に気圧されたウエイターは、「失礼いたしました……」
顔を強ばらせてたち去る。
「まだ私の名前は出てはいないが、放置しておけば、この構想を纏めたのが私だという
ことが発覚するのは時間の問題だ。なんせ、第二次宗像政権絶対阻止が、毎朝の狙いだ
からね。それだけは、何としても防がなければならない」
「そしたら、どないしはるんです。毎朝の狙いがそこにあるのなら、彼らは世間の関心
をこの件に向けるべく、徹底的に取材を重ね、大キャンペーンを張るのと違いますか…
…」
思わず、地の関西弁で返してしまった岡谷だったが、次の瞬間、宗像の目から怒りの
色が突然消えた。
冷徹な眼差しでじっと岡谷を見つめると、短い間の後、口を開いた。
「この構想は、ある人物がニシハマに持ち込んだもの。以降、黒崎が主導して密かに進
められたという話にするしかないだろうね」
「黒崎が？」

日米蒙の三国間で交わされた密約である。しかも使用済み核燃料最終処分場という極めてセンシティブ、かつハイレベルの政治決断を伴う構想は、いかにニシハマとはいえ、一民間企業の力ではどうなるものでもない。

「先生、それは少しばかり無理筋やと……。いくらニシハマでも——」

そういいかけた岡谷を遮って、

「オタイバはこの件で、ニシハマとアドバイザー契約を結んでいたよな」

宗像は問うてきた。

「ええ……」

「彼はエネルギー業界のフィクサー的存在だ。彼がこの構想をニシハマに持ち込み、同時にアメリカ、モンゴル政府の間で動いた。使用済み核燃料の最終処分場の確保ができるかもしれないとなれば、アメリカだって興味を示す。だが、問題になるのは建設費だ。いくらニシハマとはいえ、一社で負担するのは荷が重すぎる。もちろん、アメリカは負担する気はさらさらない。そこで、ラムはかねて親交があった君に話を持ちかけた」

「先生、それでは私がニシハマに社外取締役として迎えられたのは、モンゴル絡みと——」

「誰が、どう見たって、それ以外に理由は見当たらないだろ？」

宗像はいとも簡単にいってのけると続けた。「この構想に乗り気になった黒崎は資金を確保するために、協銀にこの話を持ち込んだ。三国間で合意に達すれば、日本にとっても使用済み核燃料の最終処分場を確保する千載一遇のチャンスだ。そこで、協銀は構想の実現に向けてオタイバとアドバイザー契約を結んだ……」

モンゴルの一件がなければ、社外取締役に迎えられることがなかったのは事実だが、前回といい、二度も面と向かって断言されると、ただでさえも屈辱に塗れ、ぱっくりと開いたままの心の傷が深くなる。

いったいこいつは、人をなんやと思うてんのや。お前は何様や……。

湧き上がる激情に声を荒らげそうになったが、そこで理性が働いてしまうのが、官僚の悲しい性である。

「先生……」

岡谷は声を押し殺した。「毎朝は三国間で合意に達していると報じてんのです。三国間とは政府間のことやないですか。そないな、理屈が通るとは思えませんが」

「合意になんか達しちゃいないよ」

ところが宗像はあっさりという。

「えっ？」

「構想があったのは事実だ。しかしね、国家間の合意ってのはね、文書に調印してはじめて成立するんだよ。日本政府の誰がそんなものに調印した？　アメリカは？　モンゴルは？　文書なんてどこにも存在しないじゃないか」

確かに、宗像のいうことに間違いはないのだが、それはあくまでも理屈の上、いや、ここまでくると詭弁の領域である。

反論しかけた岡谷だったが、それより早く宗像は続ける。

「すでに、経産省とアメリカのエネルギー省、モンゴル政府の間では、その線でいく合意は取れたそうでね。もちろん、アメリカはカネを出させるために日本を巻き込んだとは口が裂けてもいわんし、経産省はニシハマからそうした構想が持ち込まれていることは事実だが、モンゴル政府に受け入れる用意があるなら検討するという段階で、具体的なアクションは取っていない。モンゴル政府も、まだ検討の段階で、決定しているわけではないとね……」

「しかし、毎朝とワシントン・クロニクルは共同で取材を重ねてきたんですよ。もし、その言をひっくり返すような証拠でも摑んでいれば――」

「証拠？　そんなものは、出てきやしないよ」

宗像は、またしても岡谷の言葉を遮り断言した。「この件を纏めにかかったのはオタイバだ。彼がそんなヘマをすると思うかね。彼は、海千山千のエネルギービジネスの世界を牛耳る大物だぞ？」

それもまた事実だけに、岡谷は返す言葉が見つからず、沈黙するしかない。

「この構想が潰れてしまうのはあまりにも惜しいが、こうなってみるとニシハマの粉飾がこのタイミングで発覚したのは、不幸中の幸いだったかもしれんな」

宗像は、ふと思いついたように片眉を上げた。

いったい、こいつはなにをいい出すんや？

官僚として長年政治と密に接してきた岡谷も、さすがに耳を疑った。

そんな岡谷の内心を付度する様子もなく、宗像はいう。

「粉飾を行ったのは、ニシハマの業績が思わしくなかったからだ。実態を明かしてしまえば、経営者は責任を取らざるを得ない。黒崎は己の地位を守るために、業績を偽ったんだ。この構想が実現すれば、ニシハマは途方もなく大きなビジネスを手にすることができる。そこで生じる莫大な利益を以て、粉飾を隠蔽しようと目論んだ。うまく行けば、黒崎は中興の祖としてニシハマに君臨し続けることが可能になる。つまり、今回の粉飾を黒崎が無謀な賭けに出たことの理由にするんだよ。それなら、世間も十分納得するだろうからね」

宗像は、己の考えたストーリーに満足するかのように目元を緩ませた。ここにやってきた時の表情とは、えらい違いだ。

この先の宗像の行動は見えている。新聞記者、ジャーナリストといっても、スタンスは様々だ。宗像を批判的に見ているメディアもあれば、シンパもいる。宗像は、このストーリーを後者のメディアに書かせることで、世間の批判を黒崎一人に向けようとしているのだ。

しかし、それに抵抗する術は、岡谷にはない。

悔しかった。惨めだった。空しかった……。

岡谷は胸に込み上げる様々な思いを嚙みしめ、下を向き、膝の上に置いた両手を握りしめた。

「もちろん、君もニシハマを去ることになるが、心配はいらんよ。ニシハマほどの大会社とはいかんが、瘦せても枯れても、君は経産省のキャリア官僚だったんだ。社外取締役に迎えてくれる企業、あるいはどこぞの大学に教授の職でも世話してやるよ。まあ、すぐにとはいかんだろうが、ほとぼりが冷めてから、面倒は見てやるから安心したまえ」

宗像は、いとも簡単にいい放つと、「水割りをくれ。いつものやつを」

バーカウンターの傍らに立つ、ウエイターに向かって大声で命じた。

第七章

1

「途中ですが、会見がはじまるようです」

放送中のニュースが突然中断され、画面に現れたアナウンサーが緊迫した声で告げると、映像が切り替わった。画面の上段には赤地に白抜き文字で、『ニシハマ　会長・社長辞任へ』、その隣に『LIVE』の文字が浮かぶ。同時に、並んで座る藪川と黒崎の姿が大写しになった。

粉飾が発覚して以来、対応に忙殺された藪川は、画面を通して見ても窶れぶりが目立つ。しかし、大勢の報道陣を前にして辞任を公表するというのに、妙に落ち着いていて表情も穏やかだ。二時間前に終わった会議の場でも同じ印象を抱いたのだが、たぶんそれは、黒崎が藪川と同時に辞任することを自ら宣言したからに違いない。そうでなければ捨て駒同然に扱われ、会見の場で辞任を表明する藪川の表情には、屈辱の色が濃く滲み出ていたはずだ。

黒崎が突然辞任を口にしたのは、今日招集された三回目の緊急役員会議の場でのことだった。いったい何があったのか、事の経緯は分からぬものの、会議の冒頭でいきなり「藪川君の辞任と同時に、私も会長職を辞することにした」と宣言したのだ。もちろん、それが筋というものだが、黒崎が自発的に決めたものではないはずだ。おそらくは、モンゴルの件が報道されたことで、外部から大きな力が働いたのに違いないと賢太は睨んでいた。

画面に映る黒崎は、表情一つ変えることなく平然としており、ニシハマの君臨者としての威厳を保っているように見える。だが、内心では酷い屈辱感を覚えているはずである。

「人間の一生って下駄を履くまで分からないというけど、本当ね……。黒崎さんもすっかり晩節を汚してしまうことになったわね」

今日は仕事納めである。

アメリカの学校が冬休みに入ったこともあって、奈緒美と共に一時帰国していた美咲が、画面に見入りながら感慨深げにいった。

「頂点に上り詰めるまでには長い時間がかかるけど、転落はあっという間だ。なんか、哀れを感ずるよ……」

賢太がそうこたえたのと同時に、司会者が記者会見の開始を宣言し、「では、弊社代表取締役社長、藪川から皆様にご報告がございます」と発言を促した。

軽く頷いた藪川は、一瞬の間の後、口を開いた。

「まず最初に、今回弊社が引き起こしました不祥事につきまして、改めて深くお詫び申し上げます……」

藪川に続いて黒崎が立ち上がると、「申し訳ございませんでした……」二人は深々と頭を下げた。

凄まじいほどのフラッシュの閃光で、画面が白く明滅する。それがひと区切りついたところで、再び席についた藪川は続けていった。

「弊社が社会に及ぼした影響、皆様のご信頼を裏切る行為を働いた責任を取り、私、藪川と会長、黒崎の両名は、本日を以て職を辞することにいたしました。なお、後任につきましては、粉飾を行った事業部の担当役員も処分対象とすることにいたしましたので、社外取締役を中心に、役員指名委員会をただちに設置し、新役員の人選を一任することにいたしました」

「社外取締役の人選は黒崎さんがやったんじゃない。だったら、新経営陣は黒崎さんの思うがままになっちゃうんじゃないの？」

そういう美咲は、画面に映る黒崎を、胡乱気な眼差しで見る。

「それが、そうでもないんだな」

賢太はこたえた。

粉飾が発覚して以来、社内にも大きな変化が現れた。

その最たるものの一つが、社外取締役たちの反応だ。

岡谷のような経営経験がない者もいるが、ニシハマの社外取締役の大半は、日本を代表する大企業の現役会長や相談役、顧問である。もっとも、実態は名誉職のようなものなので、お互いが双方の企業の社外取締役に就任し、高給を食む互助会のようなものなのだが、地位を与えられたことに恩義を感ずるのも大過なくいられればこそのことである。

経営者にとって粉飾は、絶対にやってはならない禁じ手だ。まして、社外取締役の役目は、経営を監視することにある。ニシハマが長年に亘って粉飾を行ってきたことを、誰一人として見抜けなかったとあっては、社外取締役会が機能していなかったことを世に知らしめたも同然だ。メンバーに名を連ねる人間たちにしてみれば、まさに顔に泥を塗られたことになる。だから、社外取締役の面々の怒りは凄まじく、もはや黒崎を擁護する者は一人としていない。

賢太は、粉飾発覚後からの社外取締役たちの反応を美咲に話して聞かせ、続けていった。

「彼らにだって瑕疵はある。社外取締役に就任させてもらった恩義もある。黒崎さんが、会長職に留まるのならあまり強くも出られなかったかもしれないが、いなくなるとなれば話は別だ。次期社長はいままでとは全く違う観点で、人選を行うことになるだろうね」

もっとも、後任といっても、ニシハマの社内事情を知らぬ社外取締役の面々では、誰が相応しいか見当がつくまい。まして、粉飾に加担した事業部担当役員は、ことごとく退任することになるのだ。となれば、留任する役員に意見を求め、その中から適任者を選ぶことになるだろうと賢太は考えていた。もちろん、林原にもだ。

会食の場で林原が同じ問題意識を抱いていることは確認できたし、賢太の改革案に賛同してくれもした。ニシハマの再建を考えるなら、役員指名委員会の面々も、林原と賢太の意見に理解を示すはずだ。

「で、あなたは誰が新社長になると考えているの？」

美咲の問いかけに、

「さあね」

賢太は素っ気なくこたえた。「本来ならば、副社長か専務クラスの誰かということになるところだけど、七年もの間粉飾行為がまかり通ってきたんだ。監査法人が黙認してきたことは間違いないし、専務以上のレベルの人間が知らなかったとは思えないからね。常務、ヒラ取にしたって、留任する人の方が少なくとも不思議じゃないし……」

「ひょっとして、外から連れてくるんじゃ……」

美咲に指摘されてはじめて気がついた賢太だったが、その可能性は極めて低いように思われた。

「確かに外部に人材を求めるのは選択肢の一つではあるね。でも、ニシハマほどの巨大企業の社長となると、同規模クラスの企業の経営経験者じゃないと務まるもんじゃないからね。それに、仮に適任者がいたとしても、その人が社長を引き受けるかどうかは疑問だな」

「どうして？」

美咲は怪訝な表情を浮かべ、問い返してくる。「ニシハマの社長にといわれれば、拒む人なんているかしら」

創業家に生まれたといっても、美咲は実業の世界とは無縁のところで生きてきたのだ。これから、ニシハマが歩むことになる道の険しさを、想像できないのも無理はない。

「もうニシハマは、いままでとは全く違う会社になってしまったんだよ……」

賢太はいった。「一部上場企業が粉飾を行えば、上場廃止がルールだ。それ以外にも解決しなければならない問題は山積、それも難題ばかりだ。まして、ニシハマはこれまで社長はおろか、役員でさえ外部から人材を受け入れたことはないんだ。生え抜きの中に一人飛び込み、沈みかけた巨船の舵取りを担うんだから、相当な勇気と決断がいる。そんな人間は、そう簡単には見つからないさ」

「新社長が役員を連れてくるってことも考えられるんじゃない？」

「社長は外部から招くことはできても、役員は事業本部長だ。事業内容を熟知していないとても務まらないからね。それも難しいだろうな」

「じゃあ、外国人ならどうなの？　アメリカには業界が違っても、社長として大企業を渡り歩く人がざらにいるじゃない」

「グッドポイント……」

外部に人材を求めるという美咲の言葉を聞いた瞬間、賢太の脳裏に浮かんだのは、そのことだった。

賢太は、人差し指を顔の前に突き立てながら続けた。

「外部から連れてくるというなら、可能性として一番高いのはそれだろうが、これも実現はかなり難しいだろうな」

「なぜ？」

「まず、第一に報酬だ。ニシハマのトップに外国人を据えるとなると、それなりの人物、つまり大物ということになる。まして、再建を任せられるだけの高い能力を持つとなれば、桁外れの報酬を提示しなければならない。いまのニシハマに、そんな報酬を出せる余裕はないし、それ以前に上場廃止になってしまえばニシハマはたちまち資金調達が困難になるんだから、火中の栗を拾いにいくようなもんだ。いくら懇願されても引き受ける人間はまずいないだろうね」

「上場廃止って……それじゃ、ニシハマの株は紙くずになるってこと？」

美咲の顔が、一瞬にして強ばる。

それも無理のないことで、痩せても枯れても肥後家は創業家だ。かつてほどではないにせよ、肥後家はそれなりのニシハマ株を保有しているし、美咲個人も株主の一人である。

「さすがにそれはないと僕は考えているけどね」

そういった賢太だったが思いは複雑だ。「確かにルールの上では上場廃止なんだが、日本人は変なところで現実的だからね。ニシハマが上場廃止になれば、株式市場はおろか、金融界、産業界、社会全体に及ぼす影響があまりにも大きすぎる。大混乱を防ぐために、例外的処置も止むなしってことになると、僕は読んでるんだけどね」

賢太は、そうこたえると、

「それに、理由はもう一つあってね」

すかさず第二の理由を話しはじめた。「ニシハマが国の安全保障に関わる事業を行っていることさ。防衛関連の事業はその典型だけど、インフラシステムだって広い意味では安全保障に関わる事業だ。仮にアメリカ人を経営者に据えようとしても、同盟国にも漏らしてはならない機密事項はたくさんあるんだ。それが、筒抜けになりかねないとなれば、管轄省庁どころか、政府レベルからストップがかかったって不思議じゃないね」

「そうか……。それがニシハマを潰せない理由でもあるわけね」

美咲が、少し安堵したようにいう。

「もっとも、僕としてはアメリカ人がトップになれば、やりやすいんだけどね」

賢太は本音をぽつりと漏らした。

アメリカ人の経営者は日本人とは違って極めてドライで、任務達成のために持てる権限を最大限に振るうことを躊躇しない。周りを固める直属部下には、自分の眼鏡に適った人間を据えるものだし、期待に応えられない部下は容赦なく切り捨てる。ただし、部下には職責に相応しい権限を与え、結果を出し自分の評価を高めることに貢献していると見なされている限りは、とことん重用する。要は、分かりやすいのだ。

そして、アメリカ人に限らず外国人が日本企業のトップに就任した時、最大の障壁になるのが言語である。

日本語に堪能な外国人が増えているのは事実だし、ニシハマにも英語が堪能な社員はたくさんいるが、ネイティブレベルとなるとやはり少ないのは紛れもない事実である。その点からいえば、小学校の頃から一貫してアメリカで教育を受けてきた賢太が圧倒的に有利になるのは間違いないのだ。

「そうよねえ。アメリカ人が社長になってくれれば、あなたはやりやすいわよね」

アメリカでの生活が長い美咲に説明するまでもない。賢太が漏らした言葉の意味を悟ったとみえて、そう呟くと続けていった。

「でもさ、ニシハマの社風には、アメリカ的経営ってのは馴染まないわよね。だってそうじゃない。アメリカ人が社長になろうものなら、真っ先に取りかかるのはコストカット。不採算部門は即刻閉鎖にしちゃえば、首切りだって平気でやるでしょうからね。そんなことをやろうものなら、ニシハマは大混乱。それこそ優秀な人材から先に、会社を辞めていっちゃうものね」

美咲の指摘は的を射ている。

ビジネス環境が劇的に変化する昨今、終身雇用は過去の話だ。日本企業でもリストラが日常的に行われ、事実上の指名解雇が当たり前のように行われるようになってはいるが、アメリカのように、何の補償もなく解雇というわけにはいかない。解雇を行うにしても希望退職という名の下に公募を行い、大抵の場合、割増退職金が支払われる。残ったところで先はなし。かといって、辞めてしまえば、いまの収入が確保できる保証はないのだから、厳しい選択を迫られることになるのだが、優秀な人材はどこの会社でも欲しい。公募がはじまった途端、優秀な人材には早々に勧誘がかかり、本来残って欲しい人材から辞めていくことになるのが常である。その結果、残るのは本来辞めて欲しい人間ばかり。かくして、凋落に拍車がかかるのがおちなのだ。

「では、質問をお受けいたします……」

長い藪川の言葉が終わり、司会者の声がテレビから聞こえたその時、賢太のスマホが鳴った。

パネルにはグラハムの名前が浮かんでいる。

「ハロー」

そうこたえた賢太に、

「いよいよ黒幕のご退任か。ニシハマも大変だな」

グラハムの皮肉の籠もった言葉が聞こえてきた。

グラハムとはニューヨークを離れる直前に、ウエストチェスターの自宅で双方の家族が夕食の席を囲んだのを最後に一度も会っていない。帰国してからは、メールで何度かやり取りをしたことはあるのだが、粉飾が発覚してからは一切の接触を断っていた。

いまやニシハマは日本のみならず、世界中のメディアの注目の的だ。ニューヨーク証券取引所にも上場しているから、アメリカの投資家も高い関心を寄せている。どんな話題ではじまろうとも、グラハムと言葉を交わせば、粉飾の件になるのは目に見えている。片や全米有数の投資銀行のパートナー、片や粉飾を巡って世間の関心を集めるニシハマの役員だ。いまや二人は利害関係が成立する仲にある。

「休暇中なのに随分早起きじゃないか。年が明ければ、ハードな日々がはじまるんだ。ゆっくり休まないと、体壊すぞ」

賢太は軽口を叩いた。

「ニシハマの社長、会長が雁首揃えて辞任すると、日本支社からの電話で叩き起こされたんだよ」

「いま、こちらのテレビでやってるよ。記者会見の真っ最中だ」

賢太は画面に目をやった。

会見場では記者の質問が相次いでいるが、こたえるのは藪川ばかりだ。気の毒に何を訊かれてもしどろもどろで、「調査の結果がまだ出ておりませんので、はっきりしたことはおこたえできません」と繰り返すばかり。次第に記者の口調に苛立ちが募ってくるのが伝わってくる。

賢太は続けた。

「何があったのか分からんが、急に黒崎さんが辞任するといい出したのには驚いたよ。先の会議では、藪川さんにはただちに辞めてもらうが、自分が会長職を辞任するのは調査の結果が出てからだ、社長の後任は、自分が決めるといって、院政を敷く気満々だったんだからね」

「モンゴルの件が発覚して目論見が狂ったんだろうな。あの報道は、モンゴル構想を潰すには絶妙のタイミングだったよ。ワシントン・クロニクルと毎朝は、リベラルな論調を張るメディアの中でも突出しているからね。カネの力で、途上国に使用済み核燃料の最終処分場を押しつけるなんて、そりゃあ総力を挙げて潰しにかかるさ」

グラハムの見立ては間違ってはいないし、賢太も黒崎の辞任の理由は、その一件にしかないと睨んでいる。しかし、その件について、たとえ個人的な見解だとしても、話すわけにはいかない。

「悪いが、モンゴルの件については、コメントを控えるよ。分かるだろ、いまの僕の立場を……」

「ああ……」

グラハムはあっさりと理解を示すと、「ただ、あの構想があるとなしとじゃ、ニシハマの今後が大きく変わってくるのは事実だろ？　それにニシハマは、まだ他に大きな爆弾を抱えているからね。大丈夫なのか、ニシハマは」

案ずるように硬い声で問うてきた。

「大きな爆弾？」

「ＩＥだよ」

グラハムはいった。

ＩＥの件については、年明けにも最終報告書が提出される予定になっている。中間報告では、コストオーバーランの金額は相当な額になることを知らされていたが、広重、藪川、黒崎の指示の下で行われたことだ。それに、ＩＥを買収することになったそもそもの狙いは、ＰＷＲ（加圧水型原子炉）技術の獲得にあったのだから、目的が達成されれば、ＬＮＧの輸出事業と併せて、海外の新原発建設事業を獲得する上で、大きな武器になるのは間違いないと賢太は考えていた。

「ＩＥの件についても、なにもいえないね。ただ、こちらには考えがあって進めていることだし、将来性についても悲観してはいないけどね」

そうこたえた賢太に向かって、

「そんな、悠長に構えていていいのかな」

グラハムは、ため息を漏らしながら深刻な声でいった。

「なんのことだ？」

「エプシロンだよ」

「エプシロン？」

思わぬ名前が出て、賢太は問い返した。

「君……IEがエプシロンを買収したことに、関与しているのか？」

「いや……。あれは、IEのCEOのチェイスが僕の前任者だった広重さんに直接話を持ち込んで、藪川さんと黒崎さんの三人で決裁したもので、僕は一切関与していないが？」

グラハムが、わざわざ電話をかけてきて、エプシロンの名前を出し、しかも『爆弾』とまでいうからには、よほどのことだ。

賢太は、嫌な予感を覚えて身構えた。

「やっぱりそうか……」

グラハムは、またため息を漏らす。

「やっぱりって……なにかあるのか？」

果たしてグラハムはいう。

「エプシロンは粉飾をやっていた疑いがある」

「粉飾ぅ？」

賢太は耳を疑い、声を吊り上げた。

「大切な親友が指揮することになった事業だ。エプシロンをIEが買収するというニュースを聞いて、うちの調査部門に調査を命じたんだ。その結果が出てね」

「出たっていつ？」

「さっきだ」

「さっきって……ホフマンはクリスマスからずっと休暇に入ってるんじゃ――」

「IEはニシハマの子会社だ。ニューヨークにも担当はいるが、日本支社にだっている んだよ。東京のオフィスで休暇に入っているのは、日本駐在のスタッフだけ。日本人社員が休暇に入るのは、明日から年明け四日までだ。藪川、黒崎両名の辞任が決まったことと併せて報告してきたんだよ」

こんなことってあるのか。しかも、よりによってこんな時に……。

驚愕(きょうがく)のあまり言葉を失った賢太の耳に、グラハムの声が聞こえた。

「年明けには報告書が上がってくる。手元に届き次第、君に送るよ。明確な規則違反だが、君は僕の親友だし、状況が状況だからな。ただし、絶対に報告書の原本は他人に見せないでくれ」

「分かった……」

賢太は頷くと、「感謝する。ありがとう……」

心の底から礼をいった。

「とにかく、君もエプシロンの実態を、徹底的に調べ上げるべきだ。うちの調査では、粉飾を行っている疑いがあるという段階だが、エプシロンはすでにニシハマ傘下の企業なんだ。うちが調査を進めるよりも、遥(はる)かに早く正確に調べ上げることができるはずだ」

グラハムに指摘されるまでもない。

賢太は改めて礼をいい、回線を切ると、返す手で画面をタップした。

電話の相手は、いうまでもない。

NNAにいる今井だ。

呼び出し音が鳴る。

回線が繋がり、今井の声が聞こえてきた。

2

「で……君はどうするつもりだ？　今度はIEが買収したエプシロンの粉飾だ。本社も子会社も粉飾塗れだなんて前代未聞だぜ。ニシハマは会社としての体を成してない、馬鹿の集まりだってことを自ら証明しちまったんだ。これじゃ、誰も助ける気になんかならないよ。ズタズタに解体されて、どこぞの企業に買収されるのが関の山だ。それにしたって、買い手が現れればの話だがね」

ハーバードクラブのラウンジで、正面の席に座るグラハムは、高く足を組み、肘掛けに両腕を乗せた姿勢のまま、暗い眼差しで賢太を見据える。

ニューヨークには一昨日の昼に着いた。空港から直接NNAへ向かいエプシロンの調査結果について、今井から詳細な報告を受けたのだったが、粉飾額は日本円にして三十億円にもなるという。

エプシロンの調査結果が出るまで一月半。その間に、第三者機関が調査を行っているニシハマ本社の粉飾も全容が明らかになりつつあり、現時点でも二千億円を超えることが判明していた。

「どうするといわれても、僕は原発事業部を率いる立場、船でいうなら船長なんだぜ。沈む船から船長が真っ先に逃げ出すわけにはいかんだろう」

そうこたえた賢太に、グラハムは片眉を吊り上げ、「ハッ……」と呆れたように短く漏らすと、

「まだそんなことをいってるのか？」

声を荒らげた。「前にいったことがあったよな。沈む船に最後まで残って全力を尽くすなんて、危機管理能力のなさを自ら証明するようなものだ。沈みそうな船からは、いち早く脱出してこそ、人材市場では――」

「人材市場ではそうかもしれんが、溺れ死ぬことになるかもしれない部下を残して、いち早く脱出する気にはなれないね」

グラハムの言葉を遮って、賢太はぴしゃりといった。

短い沈黙があった。

その間、不思議そうな眼差しで賢太をまじまじと見つめていたグラハムは、

「昔から君が時々分からなくなることがある」

首を振りながらため息をついた。「冷静沈着、頭脳明晰な君が、肝心なところで、到底理解できない選択をする。ニシハマに就職したのもそうなら、今回のことだってそう

だ。ニシハマは、肥後家が創業したものだが、そんなのは過去の話だ。奨学金を貰ったことに恩義を感じているのなら、これまでの働きで十分じゃないか。どうして、そこまでニシハマに執着しなけりゃならないのかな」

グラハムが理解できないのも無理はない。なぜなら、賢太自身にも明確なこたえがないからだ。

奨学金に対する恩。アメリカ企業に入社しても、日本人の自分ではトップには立てないこと。

ニシハマを選んだ理由は、その二つにあるといっていいのだが、自分自身でも、それらのいずれもが決定的な理由ではないような気がする。強いていうなら、自分の内面にある何か。多分、日本人としてのアイデンティティーに起因するものなのかもしれないと、その時賢太はふと思った。

海外での生活が長く、現地で教育を受けた人間には、二つのタイプがある。一つは行動原理や考え方、価値観に至るまで、長く暮らした国に同化するタイプ。もう一つは、日本で暮らす以上に日本人的になってしまうタイプだ。

なぜ異文化の中で暮らしながら、後者のような人間が育つのか。おそらく、それは日々の暮らしの中で一番長く接する人間が、親であるからだ。

最近でこそ、帰国後もインターナショナル・スクールに通学する駐在員の子弟は珍しくないが、賢太がアメリカで暮らしていた頃は、帰国すれば日本の学校で学ぶ者が圧倒的多数であった。だから親は、その時に備え、日本人としての考え方や立ち振る舞い、価値観に至るまでを教え込む。しかも、一世代前のものをだ。賢太も、アメリカの社会や国民性を皮膚感覚で理解していながらも、日本人、それも古い世代の日本人の価値観や考え方が身に染みついてしまっているのかもしれない。

しかし、そんなことを話しても、グラハムには理解できまい。

「少なくとも、会社を選ぶ理由や、仕事をする目的はカネじゃない」

賢太はいった。

「カネじゃない？」

グラハムは目を見開き、またしても不思議そうにいう。「カネは大切だし、決して邪魔にはならない。第一、君だってカネが必要なはずだ。ナオミの教育費だって首尾良く奨学金をもらえるならまだしも、競うのは世界中から選ばれた人間たちなんだぜ。選に漏れれば、馬鹿にならない出費になるんだ」

すでに奈緒美は六校に入学願書の提出を終えていたが、いずれも私学、それもアイビーリーグばかりだ。第一志望は二人の母校であるハーバードだが、授業料、寮費だけでも年間四百万円からの出費をこれから四年の間強いられることになる。

もっとも、駐在員生活を長く送っていれば、それなりの蓄財はできる。ましてＮＮＡの副社長であったのだ。

「学費のことなら、なんとかなるさ」

賢太は、即座に返した。

「そりゃ失礼……」

グラハムはそこで、組んでいた足を解くと、「しかしね、ニシハマに残っても、これから先、君の仕事は敗戦処理同然のものばかりになってしまうぞ。原発事業部だって、その例外じゃない。なんせ、日本には原発事業を行っている会社が他に二社ある。ニシハマが解体されるとなれば、そのいずれかに事業を引き取ってもらうことになるんだろうが、相手が魅力を感ずるのはニシハマの技術であって人じゃない。いまいる社員の多くを切ることになるんだし、君だって最終的にはその一人になるんじゃないのかね」

ぐいと身を乗り出してきた。

いてもたってもいられないとばかりに、

「君が考えるような展開になればね」

賢太がこたえると、

「そうはならないっていうのか？」

グラハムは眉間に深い皺を刻みながら訊ねてきた。

「確かに、整理しなければならない事業部は出てくるだろうさ。しかしね、考えようによっては、これはニシハマ再生のチャンスだともいえるんだ」

「再生？　チャンス？」

グラハムは眉を吊り上げ、驚きを露わにする。「粉飾は株主、いや社会に対する重大な背信行為だ。しかも七年間も続けてきたんだぞ。第一、粉飾を行えば、上場廃止がルールじゃないか、いかにニシハマとはいえ――」

賢太はグラハムの言葉を遮ると、

「ルールなのは事実だが、上場廃止に至らなかったケースはある」

冷静な声でこたえた。

「えっ？」

「最近だって、光学メーカーの粉飾が発覚したが、監理銘柄に指定されたものの、上場廃止は免れたじゃないか」

それは、紛れもない事実である。

黙ったグラハムに向かって、賢太は続けた。

「確か、粉飾額は一千億円を超えていたんじゃなかったかな。しかも、粉飾を行っていた期間は十年だ」

「ニシハマも、あの会社と同じ扱いになるといいたいのか」

「いまここで君に教えるのはルール違反だが、現時点で判明しているニシハマの粉飾額は二千億円を超える。もちろん、粉飾が明らかになった直後から、株価は大暴落。発覚前の三分の一になってしまったがね……」

「粉飾額が確定すれば、株価はさらに下落する。それに加えて、エプシロンの粉飾だ。しかも、買収したのはニシハマの爆弾となるかもしれないＩＥだ」

ＩＥの名前が出ると、穏やかではいられない。

IEが現在建設中の三基の原発コストオーバーランの金額は十五億ドルと、報告を受けていたが、それも現時点でのことに過ぎない。その後の調査チームから上がってきた報告書には、完成までには最低でもさらに二十億ドルを要するという衝撃的な事実が記載されていたのだ。しかも、IEを買収する際に交わした契約書には、建設中の原発のコスト増加分はニシハマの全額負担と明記されている。最低でも三千五百億円ものコスト増をニシハマ一社で負担するとなれば、さすがに命取りになりかねない。

しかし、原発ビジネスは一筋縄ではいかない。

電力は産業や国民生活に必要不可欠な最も重要なインフラの一つだ。まして原子力は、国家の安全保障にも関わる、高度かつ機密性の高い技術の集合体である。当然、国策事業的な一面もあるわけで、テキサスに原発を新設するに当たっては、アメリカエネルギー省がIEに対し、八十五億ドルの債務保証を与えているのだ。

万が一にでもニシハマが潰れるようなことがあれば、工事は止まる。そんなことになろうものなら、エネルギー省が保証した八十五億ドルが焦げついてしまう。つまり、ニシハマに万が一のことがあれば、アメリカ政府も困るのだ。

そこに、交渉の余地が生ずると賢太は考えていたが、いまここで、そのことをグラハムに話すわけにはいかない。

「それでも株価の下落は、いまのところ、三分の二で収まっている」

賢太はいった。「それが何を意味するかは分かるだろ？　ニシハマは絶対に上場廃止になることはない。必ず生き残る。市場は、そう考えているってことじゃないか」

グラハムは、絶望的な眼差しで賢太を見ると、

「もう一度いう……。君はニシハマを去るべきだ。ニシハマが上場廃止を免れても、かつての繁栄を取り戻すことはできない。まして、君は原発部門を率いる立場にあるんだぞ。IEという爆弾が炸裂した時、対処の矢面に立たされるのは君なんだ。IEの買収は、クロサキ、ヤブカワ両名が決めたことだし、君が反対したことを僕は知っている。だがね、世間にとっては、買収の経緯なんて関係ないんだ。君がニシハマ消滅の引き金を引いたと見られるぞ」

必死に訴えるグラハムの形相からは、彼が本気で賢太の身の上を案じている様子がひしひしと伝わってくる。

これからニシハマが茨の道を歩むことになるのは間違いない。だからグラハムが、楽な道を選ぶべきだ、敢えて火中の栗を拾うような生き方をすべきではないと説くのも十分すぎるほど理解できる。

しかし、経営者、あるいは経営陣に名を連ねる人間の選択肢として、敢えて火中の栗を拾う道を選ぶのもあり得るのではないかと賢太は考えていた。

なぜなら、安定した業績のまま経営を引き継ぎ、さらに伸ばし、事業を拡大していくのも経営者の醍醐味の一つではあるが、どんな企業にも危機に直面する時が必ずやってくる。経営者、あるいは経営陣の一人として、真の意味での能力が試されるのはその時

だともいえるからだ。

手持ちの人材や技術、資金をフルに活用し、あるいは組織を変え、危機を脱するための戦略を練り上げる。それは、精神的にも肉体的にも、緊張と苦悩を強いられる過酷な任務になるだろう。だからこそ、ミッションが成功した時の喜びは大きいはずだし、何よりも誰にでも可能なものではない。

そう、ありきたりないい方をすれば、生き甲斐(がい)の問題であり、己の能力を試す絶好の機会なのだ。どちらの道に魅力を感じるかといえば、賢太の場合、間違いなく後者なのだ。

「クリス……」

賢太がそういいかけた時、背広のポケットの中でスマホが鳴った。

ラウンジでの電話使用はご法度である。

「失礼……」

グラハムに断りを入れ席を立ちながらパネルに目をやると、そこには神原の名前が浮かんでいた。

「もしもし……」

賢太が低い声でこたえると、「四葉の神原でございます。朝早くに申し訳ありません。実は、できるだけ早いうちにお会いして、ご相談申し上げたいことができまして。肥後さんからご指定いただいた日時に合わせて、日本へ参りますので――」

緊張した神原の声がスマホから聞こえた。

「実は、いまちょうど、ニューヨークに来ておりましてね」

賢太が伝えると、

「えっ、ニューヨークにいらしているんですか？」

神原は、驚きの声を上げる。

「明日の朝一番の便で、帰国することになっていますが、お急ぎでしたら、これからでもかまいませんが」

「しかし、大丈夫なんですか？　ご予定がおありになるのでは？」

「かまいません。プライベートな会食ですから……」

ここで一旦（いったん）議論を終えたとしても、グラハムが説得を続けるのは目に見えている。夕食を共にしながら、延々とこの話を続けるのは気が重かったし、賢太の決意が変わることはない。

「では、早々に店を手配します。予約が取れ次第、改めてご連絡いたします」

回線を切った賢太は、グラハムが待つ席に戻った。

3

神原が指定してきたのはパークアベニュー四十六丁目にある、日本料理の「竹富（たけとみ）」という店だった。

時刻は九時になろうとしていた。

マンハッタンの飲食店の大半は、夜十一時前には営業を終えてしまう。この時刻ともなると、店内は閑散としている上に、神原は個室を用意していた。

日本人の仲居の案内で、部屋に入った賢太に、

「急な話で申し訳ありません。ご予定を変更させてしまいまして……」

神原は立ち上がると、丁重に頭を下げながら、詫びの言葉を口にした。

「構いません。大学時代の友人との食事でしたから。それに、ニューヨークはこれからも頻繁に訪れることになるでしょうし……」

賢太はそういいながら、神原の正面の席に腰を下ろした。

「料理はお任せのコースでよろしいでしょうか」

神原は、食事は二の次だとばかりに、メニューを見せることもなく、いきなり念を押す。その様子からしても、いい話ではないことは想像がつく。

頷いた賢太に向かって、

「お飲み物は？」

と神原は再び問う。

「ライトビールを……」

酔いは、極力抑えるに限る。

「じゃあ、ミラーライトを二つ……」

どうやら神原も同じことを考えたらしく、度数の低いビールをオーダーすると、仲居が部屋を出て行ったところで、

「早々ですが肥後さん、早急にお会いしたいとお願いしましたのは、御社とのLNG事業のことです」

表情を強ばらせ、硬い声で切り出した。

「LNGのこと？」

正直なところ、エプシロンとIEの件に加えて、ニシハマの今後についても考えなければならず、LNG事業のことにまで頭が回っていなかった。第一、合弁会社がビジネスをはじめるのは、まだ大分先のことだし、ニシハマでLNGを担当するのは、前原発事業部副本部長の大木である。

「LNGは大木の担当で、私の手を離れておりますが？」

そういった賢太に向かって、

「LNG事業を発案し、弊社との合弁事業を立ち上げたのは、肥後さんですので、まず、最初にお耳に入れておかなければと思いまして……」

緊張感みなぎる表情を浮かべ、神原は低い声でいった。

「なるほど」

賢太は頷き、先を促した。

「実は、ニシハマさんとの、合弁事業は解消させていただくことになります」

「合弁事業を解消する？」

突然の言葉に、驚きのあまり賢太の声が裏返った。「なぜです？」

「理由は、ニシハマさんで粉飾が行われていたことです」

神原は冷徹な眼差しで、賢太の視線を捉(とら)えて離さない。「日本を代表する総合電機メーカーが、七年もの長きに亘って、しかも総額が、二千億とも三千億ともいわれる粉飾を行ってきた。これは、いかなる理由があろうとも断じて許されることではありません。商道徳に悖(もと)るだけでなく、取引先はもちろん、社会に対する裏切り、背信行為です。弊社としては、合弁事業を行うに値しない企業という結論に至ったのです」

神原のいうことは絶対的に正しい。しかし、ここで四葉に手を引かれてしまったのでは、LNG事業のビジネススキームが根底からひっくり返ってしまう。

「ちょ、ちょっと待ってください」

賢太は、慌てていった。「いくら何でも、それはないでしょう。うちとエクストレーマとの間では、長期売買契約がすでに締結されているんですよ。しかも、エクストレーマはそれを前提に、生産能力の増強、積み出し港の整備に向けて動きはじめているんです。いまここで四葉さんに手を引かれたら——」

「ニシハマさんにはLNG事業を単独で行う能力も体力もないとおっしゃるわけですね」

神原は賢太を遮り、厳しい口調できっぱりという。

さすがに屈辱を覚えたが、事実だけに反論の余地はない。

「その通りです」

頷くしかない賢太に向かって、

「肥後さんだって、弊社がどんな会社かはご存じのはずです。同業他社からは、まるで役所だと揶揄されますが、それは慎重に過ぎるきらいがあるからだけではありません。四葉の看板でビジネスを行うからには、コンプライアンスを何よりも重視しているためでもあるんです。合弁事業は、信頼に足る相手とでなければ行うことは許されない。それが四葉のコーポレートポリシーなのです。その信頼が根底から揺らいでしまったからには、合弁事業どころか、ビジネスを続行することもできないのです」

「神原さん……」

賢太は神原の視線をしっかと捉え、低い声でいった。「契約書はすでに交わされておりますし、合弁会社を設立してしまっているんですよ。動きはじめたからには、当事者の一方の意向で契約を破棄するなんてことができるわけないじゃありませんか。まして、コーポレートポリシーに反するだなんて、そんな理由が通るわけないでしょう。それこそ企業倫理に悖る行為以外の何物でもありませんよ」

当然の理屈だ。

一旦、契約を交わしてしまった以上、いかなる理由があろうとも、当事者双方の合意なくしてそれを破棄することはできない。まして、それぞれの分野で日本を代表する二社による契約である。

ところが神原は表情一つ変えることなく賢太の目をじっと見据える。

「失礼いたします……」

その時、仲居がビールを持って現れた。

二つのグラスをテーブルの上に置き、小瓶から薄い色のビールを注ぎ入れる。

その間、神原は何も言葉を発しなかった。賢太もまた、無言を貫いた。

不穏な空気を察したのか、仲居はビールを注ぎ終えると、

「ごゆっくり……」

丁重に頭を下げ、早々に部屋を出て行く。

彼女の退室を待っていたかのように神原が口を開いた。「契約書を交わしたからには、合弁事業の解消はできないとおっしゃるのなら、それは違います」

「肥後さん……」

「違う？　なぜ違うんです？」

「基本契約書には、こう記載された条項があったはずです。『甲乙いずれかが信義に反し、あるいは重大な違法行為を働き、合弁事業を継続するのが困難と判断された場合、甲乙の合意のいかんにかかわらず、甲、あるいは乙の一方的意向によって契約を解除できるものとする。その際、合弁事業を遂行するに当たって発生した、その時点までの費用、解除から撤退するまでの費用は、条項に反した側が負担するものとする』と……」

全身から音を立てて、血の気が引いていくのを賢太ははっきりと感じた。

指先が痺れ、思わず握りしめた拳の中に、嫌な汗が滲み出してくる気配がある。

「今回の件が、それに該当するとおっしゃるわけですか……」

賢太はかろうじていった。

「該当しないとおっしゃるのなら、その根拠をお聞きしたいものです」

神原は、冷徹な口調でこたえる。「粉飾は重大な違法行為です。しかも全社ぐるみで七年もの間行われてきたんですよ。先にも申しましたが、株主、取引先、社会までをも欺き続けてきたんじゃありませんか。これが、信義に反する行為でなければ、なんだというのです」

言葉こそ丁重だが、神原は苛烈なまでの口調で責めてきた。

ぐうの音も出ないとは正にこのことだが、返す言葉よりも、神原、ひいては四葉がなにゆえにこのタイミングで契約破棄の意向を固めたのか、その理由を賢太は考えていた。

確かに粉飾は許されざる行為だ。株主、取引先、社会に対する背信行為だというのもその通りだが、だからといってルール通り上場廃止の沙汰が下されるとは四葉も考えてはいないだろう。グラハムがいうように、粉飾を是正する過程においては莫大な赤字が生ずることは避けられないし、幾つかの有望な事業を売却することで穴埋めをすることになるかもしれないが、ニシハマがすぐにどうこうなるというものでもない。四葉だって、粉飾の発覚が原因でニシハマが潰れるとは考えてはいないはずなのだ。

それどころか、コンプライアンスというなら、同じ轍は踏むまじと徹底した管理体制が確立されれば、四葉にとってもパートナーシップを結ぶに好ましい企業にニシハマは生まれ変わる。なのにコーポレートポリシーという取って付けたような理由を持ち出してまで契約を破棄しようとするのはなぜなのか。

その最大の理由は、間違いなくモンゴルだ。

神原がＬＮＧの輸出事業への参画に並々ならぬ熱意を示したのは、ニシハマで巨大なビジネスになる計画が密かに進んでいることを賢太が匂わせたからだ。

ニシハマと密な関係を構築できれば、その事業に参画できる可能性が格段に高くなると踏んだのだ。

原子力を使用する全ての国が頭を悩ませている、使用済み核燃料の最終処分場の建設および運営に四葉が加わるとなれば大手柄だ。大商社の四葉とはいえ、これに優る事業に参画できるチャンスはまず皆無といっていい。神原は本社凱旋、取締役どころか、専務、副社長の椅子は確約されたも同然だし、社長の椅子さえ夢ではない。だが、それも事前に計画が発覚し、夢と潰えた。残るはＬＮＧの輸出のみ。しかも、実際にビジネスをはじめられるまでには、まだ六年もの時間を要する……。

部長は紛れもない上位管理職だし、四葉ならずとも大企業でこの地位を手にすることができるのは、ほんのひと握りの人間だ。しかし、各事業部の中にある部の数だけ部長は存在する。四葉のインフラ事業部には少なくとも十以上の部が存在するはずで、その全員が副本部長、そしてたった一つしかない本部長の椅子を巡って激烈な争いを日々繰り広げているのだ。

モンゴルの件が白紙になってしまった以上、神原にとってLNG事業が自身の実績を上げる最大の案件だとしたら、結果が出るまであと六年。もちろん、取引先の開発が順調に進み、ビジネスの拡大に目処がつけば昇進の追い風になるのは間違いないが、それにしても長すぎる。そこにニシハマが巨額の粉飾を行っていたことが発覚した。

万が一にでも、ニシハマがLNG事業を継続するための資金を捻出することに窮すれば、四葉に負担がのしかかる。そんなことになろうものなら、責めを負わされるのは他でもない、神原だ。

仲居が、コース料理の最初の一品を運んで来ると、二人の前に置き、すぐに立ち去った。

とても、箸を持つ気にも、ビールに口を付ける気にもなれたものではない。

それは、神原も同じであったらしい。

椅子に座る神原は微動だにせず、相変わらず賢太の視線を捉えたまま、

「本来ならば、契約書に調印した本社社長か東国が弊社の意向をお伝えしなければならないところですが、私がその任を仰せつかったのはなぜだと思います？」

押し殺した声で問うてきた。

そんなことを訊かれても、こたえようがない。

「いまのところ、暫定的に景浦専務が御社のトップということになっていますが、景浦専務も新社長が決まり次第、退任することになるだろうからです。つまり、いまのニシハマにはトップとして話す相手が存在しない。会社としての体を成していないからです」

会社としての体を成していない——。

グラハムに続き神原の口から出た同じ言葉が、賢太の胸に突き刺さった。

黒崎と藪川が辞任してから、直ちに社外取締役会は新社長の選出作業に取りかかったが、第三者調査機関による粉飾の調査がまだ続行中であるいま、新体制を決められずにいる。だからといって、代表者を置かねば、会社の機能は停止する。そこで、専務の景浦が暫定的に代表者となってはいるのだが、彼もまた粉飾を知らなかったはずはなく、新体制が決まり次第、解任されるのは誰の目にも明らかである。

しかし、いくら何でも、いきなり最後通牒を突きつけるような態度は、無礼に過ぎる。

「巷間、窮地に陥った時こそ、真の友が分かるといいますが、あれは本当のことなんですね」

神原の視線の強さに負けじと睨みつけ、賢太は皮肉を口にした。「ビジネスは水物です。どれほど多くの販売先を開拓できるかは誰にも分かりませんが、四葉の組織力をもってすれば、十分な成果が挙げられると踏んだからこそ神原さんも、この事業への参画

「さあ……」

賢太もまた、低い声でいった。

を熱望なさったはずです。第一、不正行為、信義に反する行為とおっしゃいますが、ここの事業に関しては、そんなものは一切発生しておりません。むしろ、その条項を盾に契約を解除するというのなら、御社こそ、信義に反する行為を働くことになるんじゃありませんか？」

「契約書に署名したのは双方の代表取締役社長。つまり、弊社とニシハマさん、会社対会社で交わされた契約です。ニシハマさんが不正行為を働いたわけですから、あの条項が適用されて当然だと思いますが？」

法律論になれば、こちらが不利なのは賢太も十分承知だ。しかし、ここで四葉に降られたら、ＩＥを買収する際に菱紅にまんまと逃げられたことの再現となってしまう。しかも、このタイミングでというのは、あまりにもまずい。

それに、ＬＮＧ事業を新しい会社の柱にと賢太に持ちかけてきたのは物部だが、広重の意向を受けてのことと知る者は、社内に一人としていない。表向きの発案者も、エクストレーマとの交渉を行ったのも、四葉を合弁事業に巻き込んだのも全て賢太だし、その功績をもって取締役に抜擢（ばってき）されたのだから、打開策を打ち出せなければ命取りになりかねない。

「肥後さんだって、食うか食われるかのビジネス社会を、そして日本の企業社会を生きてこられたんです」

反論できずにいる賢太に向かって、神原は続ける。「我々組織に生きる人間は、いかにして自社に最大限の利益をもたらすかを追求し続けなければならないんです。もちろん、成果が保証されたビジネスはありません。どんなビジネスも、伸るか反るかのギャンブルという一面があるのは事実です。しかし、ギャンブルであるにせよ、勝つことを義務づけられている以上、リスクの軽減を常に念頭に置かなければならないのです」

「同時に、コンティンジェンシー・プラン（緊急時対応計画）もね……」

「その通りです」

当然だといわんばかりに頷く神原に向かって、

「それが、あの条項だったというわけですか」

賢太は言葉に精一杯の皮肉を込めた。「違法行為はともかく、信義に反するというなら、合弁事業が動きはじめた後でも、いかようにでも理屈がつけられますからね」

賢太は日本企業が取り交わす契約書の曖昧さに潜む罠を、いまさらながらに思い知った。

その典型的な条項が、ビジネス社会のみならず、日本社会で交わされる契約書の末尾に必ずや存在する、『当事者間で争いごとが生じた場合、甲乙双方が誠意をもって解決にあたる』という一文である。争いごとを嫌い、曖昧な決着をつけるのを常とする日本人らしいものだが、こんな条項がまかり通るのは世界広しといえども日本だけだ。

「正直に申し上げまして、個人的には合弁事業を継続したいとは思うのですが……」

さすがに、後ろめたさを覚えたのか、一転して神原の歯切れが悪くなる。「ですがねえ、ＬＮＧの安定供給を条件に、新規に建設する火力発電所、ひいては原発建設の受注を獲得するという肥後さんが描かれたビジネスプランは、もはや成り立たないと思うのです。電力は最も重要なエネルギーであると同時に、一国の産業、国民の生活を支える生命線ともいえるインフラです。事業者の経営に万一のことがあっては一大事。当然、事業者の選考に当たっては、信頼性、事業の継続性が重視されることになります。その点においては、不安を抱かれることがなかったニシハマさんが、よりによって粉飾を行っていたとあっては、国内の電力会社はもちろん、どんな国だって採用には二の足を踏むでしょうからね」

その通りかもしれないが、敢えて賢太は反論に出た。

「粉飾を行っていたのは事実です。しかし、それとニシハマが持つ高い技術力、発電所の建設能力とは別の話でしょう。火力、原子力のいかんを問わず、我が社には実績があるし、納入先の国々からは高い評価を得ているのもまた事実。それに、粉飾を行っていたのは、旧経営陣です。今回の不祥事がきっかけとなって、社内に溜まっていた膿が出て、新体制の下で会社が生まれ変わるとなれば、同じ轍は二度と踏むわけがないと――」

「一度、地に落ちた信頼を取り戻すのは、そんな簡単な話じゃないと思いますがねえ……」

神原は、憐れむような眼差しを浮かべながら賢太の言葉を遮ると、続けていった。

「天下のニシハマさんとの合弁事業を解消することになるなんて、万に一つも考えませんでしたからね。そうでなければ、私だってニシハマさんとのビジネスを何としてもものにしたいと、必死になることもなかったでしょう」

　そういわれると、返す言葉が見つからない。

　黙った賢太に向かって、神原はさらに続けた。

「信頼ってのは、それほど重要なものなんです。もちろん私個人として、肥後さんに対する信頼は、いまに至ってもなお、微塵も揺らいではいません。ですが、企業としてのニシハマさんに対する信頼は別です。創業以来代々の経営者が築き上げてきた信頼を、ニシハマさんは自らの手でぶち壊してしまった。だからこそ、我々も断腸の思いで契約解除を決断せざるを得なかったのです」

　なるほど、もっともらしい台詞だが、四葉が契約解除を申し出てきたのは、このままこの事業を継続した挙げ句、ニシハマに万一のことが起ころうものなら、合弁事業にまつわる全てを自分たちの手でやらなければならなくなることを恐れたからだ。賢太にしても、この事業に四葉を巻き込んだのは、資金の調達、販路の開拓を狙ってのことだから、彼らの決断を批判する資格はない。

　それにビジネスには、規模が大きくなればなるほど様々な思惑が絡み、狐と狸の化かし合いという一面があるのも事実というもので、四葉の資金力、組織力を利用しようという目論見が外れたといわれればそれまでだ。しかし、ここで打開策を講じなければ、賢太自身の命運が尽きてしまう。

なんとかしなければ。どんな策を講じるべきなのか。

賢太は、暗澹(あんたん)たる気持ちが込み上げてくるのを押さえ込むように、汗をかいたグラスを手に取ると、

「四葉さんのご意向は分かりました。ただ、ここで弊社の見解を述べる権限は私にはありません。しかるべき人間に伝えた後、正式にお返事申し上げます」

一息にグラスの中のビールを飲み干した。

もはや、食事などどうでもいい。お互いが気まずい時間を共有するだけだ。

賢太は席を立つと、

「申し訳ありませんが、私はこれで失礼します……」

神原に一瞥(いちべつ)をくれ、部屋の出口に向かって歩きはじめた。

4

ニシハマの社外取締役の一人である吉國裕次(よしくにゆうじ)は、日本最大の製鉄会社・帝都製鉄の相談役を務めている、財界の大物である。

賢太の下に吉國の秘書から連絡が入ったのは、ニューヨークから帰国した翌日の昼近くのことだった。

「相談役がお目にかかりたいと申しております。急な話で申し訳ございませんが、今夜

お時間を頂戴(ちょうだい)できませんでしょうか」

面識はないが、もちろん吉國の名前は知っている。五名いる社外取締役の中でも、最も影響力を持つと見なされる人物だし、新体制を決める役員指名委員会の座長も務めている。その吉國からの呼び出しとあれば、応じないわけにはいかない。

場所は南麻布にあるイタリアンレストランである。待たせるのも失礼だと思い、約束の時間の午後七時より十分ほど早く店に入ったのだが、すでに吉國は到着しており、個室に案内された賢太を「突然、呼び出して申し訳ありませんでしたね」と、立ち上がって迎えた。

財界の大物と称される割には意外なほどの腰の低さに驚きながら、

「お待たせしてしまって申し訳ございません。原発事業部を担当しております肥後でございます……」

と賢太は頭を下げながら、改めて名乗った。

「お会いするのははじめてだが、肥後さんのことは以前から聞いていますよ。お義父(とう)さんの政成さんとは、大学の同期だったものでね」

吉國がいったその時、ウエイターが部屋に入ってきた。

この店は、美咲のお気に入りで、プライベートでも何度か来たことがあるが、今夜は吉國が設けた席である。酒は彼のチョイスに任せ、まずはシャンパンをグラスで、料理は鶏肉をメインとしたコースを選んだ。

「ところで、肥後さん。時間をつくって貰ったのは、他でもない。新役員人事について、君の意見を聞いてみたくてねえ」

話があるというからには、人事に関する可能性が高いと踏んではいたが、思った通りだ。しかし、意見といわれても、何に対してのものなのかが分からぬ以上、こたえようがない。

「とおっしゃいますと？」

賢太が訊ねると、

「肥後さんも重々承知しているだろうが、今回の不祥事は、本当に深刻な問題でね。すでに辞任した会長、社長はもちろん、三分の一前後の現役員を解任することになりそうなんだ」

ニシハマには、事業部を担当する役員が二十名いるが、三分の一といえば、七名前後。想定していたとはいえ、後任人事を決める吉國から直接聞かされると、やはり衝撃的な数字である。

黙って頷いた賢太に、吉國は続けた。

「名門企業の不祥事だ。世間に与えた衝撃も大きい。かといって、ニシハマの経営が傾く、まして万が一にでも解体ということになれば、日本経済を揺るがす事態ともなりかねない。となれば、地に落ちた信頼を取り戻すしか術はないのだが、それに当たっては、経営実態はもちろん、ニシハマという企業の実情を世間に知らしめ、社内に溜まった膿を徹底的に出しきらなければならない」

「異論はございませんが、あまり大胆なことを行えば、社員が動揺するだけでなく、思わぬ副作用を招くのではないかと……」

賢太は、慎重にいった。

なぜ、こんな話をするのか。その意図が明確にならない限り、迂闊な反応を見せるわけにはいかないからだ。

「もはや、そんなことをいってる場合じゃないんだよ」

吉國は眉間に皺を刻み、険しい顔になる。「社員の中には、ニシハマは大きすぎて潰せないと高をくくっている者も少なからずいるようだが、潰れないまでも、厳しい現実に直面するのは、もはや避けられない。当分の間、ボーナスは限りなくゼロに近くせざるを得ないだろうし、給与にも手を付けざるを得なくなる可能性だってあるからね」

「給与については、莫大な内部留保があることを理由に、楽観視している声があるのは私の耳にも入ってきます」

賢太もニシハマは大きすぎて潰せないと思っている一人だが、給与については別である。経営が健全化するまで、役員報酬は見込めないのはすでに覚悟している。

「肥後さんを前にして、こういうのも何だが、ニシハマの社員というのは、自分たちが特権階級と勘違いしているようだね」

吉國は、苦々しい顔をして吐き捨てる。「これだけの不祥事を起こした企業の社員が、いままで通りの給与を貰い、高額なボーナスを手にすることを世間が許すわけがないからね。となればだ、住宅ローン、教育費と生活設計のあらゆる面で狂いが生じてくる。慌てふためき、転職を試みる人間も続出するだろうが世の中はそう甘くない。再就職先が見つかっても、厚遇されるのはよほど優秀な人間だけで、大半は足下を見られて買い叩かれるのがおちってものだ。事態が長引けば長引くほど、ニシハマにはカスしか残らないということになってしまう」

　カスとはまた、酷いいい方だが、吉國の指摘は間違ってはいない。

「まったくその通りだと思います」

　賢太は頷いた。「戦力にならない人間は、穀潰し以外の何物でもありませんからね。はっきり申し上げて、ニシハマには優秀な社員はたくさんいますが、その一方で、報酬に見合う能力を発揮していない社員が数多いるのもまた事実だと思います。粉飾が行われた最大の原因は、そこにあると私自身は考えております」

「それはどういうことかね？」

　賢太の言葉に興味を覚えたふうで、吉國はすかさず訊ねてきた。

「すでに報道されていることですが、今回の粉飾を引き起こしたのは、ノルマを達成できなければ昇進が止まる、その恐怖です。なにしろ、採用するのは同じようなスペックの人間ばかり、代わりはいくらでもいるんですから」

　それから暫く時間をかけて、かねて抱き続けてきた、ニシハマの組織、人材に関する問題点を、賢太は吉國に向かって一気に話した。

「なるほどねえ……。確かに、いわれてみればというやつだねえ」

確か、吉國も東都大学の出身である。肯定しながらも複雑な表情を浮かべると、グラスに残ったシャンパンを一気に飲み干した。

「さらに問題なのは、いまだに、年功序列制度が生きているという点です。年功序列は過去の話だといわれていますが、現実はそうではありません」

賢太はいった。「部下を評価するのは上司です。能力主義、成果主義を徹底した場合、部下に高い評価を与えれば、自分を追い抜いて上位職に就き、高額な報酬を貰うことになるんですから、正当な評価をつける気にはなれないでしょうからね」

「それも分かるね」

吉國は頷く。「出世競争が激烈なのは、これもニシハマに限ったことではないが、長年かけて散々苦労した挙げ句、やっとの思いで手にした地位を、自分よりも短い期間で手にする、しかも部下がだなんて、到底納得できるもんじゃないからね」

理解を示し続ける吉國の反応に意を強くした賢太は、

「だから、派閥が生まれるのです」

厳しい声で断じた。「上司の覚えを目出度(めでた)くしておけば、上司が昇進した時、その地位が自分に回ってくる。そう思えば自分の手柄も喜んで上司に差し出すでしょうし、価値観や考えを共有する人間の集団の中に身を置けば、議論する必要もありません。全てはあうんの呼吸で済んでしまうわけです」

「なるほどなあ……。ニシハマの役員は、全員東都出身者だからねえ。学閥ってのは、大抵の企業にあるものだが、ここまで極端な例は、他に思い当たらないものなあ……」

「黒崎さんが絶対的存在としてニシハマに君臨できたのは、その閥の形成に成功したからだと私は考えています。閥の中に身を置くことができれば、こと昇進という点においては、他大学の出身者よりも、絶対的に有利になるんですから、そりゃあ、閥の人間は誰も黒崎さんの意向には異を唱えませんよ」

「すると、君は、ニシハマ再生のためには、閥の解体が必要だと考えているわけかね？」

「その通りです」

賢太は深く頷いた。「新入社員や中途採用者の選考基準、人事評価基準、給与体系も含めて、いままでのニシハマのやり方を根底から見直す必要があると私は考えています」

「そんなことができると思うかね？」

口調こそ懐疑的だが、吉國の目が鋭くなった。

「できなければ、ニシハマの再生などあり得ませんね」

賢太はきっぱりといい放った。「ニシハマは危機的状況にありますが、逆にこれは、積弊を一掃し、生まれ変わるチャンスだと捉えるべきです」

吉國は、黙って賢太の目を見据える。

二人の間に、沈黙が流れた。

やがて吉國は口を開いた。

「肥後さん……。実はね、ここ一週間ばかり、私は新体制の中で留任することになるであろう現役員と面談を重ねてきたんだ」

吉國の言葉が何を意味するかは聞くまでもない。

後任社長を指名し、役員会で承認を得るのは、社長の座を退くに当たって、現職の最後の仕事だ。その際は、後任候補を何人か選出し、面談の場で社長に就任してからのビジョンを問う。

本来なら、黒崎、藪川の両名が、後任候補を選出するところだが、二人はすでにいない。まして、状況が状況である。新体制を決める役員指名委員会の面々にしても全員が社外取締役だ。誰が後任に相応しいか、能力も人となりも、普段間近に接してきたわけではないから、見当がつくわけがない。そのため、留任することになると思われる役員全員と面談を行い、その中から新社長を任命しようとしているのだ。

無言で頷いた賢太に向かって、吉國は続ける。

「正直いって、面談を重ねる度に、ニシハマという会社には、これほど人材がいないのかと、暗澹たる気持ちになってねえ……。なぜ粉飾が起きたのかと見解を求めれば、黒崎さんの命には誰も逆らうことができなかったとか、返ってくるのはありきたりな見解ばかり。ニシハマをどう建て直すのかと、これからのビジョンを訊ねても、企業体質の改善にまで言及したのは肥後さん以外に一人だけだ」

一人だけというなら、思い当たる人物はただ一人しかいない。

林原だ。

果たして、吉國はいう。

「林原さんも、閥、年功序列、人材の採用、給与体系の大改革なくしてニシハマの再生はあり得ないという、肥後さんと同じ考えを抱いているし、私も同感だ」

林原が、同じ考えを抱いているのは承知しているが、再生プランを問われるがままに話したのは賢太であり、彼はその案に賛同しただけだ。もちろん、林原が、同じ考えを抱いていたとも考えられるのだが、吉國の言葉を聞くにつけ、賢太はそこはかとない違和感を覚えた。

吉國は続ける。

「他人の不幸は蜜の味というが、世間というのは残酷なものでね。当たり前に享受してきた権益を失った人間が、慌てふためく様、失望のどん底に突き落とされる様を見るのが大好きなんだ。ニシハマの社員は、世間から見れば紛れもないエリートだ。上場廃止にはならん、会社自体もびくともしない、待遇もそのままじゃ、世間を納得させることはできないよ」

いつの間にか、吉國の瞳から感情の一切が消えていた。底冷えのするような冷たい眼差しで、賢太をじっと見つめる。

「確かに、この案はニシハマの再生には絶対に必要ですが、社員にとっては劇薬になりますからね。これまでの流儀が通用しなくなるだけでなく、真に力のある者しか生き残れなくなるわけですから……」

賢太もまた、吉國の視線の強さに負けじと、目に力を込めた。「もちろん、社内からは異論続出、大混乱に陥れば、会社を去る人間も少なからず出てくるでしょう。しかし、私はそれでも構わないと思います。地位や年齢にかかわらず、正当な評価がなされ、成果にふさわしい報酬が支払われるなら、実力ある社員は必ず残るはずですし、我こそはと思う人材が集まってくるでしょうから……」

吉國は、我が意を得たりとばかりにニヤリと笑うと、

「肥後さん。副社長を引き受けていただけませんか？」

いきなりいった。

社長ではなく、副社長？

「では、社長はどなたが？」

分かりきってはいるが、賢太は敢えて問うた。

「林原さんを指名しようと思う」

果たして吉國は思った通りの名前を告げた。「肥後さんが担当している原発事業部は、難しい問題を抱えているし、少なくとも日本国内で新規の原発建設はまず望めない。事故を起こした原発の廃炉、既存の原発の維持管理と、収益はそれなりに上げられるだろうが、海外での受注に苦戦することになれば、原発事業部はニシハマの大きな負担とな

りかねない。ここ数年が事業部の正念場だと思うんだ。この難局を乗り切ったところで、次期社長になってもらおうと考えているんだが、どうだろう？」

原発事業部が抱えるＩＥの問題だけでなく、ＬＮＧ合弁事業を四葉が解消する意向を示してきたからには何らかの策を講じなければ大変なことになる。

まして、ＬＮＧは原発事業部の手を離れているため、いまのままでは組織上動くことができないと考えていたのだが、副社長となれば話は別だ。賢太は林原より四歳若い。オーナー企業以外の社長在任期間は、通常四年から六年。林原の社長在任中に、ＩＥが抱えている問題の解決に目処をつけるためにも、願ってもない申し出である。

「林原さんなら、適任だと思います」

そうこたえた賢太に向かって、

「では、副社長を引き受けてくれるんだね」

吉國は念を押してきた。

「はい……」

賢太は頷くと、「ご期待に添えるよう、全力を尽くします」

声に力を込め、吉國をしっかと見据えた。

「これじゃ、いままでとなにも変わりませんよ。部署名こそもっともらしく変えてはいますが、業務内容はほとんど同じ。しかも、部長クラスは圧倒的に東都出身者が占めている。社長が前例にとらわれず、適材適所を徹底するようにと、あれほど念を押したのに、何も反映されていないじゃありませんか」

午後の社長室で、賢太は目を通し終えた書類の束をテーブルの上に乱暴に置き、正面のソファーに座る林原に向かって怒りの言葉を口にした。

「君がそう思うのはもっともなんだが、彼らにもいい分があってね……」

林原は、苦々しい顔をして小さなため息をつく。

「いい分？　私のところには何も聞こえてきませんが？」

「そりゃあ、そうだろう。役員会で、社内改革の必要性を前面に押し出して説いたのは君だからね」

新役員が決まり、新体制の下、ニシハマが動き出して二ヵ月が経つ。

それに先だって、賢太が副社長就任を打診された席で語ったニシハマの問題点に理解を示した吉國だったが、役員指名委員会が指名した新役員は東都出身者ばかりだ。

その後吉國と言葉を交わす機会がなかったので、直接聞いたわけではないが、各事業部の本部長を選出するに当たっては、吉國以外の各委員が候補者と面談を行い、前任者の意見を考慮した上で決めたという。

一抹の不安を抱きながらも、最初の役員会の場では、林原と共に練り上げたニシハマ再生プランを冊子に纏め、改革の必要性を入念に説いた。その場では異論一つ出なかったのに、蓋を開けてみれば案の定だ。

それゆえに、賢太の焦りと怒りは募るばかりだ。

「だから何だというのです。本部長は事業部の一国一城の主には違いありませんが、会社全体の指揮を執るのは社長です。社長が決めた方針に副うべく、全力を尽くすのが部下たる者の務めでしょう」

「そうはいってもね、彼らのいい分にはもっともなところもあるんだよ」

林原は、苦い顔をして眉間に皺を刻む。

「いい分？　そんなものがあるのなら聞かせてもらいたいものですね」

「適材適所、公平な人事考課といってもだね、じゃあ何を元に判断するかといえば、いままでの評価だ。当たり前の話だろ？　人事部には新人事評価制度の作成を命じてあるが、まだ出来上がってはいないし、導入されたとしても、新制度の下で行われた評価が定まるまでには時間がかかる。当面の間は、いままでの評価を以てポストを与えるしかないというんだよ」

「その従来の評価ってやつが、閥の中にいるかどうかで恣意的に歪められたものだから問題なんです。いまここで、有能な社員を引き上げてやらなければ、ニシハマの再生なんておぼつきませんよ」

「しかしね、事業部の人事権は本部長が持ってるんだ。社長とはいえ、彼らが決めた人事に口を挟むことなんてできんよ。第一、誰が適任かなんて、私だって分からんからね」

林原は続ける。

「それに君は、従来の給与体系を見直し、優れた実績を上げた社員には手厚く報いるべきだ、新技術の開発に必要な人材は、厚遇を以て採用すべきだというがね、これもいうのは簡単だが、実現するのは簡単な話ではないよ」

「会社が生まれ変わる千載一遇のチャンスだというのに、こんな組織作りしかできないんじゃ、そりゃあ無理でしょうね」

ため息を漏らしながら、言葉に皮肉を込めた賢太だったが、「でも、社長。高いスキルを持った技術者の採用は、カネに糸目をつけずに行うべきです。特に、半導体とコンピュータ、それにバッテリー部門には、先端技術分野の研究を行っている有能な人材を可及的すみやかに確保する必要が――」

「それも、ごもっともなんだがね……」

林原は、上体を背もたれに預けながら賢太の言葉を遮り、眉間に浮かぶ皺を深くする。

「実績に手厚く報いるにしても、先端技術に長けた有能な人材の採用にしても、報酬という問題が出てくる」

「会社に貢献した社員、貢献するであろう社員に、応分の報酬を支払うのは当たり前の話じゃないですか。モチベーションが上がることは間違いありませんし、高い報酬を出さなければ有能な人材を雇用することなんてできませんよ」

「そんな簡単な話かね。君は一つ大事なことを忘れているよ」

「忘れている？　何をです？」

そう問い返した賢太に向かって、

「人の感情ってやつだよ」

林原は、冷ややかな声でいった。「これまでだって会社に多大な貢献をしてきた社員はたくさんいたし、貢献度はボーナスに反映されるのがルールだったんだ。ここで、実績によっては、上司を上回るような高額報酬を得られるなんてことになってみろ。過去に遡(さかのぼ)って、会社にもたらした貢献を再評価して貰わなければ、不公平だ、断じて納得できないって声が噴出するさ」

「ルールが変わるんですから仕方ありませんよ」

「技術者の採用だって同じだよ。会社に莫大な利益をもたらす特許をものにしても、研究者、技術者が得られる対価なんて、欧米企業に比べりゃ雀の涙。賃金だって、社内規定の範囲内で、みんな納得して働いてきたんだ。最先端技術開発を加速するためとはいえ、いきなり高額な報酬を条件に研究者を雇おうものなら、いまいる研究者たちの間から、じゃあ俺たちは？　って声が上がるに決まってるだろうが」

いったい、この林原の豹変ぶりはどういうことだ？

社長就任前に語り合った時には、自分が話したニシハマが抱えている問題点にも、改革案にも、林原は賛同したではないか。しかも、吉國の面談を受けた際には、俺の改革案を自分が考えたもののように話したくせに……。

林原が示すネガティブな反応に、賢太は唖然として言葉を失った。

「改革は確かに必要だがね、この会社はアメリカ企業のようにはいかんのだよ」

林原は冷たい眼差しで賢太を見据えると、「第一、成果に報いるにしたって、原資はどうするんだ。粉飾の処理もまだ済んじゃいないし、その余波もあって業績は落ち込む一方だ。しかも、うちはＩＥという爆弾を抱えている上に、ＬＮＧ事業から四葉が手を引いてしまったんだぞ」

そこを衝かれると、返す言葉がない。

黙った賢太に向かって、林原は続けた。

「まあ、ＩＥの買収は、黒崎さんと藪川さんがやったことだし、君がＩＥの買収に反対したことは知っているよ。だからＩＥの件で君を責めるつもりはないが、ＬＮＧ事業への進出は、君が発案したんじゃないか」

その件については、賢太にも言い分がある。

四葉が合弁事業の契約破棄を申し出てきたのは、ニシハマの粉飾が理由である。もちろん、四葉がＬＮＧ事業に参画したのは、ニシハマが密かに進めていたモンゴルに使用済み核燃料の最終処分場を設ける計画に加わるのを狙ってのことと見て間違いあるまい。

しかし毎朝の報道で、それがご破算になったとはいえ、本来ならば一旦締結した契約を破棄することはできなかったはずなのだ。つまり、黒崎、藪川、それに連なる面々が、粉飾に手を染めたことが、四葉に契約を破棄する絶好の口実を与えてしまったのだ。

しかし、そんなことをいったところで、林原にはいい訳としか聞こえまい。

「まさか、社長就任早々、契約破棄を申し渡される役目を仰せつかるとはね……」

林原は、皮肉の籠もった口調でいい、怒りの籠もった目で賢太を睨みつける。

四葉が新社長の決定を待っていたかのように、合弁事業の契約破棄を通達してきてからひと月近くになる。

四葉商事社長の上原（うえはら）は、四葉アメリカの東国と神原と共にニシハマ本社を訪ねて来ると、極めてビジネスライクに契約の破棄を申し出た。

もちろん、四葉の意向は社長就任直後に林原に報告してあった。しかし、林原は半導体事業部で一貫して技術畑を歩んできた人間である。海千山千のビジネス社会で最前線を生き抜いてきた商社マンの交渉術の前では為（な）す術がなかった。

「申し訳ありません……」

賢太は、弁明したくなるのを堪（こら）え、頭を下げながら詫びの言葉を口にした。

「どうするつもりなんだ」

林原の声が頭上から聞こえ、賢太は顔を上げた。「いま現在、ＬＮＧ事業は大木さんの担当だが、副社長になったとはいえ、構想を打ち立てたのは君だし、IEの件にしたって君は深く関与していたんだ。社内改革も結構だが、全力を挙げて取り組まなければならないのは、むしろそっちなんじゃないのか」

「IEの件については、原発事業部内に対策チームを設置して全力で取り組むよう、すでに指示しております。LNGについても、大木さんと密接に連絡を取り合いながら、随時必要な指示を与えて——」

いいます、と続けようとした賢太を、

「そんなことをいってる場合じゃないだろう！」

林原の鋭い一喝が遮った。「四葉に手を引かれたいま、LNG事業を単独で行うとすれば、いったいどれだけの資金が必要になると思ってるんだ！　国内の電力会社への売り込みだってこれからだし、仮にうまく行ったとしても、海外への販路をどうやって開拓するつもりなんだ。他の商社が、うちを相手にするのかね。このままだと、エクストレーマと長期売買契約を結んでしまった以上、販路が開けなけりゃ、うちは売る当てもないLNGを延々と買い続けなければならなくなるんだぞ！」

そんなことは、百も承知だ。

IEで発生しているコストオーバーランは途方もない金額だが、アメリカエネルギー省の債務保証だってかなりの額だ。アメリカ側の原資が税金である以上、ニシハマに手を引かれれば困るのはアメリカだ。IEの経営からニシハマの撤退を防ぐべく、アメリカは日本政府に対して圧力をかけてくるはずだし、IEを買収したのは、原発輸出を国の柱にという宗像の意向を汲んでのことだ。第二次宗像政権が誕生すれば、海外への売り込みにも弾みがつくだろうと賢太は考えていた。

ＬＮＧ事業にしても、確かに四葉に代わるパートナーを見つけるのは難しいが、操業開始までに、まだ六年もある。それに、エネルギービジネスといえば真っ先に思い浮かぶのが総合商社だが、それも日本国内に限っての話だ。世界に目を向ければ、同じような機能を持つ会社は幾つもある。

「四葉に手を引かれたことで、役員の中にＬＮＧ事業の行く末に不安を抱いている者が、少なからず出て来ていてね。私の耳にもいろいろと聞こえてくるんだよ」

林原はいう。「中には、爆弾を二つも作った張本人が、社内改革とはよくもいえたものだという人間もいる。そうした声を黙らせる打開策を打ち出せない限り、笛吹けど踊らず。君の改革案には、誰も本気で取り組まんよ。だから、この程度のものしか出てこないんだ」

林原は、テーブルの上に置かれたままになっていた書類に目を向けた。

となれば、ＩＥはともかく、ＬＮＧ事業については、早々に対策を打ち出して見せなければなるまい。

賢太は、一人の男の顔を脳裏に浮かべ、

「分かりました……。ＬＮＧの件については、私にも考えがあります。大木さんには申し訳ありませんが、一人で動いてみることにいたします」

そう告げると、席を立った。

6

「なるほど。話は分かった……」

朱に染まる皇居が一望できるスイートルームに置かれたソファーに座り、左右の腕を肘掛けに乗せたオタイバは、静かに、重々しい声でいった。

ニシハマの社長室で賢太の脳裏に浮かんだ男は、オタイバだった。

早々に連絡を入れると、十日後に東京に立ち寄る予定があるという。

どうやらモンゴルの件が白紙となったことで、アドバイザー契約を結んでいた協銀との間でなにか話し合うことがあるらしい。だが、来日の目的などどうでもいい。賢太がLNGの件で、相談したいことがあると申し出ると、オタイバは二つ返事で承諾した。

「では……」

話は分かったというからには、申し出を受けるということなのか。

背もたれから身を起こし、言葉の意味を確かめに出た賢太に向かって、

「その前に、一つ君に訊きたいことがある」

オタイバはいった。

「なんでしょう」

「以前から不思議でならないのだが、どうして君は、これほどまでにニシハマに執着するのかね？」

　オタイバは賢太を不思議なものでも見るような目をして訊ねてきた。

「執着？　私は副社長です。代表権こそ持ってはおりませんが、ニシハマの経営に責任を負う立場にある以上、経営の正常化に全力を挙げるのが義務ですので」

　オタイバは「ふむ」という顔をして、足を組み、右の人差し指で鼻の下に蓄えた髭を なぞりはじめる。

「私の見る限り、ニシハマを取り巻く状況は極めて厳しい。たぶん、中にいる君が感じている以上にね……」

「最悪の状況だと認識しております」

　オタイバは低く、重い声でいう。

「いったろ？　君が感じている以上にだ」

　オタイバはすかさず断じると、続けていった。

「まず、LNGだが、ニシハマとエクストレーマの合弁事業に関心を抱いているエネルギー企業は少なからずある。いや、多くの企業がニシハマの動きを注視している」

「では、どこぞの企業と合弁契約を締結できる可能性があると？」

「そうじゃない」

オタイバは瞼を軽く閉じ、苦笑を浮かべ否定する。「ニシハマは単独でこの事業を行うことはできない。いずれ、撤退するだろう。安く買い叩けるかもしれない、と考えているんだよ」

「えっ？」

想像だにしなかったオタイバの言葉に、賢太は身が硬くなるのを覚えながら短く漏らした。

「世界に名を馳せる大企業が粉飾を行ったんだ。しかも、監査法人までがグルで、八億円にも及ぶ利益の水増しだ」

オタイバの瞳に失望の色が浮かぶ。「そんな企業が過ちを悔い、徹底した再発防止策を施したと強調したところで、恐ろしくて誰も相手にする気にはなれんさ。ニシハマは終わるか、終わらずともかつてのような輝きをニシハマが取り戻すことはあり得ない。誰もが、そう考えているんだよ」

粉飾に関する最終調査結果は出たばかりだが、それによると利益の水増し分は実に八千億円、しかも本来決算内容を精査する監査法人を巻き込んでのことだったというから呆れた話だ。

グラハムが、ニシハマの決算に疑念を抱き、粉飾を行っているのではないかと、最初に疑念を呈した時、「監査法人が粉飾を見逃すはずがない」と賢太は一笑に付した。粉飾に加担すれば、もはや監査法人として存続することは許されないばかりか、関与した公認会計士の全員が資格を剝奪されてしまうのだ。仮に上層部の命令があったとしても、必ずや告発者が出るはずで、まさか組織ぐるみで加担するはずがないと考えていたのだが、そのまさかが実際に起きていたのだ。

賢太は、オタイバを睨みつけ、

「深みに嵌まり、このままでは溺れ死ぬとなれば、藁をも摑む思いで助けを乞うてくる。どんな条件を突きつけても、呑むに決まってると？」

低い声で問うた。

不愉快極まりない話だが、ビジネスは慈善事業ではない。立場が違えば、自分だってそう考える。

オタイバは、こたえるのを避け、

「原発も同じでね」

話題を転ずる。「日本の原子力発電技術は世界トップクラス、福島で事故を起こした原発は三十年以上前に造られた代物で、現在の原発とはまったく別物だ。ニシハマの原発は世界市場で十分な競争力を持つのは誰もが認めるところではあるんだが、それだけで受注が有利になるとは限らないのが原発ビジネスの難しいところだ」

そんなことは、改めていわれるまでもない。

だからこそ、あんたとアドバイザー契約を結んだんじゃないか。

胸の中で毒づいた賢太に向かって、

「UAEの原発建設を韓国が受注できたのは、なぜだと思う？」

オタイバは訊ねてきた。

「最大の理由は価格でしょうね。特に、日本との受注競争となると、損得抜きで国が全面的にバックアップして、日本が到底太刀打ちできないような見積もりを提示するのが韓国ですからね」

「君にしては、随分ありきたりなこたえだね」

オタイバは鼻で笑う。

さすがにカチンときたが、どうやら深い理由がありそうだ。

「日本が相手となると、損得抜きの条件を提示するというのは、その通りなんだが、韓国はUAEの原発を受注するに当たって、密かに軍事協定を締結したんだよ」

「軍事協定？」

「UAEに一朝事あらば、軍事介入することを確約したのさ……」

「まさか！」

賢太は、驚愕のあまり、思わず声を張り上げた。「そんな重大な協定が、韓国の国会で審議されたという話は聞いたことがありません。まして、あの地域はまさに火薬庫じゃありませんか。中東の国と、そんな協定を締結すれば、履行しなければならなくなる可能性は極めて高いわけで——」

「そんなことは我々にはどうでもいいことだ」

オタイバは、賢太の言葉を途中で遮り、あっさり流すと、「韓国のような芸当を日本がやれるかね？　国内に新たな原発を設けることが不可能となった以上、海外に市場を求めるしかない。そのためには、相手国と軍事協定を締結する必要があるなんていい出そうものなら、その時点で日本社会には反対の声が沸き上がり、政治家は政治生命を絶たれてしまうんじゃないのかね」

「軍事協定の締結がUAEの原発受注に寄与したとしても、他の国との交渉でカードとなるかどうかは分からないじゃありませんか」

すかさず反論に出た賢太に、

「それはその通りさ。だがね、韓国がUAEとの間で、こんな協定を取り交わしてしまった以上、これから先の世界市場における原発建設は、どれほど高いインセンティブを相手国に提案できるかの争いになるのは間違いないね。日本がそんなビジネスに、どこまでついていけるかな？　第一、日本国内で建設中の原発にしたって、工事は中断されたまま、建設再開の目処すら立っていないじゃないか。最新型の原発でさえ、国民が安全性に不安を抱いているって、世界に知らしめているようなもんだ。そんな国の原発を採用する国がどこにある？」

とオタイバは畳みかけてきた。

「しかし、あなたが、我が社とアドバイザー契約を結んだのは、原発を――」

「ニシハマとだけじゃない。協銀とも結んでいるよ」

オタイバは、またしても賢太を遮ると続けた。「それもこれも、モンゴルに使用済み核燃料の最終処分場を設けるという密約が成立したからだ。あの構想が計画通りに進んでいれば、日本、ひいてはニシハマの原発受注を海外に売り込むに当たって、最強無比の条件にできたんだ。それが、泡と消え去ってしまった以上、もはや私の力を以てしても、どうすることもできないね」

ひょっとしてオタイバは、これから先、勝ち組の側に付き、フィクサーとして働くつもりなのではあるまいか。

そんな予感を覚えた賢太は、無言のままオタイバの顔を睨みつけた。

二人の間に、重苦しい沈黙が流れた。

「ケンタ……」

オタイバは、賢太に呼びかけながら、コーヒーカップに手を伸ばし、掌の中で弄びはじめる。「万事において、いくら思いを寄せても、相手がそれにこたえてくれるとは限らないのが世の常というものだよ……」

唐突過ぎて、何をいわんとしているのか、俄には見当がつかない。

「どういうことでしょう。おっしゃっていることの意味が分かりませんが？」

そう問うた賢太に向かって、

「君がニシハマに寄せる思いだよ」

オタイバはいった。「昨日、物部に会ってね……」

「物部さんに？」

　またしても、意外な人物の名前が出て、賢太は問い返した。

「新社長に就任した林原を君は高く買っているようだが、彼が君を同じように買っているかといえばそうじゃない。はっきりいって、真逆だ」

　明確に断じるオタイバに向かって、

「物部さんが、そうおっしゃったんですか？」

　分かりきってはいたが、賢太は敢えて訊ねた。

　しかし、オタイバは、またしても質問にこたえることなく話を進める。

「君は副社長に就任する前に、帝都製鉄の吉國の面談を受けたそうだね？」

「ええ……」

「その場で君はニシハマが抱えている問題点を指摘し、改革案を彼に話したよな」

　なぜ、物部がそのことを知っているのか……。訊ねたい気持ちになったが、そのこたえはすぐに分かるはずだ。

「ええ……」

　賢太は短くこたえ、次の言葉を待った。

「吉國は君の話に甚く感心したそうだよ。彼も社外取締役の一人として、ニシハマの粉飾に気がつかなかったことを深く恥じていたそうだからね。新体制を決める役員指名委員会の座長として、この難局を乗り切り、ニシハマを再生できる能力と、明確なビジョンを持った人間を指名するのが、贖罪であり最後の任務だと考えていたというんだ」

オタイバは、そこで一旦言葉を切ると、「ひょっとして、君が考えた再生プラン、吉國に会う前に、林原に話さなかったか？」

不意に問うてきた。

「ええ……話しました……」

賢太は、即座にこたえた。

「やっぱりな……」

オタイバは、眉を吊り上げながら軽くため息をつく。

「やっぱり？」

オタイバは、コーヒーに口を付けると、「吉國は、なぜニシハマがこんな会社になってしまったのか、林原に見解を求めた上で、改革が必要だというなら、具体的な考えはあるのかと訊ねた……」

「それは、吉國さんから、聞かされました。林原さんが、同じ考えを抱いていると……」

「林原には、そんなものはありはしなかったんじゃないかな。なぜ粉飾が行われたのかの分析もできていなければ、改革案なんてものもありはしなかった。つまり、彼は君の考えをパクったんだ」

「林原さんが吉國さんに会ったのは、私よりも早かったですからね。問われるがままに、私の考えを話したということは考えられないではありませんが、林原さんは、私の考えに賛同してくれました。つまり、林原さんは同志なわけ――」

「同志？」

オタイバは、髭の下に覗く唇の端を歪め、目を見開く。「じゃあ、もう一つ訊くが、君は林原がニシハマの改革に着手すると信じているのか？」

「それは……」

改革を巡っては、林原が否定的な態度を示した直後だけに、賢太は口籠もった。

「だろ？」

オタイバは、先刻お見通しとばかりに顎をついと上げる。「君は、ニシハマにはびこる学閥や年功序列を批判し、能力のある者には手厚く報い、年齢にかかわらず責任あるポジションを与え、先端技術を確立する必要性を説いたそうだね」

そんなことまで知っているのか。

アドバイザー契約を結んでいるとはいえ、それはLNG事業に限ってのことなのに、吉國との会話の内容といい、林原の態度の豹変ぶりまでもオタイバが把握していることに賢太は驚き、言葉を失った。

「一旦権力を手にすると、地位にしがみつこうとするのが人間の常なら、後釜を狙う人間が動き出すのも組織の常だ」

オタイバは続ける。「林原だって、その例外じゃない。そりゃあ、君の考えに賛同したのは、嘘じゃなかったろうさ。私だって、君の考えは絶対的に正しいと思うからね。

だがね、正しいと頭では分かっていても、それでは困るという人間がごまんといるのがニシハマ……いや、日本の組織なんじゃないかな」

「既得権益層、つまりいままでのニシハマの体制の中で、出世の階段を昇ってきた人間たちの反発は避けられない。そうおっしゃりたいわけですね」

「既得権益層どころか、平社員だって反発するよ」

オタイバは、賢太の見解を一刀両断に切り捨てる。「たとえば、有能な社員、優れた貢献を会社にもたらした社員を厚遇するとなれば、極端な話、新入社員が並外れた報酬を貰う、あるいは社歴の浅い人間が、管理職になることだってあり得るわけだ。いままでのニシハマで課長になるのに何年かかった？　次長は？　部長は？　その間、どれほど会社に貢献しても、一定の年齢に達するまでは、地位は与えられなかった。報酬だって地位相応のものしか得られなかったことに甘んじて、一歩一歩階段を昇ってきた人間たちが、そんな制度を受け入れると本気で思っているのかね？」

「しかし、それがニシハマが抱える大きな問題の一つなのは間違いないんです。第一、もの凄いスピードで技術が進歩し、市場環境がめまぐるしく変化する時代を勝ち抜くためには、最先端の知識や技術を持ち、常に危機感を抱き、ベストの働きをする人材が絶対に必要です。従来の制度に拘っていたら、どんな会社だって時代に取り残され、やがて淘汰されてしまいますよ」

「君のいうことは、百パーセント正しい。だからこそ、改革を望まない人間たちからすると、君は異物に見えるんだよ」

「異物？」

賢太にもその認識はある。自身をそう称することもあるのだが、他人から面と向かっていわれるとさすがに心中穏やかならざるものを覚える。

「君の考えは、アメリカじゃ当たり前の話だし、だからこそアメリカには有能な人材が集まり、新技術、新製品が続々と生まれる。成果の度合いによって報酬は天井知らず。地位も、能力、成果に応じて与えられるのが本来のあり方なんだ。だがね、日本企業は違うんだよ。報酬はもちろん、自分よりも若い人間に高い地位が与えられることに、どうしても抵抗を覚えてしまうんだ」

黙った賢太に向かって、オタイバは続ける。

「社長とはいえ、林原はサラリーマンだ。制度を劇的に変えようものなら、不満が噴出することをよく知っている。さっきもいったが、不満を抱くのは上級管理職ばかりじゃない。新制度に快哉を叫ぶのは、能力があるにもかかわらず、あるいは功績を残したにもかかわらず、年齢や学閥が物をいってきたニシハマの中で、不遇を託ってきた一部の人間だけだ。順調に出世の階段を昇ってきた社員は、その学閥の恩恵に与ってきた東都出身者が圧倒的に多いわけだし、新役員にしたって、君以外は全員東都出身者だというじゃないか」

そういわれれば、林原がなにを恐れているかは聞くまでもない。

「ニシハマはオーナー企業じゃない。役員が結託して謀反を起こせば、社長を解任できる。林原さんは、それを恐れているといいたいわけですね」

結論を先回りした賢太に、

「吉國は、次期社長は君だといったそうだね」

オタイバは、さらりといった。

「そんなことまで知ってるんですか？」

驚愕して、賢太は声を張り上げた。

「吉國は、改革には早急に着手しなければならないが、社風や従業員の意識というものは簡単に改まるものではない。だが、経営再建は急務だ。二代に亘って志を同じくする者が社長になれば、必ずやニシハマは生まれ変わると林原にいったそうでね」

一旦権力を手にすると、地位にしがみつこうとするのが人間だ、とオタイバはいったが、社長就任時にすでに後継者の名前を聞かされれば、林原が面白かろうはずがない。

となれば、林原が社長の座に長く留まる策は一つしかない。

それは、賢太を排除することだ。

「君はハーバード出だし、創業家の肥後一族に連なる人間だ。誰がどう見たって、ニシハマのトップに就くに相応しい人間さ。だがね、黒崎が長年に亘って築き上げ、ニシハマを完全に掌握できた最大の要因である東都閥の中で優遇されてきた人間たちにとっては、邪魔者、いや脅威以外の何物でもないんだよ」

「それが、私を異物と呼ぶ理由なわけですか……」

不愉快を通り越し、賢太は悲しくなった。

会社が存亡の秋にあるいま、積弊を除去し、真の意味で有能な人材をフルに活用して組織の再建に全力を挙げなければならないのに、この期に及んでもなお、従来の制度を頑なに守ろうとする役員たち。ニシハマが潰れれば、地位も出世もあったものではない。それどころか、ニシハマを潰した経営陣に名を連ねていれば、外に職を求めようとしても、拾ってくれる企業はない。サラリーマンとしての人生は、その時点でピリオドを打つことは明白なのだ。

確かに、ニシハマは世界に名を馳せる大企業だ。潰すに潰せないのも確かだろう。しかし、従来の路線を踏襲すれば、間違いなくニシハマは衰退の一途を辿る。事業を売却し、従業員を削減して存続を図るにしても、買い手がつくのは有望な事業であり、危機を察すれば真っ先に辞めていくのは買い手がつく社員、つまりニシハマが絶対に手放してはならない有能な人材である。

それで、どうしてニシハマが再生できるというのだ。それとも、自分たちが会社に在籍する間、ニシハマが存続できればそれでいい、後のことは知ったことではないとでもいうのか。

「ファウジ……」

賢太は静かにオタイバの名前を呼んだ。「どうして、これほどまでに、あなたはニシハマ社内の事情に詳しいのです？　たぶん、物部さんから聞いたのでしょうが、彼はどこからそんな情報を？」

「宗像からだよ」

オタイバは、コーヒーに口を付けると、カップをソーサーの上に置いた。

「宗像？」

またしても意外な人物の名前を聞いて、賢太が問い返すと、

「岡谷という男を知っているか？」

オタイバは重ねて問うてきた。

「ええ……。元経産相の官僚で、ニシハマの社外取締役を務めていた岡谷さんですね」

「岡谷がニシハマに社外取締役として迎え入れられたのは、モンゴルの件があったからだが、計画が頓挫(とんざ)してしまった以上、彼は用済みだ。だが、岡谷は構想の全容を知る数少ない人間の一人だ。そこで宗像は、岡谷にしかるべき職を世話することを約束したそうなんだ。口を封じるためにね……」

あり得る話だ。

モンゴルの件については、毎朝が報じた直後こそ世間は騒然となったが、日本、アメリカ、モンゴル政府が、構想の存在こそ肯定したものの、合意には至っていないと言明し、密約の存在を裏付ける証拠が出てこないこともあって、もはや忘れ去られた感がある。しかし、新たな証言や証拠が出てくれば、騒ぎが再燃するのは間違いない。そんな

ことになろうものなら、宗像は総理の座に返り咲く野望が潰えるどころか、政治生命が断たれてしまうことにだってなりかねない。つまり、宗像は、ニシハマの社外取締役を退任した岡谷に、新しい職を世話することで口を封じたというわけだ。

頷いた賢太に向かって、オタイバは続ける。

「岡谷は解任されるまで、吉國と共にニシハマの社外取締役を務めていただけでなく、父親が帝都製鉄の社長を務めていたという縁もある。吉國は、林原はもちろん、これぞと見込んだ人間を新役員に任命したつもりが、蓋を開けてみれば旧体制を維持しようとしていることに失望したそうでね。その不満を岡谷にぶちまけたというんだ」

「吉國さんが、失望している？」

その言葉に、淡い希望を覚えた賢太だったが、

「時すでに遅しというやつだよ」

オタイバは大袈裟(おおげさ)に腕を広げると、口をへの字に曲げ、首を振った。「新役員を決める役員指名委員会はすでに解散してしまったし、新役員が任命された時点から、ニシハマの全てのことは役員会が決めることになった。もはや、吉國にはどうすることもできんさ」

確かに……。

「で、なぜ、この話を物部さんが知っているのですか？」

再度訊ねた賢太に、

「おっと、そうだったね……」

オタイバは、ソファーの上で姿勢を変えた。「岡谷には新しい職場を世話してやるとはいったものの、前職が粉飾を行ったニシハマの社外取締役じゃ、そう簡単には引き受け手は見つからない。岡谷は不安に駆られたんだろうな、宗像の許を頻繁に訪ねては、あれやこれやと耳に入れるそうでね」

「宗像さんを通じて、物部さんの耳に入ったというわけですか」

合点がいった賢太は、二度三度と頷いた。

「物部はニシハマのLNG事業の前途を案じていてね。というより、君の将来を案じているといった方がいいかな」

「物部さんが？　私の将来を案じている？」

意外な言葉に、賢太は思わず問い返した。

「君にLNG事業を持ちかけたのは物部だからね。まして、彼は官僚の世界では傍流の城南出身だ。学閥社会の壁に阻まれて不遇を託ってきた人間だ。まあ、ハーバードと城南じゃ雲泥の差だが、ニシハマで君が傍流に置かれている姿に、かつての自分の姿を重ね見る思いがしたんじゃないかな」

そこで、オタイバは一瞬の間を置くと、「できることならば、この先に待ち受けている悲惨な結末から、逃れさせてやりたいとね……」

重々しい声でいった。

「悲惨な結末？」

賢太はぎくりとして問い返した。

「原発を日本の産業の柱にと掲げたのは宗像だが、彼は方針を変えたよ」

オタイバはいうと、「最初に話した理由でね……」

哀れみすら感じさせる悲しい眼差しで賢太を見た。

「しかし、それではニシハマが……」

「自ら変わる意志のない組織に救いの手を差し伸べるのは無駄以外の何物でもない。さすがに二度と粉飾はやらんだろうが、この先ニシハマが地獄を見ることになるのは間違いない。めぼしい事業を売却しながら延命を図ることになるだろうが、当座は凌げても、残るのは買い手がつかない事業ばかりじゃどうしようもないさ。それに、ＩＥにＬＮＧの問題もある。この二つの爆弾の処理をうまくやることができなければ、その時点でゲームセットだ……」

宗像が再び政権を取れば、国内は別として、海外への原発輸出の道が開けるという期待を抱いていたのだが、彼が方針を変えたとなると状況は一変する。

ＵＡＥの原発受注に敗れた原因が、韓国が提示した軍事協定にあるなら、これからの原発ビジネスは、オタイバのいうようにどれほど高いインセンティブを提示できるかにかかってくる。日本政府が軍事同盟を条件にすることは、あり得ない話だし、それに匹敵するような条件となると皆目見当がつかない。

しかし、それはまだ先のことだ。まず解決しなければならないのは、IEとLNGだ。

「ですが、IEが破綻すれば、債務保証を行っているアメリカ政府だって――」

「痛手を被る。潰すことはできないといいたいんだろ？」

オタイバは遮り、賢太がいいかけた言葉を先回りすると、「アメリカ政府は、ニシハマがIEを手放す、いや手放すしかないと考えている」

獲物を見つけた猛禽のように目を細め、口元に不敵な笑みを浮かべた。

賢太は、背筋が冷たくなるのを覚えながら、

「えっ？」

と短く漏らした。

「アメリカはIEが置かれた状況を以前から注意深く、かつ高い関心を持って見守っていたんだ。そして粉飾が発覚したのを機に、ニシハマがこれから先どんな動きを取るか、シミュレーションを行った。そして、ニシハマはいずれ莫大な損失を出してでも、IEを売却せざるを得ない。そう結論づけたんだ」

淡々としたオタイバの口調が、事態の深刻さを物語るような気がして賢太は、沈黙した。

「IEは価値のある会社だよ」

オタイバは続ける。「IEが建設した原発は、アメリカ国内はもちろん、世界には幾つもある。それらのメンテナンス、寿命がくれば廃炉のビジネスも転がり込んでくる。

唯一うまく行っていないのはテキサスの原発だが、それもいずれ完成する」

「稼働すれば、電力が売れ……」

賢太はそこで言葉が続かなくなった。

そもそもニシハマがIEを買収した狙いは、現在世界の原発の主流となったPWR技術の獲得にある。しかし、PWRの技術を獲得しても、日本国内に新たな原発を建設するのは不可能に近いし、海外に販路を求めるのも極めて困難になってしまった以上、何の意味もなさないことに気がついたからだ。

「もっとも、稼働に漕ぎ着けるまでには、まだまだ莫大な費用が発生するだろう。その一方で、ニシハマ本体の経営が悪化の一途を辿るとなれば、さて、どうするかな」

オタイバがどんなこたえを求めているかは明らかだ。

「IEにチャプター・イレブンを適用せざるを得ないといいたいわけですか……」

チャプター・イレブンとは連邦倒産法第十一章のことで、日本の民事再生法に相当するものである。

「まあ、日本のことだ。ニシハマの倒産は、銀行、政府、それこそ官民一丸となって阻止するだろうし、上場廃止もうやむやにしてしまうだろうが、資金繰りの悪化は避けられない」

オタイバの読みは外れてはいない。

IEにチャプター・イレブンの適用を申請すれば、ニシハマには莫大な貸倒引当金が発生するが、通期決算の連結対象外となり、損失の拡大を遮断できるというメリットも生ずる。実害を被ることに変わりはないが、帳簿上はＩＥ一社の問題とすることができるのだ。

同時に、そこまで聞けば、見えてくるものがある。

賢太はいった。

「まるで、アメリカはそうなることを望んでいるように聞こえますが？」

「だってそうでしょう。ＩＥには価値があるというなら、買い手は必ず現れると踏んでいるわけですよね。しかも、チャプター・イレブンの適用を申請した企業の再生に手を挙げるからには、抱えた負債の大幅な減額が条件になるはずです。弱みにつけ込んで、買い叩く。端から、その時が来るのをアメリカは狙っていたとさえ思えてきますね」

思いつくままを言葉にした賢太だったが、実際に口にしてしまうと、そうとしか思えなくなってくる。

考えてみれば、そもそもアメリカが日本企業にＩＥの買収を許したのが妙なのだ。

外国資本によるアメリカ企業の買収は当たり前に行われていることだが、原子力は国家の安全保障に関わる産業である。まして発電事業はエネルギー供給という、社会インフラの肝中の肝だ。

日米は同盟関係にあり、政治、経済、安全保障と、あらゆる面で固い絆で結ばれているとはいえ、両国間には常に利害関係が存在する。まして、平時においては概して寛容な面がある反面、利害が相反する関係が生ずると極めてドラスティック、かつ好戦的になるのがアメリカ人、それすなわちアメリカという国家である。苦境に陥ったIEをニシハマに買収させたのは、建設費用が膨れ上がる一方だった原発の完成に目処をつけるのが狙いで、さらに負債を膨らませれば、いずれニシハマはIEを手放さざるを得ない。その時、徹底的に値を叩き、IEを買い戻すことを、端から目論んでいたようにさえ思えてきた。

「まさか、安全基準を変更したのも、それを狙ってのことじゃないでしょうね」

賢太は、ふと思いついたままを問うた。

「それは、君の考えすぎだね。あれは、東日本大震災で、チェルノブイリに優るとも劣らない大事故が発生したからだよ」

「同じ原発でも、福島は三十年も前の代物です。構造、性能はもちろん、安全性の点でも、格段の進歩を遂げているのに？」

「ケンタ……」

オタイバは賢太の視線を正面から捉え、静かに首を振った。「いっただろ。アメリカがニシハマの今後に関してのシミュレーションを行ったのは、粉飾が発覚してからだと……」

「アメリカは、IEが置かれた状況を注意深く、かつ高い関心を持って見守っていたと、おっしゃったじゃないですか」

オタイバはふっと笑ったが、目は笑ってはいない。

どうやらそれがこたえのようだ。

「日本人との付き合いは長いが、つくづく思うのは、日本人は人を信用しすぎるということだよ」

オタイバは、足を組み直しながら静かにいった。「人を信じるのは悪い事じゃない。信じるからこそ、世界に類を見ない秩序立った社会が形成されたわけだし、所属する組織に忠誠心を抱き、誠実に働くのも、そのせいだろう。だがね、現実は違うんだ。実際、いまのニシハマの役員連中はおろか、林原の目にも、君は異物と映っているんだ。人間、誰しも欲を持つ。野心も抱く。組織というのは、そうした人間の集合体であり、個々の思惑が渦巻く場だ。それを表には出さず、和を尊ぶ振りをしている。それが日本企業であり、社会なんだと私は思うね」

オタイバの話にはまだ先がありそうだ。

賢太は、黙って耳を傾けることにした。

「だがね、誰だって我が身が可愛いものなんだよ。己の立場を脅かす人間が現れれば、芽のうちに摘んでしまうのが最善の策だと考える。その点がアメリカとは少し異なるところなんだな。万事においてとはいわんが、アメリカは実力社会だ。年齢、キャリアなんてものはどうでもいい。求められるものは結果だ。強い者が勝ち上がるという点では、極めて分かりやすい社会だ。だが日本は、なんというか……」

オタイバは、そこで言葉を探すように、一瞬の間を置き、「陰湿……。そう、陰湿な社会といえるかもしれないね」

と日本企業、ひいては社会を断じた。

確かに、オタイバの見解には頷ける点はある。

もちろん、アメリカ社会においても、学歴やキャリアがあるのとないのとでは、チャンスが与えられる機会に格段の差がある。しかし、結果さえ出せば、前途は開ける。そもそも年功序列という概念は存在しないし、報酬だって青天井。まさに、強い者が勝ち上がる社会というのは、オタイバのいう通りだ。

「決断すべきだと思うね」

オタイバは唐突にいった。

何をいわんとしているか、改めて訊ねるまでもない。

果たして、オタイバはいう。

「君は、ニシハマにいるべき人間じゃない」

賢太は、オタイバの目を見つめ、暫しの沈黙の後、

「辞めてどうしろと？」

低い声で問うた。

「君は、ニシハマを救いたいと思っているんだろ？」

「もちろん……」

『異物』とまでいわれても、その気持ちはいまもある。

なぜ、そこまでニシハマに執着するのか、自分でもうまく説明できないが、危機に直面して真っ先に逃げ出すのはあまりにも卑怯だし、何よりも、IEとLNGという命取りになりかねない二つの爆弾の製造に深く関与してきたことは事実なのだ。それを放置したまま、ニシハマを去るのは、無責任に過ぎる。

「ニシハマを救う方法がないわけではない」

オタイバはいった。

「どうやって……」

そんな策があるなら、聞かせてもらいたいものだ。

そう問うた賢太に向かって、オタイバは目を細めると、驚くべき話を持ちかけてきた。

7

「失礼いたします」

午後の社長室に、ニシハマ本社でLNG事業を担当する宇垣久信が入ってきた。

林原が社長に就任して、五年の歳月が流れた。

この間、IEはアメリカでチャプター・イレブンの適用を申請し、再建を図ったものの、会社が存亡の危機に直面すれば、逃げ出す社員が続出するのは洋の東西を問わない。

加えて、他社に人材を斡旋するヘッドハンターたちにとっては、またとないビジネスチャンスの到来だ。彼らが真っ先に狙うのは有能な人材、つまり、ＩＥにとってはいなくなられては困る社員から辞めていくのだから、工期は延びるばかり。建設コストも増加する一方という悪循環に陥った。

チャプター・イレブンの申請によって、ＩＥをニシハマから切り離すことができたとはいえ、それは帳簿上のことに過ぎない。ＩＥが抱える債務が、親会社だったニシハマのものであることに変わりはないし、売却しようにも買い手が現れるまでの間に発生する三基の原発の建設費は、ニシハマが負担しなければならないのだ。

かといって、倒産させればＩＥが抱えている負債は全額ニシハマが被ることになる。そんなことになろうものなら、ただでさえ業績の悪化に歯止めがかからないニシハマにとっては命取りになる。つまり、進むも地獄、退くも地獄という絶体絶命の危機に直面することになった。

ところが、捨てる神あれば拾う神あり、とはよくいったもので、アメリカの複数の投資ファンドがコンソーシアムを組んで買収に名乗りを上げたのだ。

落ちぶれたとはいえ、ＩＥが原発のトップメーカーの一つであることに変わりはないし、アメリカ以外の国でも、すでに受注している原発事業がいくつかある。加えて、ＩＥが手がけた現在稼働中の原発が、世界中に数多く存在することに着目し、それらのメンテナンス事業を核とすれば、再建は十分可能だと考えたのだ。

しかし、それもニシハマがファンドが提示した条件を呑めばである。コンソーシアムが突きつけてきたのは、ＩＥが抱える債務のおよそ半分強をニシハマが負担することだった。

ただでさえ経営が苦境にあるニシハマにとっては、本来とても呑める条件ではなかったが、ＩＥから手を引かねば負債は膨らむ一方となる。しかも、買収に手を挙げたのは、このコンソーシアムのみである。

林原の決断で、条件を受け入れ、ＩＥを処分することができたものの、ニシハマは債務超過に陥り、東証一部から二部へと降格。結果、東証株価指数の構成銘柄から外れることになり、指数に連動する投資信託などからの資金を得られなくなってしまうという、新たな危機に直面することになった。

資金が枯渇すれば経営は行き詰まる。会社存続の危機に立たされた林原は、ついに最優良部門である半導体事業部を売却し、急場を凌ぐことに成功したのだが、交渉相手に足下を見られ、売却価格が叩かれたのはいうまでもない。

しかし、それでも抱えている二つの爆弾のうちの一つを解決したに過ぎず、残るＬＮＧ事業が最大の懸案事項となって残っていた。

エクストレーマ社と交わした買付契約は二十年。その間、売り先があろうとなかろうと、ニシハマはエクストレーマが生産するＬＮＧを延々と買い続けなければならない。しかも、契約を交わして以来、シェールガスの採掘技術が格段に進歩し、世界的に生産量が増大したことにより、LNGの価格は低下傾向にあり、専門家の見立てでは、今後上昇に転ずることはまずあり得ないという。

二十年間買い続ければ、購入額は実に九千億円もの巨額になる。そこでIEと並行してLNG事業の売却先を探すべく、宇垣を長とする専任チームを組織し、各国の有力企業と交渉を重ねた結果、応じてきたのが中国のエネルギー企業だった。ところが、半年前に契約書を交わす寸前にまで漕ぎ着けたものの、想定外の障害が発生し、売却話は頓挫。間もなくここにやってくる男の話が希望の全てとなっていた。

「先方との約束は、二時じゃなかったか」

林原は、執務机の上に置いた時計に目をやりながら席を立つと、部屋の中央に置かれた応接セットに歩み寄った。

時刻は午後一時四十五分。約束の時刻まで、まだ十五分もある。

「落ち着きませんでね……」

宇垣は重い息を吐きながらいい、正面のソファーに腰を下ろす。「LNG事業の引き取り手が見つからなければ、どう考えてもうちはもちません。今日の話に、会社の命運がかかっているのだと思うと、さすがに……」

宇垣は声を落とし、緊張と重圧に耐えかねるというように、肩を上下させまた一つ重い息を吐いた。

林原も同じ思いを抱いてはいるが、社長を務めて五年。三期目ともなると、そろそろ後任に椅子を譲る時期を考えなければならなくなる。

粉飾を行ったことで、ニシハマの信頼は地に墜ちた。業績回復の起爆剤となる技術や製品が現れる兆しはないし、数少ない優良事業であった半導体事業部を売却した影響はあまりにも大きかった。それでも、ニシハマの経営が保たれているのは、社会インフラを維持する上で、なくてはならない事業を数多く抱えているからだ。

その点では、過去の遺産のおかげでかろうじて生き残っているといえるのだが、少なくとも自分の在任中はニシハマを生きながらえさせることができたのは事実である。

会長への就任に異論が出るはずもないし、その座を退けば、次は相談役だ。それでも、ニシハマに留まるのは十年が精々だろう。

その間、LNG事業の売却に目処がつかないまま推移したとしても、九千億円の損失は、一気に発生するわけではない。年間にすれば四百五十億円だ。もちろん、巨額の損失を出し続けることに変わりはないが、社長を退いてしまえば責めを負わされることにはならないだろうし、エネルギー価格は、世界情勢次第で激変するものだ。何らかの理由でLNGの市場が好転する可能性だってあるかもしれない。

しかし、宇垣は林原とは立場が違う。彼は五十七歳と若く、まだ先がある。それに、LNG事業というニシハマが抱える最大の爆弾をうまく始末できれば、経営の安定化に目処がつくだけでなく、昇進の道が開けてくる。それもこれも、今回の交渉次第なのだから、落ち着いていられないといっても、林原とはその度合いが違う。

「君には、本当に申し訳ないと思っているよ」

林原は労いの言葉をかけた。「本来なら、LNG事業への進出を立案し、エクストレーマとの長期購入契約を結んだ肥後君が、後始末をしなければならないのだが、こともあろうに当の本人が処理を放棄して、さっさと辞めてしまうんだからね」

賢太がニシハマを去って、五年が経つ。

それは突然の辞任だった。

社長室に現れた賢太は、デスクの上に、墨痕鮮やかに『辞表』と書かれた封書を置き、ただ一言「辞めさせていただきます」といったきり、部屋を出て行こうとした。

おそらく、社長となった自分が、かねて語り合った社内改革に乗り出す気がないことに加え、彼以外の役員が全て東都出身者で占められたことが、よほど腹に据えかねたのだろうと察しはついたが、林原は敢えて理由を訊ねなかった。引き留めもしなかった。

なぜなら、賢太の副社長就任は、いずれ次期社長になることを前提としてのことだと吉國から聞かされていたし、東都閥で形成される役員の中にあって、彼は紛れもない『異物』でしかなかったからだ。

後任に決まっている賢太がいなくなれば、社長の地位は当分の間安泰だ。それに加え、取締役の中の唯一の異物を排除できれば、完全な東都閥ができあがる。そうなれば、黒崎のやり方を踏襲することで、ニシハマに君臨する存在になれると確信したのである。

だが、林原は、

「待ちたまえ」

ドアノブに手をかけた賢太を呼び止めた。

そして、振り向いた賢太に向かって、

「辞めるのは君の勝手だが、こんな大袈裟なものはいらんよ。人事部にいって、手続きをするだけでいい。それが会社のルールだ」

といい、辞表を突き返そうとした。

あの時の賢太の表情は、いまも鮮明に覚えている。

顔一杯に、屈辱と怒りに塗れた表情が浮かんだかと思うと、一転して憐れむような眼差しで林原に一瞥をくれ、無言のまま背を向け、部屋を出て行った。

「しかも、オタイバが話を持ってくるとは……」

宇垣は感慨深げにいう。「肥後さんの辞め方は、日本人からすると、ちょっとあり得ないものでしたからね。自分が蒔いた種、それも会社を倒産させかねない重大事案を自ら処理に当たることなく逃げ出してしまうなんて、ドライというより無責任に過ぎますよ。アドバイザー契約が解消されて、うちとの縁が切れて久しいってのに、オタイバの方が肥後さんよりも、よほど日本人的ですよ」

「肥後は、日本人には違いないが、中身はアメリカ人だったからな」

林原は鼻を鳴らし、薄く笑った。「そもそも彼は、ニシハマに入社したのが間違いだったんだ。ハーバードを優秀な成績で出たなら、アメリカだろうが、どこの国だろうが、就職先は選び放題、桁違いの報酬と待遇を以て迎えられただろうに、よりによって、うちを選ぶなんて、どうかしてるよ」

「確か、奥さんは肥後家のお嬢さんで、婿養子に入ったんでしたよね」

「ああ、最初にニューヨークに駐在した時に知り合って、結婚したということらしいね」

「それじゃあ、転職しようにも、できなかったんじゃないですか？　ハーバードの優等生を婿に迎えたとなれば、肥後家だって、再び創業家の人間がニシハマのトップに立つ日が来るかもしれないと期待したでしょうし――」

「肥後家はそうでも、会社の方には、そんな気はさらさらなかったと思うね。少なくとも、入社した時点ではね」

林原は、宇垣の言葉を遮り、冷笑した。

「といいますと？」

「彼の入社は、当時社内でちょっとした話題になったからね」

林原は遠い記憶を辿りながら、請われるままに話をはじめた。「ビジネススクールや博士課程ならまだしも、ハーバードの学部出を採用したのは会社はじまって以来のことだし、傍(はた)から見れば、幹部候補生の超エリートだ。同期どころか、彼の入社年次の前後四、五年の総合職社員にとっても、彼は頼もしい同僚というよりも、脅威と映ったんだ」

脅威が何を意味するかを、宇垣には改めて説明をする必要はないはずだ。

入社したその日から、出世競争がはじまるのは企業社会の宿命である。そして、社歴が長くなるにつれ、昇進には差がつくし、上に行けば行くほどポストはどんどん少なくなっていく。役員になれるのは、各事業部の本部長ただ一人。そして、その座を射止めた役員たちが、今度はたった一つの社長の座を巡って激烈な競争を繰り広げることになる。新任者が事業部トップの本部長の座に就けば、通常二期四年はその座に留まる。つまり、新任の本部長が出れば、その人間の入社年次はもちろん、前後四、五年の高位管理職には、役員就任の目が潰えてしまうことになるのだ。

「まあ、当時の原発事業部内で、どんな動きがあったのかは知らんがね、最初の駐在はともかく、二度もNNA勤務を、しかも異例の長期に亘って命じられたのは、そのせいもあったんじゃないかと思うよ。NNAに置いた方が、何かと便利だったろうからね」

「便利……とおっしゃいますと？」

林原は、また薄く笑うと、

「当時の原発事業部の市場はほぼ国内だ。NNAに置いておけば、大した実績は上げられない。都合が良いことに、彼は間違いなく社内一番の英語の使い手だ。そりゃあ、NNAは長く手元に置きたいさ。英語要員としてね」

軽く肩を揺すった。

「それでも肥後さんは、取締役になり、副社長にまで上り詰めたではありませんか」

「あの時点では、LNG事業がうまく行くと、黒崎さんと藪川さんの両名が確信していたからさ」

二人の名を口にすると、笑みも消え失せる。

林原は、真顔になると続けた。

「いまにして思えば、あの時点で二人はすでに粉飾に手を染めていたからね。巨額な収益をニシハマにもたらす、革新的な製品をものにするか、あるいは新規事業を立ち上げ、それで粉飾を隠蔽してしまおうと目論んでいた。そこにLNGという新規事業を肥後が持ち出し、契約に漕ぎ着けた。そりゃあ、二人にしてみりゃ、救いの神に見えただろうさ」

「でも、一度でも粉飾に手を染めれば、莫大な利益を上げてみせたところで、罪に問われることに変わりはありませんが?」

「常識的に考えれば、君のいう通りなんだが、監査法人がグルなら話は別だ。なにか目処がついていたんだろうな。もっとも、そこまで頭が回らないほど、追い詰められていたとも考えられるがね」

林原はいった。「それに、黒崎さんは十分高齢だ。在職中に発覚しなければ、後のことは知ったこっちゃないと思っていたのかも……」

いまの地位に就いて、つくづく思うのは、社長というのは実に孤独なものだということだ。巨大な組織を率い、経営に全責任を持つばかりではなく、社員、そしてその家族の生活、果ては数多ある関連会社、取引先の命運が林原の手腕にかかっているのだ。まして、創業以来の危機に立たされたところでの就任である。判断を誤れば、ニシハマは消滅しかねないのだから、その重圧、緊張感たるや生やさしいものではない。

だが、その一方で、社長は絶対的な権限を持つ。出身事業部以外の事業内容に精通しているわけではないし、事業部においては本部長が事実上の社長として一切を取り仕切るのだから、林原はただ、年度目標の達成を要求し続けるだけである。達成できればよし、さもなくばこれぞと見込んだ人間と入れ替えるまでだ。生殺与奪の権を一手に握っている以上、叱責すれば部下は震え上がり、逆らう人間はまずいない。なるほど、黒崎が地位にしがみつこうとした気持ちも分からないではない。確かに、権力には重圧以上の魅力があるのだ。

「まったく、どいつもこいつも、無責任に過ぎますよ」

宇垣は怒りの色を浮かべ、吐き捨てた。「尻拭いをさせられる我々は、いい迷惑だ」

宇垣の気持ちは十分理解できるが、すでに三人はニシハマとは無縁となってしまった以上、どうなるものでもない。それに、ＬＮＧ事業の処分に目処がつけば、少なくとも現在ニシハマが抱えている爆弾を始末することができる。ここは、間もなくはじまるオタイバとの交渉成立に全力を挙げることだ。

そこで、林原は問うた。

「ところで、宇垣君。オタイバは、うちのＬＮＧ事業に興味を示している相手が提示してきた条件を伝えたいと連絡してきたそうだが、内容についてはなにかいってきたのかね？」

「いや、それが、いくら聞いても明かさないんです。ただ、社長を交えた場で、直接話すというだけでして……」

「相手が誰かも明かさない。条件を匂わせすらしないというのは、なぜなんだろう」

「これは、私の推測ですが……」

そういいかけたものの、宇垣は口籠もると、微妙な顔をして言葉を呑んだ。

「なんだね？」

林原が先を促すと、

「ひょっとすると、とても呑めないような条件を、突きつけてくるんじゃないかと……」

宇垣は、眉間に深い皺を刻み、またしても語尾を濁した。

「呑めない条件？」

「モンゴルもLNGも、オタイバ絡みの案件ですからね。それがことごとく失敗したわけですから、そりゃあ彼だって、責任を感じてはいるでしょう。しかし彼は、ビジネスマンです。それも、海千山千のエネルギー業界のフィクサーと称される人間ですからね。自分絡みの案件がうちを窮地に追い込んだからって、百パーセント善意で動いているとは思えないのです」

なるほど、宇垣の推測は正しいかもしれない。

賢太に代わってLNG事業の引き取り先を見つける任務を命じられた宇垣が目を付けたのは、かつてほどの勢いはないとはいえ、いまだGDPが年六パーセント台もの成長を続ける中国だった。経済成長はエネルギー需要の増大に直結する。特に、石炭を多用する中国では、大気汚染の問題が深刻化し、その代替エネルギーとしてLNGの需要があるはずだと宇垣は考えたのだ。

もっとも、宇垣にLNG事業の担当を命じたのは、転ずる前に所属していたインフラシステム事業部が火力発電所関連の事業を行っているからというだけで、彼はエネルギービジネスにはずぶの素人だ。それでも宇垣の睨んだ通り、中国のエネルギー企業が興味を示し、契約寸前のところまで漕ぎ着けたのだが、まさかの破談である。

「契約を結べなかった理由が理由だけに、中国企業は対象外になってしまったからな……」

林原は、苦い記憶を噛みしめるように、もごりと口を動かすと、

「あれ以来、散々他の国のめぼしい企業に話を持ちかけたのですが、ただの一社も興味を示しません。それでも相手を見つけてきたのは、さすがオタイバですが、この話が不成立に終わろうものなら、うちに後はないと誰しもが思ってますからね」

「だから、足下を見て買い叩くつもりかもしれないというんだね」

まず、間違いなくそうなるだろうし、損失を出すことは覚悟しているが、問題はどれほどの額で食い止められるかだ。

「正直、中国企業に提示した金額と同等程度で済むならば、御の字だと思ってるんです」

宇垣は、やけになったかのような口調で漏らすと、言葉に弾みをつける。「建設中の施設には、まだまだ多額の費用が発生しますし、傭船契約も結んで運搬船の建造も進んでいます。このままでは、その費用はうちが被らなければならないわけです。ならば、その分には目を瞑って――」

「うちが被るってのか？」

林原は、宇垣の言葉を遮った。「冗談じゃないよ。この事業に興味を示すってことは、ビジネスとして成り立つと相手が考えているからだ。そこまでうちが譲る必要は――」

「しかし、社長」

今度は宇垣が林原の言葉を遮った。「今回の話がまとまらなければ、引き取り手なんか絶対に見つかりません。それこそ、年間四百五十億、二十年で総額九千億ものカネをエクストレーマに支払い続けなければならなくなるんです。他の事業部が、どう頑張ったって真水で年間四百五十億もの利益を出せるわけがありません。出せたとしても、それで収支はとんとんじゃ、誰のためにビジネスを行っているのか分かりませんよ。そんなの、ビジネスとはいえませんよ」

宇垣が必死の形相で食い下がってきたその時、ドアがノックされると秘書が姿を現し、

「オタイバ様が、地下駐車場に到着したそうです」

と告げた。

「お迎えしてくれ……」

林原は立ち上がると、部屋の片隅に置かれたロッカーに歩み寄り、中から上着を取り出した。

8

VIPが来社した際は、エレベーターホールで秘書が迎え、社長室に案内するのがニシハマのルールだったが、それはいまも変わっていないらしい。

ドアが開き、にこやかな笑みを浮かべてオタイバを迎えた女性秘書の顔が、背後に立つ賢太の姿を見た瞬間、凍りついた。

しかし、それも一瞬のことで、二人に向かって丁重に頭を下げると、

「ご案内いたします。どうぞこちらへ……」

何事もなかったように、社長室に向かって歩きはじめた。

賢太がこのフロアーを去って五年。懐かしい光景が目前に広がった。

絨毯(じゅうたん)が敷き詰められた長い廊下の両脇には、秘書が控えるガラス張りのブースがずらりと並び、その背後が各役員の執務室となっている。

社長室は廊下の一番奥、南東に面した角にあり、その一つ手前がかつての賢太の部屋、つまり副社長室である。それも、いまだに変わってはいないらしい。

白のカンドゥーラに身を包み、頭部を赤と白のクーフィーヤで覆ったオタイバの姿は、ただでさえも目立つ。そのすぐ後ろを歩く賢太の姿を見たかつての秘書が、目を丸くして驚愕する。

微笑みながら、彼女に向かって、こくりと小さく頷いてみせ、賢太はそのまま歩を進めた。

先導する秘書が社長室のドアの前に立つ。

そして三度ノックすると、

「オタイバ様がお見えです」

ドアを引き開けざまに部屋の中に向かって告げた。

「ハァ〜イ、ミスター・オタイバ」

すでにオタイバと面識がある宇垣の声が聞こえ、満面に笑みを浮かべ、手を差し出す姿が見えた。

しかし、次の瞬間、オタイバの背後に立つ賢太を目にした途端、動きが止まり、表情が凍りついた。

「ハァ〜イ、ミスター・ウガキ。ハウ・アー・ユー」

差し出したままの宇垣の手を握り、オタイバはいった。「今日は、私のビジネスパートナーと一緒でしてね。改めて紹介するまでもありませんが、ミスター・ヒゴです」

「暫くです……」

賢太はいいながら、部屋の中に足を踏み入れた。

林原の驚くまいことか。信じられないものを見るような目つきで、呆然とその場に立ち尽くす。

賢太は笑みを浮かべ、僅かに首を傾げてみせ、名刺を差し出した。

「肥後君……」

「こ……これは、いったい……」

おそらくは、どういうわけだと問いたいのだろうが、驚きのあまり言葉が続かない。

名刺を受け取りながら、声を呑む林原に向かって、

「ミスター・ハヤシバラ。お目にかかれて光栄です」

オタイバは、林原に向かって手を差し出した。

「こ、こちらこそ……」

慌ててその手を握り返す林原だったが、やはり動揺は隠せない。

握手を交わす短い間にも視線が宇垣に向き、何が起きたと問いかけるように目を見合わせる。

しかし、それも一瞬のことで、

「さあ、どうぞこちらへ……」

林原はオタイバを応接セットに誘い、ソファーを勧めた。

四人がテーブルを囲む形で、席についたところで、

「いや、驚きました。なぜ、今日の席に肥後く……いや、肥後さんが？」

林原は、拙い英語でオタイバに問うた。

「先ほども申し上げましたが、肥後さんは、私のビジネスパートナーでしてね。この五年間、ニシハマのLNGの引き取り先を一緒に探し回ってきたんです。もっとも、私は他にもいろいろと案件を抱えておりますので、この件については、ほとんど肥後さんが相手と交渉してきたんですがね」

「肥後さんが？」

反応したのは宇垣である。

原発と火力の違いはあるが、同じ電力事業を担当していたので面識はある。海外で受注した火力発電所を建設するに当たって、東南アジアに駐在した経験があるだけに、英語の能力は林原より遥かにマシなはずだ。

「大きな負の遺産を残したまま、ニシハマを去ってしまったことを申し訳なく思いましてね。自分の蒔いた種は、自分で処理しなければならないと、オタイバとパートナーシップを結んだわけです」

賢太は林原の視線を捉えたまま、静かにいった。

林原は、何も言葉を発しなかった。

まさか賢太が現れるとは想像だにしていなかったろうし、引き取り先というからには、損失を出すことを覚悟しなければならないことを悟ったからに違いない。

「ミスター・ハヤシバラ……」

ソファーに腰を下ろしたオタイバは、カンドゥーラの下で足を高く組むと、早々に切り出した。「最初にいっておきますが、ニシハマのＬＮＧ事業に関心を見せる企業は、極めて少ない。私……というより肥後さんは、世界中のエネルギー関連の企業を回りましたが、この事業に興味を示したのは、今日ご紹介する一社のみ。つまり、ニシハマにとっては、これが最後のチャンスになると断言しておきます」

開口一番、拒否する選択肢を断ってしまうとは、さすがオタイバだ。

なにしろ、エネルギー業界のフィクサーの言葉である。

早くも二人の顔から血の気が引きはじめ、部屋の中が異様なまでの緊張感に包まれる。

「もちろん、ＬＮＧを欲している国はありますよ」

オタイバは続けた。「中国はその一つです。しかし、アメリカ産ＬＮＧが、いま以上に中国に輸出されることは、共産党一党支配が終焉を迎えでもしなければ、未来永劫あり得ないと断言してもいいでしょう」

「確かに、海洋進出、一帯一路構想と、中国の動きをアメリカは警戒していますし、貿易摩擦の問題もある。ＣＦＩＵＳ（対米外国投資委員会）の許可が得られず、合意に至った交渉がご破算となってしまったのは、それが理由ですので……」

ＬＮＧ事業の売却は、テキサスに設立した子会社の株式を、引き受け手が全株取得することで成立するのだが、アメリカ企業を外国の企業に渡すとなると、ＣＦＩＵＳの承認が必要となるのだ。

エネルギーは原発同様、国家の安全保障に関わるだけでなく、戦略物資という一面を持つ。ここ数年の米中間の関係を考えれば、CFIUSの承認が得られないことは分かりそうなものなのに、当のニシハマは、中国企業との合意を見ただけで、自信満々に「売却の目処がついた」と、早々と公表してしまったのだ。その拙速さからしても、ニシハマがいかに売却に難渋し、藁にも縋る思いでいたかが分かろうというものだ。

「許可を出さなかったのは、CFIUSだけじゃなかったでしょう？　もう一方の中国企業だって、株主が引き取りを認めなかったじゃありませんか」

またしても、痛いところを突かれ、言葉に詰まった宇垣に向かって、

「当たり前ですよ」

オタイバは続ける。「エネルギーは経済の生命線です。二国間が覇権争いの最中にあるというのに、その相手国にエネルギーの供給源を頼ったら、弱みを握られることになりますからね。民間企業ということになってはいても、中国の有力企業は事実上の国営です。買収なんか許すはずがありませんよ」

いかにも業界のフィクサーらしく、オタイバは淡々と事実を語っただけだが、宇垣にしてみれば、己の稚拙さを指摘されたように感ずるだろう。

さぞや酷くプライドが傷ついたのに違いなく、宇垣は屈辱を味わうかのように唇を噛み、視線を落とす。

「ミスター・オタイバ……」

そんな宇垣に代わって林原が口を開いた。「ニシハマがLNGを供給できれば、原発の受注が格段に有利になる。そういって、この事業への参入を勧めたのは、あなただと聞いていますが？」

拙い英語だが、いわんとするところは理解できる。

「確かに……」

オタイバは即座に頷いた。「しかし、あの原発事故で、完全に目論見が狂ってしまいましてね。建設中の原発でさえ工事は中断。既存のものにしても、原子力規制委員会が問題なしと判断したにもかかわらず反原発の世論を説得できず、再稼働ができないでいる国の代物を、どこの国が採用しますかね。加えてモンゴルのプロジェクトも頓挫するし、おまけに当のニシハマは巨額の粉飾を行って、業績を操作してきただなんて、誰がそんな企業と取引をする気になりますかね」

オタイバが語る全ての理由が事実なだけに、林原は苦々しい表情を浮かべ、口を噤んだ。

オタイバは続ける。

「まあ、それでもあなたがいうように、LNGビジネスに乗り出すことを勧めたのは私です。素知らぬ顔を決め込んで、ニシハマに万一のことでもあろうものなら、さすがに寝覚めが悪い。そんなところに、肥後さんが、会社に在籍したままではLNG事業の売却先を見つけることはできない。ニシハマを救うためには、会社を辞め、私と組んで引き取り手を見つけるしかないといってきたんです」

「会社に在籍したままでは、LNG事業の売却先は見つからない？」

怪訝な声でオタイバの言葉を繰り返した林原は、そこで視線を賢太に転じ、「それは、どういうことだ？」

かつての部下に問うような、厳しい口調で問うてきた。

「ここからは、日本語で話します」

林原の英語能力が決して褒められたものではないのは、すでにオタイバには伝えてある。込み入った話や、これから告げることになる買収の条件も、全て自分が日本語で話すことは、事前に伝えてあった。

賢太は、オタイバに向かって小さく頷くと、すぐに林原に向かっていった。

「一つは、ニシハマにいたのでは、迅速にLNG事業を売却することができないと考えたからです」

「なぜ？」

林原は眉を吊り上げ、胡乱気な眼差しを浮かべる。

「手放すことができなければ、命取りになりかねない、いや、間違いなく命取りになるのを重々承知していても、損失が伴うとなれば、決断できない。一つでも関心を示す先が現れれば、他にもっと良い条件で買収に興味を示す企業があるはずだと、事業を抱えたままになってしまうと思ったんです」

「随分ないい方をするもんだね。宇垣君は、現に引き取り手を探してきたし、契約寸前にまで漕ぎ着けたじゃないか。それも八百億円もの巨額のカネを我々が支払って、引き取ってもらうことにしたんだよ。それで、損切りができないとは、よくもいえたもんだね」

林原は、不快感どころか、怒りに燃えた眼差しで、賢太を睨みつける。

「その点は、私が見誤っていました」

賢太は林原の視線を捉えたまま、さらりと流し、「ですがねえ、よりによって中国企業に話を持っていくとは……」

苦笑を浮かべて見せた。

そもそも米中双方が契約を認めるはずがないのは、ついいまし方オタイバに指摘されただけに、林原に返す言葉などあろうはずもない。

宇垣はといえば、歯嚙みの音が聞こえそうなほど、唇を真一文字に結び、こめかみをひくつかせ、賢太を上目遣いで睨みつける。

賢太は構わず続けた。

「しかも、CFIUSの承認が下りる前に合意は整ったと公表し、八百億円を土産につけることまで公表してしまうとは……」

賢太は瞼を閉じて首を振り、あまりにも間抜けな対応ぶりだと匂わせた。

二人は激怒したなんてものではない。

担当者である宇垣は、眦を決すると、

「肥後さん、あんた、何しにきたんだ！　我々の対応を間抜け呼ばわりしたいようだが、そもそもこの事業は、あんたが発案し、進めたものじゃないか！　いったい誰のせいで、私たちが苦労していると思ってんだ！」

我慢ならないとばかりに、怒りを爆発させたが、構わず賢太は続ける。

「大金を支払っても、ＬＮＧ事業から手を引きたいのか。それほど売却先が見つからないのか。優良事業部を売却して急場を凌げたものの、業績が上向く気配はない。ＬＮＧ事業から手を引くことができなければ、本当にニシハマは潰れてしまうんじゃないか。誰しもがそう思うでしょうし、エネルギービジネスを生業とする企業からすれば、足下を見て好条件を引き出す絶好のチャンス到来と見るに決まってるじゃないですか」

契約成立と早々と公表したのは、ＬＮＧ事業の処理に失敗すればニシハマはもたないという、将来に対する恐怖を払拭したい気持ちがあったからだろう。爆発すれば、一瞬にして木っ端微塵に吹き飛びかねない爆弾を抱えている限り、金融機関はニシハマから資金融資の要請があっても警戒する。株式市場から調達しようとしても、結果は同じだ。そんな会社の株を買おうという奇特な投資家が、いようはずがない。

黒崎が、己の地位を守りたい一心で粉飾に手を染めたのと同様に、苦境に立たされたいまの状況を乗り切りたい一心で、希望的観測をさも確定事項のように世間に公表した。

つまり、虚偽情報を意図的に流したという見方だってできるのだ。

ニシハマは相変わらずだ。何も変わっていない。

本当は、そういってやりたいところだが、いまさらそんなことをいってどうなるものでもない。

「私が、オタイバとパートナーシップを結んだのは、LNG事業の売却先、というより引き取り手を見つけるためには、彼の力を借りて、自らやるしかないと考えたからです」

「そりゃ、ご親切な話だが、君が持ってきた話に、うちが乗るとは限らんのだが？」

林原は皮肉をいったつもりだろうが、ならば宇垣が引き取り先を見つけることができるとでもいうのか。

そう返してやりたいのを堪え、賢太はいった。

「彼が、いろいろと動いてくれたおかげで、一社だけ引き取り手が見つかりましてね。条件の交渉を進めていたんです。もちろん、ニシハマが幾ら出せば、引き取ってくれるかという交渉です。そして、ニシハマが中国企業と合意した金額よりも遥かに少ない額で、まとまりかけていたところに、あのニュースです」

林原は、口をもごりと動かし視線を逸らした。

賢太はいよいよ交渉相手が提示してきた条件を切り出した。

「相手は、イギリスの石油メーカー。もちろんLNGも扱っていますから、その道のプロです。七百億円で折り合いがつきそうだったのに、ニシハマが提示した金額を知った途端、値を吊り上げてきましてね。九百億ならと……」

「九百億？」

宇垣が目を剝いて、声を高くした。

「驚くような金額じゃないでしょう。このまま引き取り手が見つからなければ、毎年四百五十億もの巨額を、エクストレーマに支払い続けなければならなくなるんです。百億程度の増で済むなら御の字じゃないですか。それに、これでも一千億といってきたのを、百億下げさせたんですよ」

「お前、何様のつもりだ……」

林原は怒りと憎しみ、屈辱が入り交じった目で賢太を睨みつけ、低い声で唸ると、

「お前にどんな資格がある！　うちは、お前に事業の引き取り先を見つけてくれなんて、一度も頼んだことなんかないぞ！」

ついに、賢太をお前呼ばわりし、大声を上げた。

「最初にオタイバがいいましたよね。私は彼のビジネスパートナーですよ。それに、依頼を受けずとも、ニーズがあると見込めば、事前に環境を整え、いかがでしょうかとセールスに上がるのは、ビジネスの世界では当たり前に行われていることじゃありませんか。それに、今回の件では、相手の企業と代理人契約を結んでおりますので……」

「代理人契約ぅ？」

果たして、林原は声を張り上げると、「それじゃ何か？　交渉を纏めれば、お前は成

ない、稚拙かつ感情的な反応と言葉が続くところからも、林原の動揺ぶりが伝わってくる。

信じられないとばかりに、目を丸くした。ビジネスの世界で生きている人間とは思え

功報酬をもらうのか？」

「これはビジネスです」

賢太は、落ち着いた声でこたえ、口元に笑みを浮かべた。

「肥後さん、それはない……。それはないですよ」

宇垣が、血相を変えて口を挟んだ。「あんたは、ニシハマの副社長だったんですよ。しかも、この事業を発案し、契約を交わさせた当事者じゃないですか。いくら辞めたからって、古巣の会社を食い物にするだなんて、そんなこと道義的に許されませんよ」

「食い物にしているわけじゃないでしょう。古巣を救うために、やっているんです」

賢太は平然とこたえた。「私が報酬を得るのに納得がいかないとおっしゃるのでしたら、断ればいいじゃないですか。林原さんがおっしゃったように、私が得るのは成功報酬ですから、断られてしまえば、私にはびた一文入らない。ただ働きで終わってしまいますので……」

「なっ……」

何かをいいかけたが、言葉が続かないでいる宇垣に向かって賢太はいった。

「第一、宇垣さんは道義的に許されないとおっしゃいますが、上級職、役員、社長でさ

え請われて同業他社に転ずるのは欧米では当たり前のことです。それはなぜだと思います？　優秀な人材を欲しているからだけではありません。企業には新陳代謝が必要だからです。企業に流れる血は、そのままの状態を保とうとすれば、濁ってしまうからですよ。新しい血を入れ、組織を活性化させなければ、どんな企業も生き残れない。そうした危機意識を常に抱いているからです。純血主義に拘泥するニシハマのような会社は、むしろ珍しいんですよ」

賢太が何をいわんとしているかは、林原には分かるはずだ。

ニシハマを危機に陥れた原因を把握していながら、抜本的な改革に着手することもなく、従来の体制を維持する道を選んだ林原の経営者としてのあり方。そして、それに異を唱えるどころか、林原に忠誠を誓う役員、管理職たち。そんな会社に輝かしい未来は決してやってこないことを断じたのだ。

そこで賢太は、宇垣から林原に視線を転ずると、

「さて、どうなさいます？　この話に乗るのか、それとも断るのか。もちろん検討する時間が欲しいとおっしゃるのなら、それでもかまいません。方向性だけでもお示しいただけるとありがたいのですが？」

丁重ながらも、断固とした口調で結論を迫った。

林原は、すぐにこたえを返さなかった。

憎しみの籠もった目で暫しの間、賢太を見ると、

「まさか、増額分はお前らの取り分じゃないだろうな」

「まさか……」

賢太は、一笑に付し、「契約の内容に関わることはお話しできませんが、成功報酬は常識的な額です」

とこたえた。

林原の視線が落ち、瞼を閉じると瞑目する。そして、深い息を鼻から吐くと、瞼を開き、テーブルの上に置いた賢太の名刺に目をやると、

「ヘルメースか……」

賢太が設立した会社名をぽつりと呟いた。「確か、ギリシャ神話に登場するゼウスの使いで、旅人、商人の守護神だったな」

「ええ……」

「なるほど、君にぴったりの社名をつけたもんだ……」

林原は視線を上げ、冷めた眼差しで賢太を見た。「そもそも君は、ニシハマに入社したのが間違いだったんだよ。世界を駆け回りながら、でかいビジネスを追い求め、巨額の報酬を得る。欧米人のような生き方をすべきだったんだ」

精一杯の皮肉を込めたつもりだろうが、賢太は何も感じなかった。

林原のいう通りだからだ。

ニシハマを退社して間もなく、賢太は美咲を伴いニューヨークに渡った。

それから五年。外から日本を見ていると、いかに危機意識に欠け、進取の精神に乏しい国かを、改めて痛切に感ずるようになった。

GAFAをはじめ、世界経済のプラットフォームは完全に外国企業に牛耳られている。海外では、数多のベンチャーが新しい市場を確立せんと血眼になっているというのに、日本の大企業には全くそんな動きは見られない。それどころか、過去の成功体験にしがみつき、もはや時代後れとなったビジネスモデルの中で、必死に延命を図ろうとする。

もちろん、従来の社風を見直し、新しい血や制度を導入することで、組織の活性化を試みる日本企業もないわけではないが、こと大企業において、成功した事例はほとんどない。

なぜなのか。

それは、経済団体の重鎮たちが一堂に会する場の光景を見れば明らかだ。

広い会場を埋め尽くすのは、ほとんどが男性で、しかも高齢者ばかり。日々猛烈な勢いで環境が変化していく現在のビジネス社会において、年の功といった概念は、もはや通用しない。世界のビジネス界は、彼らが身につけてきた経験や知識をとうに凌駕し、未知の領域を猛烈な勢いで突き進んでいるのだ。

こんな人間たちが舵取りを担っている企業に、未来などあるわけがない。

スキルはあってもタスクがない。いわゆる、社内失業者は四百六十五万人ともいわれているのが日本の、企業社会の現状なのだ。まっとうな経営者なら、そうした人間たちを、いかにして活用するかを考えるはずだが、リストラという名の下に退社を迫るだけで経営陣は居座る始末だ。

そんな理不尽な現実に異を唱える人間が現れないのも不思議なら、根本的な策を打ち出す気配も見せない経営陣の姿は、もっと不思議だ。

おそらく、彼らはこう考えているに違いない。

在任中を凌げればいい。自分が去った後は、会社がどうなろうと知ったことか……。

そして、大半の社員たちも、いまの自分の仕事や会社の将来に漠とした不安を抱えながらも、同じように考えている。その典型がニシハマだ。

在籍中はアメリカでの生活が長かったとはいえ、賢太もニシハマの組織の一員であったのだ。勤務地こそアメリカでも、万事においてニシハマの掟(おきて)の中で生きてきた。それが、組織を離れ、祖国を離れ、一人で生きて行くことを決めてから、いままで見えなかったものが、見えるようになったのだ。

だから、自分が『異物』と呼ばれていると聞かされた時は衝撃を覚えたものだが、よくよく考えてみれば、それも当然のことなのだと賢太は思えるようになっていた。

ニシハマは世界に名を馳せる大企業だが、本社は日本、そこで働く従業員も、圧倒的多数が日本人。そして日本は、極限られた民族で構成される世界に類を見ない社会である。

生まれたその時から言語、文化、習慣、教育、価値観までも共有する環境で育ってくれば、多様性を認める土壌が形成されるわけがない。改革を唱える人間は、和を乱す存在、すなわち『異物』以外の何物でもないのだ。

　ニシハマを去り、オタイバとパートナーシップを結び、新たに設立した会社にヘルメースという名前を付けたのは、もはやビジネスの世界に国境という概念は存在しないからだ。そこで成功するためには、相手の国情、文化、習慣を理解し、望みをかなえてやること。多様性を認めることだ。日本人としての矜持(きょうじ)を捨てる必要はないが、拘泥することがあってはならない。変化を恐れないこと。それなくして、これからのビジネス社会を勝ち抜くことはできないと、考えたのだ。

「結論を……」

　賢太は林原の視線を捉え、静かな声でいった。

　林原は唇を固く結び、肩を上下させ、鼻から荒い息を吐く。

「社長……」

　宇垣が林原に向かって声をかけた。

　引き取り手を見つけるのが、いかに困難を極めるかを熟知しているのは宇垣である。

「話に乗るな」といっているのではない。受ける決断を促しているのだ。

「分かった……」

　林原は呻(うめ)くようにいい、上体を背もたれに預け、天井を仰いだ。

　そして、大きく息を吐くと、

「その条件で話を進めてくれ……」

屈辱に塗れた目で賢太を睨んだ。しかし、それも一瞬のことで、すぐに瞼を閉じる。

「分かりました……。では、先方にはそのように……」

そうこたえた賢太に、林原は目を開くと、

「ただし、それ以上はびた一文出さんからな。足下を見て、増額を要求するようなことは──」

「お任せください。そのようなことには、絶対になりませんので……」

賢太は目元を緩ませながら、林原の言葉を遮ると、隣にいるオタイバに向かって、

「ニシハマは、この条件を呑むそうです」

と、静かに告げた。

オタイバもまた、髭に覆われた口元に笑みを宿すと、

「賢明な決断です」

と満足そうに頷き、話は終わったとばかりに席を立った。

「では、私たちはこれで……」

賢太もまた立ち上がると、オタイバの後に続いてドアに向かって歩きはじめた。

二人が見送りに出る気配はない。

オタイバに続き部屋の外に出、ドアを閉めようとした瞬間、賢太を見つめる二人と目が合った。

もはや、先ほどまで浮かべていた怒りや屈辱の色は、見て取れない。

いま浮かんでいるのは、最大の爆弾が処理できた、これでニシハマは救われた、とでもいいたげな安堵の色である。

賢太は軽く頭を下げると、ドアを閉めた。

長い廊下を先に立って歩くオタイバが、歩を進めながら、

「さて、ニシハマは、これで救われるのかな？　見事再起することができるのかな？」

と前を向いたまま、問いかけてきた。

「さあ……」

賢太もまた、前を向いたまま首を軽く傾げた。「ただこれだけはいえます。これから先の日本では、経緯こそ異なれど、ニシハマと同じような危機に直面する企業が続出するでしょう。従来の企業のあり方を根本から見直し、大胆な改革を行わない限りはね……。その時、何が起こるかは、誰にも分かりません。それこそ、神のみぞ知る。神の審判次第ですよ」

神の審判次第か……。

賢太は自ら発した言葉を胸の中で繰り返してみた。

廊下の両側にずらりと並ぶ、秘書が控えるガラス張りのブース。磨き抜かれたガラスに、暖色灯の明かりが反射する様は、まさに世界に名を馳せる総合電機メーカーの頂点に君臨する者たちの住処（すみか）に相応しい豪華さだ。

かつて、ここの住人であった頃と寸分違わぬ光景を見ながら、

「商人の守護神といえば、ヘルメース……。果たして、ヘルメースはニシハマにどんな審判を下すのだろう……」

賢太は、ふと思った。

エピローグ

マンハッタンのイーストサイド、五番街沿いに借りたアパートは、日本に倣えば2LDKの間取りだが、奈緒美が独立したいまは、夫婦二人には十分過ぎる広さだ。

築七十年も、マンハッタンでは当たり前の部類だし、クラシックな外観に加えてセントラルパークが一望できる好物件である。

ニシハマのLNG事業の売却が終わって半年。賢太は窓際に置いたチェアに座り、徐々に闇の中に溶けていくセントラルパークの光景を眺めていた。

十月も中旬を過ぎた木々は紅葉し、新緑に覆われる春同様、一年の中でも最も美しい季節だ。しかし、それも僅かな間のことで、落葉と同時に広大な敷地からは色が失せ、厳しい冬が訪れる。

「赤は、そろそろ抜栓して、デキャンタージュしておいた方がいいんじゃない」

キッチンで夕食の支度をしていた美咲が、リビングに入って来ながらいう。

腕時計に目を遣った賢太は、

「六時半か……。頃合いだな」

チェアから立ち上がり、ワインセラーに歩み寄った。

三十本ばかりのストックの中から、ナパバレー産のカベルネ・ソーヴィニヨンを取り出す。すでにテーブルの上にはワインクーラーが置かれ、中で冷やされているのは、やはりナパバレー産の白、ソーヴィニヨン・ブランだ。

美咲がワイングラスや食器、カトラリーを食卓にセットする間に、賢太は赤の抜栓に取りかかった。

呼び鈴が鳴ったのは、ちょうどデキャンタージュを終えた直後のことだった。

美咲が来客を迎えるべく、玄関に向かう。

ロックが解除される音がし、美咲が来客と挨拶(あいさつ)を交わす声が聞こえてくる。

「やあ、済まないね。突然押しかけて来て」

クリストファー・グラハムが、笑みを浮かべながら手を差し出してきた。

「なにいってんだ。いつでも、大歓迎さ」

賢太は握手を交わしながらいった。「キャロルも連れてくれば良かったのに。週末じゃないか」

「キャロルは、また機会を改めて……」

グラハムは目元を緩め、意味あり気な笑みを浮かべ、「それに、今日は君に話したいことがあってね……」

声のトーンを落とした。

グラハムから「明日の夕方、自宅に行ってもいいかな」と電話が入ったのは、昨日の夜のことだった。

ホフマンのオフィスはマンハッタンにある。週末に美咲の手料理で夕食を共にする際には、必ずキャロルが同席するのだったが、今回は「僕一人でお邪魔させてもらう」とグラハムはいった。

何かある……と、ピンときたが、案の定だ。

それでも賢太は問うた。

「話？」

「ああ……」

「クリス。食事の支度が終わるまで、まだ少しかかるの。ワイン、先にはじめる？」

美咲がキッチンに向かいかけた足を止め、問いかけてきた。

「いや、食事まで待つよ。アルコールを入れる前にケンタと話したいことがあってね」

「そう……」

美咲も、今夜はグラハム一人と聞いた時から察するものがあったのだろう。

そのまま何もいわず、キッチンへ入って行く。

ケンタは窓際のチェアに腰を下ろし、グラハムに着席を促した。

「で、その話ってのは？」

「ニシハマのことだ」

とっくに縁が切れてしまった会社の名前を聞いて、

「ニシハマ?」

ケンタは思わず問い返した。

「実は、この三年ばかり、ホフマンはニシハマ株を買いまくっていたんだ」

「ホフマンがニシハマ株を?」

意外な言葉を聞いて、ケンタは声を吊り上げた。「何でまた。優良事業を相次いで売却した上に、人員整理を行ったおかげで、有能な社員が大量に辞めてしまったんだぜ。いまさらニシハマ株を所有してどうしようってんだ?」

「確かに、ニシハマは優良事業を売却したし、多くの社員がニシハマを去ったのも事実さ。でもね、結果的に、それがニシハマの経営体質の改善につながり、将来を開く可能性を生むことになったんだ」

「どういうことだ?」

もはや、然程の関心を抱いてはいないこともあって、賢太が知るニシハマの情報は、新聞や経済誌、ネットが報じる程度のものでしかない。

しかし、ホフマンは違う。日本支社を通じ、マスコミが摑んではいない情報や資料を把握し、高度な専門知識を持った社員たちが精緻な分析を行っているのだ。

「存亡の危機に立たされなかったら、ニシハマが、あれほど思い切った事業売却や人員整理をやれたと思うか?」

「できやしないね。ニシハマは、前例主義、事なかれ主義が身に染みついてしまった人間の集まりだからな。事業売却、それも優良事業となれば、株主や社員の反発を恐れ、役員会が紛糾することは間違いないし、リストラだって、あれほど大規模なものはやれなかっただろうね」

断言した賢太だったが、「しかし、優良事業を失ってしまったニシハマに、復活の目なんてあるのかな」

改めてグラハムに問うた。

「ニシハマには、まだまだ稼げる事業、将来性のある事業は幾つも残っている。それも確実に利益が得られる事業がね」

グラハムは、顔の前に人差し指を突き立て、続けていった。

「まず、過去の遺産というべき事業でも、公共交通、防衛産業などの分野では、ニシハマ製のシステムは、いまだ一、二を争うシェアを持っているし、重電もそうだ。将来有望な分野としては、バッテリーがある。君がいた原発事業部に至っては次世代、そのまた次の世代の原発技術の研究開発を行っている。日本では原発の新設は不可能だろうが、世界の流れは違う。CO_2の排出問題が深刻化するにつれて、発電に再び原発をと考えはじめている国は、たくさんあるからね」

「しかし――」

そういいかけた賢太を遮ると、

「辞めていったのは、優秀な社員だといいたいんだろ？」

いわんとしていたことを先回りして、グラハムは続ける。

「確かに、それは一面の事実ではある。でもね、会社がどうなろうと、いつでも職にありつける自信がある人間は、そう簡単に浮き足立つことはないのさ。冷静に状況を観察し、いよいよとなって、はじめて動くものでね」

「クリス……」

賢太は、顔の前に突き立てた人差し指を左右に振った。「君、前になんていった？沈みかけた船に、最後まで残って再建に尽力したなんて、人材市場では評価されるどころか、状況判断能力に欠けていると見なされるっていったよな」

「確かに……」

クリスは苦笑すると、「一般論としてはその通りなんだが、転職する度胸がないのか、あるいは日本人特有の危機意識の欠如の表れなのか、愛社精神とやらのせいなのかは分からんが、とにかく、ニシハマには優秀な人材が残っていることは確かなんだよ」

こいつ……。

賢太は呆れながらも、次の言葉を待つことにした。

グラハムは続ける。

「もちろん、以前に比べれば、事業を売却したおかげで、ニシハマの売上高は格段に小さくなった。しかし、逆に収益率は向上していてね」

「なるほど、いくら会社の規模や売上高が大きくとも、収益性に欠けるんじゃ意味がないし、君たち投資家が着目するのは、そこだからな」

「その通り……」

グラハムは、ニヤリと口元を歪ませると、「事業の売却とリストラをやったおかげで、ニシハマに将来はないと踏んだ投資家は、我先に株を手放した。ただでさえも粉飾の発覚で下がっていたニシハマの株価はさらに大きく下がった。その間ホフマンは、ニシハマの動きを最大限の注意を払って、監視、分析し続けてきたんだ。そして、もうこれ以上の事業売却はないと踏んだ時点で、ニシハマ株をポートフォリオに組み込んで買いに回ったんだ」

「底値で拾ったわけだな」

「もちろん」

「まるで、さっきいった君の言葉そのものだな」

その言葉に、グラハムは説明を求めるかのように片眉を吊り上げる。

賢太は続けた。

「いつでも職にありつける自信がある人間は、そう簡単に浮き足立つことはないっていったよな」

「ああ……」

「自信がある人間はその道のプロ。それも高い能力を持つ人間だ。一般投資家が浮き足立ってニシハマ株を売りに走る一方で、投資のプロ中のプロの君たちは、ニシハマを冷静に分析し、買いまくったってわけだ」

「なるほど……」

賢太の説明に合点がいったとばかりに、グラハムはついと顎を突き上げる。

「それで、どれほどの株を手にしたんだ？」

「事業売却を進める間に、ニシハマの発行済み株式の十五パーセント……」

「十五パーセント？」

賢太は、あんぐりと口を開けた。

ニシハマクラスの巨大企業の十五パーセントもの株式を、ファンド一社が所有するなんてことは、通常では考えられないからだ。

「さらに、ＩＥを売却した時点で十五パーセント」

「じゃあ、ホフマンが三十パーセントものニシハマ株を所有しているってのか？」

「正確にいえばホフマンが所有しているわけじゃない。大半は委託された顧客の資金を運用しただけで、株主は顧客だ」

凄まじいばかりの資金力だが、それもこれもホフマンに資金運用の実績があればこそ。彼らに任せておけば、確実に高いリターンを得られるという客の信頼があればこそだ。

となると、グラハムがいった「話」とやらに俄然興味が湧いてきた。

「それで、話とは？」

賢太は問うた。

「実は我々が買った三十パーセントのうちの十パーセントは、ある機関のものなんだ」

「単独で、それだけの株を所有してるって、いったいそれはどこだ」

「ハーバード・コーポレーション……」

上目遣いで賢太を見るグラハムの瞳がキラリと光った。

なるほど、それなら合点がいく。

私立大学であるハーバードは、経営資金を調達するために、資産を運用する独自の機関を持っている。それがハーバード・コーポレーションであり、資産の運用金額は、邦貨に換算して二兆円もの巨額になるといわれている。

「ホフマンはハーバード・コーポレーションの資産運用も委託されてるのか……」

「金融界には、卒業生がごまんといる。ホフマンはその中の一社に過ぎないがね……」

グラハムは、いよいよここからが本題だといわんばかりに、ぐいと上体を乗り出すと、

「ニシハマの収益率が劇的に向上したのはいいんだが、確たる戦略があってのことじゃない。会社が生き残るために、苦し紛れに打った手が、偶然好結果を生んだに過ぎないんだ。危機は去ったわけじゃない。ここで、舵取りを誤れば元の木阿弥、ニシハマは同じ轍を踏むことになる。我々は、それを懸念しているんだ」

そこまで、聞けば改めて訊ねるまでもないが、

「で？」

と、賢太は先を促した。

「君に、ニシハマの舵取りを任せたい。社長に就任して欲しいんだ」

果たして、グラハムはいう。「現時点でハーバード・コーポレーションは、ニシハマの筆頭株主、それもダントツのトップだ。それにホフマンが運用する株式を合わせれば、君をニシハマの新経営者として送り込むことができる」

まさか、こんな展開が待ち受けていようとは……。

一旦は見切りをつけたとはいえ、ニシハマに愛着を覚えていないといえば嘘になる。将来を案ずる気持ちは薄れていないし、改革の必要性については、誰よりも痛切に感じているという自負の念もある。

辞した後、必要以上にニシハマのいまを追わなかったのは、知れば知るほど焦りを覚え、かといって、部外者となったいまとなっては、無力感に苛まれるだけだと思い、敢えて距離を置いてきたのだ。

「引き受けてくれるよな……」

グラハムはいった。

一旦は見切りをつけたとはいえ、ニシハマには愛着がある。そして、ニシハマを再興し、かつての栄光を取り戻す自信もある。

賢太は、グラハムをじっと見つめた。

内心が目の表情に表れたのだろう。

グラハムは、力強く頷くと、

「乾杯しようじゃないか。新しい、君の門出に。そして、ニシハマの未来に……」

ゆっくりと席を立った。

解説

堺憲一（東京経済大学名誉教授）

「これから先の日本では、経緯こそ異なれど、ニシハマと同じような危機に直面する企業が続出するでしょう。従来の企業のあり方を根本から見直し、大胆な改革を行わない限りはね……。その時、何が起こるかは、誰にも分かりません。それこそ、神のみぞ知る。神の審判次第ですよ」
「商人の守護神といえば、ヘルメース……。果たして、ヘルメースはニシハマにどんな審判を下すのだろう……」

巨大総合電機メーカーのニシハマは、なぜヘルメースの審判を仰ぐこととなるのか。それは、打破されるべき悪弊が根強く存在し、同社の行く手を阻んでいるからである。ミスを犯せば、出世の道が断たれてしまう。与えられた仕事のみを無難にこなすだけになり、チャレンジしようとはしない。過去の成功体験にしがみつき、時代遅れのビジネスモデルのなかで必死に延命を図ろうとしている。最難関と考えられている東都大学出身者以外は役員になれない。言語・文化・習慣・教育・価値観の多様性を共有しようという姿勢が希薄。改革を唱える人間は、和を乱す「異物」としてしか見られない……。そのような悪弊は、ニシハマのみならず、多くの日本企業に程度の差はあれ、残されているのが現実なのではなかろうか。

本書は、そうした悪弊がいかに組織を疲弊させていくのかという点にメスを入れた「警世の書」である。と同時に、そこから脱却するには、どのような方策が考えられるのかという点にも視野を広げた「悪弊打破の特効薬」にもなる作品。さらに言えば、より広く日本の大企業がグローバルに事業を展開するために、なにが必要か、そしてどのようにステップを踏んでいけばよいのか、そのために不可欠なアイデアやヒントとはなにか、それらの一端を知りえる力作である。

ニシハマのモデルは、東芝(とうしば)だ。かつては「メイド・イン・ジャパン」の製品を大量に輸出し、日本経済の発展を支えた総合電機メーカーの一角を占めた老舗(しにせ)企業である。ところが、二〇一五年以降、同社は、不正会計の発覚、大規模なリストラの断行、原子力発電事業の子会社「ウェスチングハウス」の事実上の破たん、東証一部から二部への指定替えなど、数々の深刻な問題に直面する。もちろん、どの企業も大なり小なり、難題を抱えているが、東芝の場合、それはけっして半端なものではなかった。ただ、本書においても、東芝の現実がそのまま描かれているわけではない。この点は注意してほしいところだ。東芝という巨大企業を素材に、日本を代表する経済小説の旗手である著者が、情報満載のエンタテインメント作品に仕立てあげていると考えるべきなのだ。
その凄まじい情報収集力・構想力・筆致力を駆使し、エキサイティングで、リアルで、

主人公は、アメリカで教育を受け、ハーバード大学を優秀な成績で卒業した肥後賢太。旧姓は梶原。ニシハマの創業家である肥後家に婿入りしたことによる。二〇一一年、彼は、「ニシハマ・ノース・アメリカ（NNA）」の副社長を務めていた。東京本社の原発事業部は、海外事業に積極的な動きをしていたが、「ニシハマはババを摑まされた」と言われたように、買収した「インフィニティ・エナジー（IE）」についての懸念が膨らみつつあった。アメリカ国内で建設中であった三基の原発のコストオーバーラン問題が表面化するかもしれなかったからだ。さらに、福島原発の事故によって、日本での原子力発電は窮地に立たされることになった。そうした逆風に抗するため、賢太は、「液化天然ガス（LNG）プロジェクト」を考案。「液化したアメリカ産のシェールガスを日本、そして世界に販売する」というものである。「二十年間で九千億から一兆円規模になる」というビジネスモデルは、ニシハマにとって新たな光明となった。その功績が認められた彼は、LNG事業立ち上げの立役者として常務取締役に抜擢。それから、三ケ月が経過した頃、ニシハマに激震が走る。組織的な粉飾というスキャンダルの発覚である……。

ラストに用意されているドンデン返しに至るまで、怒濤のようなストーリーだが、ここでは触れない。指摘しておきたいのは、本書の要となっている「LNG事業を軸にしたビジネスモデル」についてである。それがなぜ生まれ、どのようにして一つのビジネスモデルとして確定され、実施に移され、どういった結末に辿り着くのか。ニシハマにとっての希望の光となるそのプランは、賢太の斬新な構想力から始まり、有力な政治家・官僚やニシハマ経営陣の身勝手な思惑と合致し、「アラブにおけるエネルギー利権を仕切る」大物フィクサーとのパートナーシップや、総合商社・四葉商事との提携により大きく前進。ところが、粉飾が公表されるや否や、一転して、ニシハマの経営の足を引っ張る悪材料に変わってしまう……。そうしたプロセスを通し、読者は、企業がグローバルに事業を展開する際、考慮しておかなければならないさまざまな要素に、心底気づかされることになるだろう。

経済小説の作家としての楡周平の「作品世界」についても言及しておこう。本書も重要な一角を占めているからだ。大きな特色となっているのは、企業・業界を素材にした数々の作品だ。具体的には、①運輸会社（『再生巨流』、『ラストワンマイル』、『ドッグファイト』）、②総合電機メーカー（『異端の大義』）、③自動車会社（『ゼフィラム』、『デッド・オア・アライブ』、『ラストエンペラー』）、④新聞社（『虚空の冠』）、⑤ホテル（『TEN』）などを挙げることができるだろう。それらの作品の多くで登場するのが、本書と同じく、「企業の再生」につながるビジネスモデルの提示・実践なのである。それぞれの企業・業界の固有な事情を踏まえて構築されているビジネスモデルは、どの作品をとっても、常に斬新で独創的で、刺激的なものだ。

それだけではない。「企業の再生」から始まった彼の作品世界は、「地域の再生」（『プラチナタウン』、『和僑』、『サンセット・サンライズ』）へと広げられ、さらには、「日本が抱える大問題」や「政策提言」など、「日本の再生」に関連した領域にも拡充されている。例えば、①カレー専門店を素材として農畜産業のあり方を描いた『国士』、②ネット通販と非正規労働者を俎上に載せた『バルス』、③IRを扱った『東京カジノパラダイス』、④高速鉄道の輸出に焦点を合わせた『鉄の楽園』、⑤百貨店の再生という視点から日本の再生を模索した『日本ゲートウェイ』、⑥人口減少によって引き起こされる「日本社会の暗い未来」に抗し、どのように対峙すべきなのかを描いた『限界国家』などを指摘できるだろう。いずれも傑作ぞろいだ。

そこで強調しておきたいのは、「企業」「地域」「日本」という三つの再生が有機的に結びついた形で進んでこそ、しかもグローバルな視点をベースにしてこそ初めて、それぞれの真の再生・活性化が果たされるという考え方が確立しているように思われることだ。確かに、コストを削減し、利益率を向上させるというやり方は、個々の企業の目線で言えば正しいし、生き残るためには仕方がない面もある。ただ、それだけで終わってしまっては、得られる効果は限られてしまう。特定の企業だけ、特定の地域だけで完結してしまうのであれば、「世の中の人の幸せ」、ひいては「日本の再生」にまでは行き着かないからだ。個々の作品が「警世の書」になっているだけではない。「楡の作品世界」自体が「警世の切り口」になっている。読者に響くのは、単に「頑張れ、企業」、「頑張れ、地域」、そして「頑張れ、日本」という言葉だけではなく、ビジネスモデルという形で、どのようにして頑張っていけばよいのかについても、具体的かつ現実的に踏み込んで言及されているからである。

混迷の時代、『ヘルメースの審判』をはじめとする楡の作品には、読者ひとりひとりの心に届き、生き方にも訴えかけているような迫力が備わっている。

本書は、二〇二一年一月に小社より刊行された単行本を文庫化したものです。

ヘルメースの審判

楡 周平

令和6年 7月25日　初版発行

発行者●山下直久

発行●株式会社KADOKAWA
〒102-8177　東京都千代田区富士見2-13-3
電話　0570-002-301（ナビダイヤル）

角川文庫 24232

印刷所●株式会社暁印刷
製本所●本間製本株式会社

表紙画●和田三造

ISBN 978-4-04-114503-6　C0193

◇◇◇

角川文庫発刊に際して

角川源義

第二次世界大戦の敗北は、軍事力の敗北であった以上に、私たちの若い文化力の敗退であった。私たちの文化が戦争に対して如何に無力であり、単なるあだ花に過ぎなかったかを、私たちは身を以て体験し痛感した。西洋近代文化の摂取にとって、明治以後八十年の歳月は決して短かすぎたとは言えない。にもかかわらず、近代文化の伝統を確立し、自由な批判と柔軟な良識に富む文化層として自らを形成することに私たちは失敗して来た。そしてこれは、各層への文化の普及滲透を任務とする出版人の責任でもあった。

一九四五年以来、私たちは再び振出しに戻り、第一歩から踏み出すことを余儀なくされた。これは大きな不幸ではあるが、反面、これまでの混沌・未熟・歪曲の中にあった我が国の文化に秩序と確たる基礎を齎らすためには絶好の機会でもある。角川書店は、このような祖国の文化的危機にあたり、微力をも顧みず再建の礎石たるべき抱負と決意とをもって出発したが、ここに創立以来の念願を果すべく角川文庫を発刊する。これまで刊行されたあらゆる全集叢書文庫類の長所と短所とを検討し、古今東西の不朽の典籍を、良心的編集のもとに、廉価に、そして書架にふさわしい美本として、多くのひとびとに提供しようとする。しかし私たちは徒らに百科全書的な知識のジレッタントを作ることを目的とせず、あくまで祖国の文化に秩序と再建への道を示し、この文庫を角川書店の栄ある事業として、今後永久に継続発展せしめ、学芸と教養との殿堂として大成せんことを期したい。多くの読書子の愛情ある忠言と支持とによって、この希望と抱負とを完遂せしめられんことを願う。

一九四九年五月三日

角川文庫ベストセラー

マリア・プロジェクト　楡　周平

妊娠22週目の胎児の卵巣に存在する700万個の卵子。この生物学上の事実が、巨額の金をもたらすプロジェクトを生んだ！　その神を冒瀆する所業に一人の男が立ち向かうが……。

フェイク　楡　周平

大学を卒業したが内定をもらえず、銀座のクラブ「クイーン」でボーイとして働き始めた陽一。多額の借金を返済するため、世間を欺き、大金を手中に収めようとするが……。軽妙なタッチの成り上がり拝金小説。

クレイジーボーイズ　楡　周平

世界のエネルギー事情を一変させる画期的な発明を成し遂げた父が謀殺された。特許権の継承者である息子の哲治は、絶体絶命の危地に追い込まれるが……時代の最先端を疾走する超絶エンタテインメント。

スリーパー　楡　周平

殺人罪で米国の刑務所に服役する由良は、任務と引き替えに出獄、CIAのスリーパー（秘密工作員）となる。海外で活動する由良のもとに、沖縄でのミサイルテロの情報が……著者渾身の国際謀略長編！

ミッション建国　楡　周平

若き与党青年局長の甲斐孝輔は、日本の最大の問題は少子化だと考えていた。若い官僚や政治家と組んで勉強会を立ち上げた甲斐だったが、重鎮から圧力がかかり……日本の将来を見据え未来に光を灯す政治小説。

角川文庫ベストセラー

骨の記憶　　楡　周平

貧しい家に生まれた一郎。集団就職のため東京に行った矢先、人違いで死亡記事が出てしまう。一郎は全てを捨てるため、焼死した他人に成り変わることに。運送業で成功するも、過去の呪縛から逃れられず――。

ドッグファイト　　楡　周平

物流の雄、コンゴウ陸送経営企画部の郡司は、入社18年目にして営業部へ転属した。担当となったネット通販大手スイフトの合理的すぎる経営方針に反抗心を抱き、新企画を立ち上げ打倒スイフトへと動き出す。

Cの福音　　楡　周平

商社マンの長男としてロンドンで生まれ、フィラデルフィアで天涯孤独になった朝倉恭介。彼が作り上げたのは、コンピュータを駆使したコカイン密輸の完璧なシステムだった。著者の記念碑的デビュー作。

クーデター　　楡　周平

日本海沿岸の原発を謎の武装軍団が狙う。米原潜の頭上でロシア船が爆発。東京では米国大使館と警視庁に同時多発テロ。日本を襲う未曾有の危機。〝朝倉恭介vs川瀬雅彦〟シリーズ第2弾！

猛禽の宴　　楡　周平

NYマフィアのボスを後ろ盾にコカイン・ビジネスで成功してきた朝倉恭介。だがマフィア間の抗争で闇ルートが危機に瀕し、恭介の血は沸き立つ。〝朝倉恭介vs川瀬雅彦〟シリーズ第3弾！

角川文庫ベストセラー

硝子のハンマー　貴志祐介

日曜の昼下がり、株式上場を目前に、出社を余儀なくされた介護会社の役員たち。厳重なセキュリティ網を破り、自室で社長は撲殺された。凶器は？　殺害方法は？　推理作家協会賞に輝く本格ミステリ。

ダークゾーン（上）（下）　貴志祐介

何だこれは!?　プロ棋士の卵・塚田が目覚めたのは闇の中。しかも赤い怪物となって。そして始まる青い軍勢との戦い。軍艦島で繰り広げられる壮絶バトルの行方と真相は!?　最強ゲームエンターテインメント！

起業闘争　高杉良

リーダー・碓井優の下、大企業・石川島播磨重工業を集団で辞めた80人の男たち。苛烈さを増す情報処理産業を舞台に、寄らば大樹の陰を良しとせず、信じる道を貫いた者たちの果敢な行動を描いた実名企業小説。

生命（いのち）燃ゆ　高杉良

大分での巨大石油化学コンビナート建設及び完全制御、中国の大慶との技術交流――。多くのプロジェクトを完成し、45歳で白血病に冒されて散ったエンジニアの生涯を描いた感動の長篇。

雨にも負けず　ITベンチャー奮闘記　高杉良

ITベンチャーにスカウトされた、凄腕の保険営業マン・北野。しかし、会社の実態は、入社前の話とはかけ離れていて……次々と起きるトラブル。北野は経営を立て直すことができるのか？

角川文庫ベストセラー

転職　高杉　良

野球選手への道をあきらめて外資コンサルに就職した小野健一は、持ち前の体力でプロジェクトを成功に導く。その後、仕事の面白さに目覚めた小野は外資系企業への転職を繰り返し、様々な業界を渡り歩いていく。

知覧と指宿枕崎線の間　西村京太郎

京王多摩川の河原で30代男性の刺殺体が発見された。現場には「大義」と書かれた紙。その後も、立て続けに死体が発見される。十津川警部は、連続殺人犯の動機を辿り、鹿児島・知覧へ向かうが……。

東京―金沢 69年目の殺人　西村京太郎

終戦から69年経った8月15日、都内で93歳の元海軍航空隊中尉が殺害された。十津川警部は男の出身地である金沢に発ち、ある過去に行き着くが――。捜査を進める中、十津川が直面した「特攻」の真実とは？

十津川警部、廃線に立つ　西村京太郎

いまは廃線となった鉄道を舞台に十津川警部が挑んだ難事件。在りし日の鉄道路線へのノスタルジーをかきたてる短篇傑作選。旧友が殺害容疑で逮捕された事件の調査をする「神話の国の殺人」など計4篇を収録。

さまよう刃　東野圭吾

長峰重樹の娘、絵摩の死体が荒川の下流で発見される。犯人を告げる一本の密告電話が長峰の元に入った。それを聞いた長峰は半信半疑のまま、娘の復讐に動き出す――。遺族の復讐と少年犯罪をテーマにした問題作。

角川文庫ベストセラー

ナミヤ雑貨店の奇蹟　東野圭吾

あらゆる悩み相談に乗る不思議な雑貨店。そこに集う、人生最大の岐路に立った人たち。過去と現在を超えて温かな手紙交換がはじまる……張り巡らされた伏線が奇蹟のように繋がり合う、心ふるわす物語。

ラプラスの魔女　東野圭吾

遠く離れた2つの温泉地で硫化水素中毒による死亡事故が起きた。調査に赴いた地球化学研究者・青江は、双方の現場で謎の娘を目撃する――。東野圭吾が小説の常識をくつがえして挑んだ、空想科学ミステリ！

マグマ　真山　仁

地熱発電の研究に命をかける研究者、原発廃止を提唱する政治家。様々な思惑が交錯する中、新ビジネスに成功の道はあるのか？　今まさに注目される次世代エネルギーの可能性を探る、大型経済情報小説。

ダブルギアリング　連鎖破綻　真山　仁　香住　究

真山仁が『ハゲタカ』の前年に大手生保社員と合作で発表した幻の第1作、ついに文庫化！　破綻の危機に瀕した大手生保を舞台に人びとの欲望が渦巻く大型ビジネス小説。真山仁の全てがここにある！

トリガー　(上)(下)　真山　仁

東京五輪の開幕前、馬術競技韓国代表のセリョンは凶漢に3度も襲われた。一方、在日米軍女性将校と北朝鮮潜伏工作員の変死事件が相次ぎ発生。事件の裏には、在日在韓米軍に関する謀略が蠢いていた――。